晴 月 —— 著

相伴

xiang
ban

成都时代出版社

CHENGDU TIMES PRESS

图书在版编目(CIP)数据

相伴／晴月著. － 成都:成都时代出版社,2019.1
ISBN 978-7-5464-2301-2

Ⅰ.①相… Ⅱ.①晴… Ⅲ.①长篇小说－中国－当代
Ⅳ.①I247.5

中国版本图书馆 CIP 数据核字(2019)第 016883 号

相伴
XIANGBAN

晴月 著

出 品 人	李文凯
责任编辑	樊思岐
责任校对	李 林
装帧设计	李 玉
责任印制	唐莹莹

出版发行	成都时代出版社
电 话	(028)86742352(编辑部)
	(028)86615250(发行部)
网 址	www.chengdusd.com
印 刷	郑州环发印务有限公司
规 格	787mm×1092mm 1/16
印 张	14
字 数	320 千
版 次	2019 年 1 月第 1 版
印 次	2019 年 1 月第 1 次印刷
书 号	ISBN 978-7-5464-2301-2
定 价	48.00 元

植根现实大地　舒展精神天空

——杂议晴月小说《相伴》

（代序）

　　大约是在我撰写《民国清流》期间，埋头浩繁卷帙，寻觅历史真相之时，多年朋友刚调入线装书局当总编的王利明，带着一位女士来到我凌乱的书房，介绍说，这位是河南周口的女作家晴月女士，然后捧上几本她已经出版的书附一部《相伴》书稿，让我看看成色，并予以推荐。闻此，我忙向利明表示，老夫已退隐文学江湖经年，闲梳白发对残阳，孤烛一盏著文章。早已无暇再操给人做嫁衣的老营生了。于是，双方都陷入沉默的窘境。倒是我自己忽忆起老子"既以为人己愈有，既以与人己愈多"之古训，一时心里竟生出恻隐之心，便道："倘若不急，暂将书稿放我处，一有时间必将拜读，再作打算。"气氛开始活跃，脸上都泛起笑容。

　　客人走后，又不免有些悔意，明明写作任务繁重，不该分心旁骛。但君子于其言，无所苟而已矣。放下《民国清流》，细读《相伴》。其格局、气度虽显局促，但艺术上却独辟蹊径。作者以罗小凡等一群年轻人成长的故事为视角，摄取人心的世态跌宕起伏，人生的卑微困窘和清明淡定，青春的蓬勃生气和梦想躁动，都表现得质朴细腻。特别是小说从没有人间传奇的烟火里，表现人间万象的庸常卑琐，直击芸芸众生的痛处。更可喜的是笔墨直抵命运深处，发现平凡人物的人性光芒和灵魂绚丽。不过也有不足。小说缺失对生活复杂的理性沉思，及对客观世界进行形而上的追问和富有哲理的表达，难免轻浅苍白。但较之那种缺乏耐心的解构，"过于正确和急切的叙事"，还是要真实深刻得多。君不见此类作品，其面目无论多么喧嚣和璀璨，都不过是现实的"赝品"，既未创造新的空间和时间，也无新的现实和现实感。晴月的《相伴》却一端植根现实大地，一端舒展精神天空，这正是她及其作品希望所在。

当时，我曾将上述感觉形成文字，并《相伴》书稿推荐给一家出版社的朋友，希望助年轻作家一把，但出版社最终爱莫能助。我想，既有作品的局限性方面的原因，也与出版界的不少禁忌有关。

作家遭遇退稿，乃平常之事，我的朋友阿来之《尘埃落定》，就曾被几家出版社决绝退稿，这并不影响其后来荣获茅盾文学奖。

老夫编辑生涯中，更是退稿无数。历史小说家凌力，因《星星草》名噪文坛，她后将另一部长篇小说交给我，考虑没超过《星星草》，只能退稿。老作家萧马在《当代》发表小说《钢挫将军》名满天下，其爱女严歌苓曾把小说寄给我，没看中，也退了。后来她照样成了"天下谁人不识君"的名小说家！因非文学因素，我还曾不得不忍痛割爱王朔的《我是你爸爸》《动物凶猛》，还奉命远赴龙口，婉退好友张炜的《九月预言》，这丝毫不妨碍他们在文坛拥有的显赫地位。

审读和判断文学作品是个复杂的审美过程。只要不藏私心杂念，偏执于个人癖好，内省无疚，夫何忧何惧？君不见"屈平岂要江山助，却是江山遇屈平"（李靓《遣兴》）。不是因编辑的发现，才有平地响雷"绿水青山知有君"的作家，而是因为有了作家的锦绣文章，文学才能不废江河万古流。

是金子总会发光，不必陷于一时被发现或养在闺中没人知的乐忧。智莫大于阙疑，行莫大于无悔，认准文学之路，坚定不移地走下去。有人诘问："人间世，算谪仙去后，谁是天才？"倘若你有足够自信，你就应敢回答："李白之后，舍我其谁？"

与晴月交往日长，彼此相识益熟，少不了商榷文学，探讨创作。为此，她还曾要执弟子之礼拜我为师，以示尊敬。余以"人之患在好为人师"（《孟子·离娄上》）拒之。

当暮气爬上眼角眉梢，忙白了头，退休归家，过上"草色人心相与闲，是非名利有无间"（杜牧《洛阳长句二首》）的惬意日子，特别是晨钟暮鼓，花开花落，伏案著述间，脾气变得乖张，挟取笔端风雨，快写胸中丘壑，浩歌狂语，任由天性。七卷本《民国清流》相继问世，旁观者难免拍手笑疏狂，原本就只想为自己生命留下雪泥鸿爪，为自己的见识思考存下文字，只图个灵魂痛快，疏又何妨？狂又何妨？

这样的坏脾气岂敢收徒传道？

刘勰有"情往似赠，兴来如答"，还是做文友为好。唱和吟诵之间，吐纳胸中块垒，卷舒世态之色。作文者情动而辞发，观文者披文以入情，相互扶携，彼此进步，"江南无所有，聊赠一枝春"。"高山安可仰，徒此揖清芬！"端是快乐无穷矣！

后来《相伴》有了下文，晴月以微信告知我，郑州的一群文友，读过《相伴》之后，甚觉亲切与好看，纷纷主动义捐，并已找到出版社出版，希望我为之写序。尽管明顾炎武在《日知录》中说"人之患在好为人序"，但序者，作"叙"或称"引"，对原著做个点详而已，何"患"之有？老夫欣然允诺也！

老夫读过《相伴》，深知晴月的文友们从《相伴》中看到了自己复杂而漫长的人生隧道，以及生存的悖谬和人性的划痕。那里有他们失落的青春和梦想，有他们说不尽的快乐酸楚的浮世情怀。

"事如芳草春长在，人似浮云影不留。"（辛弃疾《鹧鸪天》）《相伴》正是许多人命运的一面镜子，那里有他们人生的霁月风光，高山流水，诗意和乡愁。他们慷慨解囊挽救一部不无价值的小说，正所谓直己而行道者，好义者也！其义举重于金玉，暖如锦帛。君子之怀，蹈仁义而宏大德。老夫深为感佩，向这些朋友致敬。

才疏学浅，有谬误离题之论，方家哂可也。是为序。

汪兆骞
戊戌秋日于北京抱独斋

一

1

生命的方向，总是一不留神就被改变。

人，有时最大的缺点是善良，最大的优点也是善良。

那年，罗小凡从死神手里逃出，好不容易恢复了身体，拿着老爸破例写的介绍信，准备回白鹭河农场办招工回城手续，出门走到离家不远的街角花园，苏世雄却不声不响地拦住了他的去路。

那时，罗小凡最不愿见的人就是苏世雄了。何况他身穿毛呢大衣，脚蹬皮鞋，头发抿得油光，一副优越者的臭派头。而罗小凡穿的则是入冬临时买的半旧军棉袄，脚上是一双笨重的帆布棉鞋。因此，他只斜瞥了苏世雄一眼，就冷漠地把脸扭到了一边。

苏世雄却幽幽地道："我知道你回去是办招工手续的。帮帮周小玉吧！把指标让给她，让她赶紧回城吧？"

"你……？！"罗小凡惊得半天无语。

爸爸才写的介绍信，苏世雄怎么就知道了呢？就凭他，罗小凡不屑地看苏世雄一眼想，又怎么有脸提这样的要求呢？况且，这次回城机会，可是他用生命换来的呀！叫他让给别人，可能吗？再说，听说过有人把自己进城的指标让给别人的吗？

"前不久我才听说，你爸恢复工作也是早晚的事了。"苏世雄继续道。

罗小凡虽内心愤然不平，却依然傲然相对，不愿出声。

苏世雄却又补充一句："据说，这次的招工，工种相当不错啊！"

罗小凡终于忍不住道："你什么意思？"

"你明白我的意思。"

"我明白你的意思？当初你从我手里把小玉抢走，现在又来抢我回城的指标？"罗小凡冷冷道，"凭什么呢？就凭你做过的那些见不得人的勾当？"

苏世雄幽幽地看着罗小凡，却不接腔。

"苏世雄，再精明都不要忘记自己是个男人！生为一个男人就要有担当，就要有责任心。"

"我怎么没责任心了？"苏世雄道，"当初，我在白鹭河大队，是怎样关心小玉，照顾小玉，呵护她，疼她，难道大家不是有目共睹？"

"有目共睹？是有目共睹！你向大家宣布你爱她，有目共睹；你们深爱这么些年，也有目共睹。因此，她怎么说也算你未婚妻了，应该对她负责的人是你，而不是我。你这个王八蛋！"罗小凡不由自主就咆哮起来。

"而且以你叔叔的权力，你是完全有能力让她回城的。你叔叔不是安置工作的负责人吗？"

"可现在已经来不及了。"

"怎么来不及了？"

"现在，其他人全走了，小江南就剩她一个女孩子了。"

"就剩她一个了？！"罗小凡极力控制住自己的震惊，讥讽道，"你不是一直都对她说，等到最后好办吗？就剩她一个了，你不是正好可以给她办了吗？"

"可……可……可，我怕她一个人待在小江南，会想不开……"

"那是你俩的事，你不用来告诉我！"

苏世雄却又幽幽地道："我告诉你，是知道你是那样的人，会帮她！"

罗小凡听了不由得浑身一颤。

他是那样的人？这句话从别人嘴里说出来也就罢了，从苏世雄嘴里说出来，罗小凡听了就格外气恼。

"我是哪样的人？"他气恼地问。

苏世雄却死死地盯着罗小凡说："你们是发小，是患难朋友，是相伴着一起到白鹭河的，亲如家人。这些年来，又没少互相帮助。难道你就真的不关心她了？"

"她爱的人是你，她是你女朋友，我关心她做什么？"罗小凡说。

苏世雄却突然一摊手笑起来："她爱的人是我，不假。可你直到现在不是还在暗恋她吗？"

罗小凡顿时双眼圆瞪，火星四射地逼向苏世雄。他想解释，他早已不爱小玉了，又觉得跟苏世雄这种无赖，解释实在没必要，愤怒之下就一巴掌扇在苏世雄脸上。

"苏世雄，你当初就不该从我这里把她抢走！你根本就不配得到她的爱，你根本就不配爱她！"

苏世雄捂着流血的嘴依然在笑："哈哈，我是不配爱她，我上个月就和她分手了。"

"为什么？"罗小凡再次扇下去的巴掌，不由得悬在了半空。

"因为我到了结婚的年龄，要结婚了。"苏世雄说着就哈哈大笑起来。

"你到了结婚的年龄，要结婚了？！亏你说得出口！你要结婚了？你和小玉相爱这么多年，要结婚了，新娘不应该是小玉吗？"罗小凡说着，再也忍不住心中的怒火，挥动着拳头，雨点儿般向苏世雄砸去。

"你以为我想？是我叔逼的，他逼我和他介绍的那个女孩结婚，我没办法，才和小玉分手的。"苏世雄也怒吼着挥拳还击，可理亏的他看到罗小凡震怒的脸，拳头挥到半路，力量已减弱了大半。

罗小凡再扬拳头向苏世雄扑过去时，不但闻到了血腥味，还从苏世雄身上闻到了一股刺鼻的雪花膏味，一个男人用这么香的雪花膏……何况苏世雄穿的毛呢料子手感也非常滑柔，应该是上等的料子，这让他忍不住就破口骂起了脏话。

"王八蛋！你一边答应你叔，和那女孩谈着，一边又和小玉谈着。你算什么东西？"罗小凡又砸过去狠狠的一拳。

疼痛的苏世雄也号叫着回过一拳："老子放不下！老子想结婚的人是小玉！"

"王八蛋！"

"你才是王八蛋！"

于是，两个人你一拳我一拳，你一脚我一脚，一场你死我活的决斗就这样开始了。罗小凡把这些年积攒的所有恨，所有不满，都灌注在了拳头和脚尖，每一抬拳，每一踢脚，都想置苏世雄于死地。

苏世雄又哪里服，他每一伸腿每一抬手，也注进了心中的无限怨气。

他们疯了似的扭打在一起。

那一刻，他们都不管不顾了，都忘了现实，都歇斯底里地喊着叫着、发泄着……

"王八蛋！你放不下，就拿老子垫背？"罗小凡骂着又是狠狠的一拳。

苏世雄原想还以更痛的一击，只听罗小凡说："你可知道，老子在白鹭河熬了六七年了，半年前得疟疾回城，晚一点儿就死在路上了，才换来这次回城的机会！你让老子让出去……"苏世雄抬起的手臂一下就软了下去。尽管罗小凡的拳头依然像雨点一样朝他奔来，他则任由其砸在自己的头上、脸上、肩上、胸口上，打得他鼻青脸肿，打得他左摇右晃，打得他痛苦地趴在地上，却再也不还手。

"罗小凡，就算我求你了！"突然，苏世雄朝罗小凡跪过来，"你知道的，我是小玉最大的精神支柱，如今我猛然和她分手，她那好强的性格，一个人在那里，真的是有可能想不开寻死的。你过去帮她很多次，就再帮她一次吧！我求求你了，你帮她这一次，我一辈子都感激你！"

说着他双手摁地，头便捣蒜泥似的往地上磕个不停。

罗小凡不由一愣。

"王八蛋！无耻的东西！这会儿担心她了，早干什么去了？你等着吧！别想老子心软！不要脸的东西！"还在气头上的罗小凡，把想起的所有脏话都甩向苏世雄，依然觉得不够，又上去踹一脚，才冷哼一声悻悻地扬长而去。

2

尽管罗小凡一出门就和苏世雄打了一场恶架，却没影响他登上南下的列车。

罗小凡从省城到白鹭农场，得先坐南下的火车到×市，然后再从×市转乘客运汽车。

坐在从容不迫行进的列车上，罗小凡心中的愤怒依然无法平息。

"狗娘养的，听说过人回城找关系，没听说人回城让指标的。把老子当傻子吗？想让我把指标让出去，门都没有！"他心里这样骂着，就想起了临出门时妈妈的警告。

"你爸那倔脾气，你不是不知道，要不是这次你险些丢了性命，他是不可能破这个例，给你李叔写这封信的。你可要好好珍惜，再出闪失，妈也帮不了你了。"

罗小凡知道爸爸的这封信有多么来之不易，那几乎是他用命换来的。他更清楚那对自己意味着什么，他自然不想把这样的机会让给谁。他不想！

当时，他曾满口答应妈妈："妈，你放心，这次再也不会出什么问题了。"

可苏世雄说，小江南就剩小玉一个女孩子了！并说，她那样的脾气，可能有生命危险！

一想起小玉，罗小凡心里顿时就被一种矛盾、气恼、不情愿的烦恼情绪充斥。他想甩掉这烦恼，便扭头看向窗外。

窗外，麦苗青浅，薄雾笼罩，十一月后的大地一片空旷苍茫。

这正是当年他与付桥、小玉一起招工南下的季节。这种时候，天已经非常冷了。

那天，穿着厚棉袄的付桥突然跑来对他说："听说南边有个招工的地方，小玉报了名准备去呢！希望咱俩能陪她一同去，干脆咱们也报名一同去吧！"这句话给他极端失落的心里注入了一道亮光。几年前小玉在开满槐花的树下，含情脉脉地塞给他包子的情景顿时便来到他眼前。他当即就做出了决定，拉着付桥就去报了名。尽管他当时并不知道"南边"具体指哪里，也不知去干什么，也完全可以留在城市找工作。

因为在他落魄的这几年里，小玉塞给他四个包子的情景，一直都是萦绕在他心头的一片温暖。

"咱仨从小一起长大，现在又一起招工南下，实在是亲如兄妹。"在南下的火车上，小玉曾这样对他和付桥说。

付桥当时就接过表妹的话茬说："应该比兄妹还亲！"

然后就双眼暧昧地看向他，又看向小玉。

小玉顿时双颊飞红，他心里也被一种阳春般的暖意拥裹。

因为那时他和小玉，不仅有从小长大的亲，还多了一份男女之间的情。他觉得在火车站见面时，不仅他对小玉动了情，小玉对他也动了情。

小玉说上面这句话时，他正回味见面的情景。

记得当时，付桥领着他找到小玉时，小玉正独自一人站立在火车站的一角。

他第一眼看到小玉，就像看到了春天里曾经看到过的一棵小树，似乎一转眼就变了样。原来那个瘦瘦的不起眼的女孩，一下就长高了，变成了一个两眼水灵灵，顾盼有神，身材修长，长发及腰的亭亭玉立的大姑娘。

"小玉，好久不见你了。"他有些局促地笑着说。

她答："我也好久没见你了。这两年过得还好吧？"

"好，好！"他答着，心却走神了。

两年不见，猛然面对小玉变得缎子般细腻光泽的脸蛋，星星般闪亮的双眼，他不知为什么就红了脸，就羞涩不自然起来。他发现小玉面对他，也一下子红了脸。

红了脸的小玉羞涩地低下了头，胸脯一起一伏，仿佛春山萌动，大地呼吸，让他一下就想起了那棵开满白花的大槐树，想起了她在树下给他包子的情景，紧张拘束又羞涩含情，就如二月含苞的花朵。因此，她再抬起头看他，眼里多出的羞涩柔情，不禁就掀起了他心头的涟漪。他凝视着她，凝视着她满眼的春情，凝视着她那光滑如玉一触即弹的脸蛋飘满红云，就仿佛看到了盛开的槐花，嗅到了槐花的清芬，一时之间便春情激荡浪花翻卷起来。

因此后来小玉说："既然比亲兄妹还亲，你俩又比我大，以后无论遇到什么事，你俩一定要像对妹妹一样，帮助我，包容我！"

付桥埋怨道："从小到大都是你欺负我，让我怎么帮助你、包容你？还是让小凡帮助你，包容你得了。"

小玉当时朝他看过来。

他就说："我比你大，不管是帮助你，照顾你，还是包容你，都是应该的。"

想到这，火车咣当一下，罗小凡又回到现实，不由感觉早已物是人非。

他又想起苏世雄那句话："现在，其他人全走了，小江南就剩她一个女孩子了。"

罗小凡还真没想到，人会走得那么快。

弄一个回城指标多么不容易呀！有几个不是历经千辛万苦才弄到的指标呢？这样情况下弄来的指标，谁都不会愿意让给别人的。

罗小凡更不愿意。他得到这个指标付出了惨痛的代价，他是用生命换来的。

关键是，小玉早已不是当年的小玉，而罗小凡也不再是当年的罗小凡。罗小凡对小玉早已没有了那种感情。或者说他感觉小玉早已不值得他再帮助了。

因为到白鹭河一年多后，小玉就移情于苏世雄了。

二

1

那是个饥荒的年代。

吃，不但可以抓住人最敏感最脆弱的神经，还可以让人东奔西走。

那年，罗小凡和付桥、付桥表妹周小玉三人招工南下，是在凌晨两点到达的终点——白鹭河大队。当时，一起到达的还有另外十一个人，他们都是在大队部那间会议室里将就过的夜。

早上罗小凡一醒来，班长苏世雄就安排他仨留下看东西，带其他人去了分场。后来他仨走出来，站在晨雾中四处张望，只看到房子北边不远，有个用玉米秆围成的厕所，却没见洗脸的地方在哪里。

小玉便问："咱们在哪洗个脸呢？"

付桥说："我刚才见，厕所那里到房后面去似乎有条小路。"

"咱去看看去！"小玉说着，就朝厕所那边走过去。

"走！"付桥也立即跟了过去。

罗小凡不由就落在了后面。自从在火车站见到小玉，他就感觉她的影子已在他不经意的每个呼吸、每个感触、每个思维里。昨夜大家躺在地板上闹闹哄哄睡不着，叽叽喳喳抱怨饿、抱怨冷、抱怨睡不着，说大老远来不让吃饭什么什么的，他眼中闪现的却只有小玉。她的长发，她星星般闪亮的眼睛，她修长的身材，她原本平平现在却隆起来的胸脯，她垂头站在那里温柔含羞的姿态，还有少女初长成所特有的那种说不清道不明的气息。她的每一点每一滴都让他怦然心动，都让他着迷。

他感觉，小玉每走动一下或挪动一下身体，他的心上就像有琴弦拨动了一下，就像有跳动的音符在敲击他的灵魂，让他有些心跳，有些眩晕，更有些迷离。

他可以透过小玉走动时裤子的皱褶，感受到她臀的饱满挺翘，也可以透过她偶尔露出的一截小臂，感受到她手臂的圆润。那时，小玉不过穿一件她姐姐的半旧红格子上衣，一条蓝裤子，一双手工做的棉鞋，却让他如此迷醉。

三人沿着小路绕到大队部后面，便看到迂回蜿蜒的白鹭河。河水极清，从河岸边浅水处可以清晰地看到河底上密布的小石子。朝远处望，河势从西北到大队部后面，正好凹进来形成一个不小的潭，然后又凸出去向东南流去。

"鱼！鱼！"三个人蹲下，付桥刚洗完脸就叫起来，接着就捡起河滩上的小石子往水里投去。

那时，小玉洗完脸抬头，看到远处水面雾气中，有两三个白色的水鸟，被付桥投去的石子惊动，便指着问："你们看，那是什么？"

"啊！是白鹭！是白鹭！是我和小凡梦寐已久的白鹭！"付桥当即就惊呼起来。

"你怎么知道它就是白鹭？"小玉扭头问。

"原来在小凡家的书上看到过好多次。"付桥说着就看向罗小凡。

"是。那时我们看了无数遍书上的图，为找白鹭，还特意去了好几趟公园呢！"罗小凡看着小玉说着，脸上不自觉就漾起一层暖暖的笑。只是当他面对小玉的双眼，心却猛然间抽紧了。他感觉小玉的眼睛里似乎少了些昨日的柔情。不过，他想起昨天在火车站，小玉看着他羞涩地低下头的样子，想起她再抬起头看向他眼里的柔情，心里还是激荡不已，脸就又发起烧来。

而小玉看见罗小凡红了脸，脸上也不由得飞上红云来。

付桥看在眼里会意一笑，就又继续捡小石子去寻找鱼了。

"咦，刚才那群小鱼哪里去了呢？"他问。

罗小凡说："你那石子一投，有多少也吓跑了。"

小玉站到河岸上，却突然来了一句："真是！有重要事，就把我们撇下！"

付桥听到就说："班长他们是觉得咱们三个岁数最小，照顾咱们，才特意让咱们留下来看东西的吧？"

付桥说着便又习惯性地看向罗小凡。

罗小凡也有同感。凌晨到大队部时，他扫了一眼，发现同时分到这个队的人都比他们仨大个三四岁或四五岁。他和付桥当时都不满十六，小玉更小，当时也就刚过完十五岁生日。而和他们同时分到这里的另外十一个男女青年，看着则都是二十左右的样子。于是他便附和付桥："是呀，总得留下几个人看东西呀！"

小玉却拉下脸阴阴地道："那可不一定。"

"为什么？"罗小凡问。

"你说为什么？还不是因为我俩那方面的问题！"小玉说着，那责备怨怼的眼神像锋刀一般朝罗小凡甩来。

罗小凡大脑里如闪过一个霹雳，惊得不由倒退一步。他当然明白小玉说的是什么。他原以为离开了省城，离开了成长的地方，"那方面"便不再是问题，一切便会重新开始，过去的一切阴影便会甩在身后，生命的阴暗便会结束。没想到刚来到白鹭河，一起来便面临这个问题，而且是从小玉嘴里说出来的。

许是小玉突然拉下脸后，表情过于冷，双目过于锐利，罗小凡就像被马蜂蛰到了痛点，而且是无法向人诉的隐痛，顿时他就看到那年，看到那年黄昏放学到家的情景，看到那年妈妈牵着他匆匆往姥姥家赶的情景，看到他自己眼睛发绿，饥肠辘辘，孤魂一样游荡在街头的情景，心不由得就猛地一暗。

因此，他为了避开这个话题，勉强笑了笑便说："你俩在这看着，我去找吃的地儿去。"

说着见北边朦胧的烟雾里有一排房子，便逃也似的低着头，深一脚浅一脚地朝那里而去。

而这一逃，恰巧让他结识了秦牧和小香草兄妹俩。

2

当时，罗小凡深一脚浅一脚地朝着北边朦胧的烟雾里走着走着，便一头撞进一个小学的操场。那时时间还早，估计早自习还没开始，操场上一群早来的孩子，正在争抢一个篮球。有个老师模样的男青年正在操场一角训斥一个小女孩："给你说多少遍了，女孩就要有个女孩样，别总是调皮得跟个破小子似的……"见他走过来，便迎上来问："是昨晚才来白鹭河吧？"

一股淳朴又亲切的乡土之音扑面而来，罗小凡感受着这亲切淳朴，脸上立即就冰冻融化般绽出阳光的笑意来。

"是！是！"他应着。

而青年满脸都是热情友好和欢迎。因此，当青年热情地向他伸出手，还不满十六岁的他也有意做出大人的姿态，热情地伸出手去，笑眯眯地和人家的手握在了一起。

这时，却听一个稚嫩的声音说："大哥哥，昨晚你们来，我看到了。你是最俊的一个。"

虽普通话发音并不标准，却如砂糖般，沙沙的，甜甜润润的，非常悦耳。

罗小凡扭头看过去，正是刚才被训斥的那个小女孩。小女孩小脸肉嘟嘟，头上扎着两个小鬏鬏，就像年画里的胖娃娃。见他扭过头来打量她，似乎有些畏惧，远远地站着，聪慧的大眼看向青年，又骨碌碌转向他，人站在原地却不敢动。

罗小凡便走过去，轻轻地抚摸着小女孩的头问："你多大了？这么会说话！"

小女孩听他这样问，却狡黠地笑了，说："你猜猜！"

罗小凡见女孩如此调皮，脸上顿时就弯起两弯笑容，心说这女孩可不像他见过的乡下小女孩，便揣测："七八岁了？"

"我八九岁了。"小女孩更正，又赶紧看向那青年，脸红红的，生怕犯了什么错似的。

罗小凡看着心疼，便好心鼓励道："你一看就是个聪明大方的女孩，好好上学，长大好考进城去！"

小女孩听了大眼一亮，却调皮地问："那你欢迎我到你家吗？"

罗小凡一听，就又笑了。

"欢迎，当然欢迎！"

小女孩又说："那——到时我就在你家住下了！"

这时，却听青年大声呵斥："疯丫头，还没完了？一边去！"

小女孩顿时又僵在那里。

罗小凡一见，就对青年说："她并没说错什么啊，你……你别吓着她。"

小女孩一听，便得胜般朝青年翻了一下大眼，快意地哼了一声，然后望着罗小凡灿烂地笑着，嘴里说着"好好上学，长大进城去！"便一蹦一跳地跑开了。

当小女孩跑远，青年便介绍说："这是我的妹妹，叫香草，今年上三年级。因为我十一二岁时爹娘才有她，就把她惯成这样。"

罗小凡听青年这样说，才想起问："你是这学校的老师？"

"是，是。我教所有孩子数学，我爸爸和另外两个老师教语文和政治。"青年老师非常热情，"其实，我高中毕业才回乡没多久，在这里任教也没多久，就叫我秦牧吧！"

罗小凡便笑着介绍："哦，我叫罗小凡！"

接着两人就热情地交谈起来。

秦牧说："虽然才见面，可是觉得你不俗，很亲切，很有书生气。以后有空多来学校转转，学校里有些我去总场买的和从叔叔那里拿回的书，都很不错，你要感兴趣就过来看。有时间咱们还可以切磋一下棋艺和篮球。"

这对罗小凡来说自然是个意外收获，尤其秦牧看着他说话时那特有的声调，平易柔和的眼神，让他感到无比舒服。

他顿时双眼放光："哦？！那这样太好，我正说到这里后，到哪找书看呢！"

罗小凡说着肚子就咕噜咕噜叫起来，才想起是出来找饭堂，就不好意思地捂着肚子问秦牧："昨晚半夜才到，没吃饭，杨支书说天一亮就给我们弄吃的，我是饿得等不及了，出来找做饭的地方呢！"

说着又捂着肚子笑。

"哦，给你们做饭的大灶膛在大队部的正南边。"秦牧说，"可能因为你们头天半夜到的，今天给你们早饭做得就特别早。刚我从那路过时，老杨头已做好饭停火了，只怕你出来那会他也正过去喊你们吃饭呢！"

的确，罗小凡向北刚走到学校，老杨头就来到大队部喊他们吃饭了。

而罗小凡走后，付桥和小玉两人依然逗留在河边。那时，雾气逐渐变淡，河面的白鹭也多了起来。有在河滩觅食的，有互相打斗嬉戏的，更多的则在明晰的晨光里悠闲地低飞，两人便兴奋地吆喝着沿着河岸走起来。

后来吃过饭，罗小凡听两人讲见到许多白鹭的情景，便有意沿着河岸转回大队部。

而望着河面优雅而闲淡的白鹭，罗小凡一下就想起了小时从书上看到白鹭的情景来，那早已孵化成了他心中的诗意。

因此，罗小凡这天的记忆，也是诗意的。

这时，晨雾已散淡了许多，站在河岸向河的来路和去路看，便可发现向北的学校；向南河滩上面的高台上密集着一户户人家。河坡上的小柳林一片金黄，一直延伸向远方，其间小路弯弯，如九曲回肠；对岸则是一片蒸腾着烟雾的麦田。

这时，正是做早饭的时间。只见树林环绕庄舍，庄舍被薄雾笼罩，一缕缕炊烟袅袅而上，隐约可见灰砖草房掩映其间，亦可听到三两声鸡鸣狗叫和孩子的哭闹声。

而当走上河岸，大队部的正前方则一片开阔，远山如黛，近处麦田生翠，其上薄雾蒸腾，放眼望去如梦如幻、如诗如画。当雾气落尽再远望则山清水秀，空气清新，真可谓"北国江南"。

这便是罗小凡第一天看到白鹭河和遇见秦牧兄妹的情景。它早已和无数个梦境揉在了一起。

3

再说当时，老杨头做好饭过来喊人吃饭，见门关着，还以为都在睡觉。敲门喊了三声没动静，手上一使力，大门"吱呀"一声开向两边，往房里一瞅却没一个人。老杨头就大声喊起来："人呢？这饭也做好了，人都哪儿去了？"

接着就继续喊着，四处转着寻找起来。

那时，付桥和小玉正在好奇地逗远处的白鹭，听到老杨头的叫声，便赶紧往回走。

老杨头见了就问："其他人呢？"

付桥一听，便调皮地眨着眼看向小玉。

小玉沉吟了一下，却说："去分场买东西去了吧？"

又说："我也不太清楚，只让我们留下看东西。"

付桥赶紧补充："我们还有一个，出去找做饭的地方去了。"

"哦。"老杨头愣怔了片刻，说，"那，那这样，你仨跟我到食堂先吃，剩下的，我给他们盖锅里。"

付桥叫了罗小凡，三人便随老杨头往大队部食堂来。

食堂坐落在大队部的东南边，穿过一片杨树林，过一个石板桥，几间不太规则的红瓦房就是食堂了。

老杨头说食堂是吃大锅饭时盖的，原来也做大队部。之所以盖在这里是因为这里有棵古槐树，是大队的标识。后来，大锅饭停了，队部搬走了，这里就成了队里办喜事和开大会的场所。

吃了饭三人走到食堂前不远的空地上，果然长着一棵巨伞似的古槐树。

"哇——！"三个大孩子同时惊呼起来。

"这是一棵已经记不清年代的古槐树，据说新中国成立前发大水，救过好多人的性命呢！"罗小凡他们惊叫时，跟出来的老杨头便兴奋又自豪地介绍起来，一边又说，"到了夏天枝繁叶茂，绿荫几乎可以遮到我们站的地方，树身五六个孩子手拉手才能合抱过来呢！"

说着看向三人："你们三个过去抱抱试试！"

三人雀跃着奔过去试了，也不过勉强合抱，难免又一阵感叹唏嘘。

和大槐树相比，靠食堂西墙边有个半人高的梯形台子，就显得不怎么起眼。三个人发现梯形台，是看了大槐树折回来的时候。

"大爷，这台子是过去的戏台吗？"当时小玉转到跟前，好奇地打量着说。

"过去是当过戏台。"老杨头跟过来说，"现在，一般也就开个大会，或过节表演个节目啥的，就在这上面。"

罗小凡小时不少听妈妈讲大槐树的传说，虽然此大槐树并非彼大槐树，却激起了他浪漫的联想。

他不由得感叹着说："啊，在这象征生命起源和繁衍的大槐树下，唱一出出大戏，有意思，有意思……"

他一连说了两个"有意思"，还想说点什么。

小玉却冷冷地说："别想得那么浪漫了，开大会可是会批斗人的。"

罗小凡见小玉又冷下脸，便不再说什么。那时，还不到十六岁的他自然不会想到，这台子将成为他以后多次登上的地方，也是留下他惨痛记忆的地方。

后来三人欣赏着河边的风景往大队部去，罗小凡迷恋河中的白鹭和河滩柳叶的金黄，便提议："要不咱们先别回队部，趁今天没事沿河边往下游转转？"

付桥一听就踊跃道："你等着，我去到老杨头那里寻摸盒火柴去。"

"你拿火柴干吗？"

"到时就知道了，绝对有用。"付桥说着箭一样射出去，就像跑了一场接力赛，不一会儿就又回来了。

然而，小玉却似乎怀着什么心事，她见付桥拿了火柴回来，就迟迟疑疑地说："你俩转吧！我留大队部照看东西，也正好休息休息！"

当时，小玉说她昨夜一直都没睡着，要回去补觉，罗小凡和付桥把小玉送回大队部，便沿着河岸金色的柳林小路，一直朝下游走去。

别说，还真有收获。

<h2 style="text-align:center">4</h2>

两人沿着小河拐出白鹭河大队不远，便发现了一大片芦苇荡。芦苇荡在一片低洼的荒滩中间。

那时，冬日的冷风刮着白茫茫一大片芦花在风中沙沙摇摆，就如雪白的巨浪在翻滚，让人有一种如梦似幻的感觉。两个来自省城的大孩子一见，不待多想，便欢呼着冲下坡来，惊起一阵扑扑棱棱的扇翅声。待两人抬头望时，一群大雁已排着队朝远天飞去。

"付桥，弄不好今天咱还可以找到几只鸟蛋呢！"罗小凡正兴奋说着，猛然发现附近草丛有一窝鸟蛋，便兴奋地扑过去抓起。

这时，身后芦苇丛里"哗啦"的一声，付桥便兴奋地大叫："小凡，我敢肯定芦苇荡里还有鱼呢！"

说罢双眼就如火炬似的朝芦苇荡里照过去。

罗小凡随付桥的目光刚扫见远处的一个鸟巢，便发现芦苇荡里的不远处有许许多多或大或小的水洼，就问："你是说水洼里吗？"

"是。"

罗小凡兴奋得双眼发光："你说哪一个里面有？我脱鞋下水去摸！"

付桥却平静地说："不用脱鞋，这个我有经验。你看我一下就给你摸上来一条鱼。"

说着，付桥脱去上身棉衣，捋起袖子，俯身双手只往水里一摸，一条不小的鲤鱼便被他随手甩上岸来。

"还有吗，还有吗？"罗小凡哪里见过这种事，他见付桥果然扔上来一条鱼，望着水洼，恨不能用双眼再勾起一条鱼来。

"估计没有了。像这样的小水洼，一般一个里面就一条鱼。

"你怎么看出来的？"罗小凡新奇地问。

付桥则显得老练得多，他对罗小凡说："你跟我来，我可以看出哪个水洼有鱼。"

罗小凡又哪里接触过摸鱼逮鱼这种事呢，他看着岸上乱蹦的鱼，生怕鱼再蹦回水里，就问付桥："这鱼怎么办？"

"岸上草很厚，它跳不回水里，先别管它。"付桥说着，一边走一边观察周围水洼，不多时又在一个水洼前停下。

罗小凡立即惊得睁大眼问："你看出这个水洼里有鱼了？"

"是。"付桥说着，已在水洼上架起双腿。

罗小凡忍不住又问："你怎么看出来的？"

"等我再摸一条大的，够咱们美美撮一顿的，我再慢慢告诉你！"付桥吊胃口似的慢慢说着，俯身，双手往水里一伸，手再出来，果然就握了一条黑里吧唧乱扑棱的大鱼。

"付桥，这可是黑鱼呀，这么大！你怎么就看出，这水洼里有这么大的黑鱼呢？"罗小凡惊讶地叫着，一个趔趄险些掉水里。

后来，付桥用一种很结实的草穿了两条鱼，在芦苇荡边弄干树枝时，罗小凡才意识到火柴的用处：点火烤鱼。

果然，后来付桥领罗小凡到一处僻静的干洼坑里，就在那架火烤起鱼来。

这对刚从大城市走进蛮荒之地的罗小凡来说，确实是一种奇遇。既新鲜又奇特。可这在付桥早不算什么了。因此，后来烤鱼时，罗小凡忍不住一遍又一遍地询问。付桥当时一边烤鱼，一边从裤兜里掏出一纸包盐，均匀地撒在鱼身上，一边简单地回答了罗小凡的问题，便让罗小凡佩服得五体投地了。

当时，罗小凡问："你怎么知道那个水洼有鱼，而且是这么大的鱼呢？"

付桥说："几个水洼都没人动过，那个水洼里却有缕缕翻起的浑水，我就判断那里有鱼。"

罗小凡又问："即便这样，你又怎么断定，它就一定是大鱼呢？"

"这个也简单。"付桥说，"水很浅，鱼每扑腾一下，都会形成一定面积的浑水。而一般情况下，小鱼扑腾形成的浑水面积小，带起的污泥少；大鱼扑腾形成的浑水面积大，带起的污泥多，因此从水浑的面积和程度便可大致判断鱼大鱼小了。"

付桥弟兄五个，虽然他爸爸在市委某部门任职，不过老爷子是个逍遥派，每当付桥的妈妈想改善生活时，他就会拿个罩鱼的网，带他们弟兄到城外郊区小河里、水沟里，尤其是芦苇荡里摸鱼。那时，水还没污染，也不曾打农药，许多有水的坑洼都能摸到鱼。付桥跟着父亲出去的次数多了，也就经验老到了。

"我看这条大的也就够咱俩解馋了，这条小的烤好，就给小玉带回去吧！"说着说着，罗小凡就想起了小玉，想了想便笑眯眯地说："还有这几个鸟蛋，我也准备给她带回去。"

付桥一听不由得就笑了。

"小凡，你——喜欢小玉？"他眨巴着笑眼问罗小凡。

罗小凡顿时便有些慌乱。"我……我怎么可能不喜欢？从小一块玩到大。不过——"他心虚地红着脸解释，"我只是觉得咱仨就是一家人；她又是女孩，才想着给她留点。"

"是。如今在外，咱仨可不就是一家人吗？"

付桥想着在火车上，罗小凡答应小玉的话，"我比你大，不管是帮助你、照顾你，还是包容你，都是应该的"，便低头暗笑。

付桥心里自有他的打算，他看看罗小凡说："鱼给她带回去就可以了，鸟蛋就不用带了，听说女孩吃了脸上长雀斑。"

"真的？"

"对了，你一说我倒想起来了。"付桥说，"那芦苇荡里还有一种叫'黑瓜'的东西，咱们吃了鱼，去弄点尝尝，也给小玉带回去一些。"

后来，当罗小凡和付桥相对站在芦苇荡边，唱着"北大荒，北大荒，我的北大荒！"看着付桥被染黑了的牙和嘴唇哈哈傻笑时，才了解付桥从一丛丛叶子中间掰下来的黑瓜，原来就这样得的名。

当时，年少幼稚浪漫满怀的罗小凡曾感叹："付桥，你说，咱们要能住这地儿该有多好？有鱼吃，有鸟蛋，有黑瓜，要是这芦苇荡中间再有片水塘，咱们就好好改造改造，给岸边种上垂柳。到时，塘边长蒲苇绿汪汪一片，准好看；塘中间种藕，到了夏天水塘里荷花一片，到秋天还可以吃莲蓬和藕。再弄条小船，也就像小江南了。"

当时付桥说："嗯，真好！"

他们哪里会想到，一年以后他们这批来自省城的青年男女，竟当真被安置到了这地方。

三

1

罗小凡他们这批人，来白鹭河一个星期以后，就被认领到了各家各户。

那时，因为大队除了大队部会议室外，并没有其他闲房子，罗小凡他们只得暂时拥挤在大队部这一间会议室里。

这样一间说大并不大的会议室，不但八面透风，十四个人住也太挤了点。当时八个男的，六个女的，床两边靠墙挨着摆了，中间除了隔离的帘子和秫秸，一边也就剩下个走人的地方。说是隔离开了，男女之间的距离也就不到一米宽，跟挨着几乎没什么区别。他们是十一月后去的，霜降已过，正是家家户户上房顶，或在地边草坪上、路边石头上，忙碌着大晒特晒红薯片的时候。这个时候，天已经非常冷了。一到夜里，北风呼呼的，门窗全哗哗啦啦乱响，这样将就几天可以，长久了人也就受不了了。

队里也知道，让十四个年轻人同住在这一间不大的会议室，不是长久之计。原本想找个地方临时给盖几间房子，可终究没找到合适的地方，最后便商定把困难打散，让十几个小青年住到各家各户去，也便更好地和乡亲们融合在一起。

罗小凡因为一来白鹭河就和秦牧兄妹一见如故，后来他和付桥就一同被认领进了秦家。

那天，当农代表杨树春和秦萱草通知他们来古槐树下时，大队里的人已经提前来到，包括队里的壮劳力，也包括老人和孩子，秦牧和小香草也在里面。他们搭伴在一起，看着罗小凡他们走过来指指点点，吃吃地笑。

自罗小凡他们在大队部会议室住下后，大队里的姑娘、小伙子和半大的孩子便总爱往大队部凑。小香草每天都要过来，她每次过来总是一边悄悄往会议室里瞅着，一边好奇地打量着站在会议室外面的人。每次她过来，不管罗小凡干什么，只要她一看见，小脸上顿时便会绽放出笑来。然后，她总是趁人不注意，调皮地朝罗小凡一眨眼，便得胜似的跑掉了。这给罗小凡留下了太深的印象，也给他最初来白鹭河的日子留下了明亮轻松的记忆。那时，小香草已经和罗小凡很熟，她看到罗小凡，便嘻嘻笑着指给哥哥秦牧。

当时，罗小凡和付桥、小玉三人，因为说好要尽量分在一起不分开，就紧紧挨着站在一起。其他人则根据远近，三五成群地站在不远的地方。

后来，杨支书见人到齐，就朝大家说："大家也都看到了，咱队里就大队部会议室一间空房。队里也想办法了，实在是找不到安置这十几个青年的地方。可这十几个从城里来的年轻娃，千里迢迢来到咱这穷荒地，咱就要把人家当咱自己的孩子看待。现在我宣布：为了方便，家里有女孩的，领个女孩回去好相处做伴，有男孩的领男孩回去也好安置。大家看着办，关键一定要把领回去的孩子安置好、照顾好。"

话是这么说，其实大队早安排好，只有大队领导、骨干分子和家庭条件好的才有资格领。

当时，杨支书刚一宣布完，他女儿秀就朝他跑过来，也不知在他耳根嘀咕了句什么，他便笑着朝大家说："现在我宣布，认领从我开始，从俺闺女开始！"

然后朝秀道："秀，你去吧！你看领谁和你做伴合适，就领谁吧！"

而秀听了便直接朝小玉走来。

秀是个文静而秀气的女孩，看上去和小玉年龄差不多。那时，小玉虽然还不认识秀，可因为那几天她和队长的女儿英子每天都到大队部转，对于秀是杨支书的女儿，英子是王队长的女儿，却早就听说了。只是，她没想到第一个被认领的人就是自己，更没想到自己会被支书家的女儿看上。虽然她与付桥、罗小凡商量好尽量不分开，可刚才支书说："家里有女孩的，领个女孩回去更好相处做伴，有男孩的领男孩回去也好安置。"似乎一家只能领一个的样子。

她征询地看向付桥和罗小凡，可两人还没来得及说什么，秀已经走到了她面前。

秀上来就拉起小玉的手问："咱俩年龄相仿，愿意家去，跟俺住在一起吗？"

因为和小玉很面熟，秀说完便甜甜地笑起来。

"愿意，愿意！"小玉笑盈盈地答应着，又朝罗小凡和付桥看一眼，来不及多思考，也就跟着秀一起拿东西去了。

接着人群里一阵骚动，王队长的老婆柳翠花走出人群，也朝罗小凡和付桥站的方向走过来。

那时，苏世雄他们都在罗小凡和付桥前面站着，他俩并没意识到柳翠花是朝他们走来了，还愣怔地瞅着看她到底去认领谁。可就在这时候，原本朝罗小凡微微笑着的秦牧突然就不笑了。他拉起小香草就朝柳翠花追过来，而且很快就越过了柳翠花朝罗小凡走来。

"这死孩子，怎么跟你姊抢起来了呢！"柳翠花在秦牧身后骂。

秦牧装作没听见，牵着小香草便直奔罗小凡而来。付桥当时正搂着罗小凡的肩膀旁观，罗小凡曾带他去秦牧学校借过书，他自然知道秦牧是冲罗小凡来的，一时搂着罗小凡竟万般不舍地愣在那里。罗小凡见秦牧牵着小香草过来，自然也明白怎么回事。他看看秦牧，再看付桥也是一脸的不舍。

这些，秦牧都看在眼里。他牵着小香草走到两人面前，就有些犹豫起来。

这时，只听有个浑厚的声音在远处喊："牧儿，把他俩都领家来！"

顿时便有人喊："秦校长带头领两个了！"

接着便响起了掌声。

秦牧便松开香草，安抚似的朝两人肩上一拍，说："既然俺爸发话了，你俩就到我家去住吧？"

然后又说："我看你俩也不舍得分开！"

付桥便又黏着罗小凡吃吃地笑起来。

这时，小香草朝罗小凡身边偎过来，高兴地拽着罗小凡一边的胳膊笑着喊："嘻嘻，小凡哥！"

罗小凡一见就柔和地笑起来。他学着秦牧的样子，牵起小香草的手，感觉她的小手肉肉的、滑滑的、热乎乎的，便捏了捏轻声说："走，咱们拿行李去！"

几个人便一起回大队部拿东西去了。

而停在不远处的柳翠花，见秦牧把罗小凡和付桥全领走了，狠狠地一跺脚，便朝一边的苏世雄和程强走去。

这样，苏世雄和程强就住进了王队长家。

而其他的女的，刘慧和王青云住在了妇女主任王春花家；邵美华住在了会计家；徐燕子住在了秦萱草家；于芳则被杨树林的母亲领走跟他妹妹住在一起。男的余国庆和江诚住杨树华家；赵保国和李爱国则分别住在另外两家。

2

这天，罗小凡、付桥同秦牧、小香草兄妹俩离开大槐树，先去秦牧学校转了一圈，才拎了行李往秦家来。原来秦家就住在罗小凡来白鹭河头天看到的那个高台上。高台的中间是条细长细长的胡同。胡同的左手第一家就是秦家。隔壁是王队长家。杨支书家则在胡同的另一头——最东头的东南方住着。而大队部和大槐树则处在北边学校和南边高台的中间地段。他们到秦家已经不早了。当时秦牧领着罗小凡和付桥走进东屋他的房间，罗小凡见房间里就一个空床，便和付桥商量："咱俩睡一张床吧？暖和。"付桥说："行啊！好久没和你挤一块睡了，正好再感受感受。"秦牧正在里面忙着腾床，听了就赶紧说："你俩不用睡一张床，我正给你们收拾另一张床呢！"小香草那时正好奇地睁着大眼站在门口观望，见哥哥收拾她的床，就问："哥，你把我的床铺挪哪去呀？"

"咱妈让你去堂屋里住，在他们的房间给你铺了张新床，我把你的被褥挪过去。"秦牧说着抱着小香草的被褥便走出来。

"哦。"小香草应着，注意力却集中在了罗小凡这里。

当时，付桥见罗小凡的被褥已经拆开，就提着自己的行李往里边床上来。小香草一见，就走到罗小凡身边问："小凡哥，你就睡在这里了吗？"

"是。"罗小凡一边忙一边应着。

"那我来给你铺床。"小香草说着小手就伸过来。

"你呀？"罗小凡便笑。

这正好被走进来的秀和小玉看在眼里。

秀便笑着说："香草，你才多大呀？就会铺床了吗？"

"怎么不会？"香草说着就要给罗小凡铺床。

走进来的小玉便赶紧走上前来帮忙。

香草一见，便扭头朝向罗小凡眨眼笑起来。

罗小凡听到秀的说话声早已看到小玉，见小玉过来为自己铺床，原本要说些什么。香草朝着他又是眨眼又是调皮地笑，倒让他闹个大红脸。

付桥看见，朝秀笑笑，便问小玉："小玉，都安置好了吗？"

"都安置好了。"小玉说。

付桥看看罗小凡，又问小玉："你过来——有事吗？"

小玉看看罗小凡，有些羞涩地道："没啥事。就让秀领着过来看看你们住在哪里，认个门。"

说着便又俯身帮罗小凡整理床。

秀自然看出了端倪，便走过去帮付桥铺床。

"我自己来，自己来！"付桥嘴上客套着，见小玉在给罗小凡铺床，便也任秀帮他铺了褥子铺单子，铺了单子铺被子，却始终没往自己床前偎。

秦牧看在眼里，到了晚上睡觉的时候，便笑付桥是个滑头。

秦牧笑付桥是个滑头当然还另有原因。当晚，小玉和秀刚走不久，住在隔壁的英子就过来了。

那时，罗小凡、付桥和秦家一家人正围坐在吃饭桌前吃饭，英子拉着队里的一个女孩一走进来，眼睛便火辣辣地朝付桥看过去。秦叔秦婶见英子这样，自然明白怎么回事，便也不让她，只无声地笑。罗小凡、秦牧和小香草看在眼里，也不露声色地笑。只付桥低头吃饭没察觉蒙在鼓里，因此当他抬头看到英子盯着他笑，不知发生了什么事，就快速地扫向大家。见大家眼角都藏着笑，正准备问话，英子却先开口了。

"叔，婶，俺家今儿做了些糯米藕，俺妈让俺给你们拿些过来！"英子大眼来回闪烁着说完，就把东西轻轻放在了付桥桌边。

然后对着付桥说："俺两家是邻居，你们的苏班长和程大哥都住在俺家，没事时请你们过来玩。"

"哦，哦，哦。"付桥正茫然地应着。

英子嫣然一笑，却拉着那女孩跑了。

于是，一屋子人便都看着付桥笑起来。

秦叔见英子走远就和付桥开玩笑："我说小付啊，看咋弄吧！你这一来就被人看上了。可咋办好吧？"

付桥赶紧说："秦校长别吓我了，我胆子可小了。"

秦叔说："咱自己家，喊我秦叔，喊秦牧他妈秦婶。"

"那秦叔就别吓我了。"付桥便嘻着脸说，"我才来到这里，还什么都没干就谈起恋爱来，人家会怎么想我呢？再说，我还不满十六周岁呢，也不该谈对象呢！"

秦叔却说："咋不该，在我们这里，比你小的都有对象了。"

"可……可……可，"付桥结巴道，"在我家不到二十好几是不让谈的。何况，我是老小。"

说到这便看向罗小凡。

罗小凡赶紧说："是。他家是有这规矩。"

付桥又说："何况现在不是都提倡晚婚吗？而且我来这里时，我爸本来就不大支持。"

付桥说到这，又看向罗小凡。

"是。再说也没见过这么胆大的啊！"罗小凡说着就望向秦牧笑起来。

秦牧也笑："嘿嘿，哪里都有个别的嘛！"

秦婶则补充："十里八乡也就她、她妈这样，哪还有呢！"

付桥便夸张道："我爸要听说我一到这里就搞对象，准把我提溜回去！"

然后再次看向罗小凡，说："不信问小凡。"

秦叔沉吟了片刻，不由问："小付，你和小罗，你俩谁大？"

付桥赶紧说："小凡比我大几个月。"

"哦。"秦叔又问，"你爸在省城干什么工作？"

付桥说："我和小凡从小生活在一个家属院。离那里不远有个大教堂，那里的钟声曾给我们留下了深刻的印象。那里住的大都是有身份……"

罗小凡知道付桥想说"有身份有文化的人"，以便告诉秦叔他是个知书达理有家教的孩子，可是那时"有身份有文化的人"似乎不是褒义词，付桥肯定还会解释。他怕付桥说起来滔滔不绝，便赶紧替他说："付桥他爸在市委一个部门工作。"

秦叔听了又问罗小凡："那小罗，你爸是干啥的？"

"我爸……"就像那个时代所有家庭有问题的孩子，一旦被人问起家庭，就不由自主地垂下了头一样，当秦叔问起罗小凡的爸爸，自卑和沧桑当即就写在了罗小凡的脸上，他顿时就一脸灰暗地低下头去。

付桥看着心疼，便赶紧为他辩护："秦叔，省里原来大名鼎鼎的铁路局局长罗延挺，您知道吧？就是小凡他爸。"

"哦，罗延挺？好像听说过。"秦叔若有所思地说着。

"那是过去，现在已经下放劳动了。"罗小凡小声嘀咕。

这时，秦叔对付桥说："你说小罗他爸，倒叫我想起一个人……"

在一边听半天的秦牧便开口道："爸，你是说新中国成立前在咱这一带打过游击的罗挺团长吧？"

"是。我说的就是他。"秦叔说着点上一支新草烟猛抽一口，吐个烟圈，沉吟片刻，就眯起眼回忆起来，"当初，日本鬼子突然来扫荡，他让全团官兵护着百姓撤退，自己却装疯卖傻打扮成个乞丐，把日本鬼子引出咱白鹭河去。唉，那次，他救下的人，比那棵古槐树当年救下的人还多几倍呢。唉……他能机智逃离，那是命大啊！可后来听人说，他去延安了，就没有了他的消息。"

秦叔说到这，又深吸一口烟，瞅了罗小凡几眼，便再次沉浸在往事里。

这时一直扑闪着大眼，坐在大家中间的香草，双眼滴溜溜地在付桥和罗小凡身上转了几圈，突然开口道："我觉得付桥哥哥好，小凡哥哥也很好啊！"

秦叔看看老来得来的女儿，突然想起什么似的对秦牧说："其实，自打他俩进咱家，我就看出这群年轻人里就数他俩最灵透。"

然后又看着罗小凡和付桥道："你俩一个外向，一个内向。小付大咧咧的，粗放活泼，阳光帅气。小罗除了性格有些拘谨，看上去则斯文沉静，精干英气。"

说到这儿一拍桌子："总之，都活泛机灵，都不是笨人！"

这时香草突然又大声道："就是嘛！秀和英子姐只知盯着付桥哥看，却都不往小凡哥这里看，根本就是瞎了眼！"

秦牧一听，像是才发现香草的存在似的，一把把香草从人堆里掐出来，放到旁边说："咦，这个疯丫头，我们大人说话呢，你个小孩子家在这乱掺和啥呢？"

然后又加一句："赶紧睡觉去，明天还要早早上学呢！"

"哼，坏秦牧！睡觉明天早上也不和你一起去学校了。"香草说着就跑掉了。

3

果然，第二天早上，秦牧一大早就去学校了，香草却没去。

当罗小凡和付桥起来，站在屋檐下刷牙时，小香草便背着小手儿在二人面前来回地踱着，一会歪头这样看看，一会俯身那样看看，不时地还朝罗小凡和付桥扮个鬼脸儿笑，以掩饰她的眼气和好奇。而秦叔一从堂屋里走出来，她当即就扑过去拧麻花似的撒起娇来。

"爸，我也要那个，我也要刷牙！"一边说，一边眼馋地看着正刷牙的付桥和罗小凡。

罗小凡一见就又笑了，当即就说："香草过来，哥哥给你。"

付桥知道罗小凡家庭情况不如自己，见罗小凡这样说，来不及吐嘴里的沫子，便赶紧说："小凡你别。我也带了两把牙刷呢，我给香草。"

罗小凡却说："临来，我妈给我买了一把牙刷，好几袋牙膏呢！"

罗小凡到白鹭河时，他妈确实给他买了一把牙刷，好几袋牙膏。当初他妈从下放的地方请假赶回省城，是因为姥姥得了重病。他妈心里明白，他姥姥一旦不在了，他在省城也就没亲人了，以后回省城也就难了，才特意为他买了那么多牙刷和牙膏。事实正是如此，罗小凡到白鹭河大队不久，他姥姥就去世了。

这当然是后来的事。他妈来信只说又回到了下放的地方，并没提姥姥去世的事。

当时，罗小凡也是一嘴沫子，他一边对付桥说，一边朝香草喊："来，哥哥给你拿。"说着便进屋拿了两支牙刷一袋牙膏递给香草。

"这是牙膏，这是牙刷。你一个，你哥一个。"

当时，香草在秦叔的叹息声中接了牙膏牙刷，飞快地进屋，挤了牙膏，用碗舀了水，就笑着出来和罗小凡他们站一起刷起牙来。

后来，秦牧回来，她便大老远迎过去。

"哥，看我的牙白不白？"她把秦牧堵在大门口，龇牙咧嘴地问。

秦牧在县里上高中时也刷牙，他一看站在远处笑的罗小凡和付桥，当时就明白了怎么回事，便疼惜地点着香草的鼻子说："白，真白！就知道你这个疯丫头不跟我去学校，在家就不会省心！"

香草也不恼，只管笑着把一个牙刷举到秦牧眼前，说："这是你的，你也刷刷牙，咱们再吃饭。"

"好，我今天也听香草一回，刷刷牙！"秦牧原也是爱讲究的，便笑着接了牙刷刷牙去了。

这时，刷过牙后的香草，便调皮地扑到秦叔怀里，对着他大口地哈气。

"爸，香不香？"

一股芳香扑鼻而来，秦叔慈爱地对香草说："闺女，香！香！香！"

然后意识到自己的牙没刷，便赶紧闭了嘴，把脸扭到一边。

这样一天一天地，每到吃饭，秦叔见刷过牙后的秦牧和香草，同罗小凡和付桥的牙齿一样，亮白亮白的，而秦牧他妈一张口，牙齿则焦黄不堪，想自己大概也如此，没过几天就去镇上，给自己和秦婶买回了牙刷和牙膏。并特意交代秦婶："你也刷刷吧！城里的孩子讲究。既然秦牧和香草都跟着讲究了。咱俩老东西，也不能为省两个钱子儿，就让人闻到咱口臭。"

这样，秦牧一家就都刷起牙来。

四

1

来到白鹭河的最初一个星期，罗小凡他们因为十几个人挤在一个会议室，整夜整夜没法安睡，队里为照顾他们的情绪，也就一直拖着，又是让学习，又是让训练，没给安排活干。当他们分到各家各户后，住的地方一安置好，第二天队里就让他们下地干活了。

那天，为了表示对这批远方来的年轻人的重视，上午王队长没让小队长分工，自己亲自领着一帮人来到大田地头，先让杨树春和秦萱草俩人做了锄地的示范动作，随后便宣布："从今天开始，你们十几个人便划分为青年组。既然你们从今天就正式开工干活了，队里也就从今天开始给你们记工分了。现在你们初下地，和村里的后生和女娃一样，男人暂定每天八分，女人干活弱点，先暂定六分。等以后你们活干熟络了，便和队里的整劳力一样，男人九分或十分，女人七分或八分。"

当时，王队长宣布完，大家谁也没说什么。接着王队长说："就这样吧，我不耽误你们了，让树春带男的，萱草领女的，带你们干活吧！"

王队长扭头刚迈出脚，小玉却猛然向前一步喊住了他。

"王队长，我有话说。"她双目炯炯地道。

王队长一见，立即便有些别扭，嘴上却说："你……你……你有啥话，只管说。"

"都是人，为什么男人是九分或十分，女人却是七分或八分？还有，你还没见我们干活，怎么就知道女人不如男人了？再说，我们都是成年人，为什么不按整劳力对待？"小玉一开口便声色俱厉，咄咄逼人，一句紧似一句地向王队长逼来。

"这，这——"也不知是因为小玉住在杨支书家，还是出于别的什么考虑，后来王队长掂量再三，便答应了小玉。他说："那要女人和男人干的一样多，就……就拿一样的工分，就都……都按整劳力算工分吧！"

说完，瞅小玉一眼，似乎在说："这闺女，咋恁厉害！？"然后就像逃难似的，抬腿就走人了。

小玉的挺身而出，虽然显得"厉害"了点，却给大家挣回了整劳力工分，大家自然是一阵欢呼。后来杨树春说："你们作为一个独立的劳动小组，虽然由我和萱草带你们干活，可私下里组织活动、学习什么的，你们也应该有自己的组长和副组长。这样有什么事，我和萱草也好提前与你们组长、副组长联系商量。"

杨树春说完看向秦萱草，秦萱草一听便向大家看过来。她扫视了一遍，顿了顿说："我建议在男的里面选出一个组长，在女的里面选出一个副组长，这样也便于管理。"

于是，大家几乎没怎么讨论，组长和副组长就推了出来。男的里面，苏世雄岁数最大，到白鹭河后又自觉承担起了带队班长的职务，便理所当然地被推选为组长。

女的里面，谁还能有小玉这股泼辣厉害劲呢？何况，她刚为大家挣回整工分，五个女同胞便一致推选她为副组长。

来到白鹭河后，小玉原本忧心忡忡，担心这害怕那的，她哪里会想到大家这么信任她，一下就把她推到了副组长的位置上。她毕竟年龄小，心里也单纯。心里喜悦，脸上就顿时泛出喜悦的光来。因此后来农代表给十四个人各自分了几垄地后，她便第一个扬起锄头，飞快地锄起来。

"大家放心，别看我岁数小，也不会落在你们后面的。"她真诚又单纯地朝着大家笑眯眯地说。

一旦真正下地干活，罗小凡一下就感觉出吃力来。一上午，他慌慌张张，用尽了全力，手上打了三四个泡子，却一直落在后面。付桥和小玉则一直冲在前面。尤其是小玉，虽然年龄最小，却一直冲在最前头。

那时，一群城里来的年轻人头次下地干活，白鹭河的老人和孩子便看稀奇似的，一直追在路边远远地观看。一时之间，小玉这个黑黑的、年龄最小的女孩儿，就引起了白鹭河老人和孩子的关注。

因此，收工回来，便听到白鹭河的老人和孩子站在路边议论。

"你看，就是那个岁数最小的、黑黑的女孩儿，干活最铁（厉害的意思）了。"

"可不，要不那么小就被任命为青年组的副组长了？"

"人家不但泼辣能干，还住在支书家里呢！"

走在前面的小玉听了不由得就挺直了腰板。而罗小凡听了心里竟隐隐地升起一种无名的忧郁。这让他感到一种无形的压力，心中难免就有些沮丧。

2

这天，罗小凡他们出工，秦牧的妈妈秦婶也出工。

付桥和罗小凡到家时，秦婶回来洗了手正往厨房走。付桥眼尖，见秦婶进厨房做饭，便赶紧跟进来，蹲在灶门前帮着烧火做饭。

那时，秦牧和秦叔还都在学校忙着没回来。

罗小凡正不知干什么，见小香草回来放下书包，便攥着个大篮子往外走，就问："你这是干啥去啊？"

香草说："到河坡挖猪草去。"

罗小凡着实意外："你这么小点儿，就去挖猪草啊？"

"在我们这都这样啊！"

"哦，那我和你一起去！"罗小凡说着，就笑眯眯去拿攥在小香草胳膊上的大篮子。

小香草却一趔趄身子道："不要你去！在我们这里，都是女孩挖猪草。男孩是不挖猪草的。"

一边说，一边眼睛睁得大大的看着罗小凡，就像是严格遵守学校纪律，怕犯错误似的。

罗小凡想了想便说："我看这样吧！你挖猪草，我帮你提篮子。这样，你一边挖猪草，还可以和我说说话，讲讲猪草的名字，也好叫我认识认识。"

香草看着罗小凡，眨着黑葡萄似的大眼想了想，便嘻嘻笑了起来。

"好吧！"她说。

说着把篮子递给罗小凡，就朝家门外跑去。

"这是黄花菜，在春天开花的时候挖了喂猪最好了。这是云英，我们这里都叫野苜蓿。这是车前。这是卷耳。这是毽子草，可以挖来踢毽子的。"一到河坡上，小香草便弯下腰，一边挖一边介绍起来。

"哪是毽子草？"罗小凡便追上来问。

"你看，就是这棵，越是冬天，长得越肥嫩。"小香草说。

罗小凡过来看了，那草棵长得密密集集一蓬，确实像小时女孩子踢的毽子的形状，便问："可又怎么当毽子踢呢？"

"你看——"小香草挖出来那棵草，抖了抖上面的土，在手里上下掂量了下，猛然朝上一抛，然后甩脚接住弹向高空，接着便有节奏地踢起来。

"卷耳卷卷，黄花黄黄，打猪草，喂肥羊，过大年来，喜洋洋，小姑娘就买身花衣裳。"小香草一边踢，嘴里一边数叨。数完一支歌子，又数一支。

从香草家下到河坡，不远便有块大石头。罗小凡听着听着，便坐在那大石头上看香草踢起毽子来。

那时，罗小凡还注意到，远远的河边，有一堆一群的白鹭聚集着，有缩着脑袋享受着阳光的；有自在地舒展着翅膀的；有迈着闲适轻灵的步子来回走着的，让人感觉自在而安详。

因此，回忆下乡最初这个晌午的白鹭河河滩，太阳是暖暖的，风是软软的，一堆一群的白鹭们自在而安闲，罗小凡也沉浸在自己儿时温暖的记忆里。

香草曾问罗小凡："城里有毽子吗？"

"有。"

"那是用什么做的呀？"

"用铜钱、鸡毛、萝卜头加彩色的布条纸条。"罗小凡说着，便想起那几年同付桥和小玉一起踢毽子的情景。

"我们这也是。不过，你们没有这长出来的青草毽子。"香草说。

罗小凡便笑。

后来两人一起挖猪草，香草问罗小凡："你们城里养猪吗？"

"我不知道。我没见过。只见有卖猪肉的。"

"那城里到底都有什么啊？"

那时，罗小凡毕竟不过是个十五六岁的少年，他对省城的了解又能有多少呢？他只能按自己的简单了解回答。

他说："有很多你没看过的书；有好看又高大的楼房；有两边长着梧桐树的好

看的大街；有很大的商店；有洋气又漂亮的衣服……"

"那——等我长大，一定得去看看！"香草眼睛一眨也不眨地看着罗小凡说。

"好啊！只要你来，小凡哥我就欢迎你！"罗小凡又笑。

"为啥呀？"小香草仰头问。

"因为咱俩是好朋友啊！"

小香草一听就满意地眯起眼睛笑了。

罗小凡又说城里还有好听的音乐，并告诉香草他带了一支竖笛，到时可以吹了给她听。

"太好了，那挖够猪草回去就给我吹吧！"小香草说。

"好啊！"

挖够猪草回到家，秦叔和秦牧依然没回来，罗小凡就问香草："你们不是早放学了吗？怎么不见你哥回家呢？"

"我哥啊！"小香草神秘地道，"我哥看起书来连饭都能忘了吃。我爸都说他是个读书狂呢！他说是在批改作业，实际很多时候都是在学校看书。"小香草怕人听到似的对罗小凡耳语着，然后拽住罗小凡的一只胳膊，神秘兮兮地告诉罗小凡，她哥每过一段时间就会去总场叔叔家一趟，每次回来都会带一摞子新买的或从叔叔家拿的书。

罗小凡听了不由得浑身一震。他实在不明白，一个农村小学老师，读那么多书，有啥用呢？

后来在秦家住久了，罗小凡发现秦牧果然是个读书狂。除了吃饭或偶尔与他和付桥唠唠嗑，大部分时间都在学校看书。

而罗小凡后来在乡下的那些年，正是秦牧的这些书，喂养了他的思想，填补了他原本正该接受教育的青春时光。

"我爸估计中午不回家吃饭了。早上听说大队的杨六奶奶死了，我爸他得去主持殡葬。"后来香草说。

果然，中午吃饭秦牧回来说："我爸不回来啦！被杨六奶奶的儿子请去了，到晚上才回来。"

3

晚上，秦叔回家，罗小凡正在为小香草吹竖笛。秦牧和香草在听，付桥则在旁边吹口琴伴奏。

"呀，你俩还会这个啊！"秦叔进来说。

"都是小时候跟小凡学的。"付桥快人快语道。

"嗯。"秦牧接过罗小凡刚吹过的竖笛爱惜地把玩着，对秦叔说，"付桥说，小凡不仅竖笛吹得好，文章也写得好，经常刊登在校刊里呢！"

"是。"小香草也赶紧跟着附和。

付桥说："有时，我的文章也能刊登上校刊，可和小凡一比，文采就差远了。"

"你们这都是跟谁学的？"秦叔问。

"都阿姨，"付桥指着罗小凡说，"他妈教的。"

又说："罗小凡吹的竖笛，我吹的口风琴，还有写文章都是阿姨教的。"

罗小凡家没出事以前，妈妈在省城大学艺术系任教，不但懂音乐，还擅长文学、舞蹈等，罗小凡从小受母亲熏陶，小小年纪就成了学校的大红人。那年小玉让付桥领着到罗小凡家串门，就是因为罗小凡的竖笛表演轰动了全校。而小玉自那之后便经常到罗小凡家玩，和付桥一样，也在罗小凡家学了不少东西。

秦叔听了付桥的话，就赞叹："文章写得好，好，好，以后会有用的！"

罗小凡则有些沮丧地小声说："像我现在这情况，会有啥用呀！"

秦叔则说："一辈子时间长着呢！你咋敢肯定一定就不会有用呢？"

秦牧笑："这是我爸的口头禅！"

后来，每当发生一件事，秦叔果然爱说这句话："一辈子时间长着呢……"

不过，后半句却各有不同。

到了晚上，大家围着桌子吃罢饭，秦叔刚点上一支草烟，突然就听大门那里有人喊："秦校长在家吗？"

"啥事？进来说。"秦叔却没有半点校长的架子，说着就放下碗准备站起来迎。

这时，一个六十来岁的老汉走进来，赶紧把他摁下，弯下腰恭敬地把一张纸条递给秦叔道："今天有个媒婆给孩子提个媒，我看相片人家女孩怪好，可你说咱孩儿属虎，人家是属兔，这……这……这……对人家好吗？校长我信你，你看看有事没事？八字都在纸上，我也好决定咱孩儿给人家见不见面。"

不想这老汉一连串话一说完，秦叔就说："老哥，请把心放肚子里了。只有恁好了。去吧，让咱孩子给人家见面去吧！"

老人依然不放心："不伤人家啊？"

秦叔安慰："老哥，我知道你担心啥。你怕咱家孩儿属虎，伤到人家。可咱这个是木虎，人家也是木兔，双木男女最相合，怎么能伤呢？去吧！"

"你这一说，我算放心了，那我走了。"老汉说着就走了。

这可把罗小凡和付桥两个小青年稀罕坏了。

罗小凡先问："秦叔，您咋就知道他儿子是木虎呢？"

付桥又问："就是，您咋知道他儿子是木虎呢？还有双木最相合是啥意思？不是骗这老汉的吧？"

秦叔一听便一脸慈祥地笑了。

"这个你们自然不懂。这是咱祖先根据金、木、水、火、土五行推出的相生相克，排到1950年就是木虎，排到1951年就是木兔，而五行里木木相生。因此，我告诉他好，不相克，不相伤。"秦叔说。

罗小凡便笑："秦叔，只想着你当校长，没想到连这些乱七八糟的，你也都会。"

"唉，这……这哪是乱七八糟的呢？这可是咱祖先留下的传统文化精髓啊！"秦叔笑。

这时，香草自豪地说："我爸还会给人看病，还会给人捋好，还会给人调解。白鹭河各家各户的婚丧嫁娶，都离不开我爸。我爸会的可多呢！"

秦叔听女儿夸自己，眯着眼笑着，深吸一口草烟，却深有感慨地说："唉，这都是逼出来的。"

接着秦叔说："在这里，可不比城里，你教书的就教好你的书，有文化的人比比皆是。在这里，有文化的人少，用处就大了。过年大家要找你写对联，不管你写得好，还是不好，大家都要来找，因为大家都不会写。一到过年，一个大队的对联，还有毗邻大队的对联，都让你写。久而久之，我这几笔字还真练出来点模样。还有平时婚丧嫁娶，给两家的孩子看好订婚期，人家也来找你商量。人家找到你，相信你，你不说个依据和道道又不行——比如刚才那老哥，你就得给他讲出个道道——再说，谁又愿意掉底？这样，我不自觉地就会去看一些相关的书，久而久之成了算命先生，自己还不知道。"

"而且，结婚要帮着主持张罗吧？人家还会叫你。人家说你是文化人，怎么说也比他们有水平。朴实厚道的老乡先把这种荣誉给你，你就算最初说的水平不是多高，大家也能包容你。久而久之，你练就了一套说辞，大家又来捧你。然后，你再不停地改点新花样，他们也就当你是演说家了。"

秦叔说到这，不由得就爽朗地大笑起来。笑一阵，停下来吸口草烟又风趣地道："而且，谁家老人孩子有个说不上名堂的小病，也会习惯性来找你。他们会说：'秦校长，你有文化，你先给看看，这孩子嘴上起泡，是熬碗绿豆白糖水，还是熬碗蒲公英水让孩子喝？'我知道他们是自己不敢拿主意，让我给拿个主意。于是，我看孩子并不严重，就让他们先试试绿豆白糖水，或者家里没有白糖，就让先熬点蒲公英或是荷叶粥喝喝；要严重就让他们一定带去分场医院。那时，和现在一样，各个大队都没医院，就分场有个医院。这样久而久之，我又学了不少偏方。"

"后来，见人总来找我问，就让秦牧他叔给我找了本《本草纲目》，我没事就看，趁去省里又买了一本《赤脚医生手册》。队里人再有谁拉肚子、咳嗽、上火的小病，我就因地制宜，给他们采一些应时的、可做中草药的菜蔬，让他们食疗，倒也管一些用。这样一来，方圆几十里的老人们，不但到我这问病，也总把一生用过的有用的土方子带来，一天一天，一年一年，我这便积累了各方面的土方子，也就又有些像土大夫了。哈哈哈……日久年长，二十四节气出现啥征候，比如天干啦，天湿啦，该咋打算啦，队里的人也来问几句。总之在这里，既然人家把你当成个文化人，基本啥都问你。"

果然，第二天早上，杨支书和王队长在安排大队劳力出工前，便特意拐来跟秦叔说两句话。

"秦校长，你说，今年这一冬都不见下雨，恐怕年里年外，就阴天多了吧？"王队长先问。

"咋不是呢！有道是干冬湿年下。我看你们这是安排队里的活的吧？最好还是把活都安排在年前做完，免得到年里沥沥啦啦，阴到正月开外出不了门。" 秦叔说着看着杨支书。

杨支书道："嗯，正是这个理儿。我和王队长这就和队里的几个骨干合计合计，看咋把活年前安排完。"

说着便和王队长一起走出去。

从这天开始，队里就开始把粪往大田送，挖沟为来年清理水道。当然也要安排一部分人薅草锄麦地，后来罗小凡他们十四个人就被安排在一个叫"长滩"的地方薅草锄麦地。

4

长滩，顾名思义就是个很长很长的滩。那是白鹭河大队最大最长的一块地，垄长得望不到头，一上午也锄薅不了一垄地。因此，队里要求最好男女搭配干，说这样速度要比一个人干快很多。

自从小玉当了副组长，罗小凡便不再主动靠近她，可付桥却暗中想把他俩往一块撮合。他一听说让男女搭配干，当即就来找小玉了。

"咱仁一组吧？"他对小玉说。

小玉斜眼看看罗小凡，却说："那咱可不能落人家后面，不然让人瞧不起。"

"你放心，有我呢！"付桥说，"我在前面锄，你俩在后面薅草。我长得壮，力气大，手臂比你俩有劲。"

付桥说的也是实话。当时，罗小凡透着文质气的俊秀长相，虽然并不比付桥差，可他显然没有付桥长得壮实，也没有付桥干活那么有劲那么利索。小玉那样说，无形中就给罗小凡施加了一种压力。

罗小凡便憋了一股劲，打心眼里不愿落在小玉后面。

而小玉从小就好强，作为女孩又偏偏手脚灵活，蹲功过硬。那天上午，罗小凡付出了最大努力，一会儿蹲着，一会儿撅着，两手齐下只顾忙活，生怕落在小玉的后面，却没注意到小玉的手受了伤。

干冬的天气，就算什么也不干，人在寒风里刮一天也难受。何况要不停地去扯去拔那夹在麦垄里的草。一上午下来，好几个女孩都叫脸刮得生痛，手挂出倒刺了，腿痛，浑身痛。

当女孩子纷纷叫这痛那痛时，其实很多男孩子也痛。这是他们最初从事农田劳作的共同感受，只是男孩们毕竟是男孩子，都不愿表现出来。

罗小凡就是这样。虽然他比付桥和小玉干活都吃力，累得腰酸背痛，却丝毫也不愿表现出来。还不时男子汉般地关心地劝小玉："要不你歇歇。我和付桥我俩交换着锄会儿拔会儿，也不耽误事的。"

他自然是在努力学着像一个成熟男人那样说话做事。意思是：你女孩子家，别累着。我虽然干活不如你快，毕竟是个男人，再苦再累我能扛着。

小玉却说："我根本就没感觉累。"

其实，那时小玉手上已经划了一个大口子，可她怕拖累了付桥和罗小凡，也怕给他俩带来负担，便一直咬牙忍着不去包扎，也没表现出任何异样。直到那伤口与野草、麦苗、土地不断摩擦，红肿了起来，一碰东西就痛得钻心；直到那天她一伸手像被什么蜇了一下似的，猛然缩回手被罗小凡看到。

"小玉，你的手？！"当时，罗小凡惊叫一声，本能地就抓起了小玉的手。小玉从小在家就啥活都干，手干硬干硬的。罗小凡一看，她的食指已红肿得像个小萝卜，便心疼地说："你看，都红肿成这了，你怎么不说呢？赶紧让秦叔给你弄点药包扎包扎去。"

小玉却赶紧缩回手，小声说："一点点外伤，没事的。你叫啥？"

"都红肿了，你还说没事？"罗小凡又抓起小玉的手，让付桥看，"你看，都肿成啥了？感染了就麻烦了。"

付桥一看也说："哎呀！都肿成这样了，还是让小凡陪你一块去包扎包扎吧，感染了就麻烦了。"

小玉见有人扭头朝他们这边看，就硬把手从罗小凡手里拽出来，倔倔地说："我现在不想去！我下工再去！"

然后看看付桥、看看罗小凡又补充："你俩小声点，我不想让人知道。"

"好。"付桥看看罗小凡，便替他说，"那你现在就别干了，就在旁边休息会吧！"

"你放心！我俩不落在人家后面就是。"罗小凡安抚道。

"可是，我站在那里像什么？我用另一只手慢点拔就是。"小玉说着便蹲下用左手慢慢拔起来，一直坚持到中午下工，才与罗小凡和付桥一同来找秦叔包扎治疗伤手。

"小玉，住在妇女主任王春花家的女孩，有一个叫刘慧的，是吗？"这天，秦叔在院子里给小玉包扎伤手时，不经意就这样问了一句。

小玉见秦叔的问话态度散淡，不知他是什么意思，看看站在旁边的罗小凡和付桥，便小心地答了一个字："是。"

"是那个个头高、白白胖胖的吧？"

"是。"

"哦，哦！"等了一会，秦叔给小玉的手涂上药，开始包扎时又问，"你——了解刘慧她家的情况吗？"

小玉又看看站在旁边的罗小凡和付桥，迟疑了下才答："她家庭出身好，父母又都是党员干部，应该是我们六个女孩里家庭条件最好的一个。"

秦叔见小玉回答得迟疑，叹一口气，婉转地道："我是见秦牧这么大岁数了，老也不操心找对象的事，见了年龄相仿的就想问几句。"

这时，秦牧刚好走进来听见，便顿时拉下脸埋怨秦叔："爸，我给你说多少遍了，不让你管我这事。你这是干吗呢？"

　　说完便摔门走出院子去。

　　"唉，我是见他留意人家，才……"秦叔话说一半却止住。

　　这边，小香草见哥哥秦牧生气反而乐了。她乐颠颠地追到门口道："哥，嘻嘻，爸给你问的可是最打眼儿的那个呢！"

五

1

　　刘慧确实是同到白鹭河的六个女孩里最打眼儿的一个。

　　在乡下，白是最打眼的。刘慧不仅长着高高的好身段，好看的鹅蛋脸儿，双眼叠皮儿的明眉大眼儿，露在外面的部位——脸、胳膊、脖子、手，又都雪白雪白的。在乡下，人人皮肤都晒得黑黢黢的，又干巴又粗糙，她这一身雪白，又才来到这里，没招过多少风，也没淋过多少雨，嫩乎乎的，又岂能不招人眼儿？

　　当然，刘慧打眼儿，另一个更主要原因是她身上那身正统的军装。

　　那个时代虽然视注重打扮为小资，对穿红穿艳嗤之以鼻，却视穿军装为时尚和美的极致。你若穿一身军装，大家不但不认为你小资，还认为你充满了阳光和朝气，还认为你英姿飒爽走在了时代的前头。

　　何况刘慧穿的那身军装，和其他人的仿制品大不相同。刘慧穿的是她哥哥专门从部队给她寄回来的正统女军装，草绿色正，布缝也比仿制的密实硬挺得多。而且，这军装穿在她身上，不但腰身儿显得格外掐，腿也显得格外挺直——据说，正统女军装的腰身本来就掐，而裤腿的挺和直则是刘慧把从家带来的铁熨斗，放妇女主任家的灶膛烧烫，垫上一块湿布压出来的。而且，刘慧在六个女孩里，头发也是最洋气的。那时不兴烫头发，刘慧也没烫头发，可聪明的她却用火筷子为自己的头发制造出了好看的弧。因此，每当她走出来就显得格外招人眼儿。

　　刘慧在白鹭河的那些年，白鹭河大队老人哄孩子，总爱说："听话，长大给你找个像刘慧那样雪白雪白的媳妇儿！"

　　女孩子私底下说话，则爱说："我要能长得像刘慧那样就好了，高挑个，鹅蛋脸，双眼叠皮俩大眼。"

　　末了还得补一句："皮肤又那样雪白！"

　　而据说，小伙子在私下里最爱议论的则是刘慧的大屁股。虽然那时的审美是以脸蛋和大眼为主，可刘慧那走路时一扭一摆乱颤颤的美臀，却没少让小青年产生少年维特那样的烦恼。比如程强私下里就没少跟付桥和罗小凡诉苦。那时几个人私下里一开玩笑就爱往那上扯："怎么？馋肉了？把那谁屁股上的肉割下来二斤，让你解解馋？"

他们指的自然是刘慧的大屁股，于是大家便一阵哄笑。

刘慧也清楚大家对她的注目，每次在人前便会有意把胸挺得老高，腰绷得老直，把弧度好看的头发有意搭在胸前。这样她扭摆起美臀来，便更显得万千风情，勾人心魄。

不久，刘慧这上衣的掐腰，裤子的笔挺，头发的弯度，便成了白鹭河大队男女老少热议的话题和女孩子家私下里追慕效仿的目标。

那时是冬天，虽然也上工，毕竟早上上工晚，晚上收工早。活也不太累。秀从分场放学回来，小玉已经收工在家里了。两个女孩子在家里，讨论最多的就是刘慧的头发和裤子上的直线。

起初秀问小玉："你的头发，虽不像刘慧那样，也卷卷的，是在省城大理发店烫的吧？"

小玉的头发是自来卷，就如实告诉了秀："是天生的。"

然后，秀又和小玉讨论刘慧裤子上的直线："我们这讲究的人，衣服做好也会在上面压上好看的直线，有的是用手指硬刮出来的，那是棉布。也有用缸子装上开水烫的。刘慧那估计是用铁熨斗烧热熨的，就显得格外挺直。我一个分场同学家就有个那样的熨斗，我见过，只是不太会用。"

小玉当即就说："我会用。"并告诉秀，其实省城过去很多家庭都有那种铁熨斗，只是当初谁会想起带那玩意儿，现在又离家太远。

秀一听脸上顿时就放出光来："那要不，我明天到同学家借来，咱也试试？"

小玉就笑："只要你能借来，我熨出来，保证能让你满意。"

"那我明天就借回来。"

果然，第二天放学，秀就兴高采烈地带回了个铁熨斗。

于是，两个花季少女便在女儿家的闺房悄悄忙活捯饬起来。

2

那时，秦牧确实在留意刘慧。

刘慧家庭条件好，人长得又好，自然是这批城里来的青年里最活跃的一个。秦牧发现每过几天，刘慧便会裤子穿得笔挺、头发弄得好看地拉着一个同伴到隔壁王队长家来。

她到隔壁王队长家来，自然是来找苏世雄。

总是听到柳翠花扯着大嗓门招呼："哟，又过来找你们苏组长说话啊？"

刘慧总是谨慎地说："不，找他借点钱。"

秦牧是个细心且明察秋毫的人。那时，这群城里来的青年，谁什么出身，家庭情况如何，他已经知道得差不多。因为年轻人都直爽，住在谁家，人家一问，也就一五一十说了。唯独苏世雄，连王队长也不知道他父母具体干什么。不过大家都知道苏世雄很大方有钱，便都推断他背景不一般。

刘慧每次来找苏世雄，并不是仅仅为自己一人借钱。其他人借钱，尤其是其他五个女孩借钱，都喜欢拉上刘慧，或者说刘慧总是要和她们一起来。这样男孩来也就算了，凡是刘慧来，同在隔壁队长家住的程强便会避难似的，撇着嘴逃到罗小凡他们这边来。

这样的时候，如果香草不在，付桥总会问："怎么了？"

"没怎么，关键我一近距离看到刘慧，心里就扑腾扑腾乱跳。"

"看你那点儿出息！"付桥便笑，"我见你上工收工都偷偷瞅人家，也没咋样啊？"

程强却说："哎，那不一样！那离得远。"

大家一听便都哈哈大笑。

这时，秦牧总是眯着眼，默默地坐在一边听着。

后来，当秀和小玉一起也把上衣改掐了腰，裤子烫出了直线，便开始鼓动小玉出去转转。

她总是说："走，到外面转转去！"

可走来走去，走到最后总是走到秦家来。

自住秀家后，小玉下工回来，无论去哪里基本都和秀一起。秀没有姐妹，第一眼看见小玉就特别喜欢，小玉住到家里后她又待得格外亲，又非常体贴，这让小玉无形中就对秀生出了许多好感。因此，后来槐花开的时候，她见秀一见刘慧穿着裙子走出来，就眼馋得走不动，就当即把自己带的唯一一条半新的裙子送给了秀。这倒让秀对她有了更深的情谊。

"香草，看姐这衣服整得好看吗？"秀一到秦家，首先便问香草。

"好看！"

香草发了话，秀拉着小玉只站在当院，却不往秦家进。待秦叔、秦婶和秦牧听到声音迎出来，招呼夸奖一阵，院子里响起一片说笑声，秀趁着别人说笑，眼光便往付桥和罗小凡住的屋子里瞅过去。

这时，付桥听到小玉的声音就赶紧迎出来，就专门跟秀打招呼："秀，过来啦？哈哈，你这身打扮，我都快认不出来了。去省城买的吗？"

秀问："好看吗？"

"当然！你本来就好看，这一打扮显得腰细细的，腿长长的，身材苗苗条条的，更好看了。"付桥操心着罗小凡和小玉，便又是好听话，又是往里让，好不热情。

可隔壁的英子听到响动，走过来说："我看是谁来了，这么热闹。"

付桥却像老鼠见了猫似的，躲进了厕所。自从当初搬到秦家，见识过英子大胆的表现，每次英子再来，付桥总是躲着。这天也一样，直到英子同小玉和秀说得口干舌燥，悻悻地走了，他才踮着脚尖小心翼翼地从厕所走出来。

罗小凡见付桥总是这样，就笑他："看你那胆小样，你不嫌茅厕臭啊？宁愿待在那里都不愿出来见她？"

付桥却只是笑："去！去！去！你是没遇上，要你遇上这事试试！"

可这样来回几次，每次秀和小玉来，付桥都热情招呼；每次英子来，付桥就逃，英子脸上就挂不住了。

英子明眉大眼，高挑个儿，不但比秀长得高，也比秀漂亮。当初英子看上付桥，王队长和柳翠花也都看出来了。王家两口子打听付桥的事，秦叔自然要把付桥说过"家里不让过早谈对象，知道了会当即提溜回去"的话，以及付桥家可能有的态度，比如不可能让在农村找对象的看法透给他们。可如今付桥光躲着英子，却和秀有说有笑，王队长两口自然有看法。

自从认领那天秦牧跟柳翠花抢人，王队长两口就对秦家有了成见。如今付桥又总躲着他家英子，王家两口便认为是秦家父子在下面使的劲了。

为此，柳翠花曾恨恨地对丈夫道："到时咱也当支书！没听说这么偏心的。"

从此两家就有了隔阂。就因为这小小的隔阂和误会，后来几乎毁了罗小凡的前程。

而实际上每次秀和小玉来，付桥之所以和秀多说，不过是希望罗小凡能和小玉多交流交流。因为罗小凡和小玉走到一起，一直都是他的心愿。也是他当初拉罗小凡同小玉一起来这里的根本原因。

"小凡哥，你有什么脏衣服让我帮你洗吗？"每当这样的时候，小玉就像配合付桥似的，付桥忙着和秀说话，她便总是想帮罗小凡做点什么。

"没，没，你累了一天了……你坐！"罗小凡总是紧张得心扑腾腾乱跳，又是整床单，又是扯衣服，又是抚头发，总想以最好的方式款待小玉，却不知怎么做怎么说才好。

小玉却总是说："我不是要给你一个人洗，付桥的我也要洗。再说咱们三个谁跟谁，都是应该的。"

小玉虽然这样说，忙起活话便少了；即便说话，也很少抬头。有时就算抬头说话，双眼也总像蒙了一层厚厚的纱，让人感觉很远很远。这让少年怀春的罗小凡总是不由得就沉默下来，沉默在一种相思的忧郁和失落里。待小玉她们走了，他心里闷得慌，便会拿着竖笛到河坡，靠着那块大石头，对着满坡的河风，对着白鹭河水，以及那闲适的白鹭，释放心里说不清道不明的忧郁和失落。

其实，在大家的目光和注意力都集中在刘慧身上时，在旷野的风里，在一些劳动的间歇，在偶尔抬起头的一瞬，罗小凡则常常会为小玉那刚刚萌动的青春身影，为那身体的饱满，为那饱满所赋予的朝气，为那朝气所赋予的弹力和动感，为那动感带来的震颤而思绪纷乱，为那种隐含于她身体的美妙韵律而痴迷陶醉。程强说的那种对刘慧的感觉，有一些也正是罗小凡对小玉的感觉，只是和程强不同的是，罗小凡对小玉还有一份莫名的牵挂和相思。

罗小凡这种失落又郁郁寡欢的样子，后来就被小香草看进了心里。

六

1

那是过完年开春初忙的时候。有一次罗小凡又到河坡，小香草便悄悄擓着篮子跟了过来。她跟了过来，并不说什么，只坐在罗小凡身边静静地听。

待罗小凡吹完一曲，她才问："小凡哥，你好像有些难过。是因为小玉姐，对吧？"

罗小凡看着小香草有些发怔，便不知怎么回答，有些笑得不自然。

小香草却又说："小凡哥，放心，会有办法的。"

说着便跑到河边，吆喝起来，逗得河里的白鹭扑腾着翅膀到处乱飞。

罗小凡说她："那白鹭在河里安安闲闲的，你看你把它们逗得，到处乱扑腾，还有半点安闲劲没？"

"那小凡哥，我逗你玩儿？"

香草说着便揪起一根河坡上的嫩草叶，朝罗小凡脸上、鼻子上、眼睛上乱挠起来。罗小凡本来是故意绷着脸不笑的，结果还是忍不住痒痒，扑哧就笑了起来。

"走，疯丫头，挖猪草去！"罗小凡熬不住小香草的调皮，便和她一起速速挖了一篮子猪草，一起回来吃饭。

可后来当大家都坐在饭桌前吃饭时，香草却猛然闹起革命来。

事情是这样的，当时罗小凡发现自己碗里有个荷包蛋，看看坐在对面的香草碗里似乎没有，也没多想，就夹到她碗里。

付桥看到翻翻自己的碗，发现也有一个，就赶紧也给了香草。

而香草看看哥哥秦牧的碗，却一拍桌子站了起来。

"老爸，我妈偏心！"她说。

"香草，你妈偏啥心了？"秦叔问。

"她给小凡哥和付桥哥碗里加荷包蛋，却没给我和哥哥加。"小香草噘着嘴委屈地道。

秦婶一听赶紧说："这两天地里的活累，你小凡哥和付桥哥辛苦，妈才给他俩碗里加了蛋。你和你哥都没干重体力活，就没给你俩加。"

"可我正在长个子呢！"香草说着看看罗小凡说，"看，就我这个子八九岁了，小凡哥还以为才七八岁呢！"

香草说着就挂下脸来。

秦叔老来得女，原就疼得紧，就说秦婶："哪差了那一两个鸡蛋呢！叫咱闺女受这屈？"

秦婶也格外疼香草，便赶紧说："好好，明天都打。今天是我错了。闺女行不？"

说了便看着罗小凡和付桥笑。

小香草看看罗小凡，眨了几下黑葡萄似的大眼，却说："我要煮的，带到学校第二节课饿的时候吃。"

"好，好！"秦婶应着。

这时秦牧看看罗小凡和付桥，朝香草鼻子点去："都是咱爸咱妈把你惯的。"

香草这才笑着坐下来吃饭。

自这天以后，香草一瞅准合适的空当，就会悄悄来找小玉。

"小玉姐，这是小凡哥让我捎给你的。他知道你在秀姐家不像在俺家有时有鸡蛋吃，就把这个省下，让我捎给你。"香草总是把小玉拉到一个没人的地方，才和她说话，才把鸡蛋悄悄塞给她。

这样有时当罗小凡在河坡吹笛想心事的时候，小玉就会趁人不注意走过来。

而每当小玉向罗小凡靠近，付桥在河坡上立即就会吹奏起令人陶醉的口琴曲。

罗小凡知道，付桥这样是在有意唤醒他和小玉过去的一些美好记忆。

然而，罗小凡和小玉一次次见面，情感却没有丝毫进展。

尽管付桥潜意识里一心想罗小凡和小玉好，可付桥那天搪塞秦叔的话，却恰恰让罗小凡记在了心上。

付桥那天对秦叔说："我才来到这里，还什么都没干就谈起恋爱来，人家会怎么想我呢？再说……"

付桥尚且如此。罗小凡心里明白，他的家庭情况和背景，更不能什么都没干就让人看到谈恋爱。他只能安安分分，其他人都不曾显露恋爱的苗头，他又怎么可能当"出头鸟"？何况，小玉那边对他在众人面前和她说话都忌讳，他又怎么好和她有什么进一步发展呢？

因此，每次见面，小玉顾虑重重，罗小凡也心有忌讳。两个人总是各怀心事，顾左右而言他，从来都不曾敞开胸怀交流过。

记得小玉第一次朝罗小凡走来，罗小凡正靠在河坡大石头那里胡乱地吹着竖笛想心事。他猛然看见小玉，又意外又无措，紧张得呼地一下站起，却口吃地问："你……你也到这里来转啊？"

"我……我，"小玉也结结巴巴地说，"我到这里来看看白鹭。"

然后便往河边来。

"哦。"罗小凡跟过来，一时却不知说什么，也不敢说什么过分的话。

后来，小玉问罗小凡："你有事吗？"

罗小凡莫名其妙地说："我没什么事啊！"

小玉便说："你既然没事，那我走了。"

而罗小凡和小玉对视着，对视着，对视了许久，也没从她眼里看出答案。

过了一段时间，小玉又来河坡见罗小凡。

她问罗小凡："是你让香草告诉我，来这里的？"

"我，我没啊！"罗小凡说着脑中却轰然洞明。

小玉又问："那鸡蛋，是你让香草送给我的？"

"我……"罗小凡心里就更明白了，便赶紧把话挡开，"你在秀家，没鸡蛋吃吧？"

"没有。杨支书不会给人看病，也不管红白喜事儿，没有人送。"小玉说，"她家没鸡蛋。"

罗小凡这才明白，原来小玉来河坡见他，竟是香草的苦心安排。而且后来他还知道，在整个白鹭河大队，也就家里有两个拿工资的，又经常帮人红白喜事的秦家可以吃到鸡蛋，可以吃到掺了玉米面的白面馍馍。其他家庭吃的，基本都是红薯面窝窝和玉米面饼子。

"我走了。"后来小玉说。

罗小凡便默默地朝小玉看去。每次分手，都会经历一场梦魇般的对视。在那漫长的时间里，冲动与抑制，渴望与退缩，希冀与放弃，一直无形地在他心里互为斗争互为矛盾着。他感觉自己似乎一直都没呼吸也没思维，也或者是呼吸得太快，想得太过于烦琐，那几乎让他窒息。而当小玉和他擦身而过，他的心却总是像落叶一样，也随之飘落黯淡下来。

"小凡哥，你最近和小玉姐还好吧？"后来没人的时候，小香草问罗小凡。

罗小凡不愿揭穿小香草的秘密，便装糊涂地摸着她的头说："嗯，好。"

小香草听了便得意地笑。

因此，古槐树开花后的那个月夜，小香草和同龄的孩子在古槐树下玩游戏时，看到罗小凡从左边的小路往古槐树走来，小玉从右边的小路往古槐树走来，便赶紧引领着游戏的孩子们到别处去了。

2

五月，槐花开的季节一到，白鹭河和大队食堂前的古槐树便开得串串叠加，片片相连，如无数洁白如玉的灯笼串一样，挂满了古槐树的枝丫。远远望去，雪白一片，就如一场规模壮观的槐花盛宴。那浓郁的槐香，更是沁人心脾，令人陶醉。而槐花一落，地上便铺上一层厚厚的花瓣，走在花瓣上，便有了走在海绵上的感觉。再仰望头顶一树的雪白，便恍若被包围在花心里了。尤其是在有月的夜晚，一树的晶莹，一地的雪白，就如在梦里。

可白鹭河人觉得这很正常，古槐树开得再艳丽，花香再浓烈，他们该干啥还是干啥。除了偶尔有老人带着小孩子来转转，并不见多少人在意。更奇怪的是大家生活并不好，却不见有人来这里打槐花。罗小凡一问，秦叔却说："这白鹭河沟沟坎坎，路边坑沿儿，到处长的都是槐树，谁去招惹那古槐树干啥？"听着就像在说不愿去伤害身边一个值得敬畏的老人。

因为知道古槐树曾救过白鹭河很多人，罗小凡便不再问。可闻到远处飘来的槐花香，罗小凡却不能不去想那年，那年槐花盛开的季节，小玉在槐花树下脉脉含情地塞给他包子的情景。

记得在他十二三岁那年，爸爸突然下放了，妈妈为了照顾爸爸，也带着姐姐到爸爸下放的地方支教去了。当时，妈妈心疼他太小，怕他一起跟着去太遭罪，就把他托付给了姥姥。谁知他才跟着姥姥一个月，姥姥就病倒了。那时姥姥手里那点儿钱，又要看病抓药，又要管着两个人吃，自然是不够。为了省钱，只有熬些稀粥，或用杂粮做些菜饼将就着过日子，就这还经常断顿。而那时在优越环境中长大的他，是既没在家洗衣做饭照顾姥姥的本领，也没上街挣钱弄吃的本领，又不会打理收拾自己，整天又饥肠辘辘，慢慢地也就落魄成了乞丐模样。

记得那天下午，他回家属院，付桥一眼就看到他，转眼便冲下楼把他拉进了家门。

"小凡，你等着，我特意为你留样东西。"当时，付桥心疼地看着他，双眼潮湿地说着冲进卧室，眨眼间便捧着个用手绢缠裹着的包子来到他面前。

"特意为你留的，吃吧！知道你最爱吃我家的包子。"付桥说着就撕下手绢，把包子塞到他手中。

当时的他，衣衫破烂，表情木讷，接过包子咧嘴笑笑，就像饥饿难耐的乞丐猛然间得到了美味，便狼吞虎咽起来。不！不是狼吞虎咽。他简直把吞咽浓缩成了一个动作，也就三口两口的样子，一个偌大的包子就被他消灭了。

而当时小玉就站在跟前。她顿时就惊呆了。

下个星期日，他再回家属院，走到那棵槐树下面，也就是付桥家的楼下（那时他爸下放后，只有付桥依然还同过去一样和他好）。每当他站在槐树下，付桥总是第一时间看见他，即便槐花茂密得几乎遮挡了他。可那次他刚站在槐花的阴影里，小玉便拎着一兜包子朝他走来。

"小凡哥，你过来啦？真巧。"小玉说，"今天我来姨家，特意让姨包的包子。"说着递给他一个用大方格手绢包着的包裹，里面是还热着的四个大包子。

"这？"当时，他感激地看着小玉，却不知说什么好。

小玉则羞涩地低下了头，再抬头便满脸绯红地对他说："你赶紧趁热吃吧！我姨给得多，这是我特意为你包起来的。"

然后有些难为情地看了他一眼，便羞涩地掉头跑了。

而这，便成了罗小凡那些年无法忘怀的温暖。

因此，那天付桥突然跑来对他说："听说南边有个招工的地方，小玉报了名准备去呢！希望咱俩能陪她一同去，干脆咱们也报名一同去吧！"当时尽管姥姥正病重，和妈妈分开了几年也才有机会团聚；尽管爸妈和姐都下放了，他完全可以留在城市找工作，可听了付桥的话，他还是当即就报了名。

也因为此，每每闻到槐花的香气，罗小凡脑海里便会涌出无限思绪。如今又多了一重相思。而这相思则往往让他忘了所处的现实，稍不留意就沉进了梦幻的深渊。

那时，秦牧就如小香草说的，除了回来吃饭，大部分时间都去学校看书。付桥则被秦牧拿回来的一本小说迷住，收了工一吃过饭，便埋进书里。罗小凡便常常情不自禁地走到槐树下，嗅着浓郁的花香，一边漫步，一边回味怀念那段往事。

不时地，罗小凡也会在槐树附近看到小玉的身影。那时，他曾想或许槐香也让小玉想起了过去的什么吧！

的确，看到盛开的槐花，小玉确实也想起了过去的事。

小玉从小便处在同龄孩子的孤立和欺凌之中。由于出身成分不好，家里又太穷，粮食不够吃，每到槐花开的时候，她都必须一次次到姨家来，也就是付桥家来打槐花。付桥家楼下的槐树，虽不像古槐树这么蓬如巨伞，却也每年都开得满树白花。付桥家虽然条件好些，可由于弟兄多，每年到这个时候也要吃几次槐花。因此，每逢这个季节，一到星期天爸妈就催着她过来和付桥一起打槐花。就是因为打槐花时，付桥给她讲了罗小凡竖笛吹得轰动全校的事情，她才让付桥带她来罗小凡家。

记得那天她走进罗小凡家简直像走进了宫殿。她原本非常紧张，怕罗小凡瞧不起她。没想到罗小凡听说她是付桥的表妹，便像对待自己亲妹妹一样，不但给她拿了许多好吃的，还当即就为她表演了那支吹得好听的轰动了全校的曲子——《友谊地久天长》。

当时罗小凡一吹，付桥当即就跟着唱了起来：

怎能忘记旧日朋友，心中能不怀想，

旧日朋友岂能相忘，友谊地久天长。

友谊万岁，我的朋友，友谊万岁！

举杯痛饮，同声歌颂友谊地久天长！

…………

付桥唱着唱着就给她示意让她跟着唱。她起初有些扭捏，见吹竖笛的罗小凡也在拿眼鼓励地看着她，才跟着唱起来。她这天在罗小凡家玩得非常开心，没有鄙视，更没有欺负和打骂。这让从小在贫穷、别人的欺凌打骂和唾沫里长大的她，一下便感受到了一个不一样的世界。因此，从那以后她便经常随同付桥到罗小凡家玩。

她经常到罗小凡家玩，罗小凡他妈不但像教罗小凡和付桥一样，教过她跳舞唱歌，有时见她衣服脏了，还会把罗小凡姐姐过去的衣服找出来给她换上，然后把她的脏衣服洗了晾晒，等她下次来再让她拿回去，却没问过她的家庭情况。这便成了她成长中最自信最美好的几年。

因此，那天她见罗小凡衣衫破烂，就像很多天都没吃饭一样，从付桥手里接过包子，三口两口就吞咽下去，心不由就揪扯着痛起来。

付桥他妈那时做的包子，个头可不是一般的大。包子之所以包这么大，是因为面里掺了太多杂粮，包子馅又都是黑菜叶子加粉条等粗馅，皮子小了包不住，很容易露馅。在那个缺吃少粮的年代，人们做饭就为了充饥挡饿。能吃到嘴里就不错了，哪管它啥样子。再说那时"三年严重困难"刚过去不久，各家各户能有个饱饭，已经相当不易了。就这样的粗菜包子，也只有改善生活，或是家里来人的时候才舍得做上一次。

然而就是这样的粗菜包子，罗小凡吃过竟不经意地咂了好几次舌，咽了几次口水。

"付桥，感谢你！自从我爸妈离开后，我很久都没吃过包子了。"罗小凡当时吃完包子对付桥说着，不由得又咽了好几口口水，意识到她在身边就有些不好意思。

那时，她一直都认为，罗小凡的家庭条件是那样的高不可攀，没想到突然就落难到了流落街头的境地。

当时，她看着罗小凡衣衫破烂，三口两口就吞下一个大包子实在心疼，想着罗小凡妈和罗小凡曾经对她的好，再来姨家就用积攒了许久的零花钱，买了一斤肉和几斤粉条。并对姨说，上次回家后，给妈妈和姐姐说了姨包的包子如何如何的好吃，她们也都想尝尝的话。姨听了她的话，便早早地下手和面剁馅。等包子熟了，就特意用纱布包了一大兜让她带回去。她也没客气。

后来，她用那种特大的方格手绢包了四个包子，并不知道罗小凡那个星期天一定就会回来，原准备托付桥交给罗小凡的。而付桥后来的举动则让她把包子送到了罗小凡的手里。

当时吃过饭，她随付桥钻进他的房间正坐在床沿说着话，付桥却像猛然嗅到了什么似的，呼地一下站起来就向窗口扑去。她随后赶到窗口，就看到了槐花里站着的罗小凡的身影，便赶紧借故回家下楼，走到槐树下把四个包子塞给了罗小凡。

其实，那时她便对罗小凡怀有一种说不清道不明的情愫，现在也依然有。

只是，现在她不但住支书家，队里对她也如此重视。她实在不希望自己出什么事。再说，才到一个生地方，吃怕苦头的她实在是不得不处处小心。

她还不想和罗小凡有什么进一步的发展，也不想大家知道他俩和别人有什么不同。她来古槐树下见到罗小凡，心里就生出担心来。

3

罗小凡并不知小玉的心事，尽管他也极力地压抑着自己，可当那天小玉在古槐树的外围徘徊了许久，终于朝他走来，他还是没有抑制住自己的关心和牵挂。

"小凡哥！"

"小玉！"

当小玉喊他时，他也同时喊出了小玉的名字。

"现在正进入正式的农忙，你没事吧？"他拘谨地笑着问。

小玉说："还行。就是有些想家。"

罗小凡便沉默了。那时，他刚接到妈妈的信，即便妈妈不说，他也知道姥姥已经不在人世了。他还有什么家可想？

因此，后来他便打破沉默问小玉："还记得我们家属院那棵槐树吗？"

"记得。"小玉说。

"还记得家属院槐花开的情景吗？"他又问。

"记得。"

"记得我们……"

他话还没说完，小玉见有人来，就沉下脸说："小凡哥，我不想让人家感觉出咱俩和人家有什么不同。我们才刚到这里，何况比咱们大的都还没那啥呢！"

小玉快速地说着，说完便冷冷地低低垂下眼帘，头也不回地走掉了。

罗小凡愣在原地，半天都没缓过劲来。

他也知道小玉当初的拉脸，是对他俩身份的共同担忧，也是好心提醒他；他也明白，小玉的"我不想让人家感觉出咱俩和人家有什么不同"是在顾虑害怕什么。可是大概她的表情太严肃，她说话的语气太冷，那就像针扎在了他心上，他感觉生痛生痛的。

他只是想说："还记得我们一起打槐花的情景吗？"小玉她就……

认识小玉后，他曾和付桥一起帮小玉打过许多次槐花。每次都是付桥在树上打，他和小玉在下面捡拾。每次打槐花前，付桥都会逗小玉说："小玉，先说好了，小凡拾的算我们两家的。你拾的，算你家的。"即便这样，好强的小玉生怕自己拾得少，便总是叽叽哇哇地跟他抢。那时他还没有生活忧虑，还体会不到小玉的感受，觉得非常好笑，就总是笑嘻嘻地让着小玉。可付桥总是逗小玉，小玉越是怕他拾的比她多，付桥就越是把槐花打到他跟前，便惹得小玉跟个小老虎似的，总是跟在他屁股后面疯抢。有时即便他伸手接住了，小玉也会命令："拿来，该给我了！"他便笑眯眯递给她。可小玉刚接在手里，付桥便赶紧把摘在手里的一大枝朝他投来。气得小玉在下面直跺脚："狗付桥，偏心，偏心！"付桥则在树上得意地哈哈大笑。

他只是想说："还记得我们小时候在一起的那些快乐时光吗？"

就如付桥说的，罗小凡和付桥从小生活在一个家属院。离那里不远有个大教堂，那里的钟声，曾给他们留下了深刻的印象。那时，他们三个玩得兴奋起来，便会推出罗小凡家的"永久二八"，或罗小凡骑或付桥骑，让小玉坐在大梁上，到院子里的大槐树下或到不远的大教堂，骑着唱着叫着转啊转！

罗小凡觉得，这样快乐的时光，不但他难以忘怀，小玉也应该有印象。

可他还没开口说，小玉就打断了他，就撂给了他那样的话，言行间显然带着明显的疏离和漠然，这让他怎么能不揪心呢？

执着坚韧的罗小凡当然不可能就此回头是岸。或许，正因为小玉根本就难得温柔，那年她突然温柔含情地塞给罗小凡四个包子，才让罗小凡难以释怀；正因为小玉一贯冷脸，在火车站罗小凡感受到她的羞涩温柔和含情脉脉，才会痴迷沉醉迸发出爱情的火花。

可罗小凡毕竟还太年少懵懂。《诗经·关雎》有云："关关雎鸠，在河之洲。窈窕淑女，君子好逑。参差荇菜，左右流之。窈窕淑女，寤寐求之。求之不得，寤寐思服。悠哉悠哉，辗转反侧。"他不可能不为此辗转反侧，受伤难过。

就在这段时间，罗小凡一收工回来，小香草便会来找罗小凡，要么喊他一起挖猪草，要么逮着他问这问那，总是不让罗小凡消停。这曾给罗小凡忧郁和失落的心带来不少慰藉和温暖。

有一天小香草借故到河坡挖猪草，曾悄悄地拉罗小凡到河坡。

当时，罗小凡见到了河坡小香草并不急着挖猪草，而是围着他一圈一圈地转，像是有话要说的样子，就问："香草，有什么话，要问小凡哥吗？"

"嘻嘻，"香草见罗小凡猜透了她的心事，便问，"你们省城，有像我这么大的小女孩穿的裙子吗？"

那时，即便是省城穿裙子的也不多，可罗小凡不想扫小香草的兴，便笑眯眯地回香草："有啊！"

后来小香草便嘟嘟囔囔告诉他："我见刘慧姐穿裙子可好看，又洋气，还有秀姐穿的那条，小玉姐给她的，也可好看。我，我……"

罗小凡看出了小香草的心思，便说："那到时有谁回省城，小凡哥就让他帮忙给小香草捎一条。"

小香草却说："我不要别人捎的，我只相信小凡哥，我只要你给我捎。"

"可现在，小凡哥的亲人都到别的地方去了，都不在省城。小凡哥回到省城没地方去，回不了省城。"

那时，小香草并不明白罗小凡这句话的辛酸。她听了便大大咧咧地说："没关系，我不急。那就等到小凡哥的亲人回省城了，小凡哥回省城有地方去了再捎。"

"那你想要什么样的呢？"罗小凡问香草，"你告诉我，我先记在脑子里。"

小香草却对罗小凡说："现在不能告诉你，等你有机会回省城时，我再告诉你！"

香草一边说，一边捂着嘴笑着悄悄提醒罗小凡："这事你可千万别告诉我爸、我妈和我哥啊。他们知道又该吵我疯了。"

罗小凡便笑："不会的。"

后来，挖了猪草，小香草见罗小凡又坐大石头那里发呆，便灵机一动拉他起来把他往河边拽说："你跟我到河边，我让你看一样东西。"

罗小凡问："看什么？"

到了地方，小香草却指着浅水滩一只探头看自己影子的白鹭，问："你知道，这只站在浅水滩不停地探头看自己影子的白鹭在干什么吗？"

罗小凡问："在干什么？"

小香草则背着手说："你再仔细观察观察，我看你能看出点啥不？"

罗小凡仔细观察了一阵想，小香草问他，这只站在浅水滩不停地探头看自己影子的白鹭在干什么，这只浅水滩的白鹭，确实在不停地探头看自己的影子，还不时地转着身，这样看看，那样看看。他突然意识到是小香草在故意绕他，却听小香草在一边嘻嘻地笑着对他说："这会，不发呆了吧？"

说着就撒腿跑掉了。

这倒意外地给罗小凡一个启发。

小香草跑走后，他发现这只白鹭探头看一阵自己影子，便找一处安静之地闭目养神起来。他看那白鹭闭目养神的姿态很安闲很舒服，便也照着样子，在河滩上找块草厚的地方，盘腿闭目静坐起来。而当他盘腿静坐，心静下来，脑子突然就灵光一闪。他想，小玉说，她不想让人家感觉出他俩和人家有什么不同。不正是在说他俩的关系和别人已经不同吗？而她只是怕人发现，怕人发现这个秘密，罗小凡那依然带着稚气的脸上便现出傻傻的笑意。其实，罗小凡也能体会到，来白鹭河第一天，小玉的拉脸是对他俩身份的共同担忧，也是好心提醒他；当然他也能体会到，小玉的"我不想让人家感觉出咱俩和人家有什么不同"是在顾虑害怕什么。其实那是他们共同的顾虑害怕。他感觉，小玉的顾忌确实没错，像他这种年龄小、家庭背景又不好的情况，又怎么能在大哥大姐都没谈对象的情况下，去当出头鸟呢？不能，当然不能！何况他如今离家出来就是个大人了。既然是大人了，就应该明白该做什么就做什么，不该做什么就一定不能做。他想，像他这种情况，只有事事积极努力，谨慎小心，不让大家发现毛病和差错才对，只有事事做到最好才对。

做到最好？那时罗小凡曾想，不是说只要努力，只要付出，就会有收获吗？那我就能付出多大努力就付出多大努力，一定要做到最好，一定要练得像付桥那样有力，像小玉那样利索。

而接下来，罗小凡大概努力了半年多，果然得到了相应的回报。

当时，槐花落尽，一年中最忙的半年就开始了，也就是到了割麦子的季节了。而麦子割下入场打完，一边翻晒，人们就开始了翻地种秋。等秋一种完，也就开始忙着间苗、锄地、拔草、打叶子。而忙完这些，也就该秋收了。这时，又是掰玉米，又是割豆子，又是出红薯，整天忙得不见天日。等忙完这些，玉米秆割了，地翻犁了，又该种麦子种油菜了。

这样一天下来，罗小凡累得就像木头人一样，有时不洗不吃倒头就睡着了。不过他心里总铆着一股劲，就算做梦也是如何干得再快点、再熟练点，如何做到最好，超过大家，赶在最前面。这样半年下来，他倒真变得有力气了不少，比起利索来，也不比小玉差到哪儿。

只是这一年，大概他心力过于集中，除了干活和吃饭睡觉，他只记下了秦叔经常挂在嘴边的几句谚语。

"四月芒种前熟麦，五月芒种麦不熟。"

"夏至端午前，必然见荒年；夏至端午后，又蒸馍来又吃肉。"

"有钱难买五月旱，六月连阴吃饱饭。夜里下雨白天晴，打的粮食没处盛。"

"白露早，寒露迟，秋分种麦正适时。"

"一场秋雨一场寒，十场秋雨一场霜。"

这样的时候，偶尔闲下来或夜半醒来，那天在火车站小玉看他的眼神，才会猛然袭上心头，让他不由得一阵揪心的痛。

后来从各家各户搬出来挪到小江南，在那里垦荒种的油菜花开，小玉看他的眼里又呈现出那年槐花树下的温柔神情，他心中才又亮堂起来。

七

1

罗小凡他们后来从各家各户搬出来，挪到小江南，是因为吃的。

麦子种上，长出寸把高嫩苗的时候，霜降已经过了，家家户户又陆续开始上房顶，或在地边草坪上、路边石头上，忙碌着大晒特晒红薯片了。秦婶在家擦红薯片晒红薯干，秦叔从学校回来，就忙着帮着往屋顶搬晒。

经过半年训练，罗小凡干活已能时不时超过付桥的速度了。

那天，他干完所分的任务，比付桥回来早一会儿，走进过道时，听到房顶上杨支书、王队长同秦叔说话，便停下脚来。

只听杨支书说："不光家里有人的住家户抱怨，人正长个子一个顶几个吃家里受不了。今儿那女青年于芳也到我家找了，说不愿住杨树林家了。"

"为什么啊？"秦叔问。

"嫌杨树林和他妈老把好吃的都留给她，不怀好意，你说——"

"把好吃的都留给她是不怀好意？我还嫌我家粮食亏了不少呢！"王队长愤愤道。

"人家虽然住你家，都有粮食指标，你亏啥了？"杨支书不由得就顶王队长一句。

王队长红着脸说："这于芳，嫌杨树林和他妈老把好吃的都留给她是不怀好意，这话早传我耳朵里了。我就寻思了，这于芳有啥好的，黑黄瘦小的，干活假里假气的，这杨树林到底是稀罕她啥？"

"唉，也不光是这，也有人反映总是饿肚子不敢吃饱。"杨支书又说。

"咋就不敢吃啦？"王队长没好气地问。

杨支书又顶王队长："你家若就做那么多饭，人家总得看着人数吃吧？"

"我家……"

这时杨支书则眯着眼笑道："还有嫌弃咱孩子和他们凑到一起，染给他们一身虱子的。"

罗小凡听到这，就想起搬到秦家不久，付桥染上虱子的情景。原本，秦家是没有虱子的。秦牧经常去总场叔叔家拿书，总是顺便洗个澡；秦婶又是农村最讲究的，不仅自己衣服换得勤，让秦叔、香草衣服换得也勤，又隔三岔五晒被子，给香草箆头发，秦家自然没有虱子。可那天吃过中午饭，付桥悄悄把他拽到河坡，却对他说身上生了虱子。

"快，趁这会河坡没人，赶紧帮我逮逮虱子！"付桥对他说，上午干活时，他感觉裤裆里奇痒，后来小便时特意看看，发现裤衩上秋裤上全是虱子，心里膈应坏了。

说着正要脱衣服，却听秦牧在河坡上说："光逮不行，得不时地擦擦澡，还得不时地晒晒被单，用热水烫烫内衣。"

又说付桥："俺妈见你拽着小凡往河坡跑，想你准是生虱子了，我来时她正说给你烧水让你烫衣服呢！"

为此，他和付桥不仅养成了冬天烫衣服床单的习惯，也养成了洗冷水澡的习惯。那时，每次秦婶要给他俩烧水，让他俩端到房里擦澡。他俩都不习惯，过后总是一起来到河边擦个冷水澡，时间久了也就养成了习惯。以后无论到那里，便都有洗冷水澡的习惯。

"我看还是把人分出来，让他们单独吃，单独住，也好管理，也免得到时和队里人发生什么纠纷不好处理。我听说于芳这事就来气。"罗小凡正想着，却听王队长这样说。

罗小凡不由得想：分出来？怎么分呢？

这时，秦叔问："你说和隔壁分场那样，让他们独立生活，独立生产？"

杨支书听了嘟哝："独立生活，这住的地儿……？"

王队长说："住的好说，咱队用来盖十几间新牛棚的土坯和料，可以先给他们盖房，可队里的好地恐怕没法劈分给他们。"

又说："谁来白鹭河不开荒呢？"

"那我出去几天，看其他大队都咋安排的，咱一视同仁。"最后杨支书说。

果然，几天后大队开会，就宣布了罗小凡他们和大队分开住、分开劳动的事。

这天，杨支书和王队长以及一帮骨干，还有杨树春、秦萱草领着十四个人，来到罗小凡、付桥最初发现的那片芦苇荡跟前，沿着芦苇荡转了转就停在芦苇荡东南边的高台，指着芦苇荡对十四个人说："这片洼地，以及洼地里的芦苇荡都分给你们了。从此，你们就必须自己开荒种地，自给自足了。"

并说："我希望你们能在春节前就把这片荒地开出来。这样，明年开春，开出的荒地才可以赶上种油菜苗。"

当时，杨支书说完，便安排杨树春和秦萱草，让他俩带领这班人先割荒草和芦苇，然后开垦这片荒地。

这样，十几个城里来的年轻人就有意见了。不是说让我们和乡亲们打成一片吗？怎么把我们和他们分开了？分开也就分开了，怎么把我们赶到这样一个连兔子都不拉屎的鬼地方了呢？

这片芦苇荡地处几个大队交接处，因地势低洼，新中国成立前就没种过，是多年的板结地。上面长满了荒草和芦苇蒲子，不仅要先割荒草、蒲苇，还要掘地、锵地、耙地、捡拾草根，面积又这么大，而且杨支书还希望他们能在春节前就把这片荒地开出来。说这样，明年开春，开出的荒地才能赶上种油菜苗。可这时已十一月底，离过年还有多远呢？再说，他们原本种地就不在行，把这样的荒地废地分给他们，把他们当什么了？当后娘养的吗？

当然，也有人认为，分出来也好，免得让大队里的人认为占了他们便宜；也免得和村民瓜葛多了，产生意想不到的不愉快。

付桥就是这个观点。

他认为，兄弟几个长大了还分家呢！何况，村民可以种田自己养活自己，他们都是年轻人，为什么不行？付桥认为多年不种的地，犹如一张白纸，开出来兴许能长更好的庄稼呢！并把大队分给的这片废地当成一种挑战。想如果他们能把这片废地开垦出来，并让它长出好的庄稼，那就是一种成就，也是一种奇迹。

和付桥抱相同看法的还有小玉和江诚。他俩也认为，多年不种的荒地，犹如一张白纸，开出来兴许能长更好的庄稼呢！再说，这地真不长庄稼，到时大队总不能看着不管，让他们饿着吧？

不过，自此大家对大队的干部，尤其是对杨支书，便有了成见。接下来开荒，两个农代表杨树春和秦萱草来招呼下地干活，大家就不再愿意接受他们的领导了。

当时，杨树春和秦萱草一人抱着十来把镰刀走过来。杨树春走到男知青跟前说："今天咱们先割荒草和蒲苇……"

话还没说完一群年轻人就纷纷问苏世雄。

"组长，我们不是已经独立出来了吗？现在我们要干什么听你的。"

"组长，你说，我们今天干什么？"

"对对！组长，我们听你的。"

八个男的，除了苏世雄、罗小凡和付桥，其他五个，余国庆、李爱国、赵保国、江诚、程强就冷嘲热讽起来。尤其是小个子程强说的特别难听。

他说："是呀，我们是后娘养的，被扔出来就算饿死，也不再让你们管了。"

杨树春便抱着一把镰刀尴尬在那里。

苏世雄见大家的气撒得差不多了，便开口劝阻，一边挥手："好了，好了，咱们还指望杨大哥给咱们发镰刀，教咱们割荒草的经验呢，别闹了。走，跟杨大哥干活去。"

"那我们也得先练练拿镰刀的把式，先把镰刀磨快再说。"这时，程强则抖机灵地眨巴着小眼顺带饶一句。

杨树春便赶紧说："放心，到地方我给你们磨镰刀。"

女的这边到底心细，说话也和软些。秦萱草一来到她们跟前，岁数最大的刘慧就赶紧迎过来问："怎么就把我们分出来了呢？你们本地人多少辈子都不开不种的荒地却让我们来开来种？"

秦萱草红着脸秀秀气气地说："也是。队里为什么这样呢？我还真不知道呢！"

还好，秦萱草正嘟哝，就有人过来喊下地了。大家不管有什么想法也就跟着走了。

小玉自始至终都没说一句话。当大家来到那片看不到边的芦苇荡，杨树春磨好第一把镰刀，她便接在手里，找块地弯下腰便挥舞着镰刀割起来。

开始，大家喊喊喳喳地说话，都没在意。后来当一声紧似一声的刺啦刺啦的割草声传来，大家扭过头看见小玉那默默舞动却带着一股倔强的奋力身影，不由得都沉默下来。罗小凡见小玉这样，心里却五味杂陈，可他到底还是心疼小玉。大家扭过头来时，他正向小玉走来。付桥则随手拿了两把还没来得及磨的镰刀跟过来。

那时，罗小凡早就练成了一个干活的好把式，他走过来后，便弯下腰去要小玉手里的镰刀："小玉，来，把镰刀给我！"

小玉却没回头，也没放慢手里的活："不是还有镰刀吗？"

这时，付桥走过来，分出一把镰刀朝罗小凡递过来。

罗小凡接过镰刀，正要蹲下身，小玉却猛然站起来，大声道："既然这片荒滩已经成了咱们无法拒绝的安身地，咱们拖拖拉拉耽误的只能是咱们自己。"

停了停又大声说："不是说一张白纸，没有负担，好写最新最美的文字，好画最新最美的图画吗？这片荒地，既然大队给了咱们改造它的权利，咱们就要尽快把它建成自己最美的家园！"

小玉这话像是说给罗小凡和付桥，也像是说给所有人。她说完后又弯下身快速地割起草来。大家一听，不等镰刀磨好，便也都拿起镰刀干起来。

2

这片芦苇荡归属给青年组，付桥和罗小凡则暗中生喜。

"小凡，那天你说要是住到这儿就好了，没想到咱们竟真的分到了这里？"那天，杨支书宣布后，私下里付桥就喜滋滋地向罗小凡嘀咕。

罗小凡则眯眼笑道："看来，命中注定这破地儿就是咱们的安身地了。不然那天咱们才到白鹭河第一天，怎么一走就走到这儿了呢？"

"不错！"付桥鬼笑，"这样，咱们便可天天吃烤鱼了。"

"天天吃烤鱼？等着吧！"罗小凡说着就对付桥使了个眼色。

付桥便心有灵犀地走过来问小玉："小玉，还记得那天我和罗小凡给你带回的烤鱼吗？"

"怎么了？"

"那鱼就是在这里逮的。"罗小凡说。

"真的？"小玉不由得朝下面芦苇荡望去。

罗小凡又说："就在下面芦苇荡水洼里逮的。"

"要不你跟我俩来，我逮鱼，让小凡给你烤着吃。你也好休息会。"付桥说。

小玉和罗小凡对视了片刻，却说："你俩去吧！我留下割草。都去了不好。"

罗小凡想了想没其他办法，只好提醒小玉："那你干活悠着点，等会我们给你带回来。"

然后便和付桥一块悄悄朝荒草坡下面芦苇荡那边走去。

那会儿，大家都埋头割草，罗小凡和付桥走进芦苇荡时并没谁在意，回来也没谁发现什么，两人逮了鱼烤了吃了些，付桥收底，罗小凡便直奔小玉而来。

他奔到小玉跟前，解开棉衣，从胸口掏出个用干藕叶包着的烤鱼递给小玉，悄悄说："给，还热着呢！你赶紧吃了垫垫。"

满心希望小玉喜欢。

没想到小玉看了看烤得黑焦的鱼，又抬头看了看罗小凡，见罗小凡嘴唇上嘴角上都有吃烤鱼时留下的黑灰，就问："你和付桥都吃过了吧？"

罗小凡说："我俩都吃过了，这是专给你留的，你一会不停地干了一大上午了，就赶紧吃吧？"

小玉从鱼肚子上掰了一点儿塞进嘴里，看着罗小凡说了句"真香"，则拿着鱼向不远处的其他人走去。

这时，付桥正好赶过来，就问小玉："你这是干啥去？"

"我拿过去，让大家都尝尝。"

"小凡急急慌慌这么快赶回来，就是为了赶紧给你送回来，你又何必拿去给人？"付桥说。

"我也是为你俩想。"

罗小凡说："我俩是男孩，有什么事，都可以自己担当。你不需要为我们想什么，只要照顾好自己就行。"

"那我一个人在这吃鱼，其他人看到会怎么想？"小玉问。

付桥说："他们爱怎么想怎么想，你想那么多干吗？"

"可……"小玉想了想又说，"可大家既然在一个锅里吃饭，就是一家人。你有好处不想着大家，将来你有麻烦大家又怎么会照顾你？"

说着便撇下罗小凡和付桥，走到不远处弯腰割草的人中间，一边吆喝来尝尝，一边掰成一块一块分给大家。

可鱼毕竟没多大，到底还是有没吃上的。何况在这漫野地里，小玉突然拿个烤鱼和大家分享，也实在稀罕。那时已到收工吃饭的时候，大家肚子早饿得贴了墙，自然是吃到鱼的和没吃到的都乱发疑问。

小玉则只笑不答。

后来组长苏世雄问小玉："这烤鱼肉哪来的？"

小玉避重就轻道："我也不知道。付桥和小凡他俩到下面芦苇荡解手……发现这鱼，就烤了拿来。"

于是，下午一上工，芦苇荡就成了十四个人的向往之地。开工没多久，上午没得到鱼肉的程强就生拉硬拽地逼着付桥和他一起溜进了芦苇荡里。

而其他人则都流着口水持观望态度。当然也有定力不足等不及的，比如李爱国和赵保国等着等着就想出了馊主意。后来他俩口口声声说要去捉程强和付桥的"奸"，就也走下芦苇荡来。

李爱国和赵保国找到程强和付桥时，两人逮了两条鱼，正在架火烤。听到脚步声，心虚的程强赶紧把火踹灭，把没烤熟的鱼，揶藏起来向外走。

可李爱国和赵保国却偏偏截住了他。

"程强，又逞什么强呢？刚开工十分钟就尿急了？"赵保国拦住他问。

程强问赵保国："我说尿急了吗？"

"那你俩到芦苇荡里干啥来了？"

这时，付桥走过来反问："那你俩干啥来了？"

李爱国脑子活，一见是付桥便赶紧说："得了得了，都是天天在一起的弟兄，我俩又不是来抓你们的，看把程强吓得那熊样。赶紧把烤的鱼拿出来，我们也好先尝尝。"

结果程强一听当即就招供道："还没烤熟呢！"

说着就猴急地把鱼拿出，快速架起火又烤起来。

赵保国看就两条不大的鱼，就对李爱国说："要不你和程强在这烤着，我和付桥再去找些，既然弄了就多弄几条，也好堵大家的嘴。"

赵保国说完，便商量似的看向付桥。

付桥想想也是，便说："走吧！"

两人便钻进芦苇荡。

后来，四个人声势浩大地从芦苇荡出来，其他人见他们志满意得一脸的兴奋，一下便沸腾起来。当程强第一个怀里揣着"货"走近，几个大男孩立即便扑过来，眼拙的还没找到藏"货"的地方，手快的早拿到"货"，撕了露在外面的鱼尾塞进嘴里。可刚准备打开包裹的荷叶和大家分享，身后一只长臂伸过来又抢走传给了另一个人。另一个人见有人来抢，又传给下一个。于是，一包荷叶包的鱼便在空中传起来。

后来小玉一个箭步上来，把荷叶包的鱼接在手里，说："来，我给大家分！"

一边给大家分，一边又扫向李爱国和赵保国："你们怀里的也掏出来吧！"

两人一听便赶紧掏了朝小玉递过来。

小玉刚接过李爱国递过来的，苏世雄一见便走过来接住赵保国递的说："来，我和周小玉一起给大家分。"

两人便看着人头发起来。

这时，落在后面的付桥拍着鼓鼓的裤兜走过来说："我也来给你们一人发几个稀罕物。"

说着，就从裤兜掏出之前和罗小凡一起吃过的那种"黑瓜"，挨个分给大家。这样，很快大家就都两手满满了。

大多数人接了付桥递的"黑瓜"，都不知是什么。就有人问付桥："这是什么洋玩意？"

站在一边的杨树春和秦萱草听了便笑，说："好吃呢，剥开一吃就知道了呢！"

两人正说着，小玉走到二人跟前，把分剩的一截烤鱼留下，把手中最后一条完整的烤鱼朝杨树春递去。

"这条，两位代表分开吃吧！"她说。

杨树春没想到这帮人会把战利品分给他们，有些意外，不由得就向后趔趄去。

"这，这……"他拿捏着不敢接。

苏世雄说："我们逮这荒滩的野鱼，又不是偷，又不是抢，你们有什么不敢吃的？何况，这片芦苇荡既然分给我们了，这里的东西就归我们所有。我们叫你们吃你们吃就是。"

杨树春说："我不是那个意思。"

秦萱草说："又不是外人，每天在一起打交道，苏组长给你就接着吧！"

杨树春这才接过手来和秦萱草分了。

付桥一见也把"黑瓜"掏出分给了他俩一些。

于是，大家便坐成一团分享。

"既然有藕叶，估计还可以弄到藕呢！"吃着吃着就有人说。

"当然啦！"

后来就有人提议："不是说下面的蒲子和芦苇，盖房马上就要用到吗？不如咱们先下去割蒲子和芦苇，这样割了多晒两天，到时铺房顶做柴火都好用。"

这个提议也太迎合人心了。于是，大家便纷纷看向苏世雄和小玉。他俩则看向杨树春和秦萱草。

杨树春自然知道这群半大孩子的鬼心事儿，也明白他们要求先下去割芦苇和蒲子的真实用意。可他毕竟比其他人都大几岁，想了想便婉转地说："先下去割芦苇和蒲子也对，不过要注意烟火。这些芦苇和蒲子不但盖房和烧火管大用，到时你们搬来编席铺床编坐墩，都用得着。还有芦穗可以做扫帚，芦花蒲绒还可做枕芯。到了夏天蒲叶更是编扇子的好东西。"

女孩子一听便纷纷咂舌说："没想到这芦苇和蒲子有那么多好处啊！"

男的则纷纷许诺："杨大哥，你放心，你俩这样照顾我们，我们怎么可能给你们捅娄子呢？你放心，这芦花这么好看，我们是绝不会放火烧它的。"

可几天后，芦苇荡还是被一场无名的大火烧了。

3

芦苇荡起火是从东北角开始的。起火之前，大家似乎都没有离开。准确地说，起火的时候，大家都在芦苇荡的西南方忙着割芦苇，即便有人开小差，也在正割着的附近水洼。当时已经在南边用芦苇临时围了厕所，大家即便方便，也没必要跑东北角。于是，便有人推断是杨支书指派人干的。

这推断当然是有根据的。

就在芦苇着火的前一天，杨支书曾领着大队几个骨干过芦苇荡这边来"视察"工作。

当时，他领着几个骨干，朝东南正在建房的高台子走去。走了几步，他就扭头对身后的几个骨干说："房子都上顶了，该锛地了，再这样割下去太耽误事了。"

这话，当时大家全听到了。因此这天上午芦苇荡莫名其妙烧起来，有人推断是杨支书指派人干的自然在情理之中。而且就算不是，杨支书说这话的意思也是不希望他们再这样割下去了。

那时，房顶铺得也差不多了。其实，自队里来人在东南高台上建房，大家就陆陆续续地去看了。房子格局呈品字型。一间厨房，一间饭厅（或叫活动室）和一大间储藏室，安排在高台的最南边。两大间女生宿舍安排在高台的最西边；三大间男生宿舍安排在高台的最东边。原本，按当时白鹭河盖房的程序，盖房前是要先脱胚的——脱胚是选好一块稍平的厚草地，用水泼湿洇透，用牛拉着石磙碾轧一天，然后切割成五六十厘米宽、二三十厘米厚的土坯——脱好坯，还要翻过来晾个把月才能盖房。而当时盖房的土坯是队里提前脱好晾晒过备用的，那时又一直天干无雨，芦苇很干燥，晒两天也就可以上房顶了。因此，十来间房子几天过去顶都快封完了。

当时，十几个人也感觉，每天又是干活，又是从大队到这里来回跑几遍也不是事。既然大队已把这里分给他们做安身地，大家自然也希望早搬过来。

因此，当时杨树春看了看风势，看了看远处高台上小山似的芦苇垛，说："我看这风势，再烧也不会危及东南高台上的房子。这几天咱们割的芦苇铺房顶、烧火已绰绰有余，它烧就让它烧吧！它烧了咱也就不用割了。这样，咱干脆给队里派来盖房的几个老哥打打下手，赶紧铺好房顶，趁天晴生火烘个半天，到晚上也就可以搬过来了。"

大家一听，也就丢下镰刀，过高台这边跟着忙起来。

杨树春说的没错。这天刮的是东南风，尽管火势凶猛，大火很快便噼噼啪啪朝东南烧过来，可因为之前东南高台和芦苇荡之间割开了很宽的隔离带，便丝毫也危及不到东南高台上小山似的芦苇垛，更危及不到建在更远一些的房子。而且，一阵大火过后，很快芦苇荡中间便现出一个椭圆的水塘。大家毕竟都是从城里来的年轻人，看见芦苇荡中间现出一个椭圆的水塘，就像发现了新大陆，顿时便欢呼起来。

"小凡，小凡，芦苇荡中间果真有个大水塘！"付桥首先兴奋地朝罗小凡喊起来。

"看来，这里真能改造成个小江南嘞！"

于是，大家便坐下七嘴八舌地憧憬起来。

有人说，这片荒地不是归我们十几个人了吗？那么，我们该如何开垦，如何让它长出肥壮的庄稼，如何让它成为美好的家园呢？

这时，付桥因为一心要把这里变成小江南就显得主动积极起来。

他说："办法是人想的。想想办法，也不是绝对不可能。"

大家问他："想什么办法？"

谈到想办法，付桥便大显神通了。

他说："我想……我想……把水塘四周相对高的地方，先开垦出来，用耙子把犁起来的土一直往低洼处推，一直推到水边留出水塘，把新土彻底翻上来盖住板结地，再根据地势形成梯田。"他一边想一边说："这样……这样来年东南和沿坡相对高的地段种油菜绝对肥壮，下面靠近水塘的一圈较低部分若种水稻，可以先种一季苜蓿沤肥；水塘的四周则可利用推下来的土打起土堤，来年便可沿岸插上柳树……"说到这，付桥双眼放光地瞅了一眼罗小凡，接着说："到时水塘边长满蒲子和芦苇，中间长满荷花荷叶，到夏天咱们还可以做个小船划着去采莲蓬吃呢！这样，这里也就是个小江南啦！"

付桥能说出这样一番话，绝不是空穴来风。

自这块芦苇荡分给青年组，付桥回去就问秦叔了。

当时秦叔说："新中国成立前，白鹭河这一带曾发过一次特大洪水，据说就白鹭河大队古槐树附近的十多户人家没被洪水冲走，其他的许多人家都被洪水冲走了。当时，方圆几十里都空了，大片的好地也都荒了。即便后来陆陆续续有各地的人搬来住——比如王队长的父母就是从安徽来的；还有杨支书家是从豫东来的；我和我弟弟是后来从云南逃荒到这里的。因此，我们说话，带的这儿的地方口音就不是那么浓——也是只有这个台子上两家，那个湾子三家，零零落落的不多的一些人家。据说也正是因为这里人烟稀少，地处偏僻，到处都是可以做屏障的芦苇荡，后来游击队才长期埋伏在这里打游击的。也正是游击队在这打过游击的关系，新中国成立后不久，国家就把这一带圈起来，建了一个农场。最先来垦荒的据说是一批劳改犯，他们开垦了大片无人住的荒地，都建了果园和林场。后来他们走了，农场便开始往这来招一批批的人，全国各地农村城市的都有，可总是来的多，留下来的少，凡是有点门路的也就想办法走了。尤其是城市里来的，或是当兵，或是找别的门路就走了，几乎没留下几个。"

最后秦叔说："之前凡是招到这里的农工，谁不是一来就垦荒呢？"

付桥问："为什么？"

秦叔说："你人来了，没地。你不开荒没地种啊！"

又说："没让你们一来就开荒，一是现在和过去情况不同了，二是开始队里一直都没找到适合你们住的地方。"

秦叔的这番话，后来对罗小凡和付桥的垦荒起了不小的作用。

当时，秦叔见付桥对垦荒特别热情上心，还特意给付桥讲述了些过去开垦芦苇荡的经验，探讨了些垦荒地的方法。现在付桥说出的这番话，自然是和秦叔探讨的结果。

这帮人毕竟都年轻，当大家听了付桥的话，便似乎看到了一个美丽的小江南，不由得都热情高涨开心地大笑起来。

因此这天，当大家一起下手铺好房顶，又几人一间地打扫烘烤了房间后，便各自回大队和相处了一年的人家告别，开始往这里搬了。

那天晚上，因为罗小凡和付桥就要搬出秦家了，秦婶就又给他俩一人碗里多打了两个荷包蛋。

付桥发现了说："秦婶，怎么又给我们碗里打鸡蛋？"

说着就要往秦叔碗里拨。

秦叔却笑着摁住付桥的手道："今天，是我特意让你婶给你俩多打一个，我们也都有。"

又看看小香草说了句："香草也有。"

然后才又转头嘱咐罗小凡、付桥："你俩就算搬到那边，也要经常过来呀！这一年，家里有啥事都是你俩给我搭手，我都习惯了，不知不觉就把你们当成自家的孩子了。"

秦叔说着眼睛竟湿润了。

秦叔说的没错，秦牧一心钻在书里，很少在家。秦家有个大事小情，基本都是罗小凡和付桥帮忙，从某种意义上来说，他俩比他的亲儿子还得力。

"我俩在这里，也像在自己家里一样。"付桥便快人快语道，"这么近，我们自然会常回来的。"

罗小凡受感染，则说："这些年，我也就在这里有了家的感觉。"

秦牧一听对罗小凡说："你和付桥不同，付桥过年可以回家，你没地方去，到时一定来家过年。"

"嗯，我会来。"罗小凡看看付桥说。

付桥却不愿意了，说："秦牧哥，不要光疼小凡，也要疼我。我过年也不回去。"

秦牧便说："那你过年也来就是。我爸都把你俩当自家孩子了，你还客气什么？"

于是，大家都笑了。

后来，吃过饭罗小凡和付桥抱着行李往小江南这边来，小香草则悄悄拽住罗小凡的衣襟，让他落在后面，悄声问他："小凡哥，你们为什么要从我家搬出来呀？不是住得好好的吗？"

"队里让搬的。"罗小凡说。

"哦，那搬到那边有床吗？"香草关心地问。

"有。"罗小凡说。

的确，罗小凡他们烘烤房子的时候，队里就派人拉过来了十几张临时做的木板床。

"你和谁一个房间啊？"香草又问。

"我和你付桥哥，还有隔壁王队长家住的程强一个房间。"罗小凡见香草操心的样子，不由得就摸着她的头笑了。

当时十四个人搬过来后，男的罗小凡、付桥、程强三人一个房间。赵保国、李爱国、余国庆三人一个房间。苏世雄和大个子江诚两人一个房间。女的小玉和刘慧、徐燕子三人一个房间。王青云、于芳、邵美华三人一个房间。

"那——你们怎么吃饭啊？"香草又担心地问。

罗小凡说："有杨大爷给我们做饭啊！"

罗小凡说的没错，老杨头下午就到了，做饭的一应用品队里也都拉了过来。

"哦。"小香草想了想又问，"那过年前，你还能回来吗？"

"这个——估计得等开完荒，才能回吧！"

"那你们什么时候开始垦荒啊？"

"这一搬过去，明天就开始了。"

付桥见香草拽着罗小凡问个没完，就故意逗香草："香草，又和你小凡哥偷偷嘀咕啥呢？也不告诉付桥哥一声？"

"嘻嘻，就不告诉你！"香草说着就跑掉了。

而罗小凡他们搬过来，第二天真的就开始了垦荒。

八

1

真正的垦荒是从搬到小江南第二天开始的。

这天，罗小凡他们刚吃过早饭，杨树春和秦萱草两人便一人扛着一捆镢头过来。

杨树春对大家说："今冬无雨，这片荒地不但草根厚，土壤也格外板结，犁下不去，得先用镢头镢一层，才能下犁。"

付桥说："先镢一层，就先镢一层，别人能干的，咱也能干！"

说着，就拿了镢头率先奔往芦苇荡。

付桥虽然年龄不大，长得却人高马大，粗胳膊粗腿的，干起活来更是生龙活虎，也确实比别人利索很多。也许是从小经常练手脚，后来又经常陪爸爸到处抓鱼锻炼的结果，他镢地很快就掌握了要领。

最主要是他一心要把这里变成小江南，就特别卖力。当初罗小凡答应付桥和小玉一起招工，潜意识里就有个梦：追随小玉、和小玉、付桥相伴在一起；甚至还有一种对自由的追求。而当在火车站同小玉面对双双动情，这梦便明朗为他对美好爱情的追求与同付桥和小玉的美好相伴。作为罗小凡的最知己的朋友，比罗小凡更了解情况的付桥，不但比罗小凡更早知道这梦，也更清楚这梦，他甚至把罗小凡的梦当成了他的梦的一部分。而那片芦苇荡就成了他们共有的梦的一种折射。或者说，他们对那片芦苇荡的美好愿望和他们心中的梦不知不觉就糅杂在了一起。他们还太小，还不太懂世事。他们的意识有时是清醒的，大部分又是模糊的。有时知道自己的处境，大部分时间却忘却了。他们还不清楚自己正处于一种什么处境，也并不知道自己正要面临什么困难。当同来的大哥大姐心里暗暗叫苦时，孩子气十足的他们还没真意识到那苦。他们就像小孩玩家家一样，一心牵挂着要完成那梦，实现那梦，成就那梦。当机会来了，人高马大、粗胳膊粗腿、干活利索的付桥，当然振奋当然更积极主动。因此，在以后垦荒的日子里，无论是镢地还是推土，他都一马当先干在最前头，和一干活就拼命三郎似的小玉，倒真像表兄妹。当时八个男孩，愣是没有一个干过他的，就算年龄最大的组长苏世雄，干活也比他差一大截子。

不用说，罗小凡和付桥是一样振奋和积极主动的。

因此，后来垦荒结束开表彰大会时，杨支书一再地说："这次青年组垦荒中，表现最突出的，不是年龄大的十一个青年，而是三个年龄最小的付桥、周小玉和罗小凡。"

这给了罗小凡太大的鼓舞。他来到白鹭河，队里不但没有因他的家庭背景给予与别的组友不一样的待遇，对于他的努力和付出也给予了应有的回报。这自然让他感到既欣慰又鼓舞。而秦家一家，尤其是秦牧和香草的知己和帮助，更是给了他一种无形的温暖。这让他感觉，自己来到了一个好地方，自己的努力和付出没有白费。

而当时，杨树春说过后，付桥拿了镢头率先奔往芦苇荡，大家也人手一把镢头，便开始了真正的垦荒。

垦荒地和种现成地，可大不相同。那时，他们连简单的农活还不熟练，可想而知，连铁铧犁都下不去的荒滩板结地，一次次举着镢头镢锛在上面是种什么感觉。往往一镢头下去，只砸个白印儿，或者因草根太密，连个白印儿也看不到，可手腕和虎口却震得生痛，一天不停地这样镢锛下来，胳膊也震麻了，人也散架了，也只能镢锛出巴掌大一块地。就算后来镢出的面积大了，可以下犁了，可每镢出一块地，不来回犁个五六遍，往低洼处推个十来遍，想把地面整平是不太可能的。当时，大队给的牛只是两头弱牛，犁地都困难，往低洼处推，则全要靠他们用人力来拉。这群从城市刚到白鹭河一年的年轻人又哪里承受得了？杨支书还要他们在年前完成，对这群人来说，无异于一个还挑不动百斤的孩子，却给了他千斤的重担。当时，虽然说要垦荒出一个美丽的小江南时，人人都热情高涨，可真正进入实质性的垦荒，每个人心里的煎熬和压力是很难用语言表达的。

而正当十几个人发愁，怎样在年前把这片芦苇荡垦出来的时候，一直晴着的天也变了。头夜下了雨，第二天就呼呼地刮起了北风。大家来到荒滩，还没干几下就手也冻僵了，嘴也冻僵了，脸被风刮得生痛；脚踩在才下过雨的泥泞里，冻得更是生痛生痛。这个时候地是能镢动了，可人踩在泥泞里一走一滑，也太不是滋味了。不一会儿，就有几个女青年难为得哭起来。

"哭什么呢？要不你们到高一点儿的地方歇着去！"有人说。

正哭着的女青年就难受地道："歇？你看这天儿，站那不干活，人还不冻死啊！"

正说着抹泪，天就飘起了雪花。大片的雪花随着寒冷的北风，唰唰唰地砸在他们头上脸上，他们个个身心寒凉，双眼迷蒙，镢锛下去就更没着落了。

"就算北风再大，雪下破天，咱们也不能停。"苏世雄喊，"这事大家别怪我，要怪就怪杨支书把这块荒地分给了咱，还要叫咱们明年开春种上庄稼。当然，咱也不想做懒汉白吃，咱也想明年吃上自己种的粮食，因此只要我和周小玉还在挥舞镢头，大家便不能停。只要我和周小玉不走，谁也别想当逃兵。"

这段话苏世雄说得是既悲壮，又铿锵有力。他自然是希望趁地湿让大家多镢点。当时，并无一个人反对，然而就在下雪这天的夜里，程强却神不知鬼不觉地逃跑了。

2

发现程强逃跑是第二天天亮以后。

那时，苏世雄起来洗漱后，和往常一样挨门叫人，来到罗小凡他们这个宿舍门口时，罗小凡像散了架子一般躺在床上不愿动，付桥翻身起床却发现隔壁的床上没了程强的人影。当时，付桥就觉得有些不对劲，平时苏世雄来喊人，程强总是到最后才起来，这天他怎么起得都没听到动静呢？

不过他和程强关系一向很好，不到万不得已，他实在不想说什么。因此，当苏世雄问程强的人呢，他便支吾可能上厕所了。可吃饭的时候，大家一直不见程强露面，疑问就出来了，也有说半夜出来小便看到黑影，还以为是鬼的；也有说半夜听到外面有脚步声，还以为是窃贼的。

这些话自然都是说给苏世雄听的。

可当大家吃过饭走出来，看清了厚厚的雪地上，那唯一一行通向外面的脚印后，便一下都哑巴了。

那脚印虽然若隐若现，却脚尖朝外，一直向远方延伸而去。

也就是说昨天半夜并没闹鬼，也没人来他们住的地方行窃，而是有人从这走了出去。也就是说程强果然逃了，不然他不会半夜离开。

付桥担心程强，就问苏世雄："你看，是不是派几个人出去找找？"

当时，大家一听，都心事重重的。你看我几眼，我看你几眼，抱观望态度。

苏世雄看看大家，却说："找什么找？再派几个人出去找，只怕也都不回来了。"

大家就像被说中了似的，便各自怀着心事往垦荒的地方来。

而程强回省城也并不是那么顺。他本想一大早到分场早早搭上到×城的车，从×城当天搭火车就到家了。谁知道他踩着雪赶到分场后就玩命地截车，却没截到一辆直达车。后来转了几趟车才到×城，火车却已经开走。他只得搭第二天的火车。还好，他头天偷偷拿了两个老杨头蒸的馍藏在背包里，好歹算是撑到了家。

程强好不容易赶到家，他父亲却劈头就给了他一句："赶紧回去！你现在户口和粮食关系都在白鹭河。你在那有吃有喝，你说你回来干啥？"

这无疑给了程强当头一棒。

接着父亲又冷冷地道："难道你不知道，家里人口多，口粮不够吃？你现在回来，除了争你弟妹爹妈的口粮，又能解决什么问题？"

程强一听心顿时便凉到了底。虽然厚着脸皮在家住了几天，弟妹却悄悄地躲着他。只有母亲趁家里没人时，抹着泪问了他这一年来在外面的情况，安慰了他几句，把身上仅有的几块钱塞给了他。程强便用母亲塞给的钱又悄悄搭车返回白鹭河。

其实，程强出逃后，组里确实有相当一部分人抱着观望和等待的态度。可一个星期后，当程强灰溜溜地又从省城返回白鹭河；当程强沮丧地讲出自己回城的遭遇，大家心里的某种念想便彻底熄灭了。

你现在户口和粮食关系都在白鹭河，省城已没你的生存之地，现在想逃避这种苦难，退回省城去，是不大可能了！

当大家从程强嘴里听到这句话后，一下子便都消沉下来。

消沉的一群年轻人静默得可怕，话少了，也不像过去那样喊苦叫累了，一个个的都满脸萧索，神色黯淡，也只有干活嘿吼嘿吼地喊号子时，眼中才会迸发出一束束亮光。

这一束束亮光，就像是从他们心底迸射出来的恨和愤怒。他们并不知道自己在恨什么，在愤怒什么，可随着时间一天天地过去，这亮光却在他们的眼里浓缩，在不知不觉中就聚成了星火，而且这星火大有越燃越烈之势。

作为旁观者，杨树春和秦萱草自然知道那星火是什么。那星火是这群年轻人在迷茫无奈中的抗争，也是他们在迷茫无奈中的悲愤。

在这种超负荷的劳动状况下，承受劳累和痛苦的不只是他们的身体，还有他们的思想和灵魂。那时，被劳累磨出水泡、鲜血和在艰难环境中瘦得变了形的，不止是他们年轻的肩膀和手脚，也包括他们年轻的心。

因此，无论在垦荒的前期发生过什么意外惊喜，或是什么狂欢，这段经历对这十四个年轻人来说，都是不堪回首的。

之所以说它不堪回首，是因为这种拓垦的劳作方式。这片多年不种的板结地，即便当地最棒的壮劳力来拓垦它，也是要趁雨后的暖和天用壮牛来耕犁拉耙的。而这十几个城里来的没有经验的青年，为了赶时间，为了出成绩，则是在寒冬腊月顶着寒风，冒着雨雪，把自己当牛当犁当耙来开垦的。他们自然受尽了累，吃尽了苦头。

这自然让杨树春和秦萱草心里很不是滋味。

虽然他俩和这群年轻人一起干活，共同吃苦受累，可他们干完活回到家有亲人的温暖，有家人的体贴，有自己舒舒服服的暖被窝。

这群半大的年轻人却没有。他们生在城市长在城市，离开父母离开亲人到这里，背井离乡，人生地不熟，到这里还没学会劳动，不但要承担这么沉重不堪的劳作，收工回来住在漫野地，门不严，窗不紧，还要夜夜挨冻。

看到这些，作为农代表，杨树春和秦萱草自然于心不忍。

其实，垦荒一开始，杨树春和秦萱草就在寻求着解决的办法。开始他们向杨支书反映，说开垦低洼地光凭人力是不行的，希望大队能借一些耕牛给他们来犁地和耙地。后来虽然大队借了两头牛，却都是弱牲口，分给十几个人耙地的农具也是旧的、快不管用的。两人再要求，杨支书却反问他俩："你们听说过，有冬天耕牛向外借的吗？你们生在农村长在农村，就没听说过冬天人让牲口吃好休息好，农忙它才肯给人掏力的话吗？再说，你让我把好耕牛借给他们，我自己说了也不算啊！"

借不借耕牛和农具给小江南这边，或借不借好的给这边，确实不是杨支书一个人说了算，得大队党支部几个骨干讨论。

在白鹭河这个地方，祖祖辈辈冬天都不朝外借耕牛也是事实。何况，杨支书也有他自己的想法。这群城里来的年轻人，又有谁会用牛呢？耕牛让他们使唤出问题了，到了农忙季节可咋办？而且他思忖着那片低洼的荒地开垦出来，能长出庄稼不能还难说，又何必费那份牛力资源？

再后来杨树春和秦萱草见天越来越冷，也曾找杨支书反映看能不能派些年轻劳力帮帮小江南这边。杨支书说话就更难听了。

"大队里的壮劳力，全凭冬天到外边修堤筑坝挣点高工分补贴过年呢！你让我派谁去帮他们呀！"杨支书说。

当然，杨支书说这也是他们这里的实情。冬天，大队里的壮劳力出去修堤筑坝，工分是分场发，不但高而且都是现钱一天一发。而在大队干活记工分，不但合的钱少，也都是换成粮食分给大家。因此每年过年，各家各户基本都是靠壮劳力出去修堤筑坝挣钱办年货。

这个杨树春和秦萱草也知道。杨支书不到万不得已，也确实不好开口。

一再地遭拒绝，杨树春和秦萱草觉得给杨支书汇报反映也解决不了问题，也就不再找他了。因此程强逃跑后，杨树春和组长苏世雄商量，是不是应该上报给杨支书？苏世雄说招到这里逃跑的太普遍了，从农场开始招工就有。你给杨支书反映，除了造成不良影响，并不能解决什么问题。杨树春当时也觉得这事给杨支书说他也解决不了；何况以往别队有城里来的青年逃跑回家赖几天，也就悄悄溜回来了，就没跟杨支书说这事。

然而，这天杨树春和秦萱草打量着十几个人因劳作而磨破的破衣烂衫，打量着他们消瘦得变了样的身形，正想这些年轻人，尤其是周小玉、付桥、罗小凡还都未成年，整天这样让他们像牛一样拉套，大冬天踩在湿泥地里也不是个事，得赶紧想个办法解决。晚上收工，于芳却出事了。

3

这天，收工时天已经黑透了。于芳说她肚子有些痛，想拉肚子，让大家先走。几个女伴要等她，她说她从小就有个毛病，只要知道附近有人，憋得再紧也拉不出来，并执意要她们先走。几个女伴拗不过便走了。于芳站在那里，等听到脚步声消失了，便扑通一下跳进了旁边的水塘里。当时，幸亏收工后留在后面小便的江诚和余国庆刚好从那经过，听到扑通一声，情知不好，冲过来见跳进水里的于芳刚刚浮上来，便赶紧一人拽住一只胳膊把她拉了上来。

"快来人哪！于芳跳水啦！"两个人把于芳拉上岸便大叫起来。

那时，其他人都刚走到东南高台那里，听到喊声便一窝蜂地转回来。

杨树春赶过来见从水中捞出的于芳浑身湿透，脸色铁青，嘴唇发紫，冻得上下牙不停地打架，就喊："赶紧点火！"

这时，付桥和罗小凡几个男青年，早已拽来芦苇，顺势点着。

苏世雄接着赶到，便开始吩咐几个女青年赶紧脱外套给于芳换上。那时的于芳除了双眼流泪以外，整个人就像个植物人，全凭大家摆布。一伙女青年七手八脚脱了她身上的湿衣服，一瞬也就把各自脱下的外罩套到了她身上。只是，大冬天的，几层外罩并不遮寒。何况，她刚从冰冷的水里捞出来。

大个子江诚一见就在旁边说："要不这样吧？我把我的大衣脱下来，你们给于芳套上。然后把她抱到我背上，我背她去她宿舍。"

大家觉得也只有这样是最好的办法了，就按江诚说的，把大衣急急忙忙给于芳套上，赶紧把她抱到了江诚背上。

后来，江诚一口气把于芳背到宿舍，早有人给做饭的老杨头传了话，也有人在宿舍里生了火，当江诚把于芳背进女生宿舍放到她床上，老杨头已经端着一大碗姜汤过来。

"赶紧喝下去暖暖身子，不然会落病的。"老杨头心疼地说。

秦萱草接过姜汤扶着于芳喂她喝下去，正说："这样也就没大碍了，赶紧捂被子里暖会，一会让一个宿舍里的给你带饭回来吃。"于芳却"哇"的一声大哭起来。和于芳一个寝室的邵美华和王青云一见，就也忍不住哭起来。

而这哭声一响起，大家触景生情，不由也人人伤心，个个流泪起来。连站在外面的杨树春也不由难过得湿了双眼。

后来，杨树春问苏世雄："发生这事，恐怕得给杨支书反映一下吧？"

苏世雄没好气地道："反映什么？你和秦农代不是反映过多次，杨支书不是一直都说这是我们自己的事吗？既然是我们自己的事，又何必再给他反映？"

这次杨树春看事态不同，就没听苏世雄的。

这天他和秦萱草一起回家，就和秦萱草商量："咱们得趁着于芳跳水自杀这事，好好跟支书说说，让他管管小江南这边的事。不然他们整天在泥泞里也不是个事。"

"我觉得也是。可咱俩给支书说不管用，得找个有说服力的。"秦萱草说。

"那你觉得找谁合适？"

"原来队里有事都找秦叔，找秦叔自然是好。不过这两年也有找秦牧的。秦牧见多识广，虽然话不多，脑子却特别灵活好使，我觉得像这样特殊的事，找他比找秦叔更有效。"

这天，杨树春和秦萱草说着，走回大队的半路上，却被秦牧和杨树林截住。原来于芳跳水的事，不待他俩回来就传到了大队。杨树林一听说于芳跳水自杀，没去找杨支书，却先来找秦牧了。他苦口婆心，希望秦牧能说动杨支书，让队里帮帮这帮年轻人。

他说："我情愿不要工分去帮他们一把！只要有人发话。"

秦牧听了杨树林的话为之所动，想来杨树春家了解情况，便在半路上遇见。

杨树春和秦萱草一听就把程强逃跑、于芳跳水、十几个年轻人艰难垦荒的情况，一五一十地都说了一遍，也希望秦牧想办法，让队里帮帮这帮年轻人。

秦牧当时只是淡淡地说："好！我明天先到垦荒的地方看看。"

那时，秦牧正挂念着罗小凡和付桥。两人自搬出秦家一直都没消息。尤其是罗小凡，他觉得自从和罗小凡见第一面，便觉气味相投，有一种说不出的亲近。当他有话有书没罗小凡，就感觉少了点什么，就像没人说没人分享似的。

可第二天到了罗小凡他们垦荒的小江南，秦牧瞅了半天却没认出哪个是罗小凡和付桥来。那时，十几个年轻人和来时已判若两人。他们的鞋子，因为过度劳作和在泥泞中不断打滑早已磨破穿洞。他们的双肩，因为拉纤而棉絮外翻。风一吹过，他们头上蓬乱的头发飞舞，肩上的棉絮布片也飞舞。他看到十几个人，无论是镬地的，还是扶耙的、拉纤的，几乎每个人的脚趾头都露在外面，浸在泥水里。他看到十几个人，无论是男的还是女的，高的还是矮的，每个人的衣裳肩头处都磨得稀烂，都洇着暗红的血渍。后来，当他在干活的人堆里来回寻找，看到龇牙朝他笑却瘦得不成样子的罗小凡和付桥时，鼻子一酸，竟流出泪来。

"秦牧哥，我们说小江南建好再请你来的，你这会儿怎么来了？"两个人一见秦牧就围过来。

秦牧看着两个都变成了小鬼却依然乐呵呵的好兄弟，啥安慰话也说不出来。他只是用力地拍着俩人的肩膀不停地说："你们行，你们真行啊！"

从小江南回来，秦牧就去了杨支书家。

那时正赶上年底，杨支书每天都要去分场学习到很晚才回来。

这天，秦牧等到杨支书一进家门就说："杨伯，这样弄可不行，这样弄会把这十几个城里娃累出问题来的。"

当初，杨支书把那么一大片荒滩分给罗小凡他们这群省城来的年轻人，除了为了让他们和队里分开，免得和队里人发生什么不愉快，当然还另有原因。

有人说，当一个人全神贯注于某一个问题，往往会忽视另外显而易见，或是平时会很引人注目的事情。当初才来到白鹭河那会，罗小凡整天满脑子都是小玉，现实里的许多事倒被他忽略了。

其实，来到白鹭河的第一天，苏世雄说带另外十个人去分场，实际上是去分场讨说法去了。

这件事让杨支书对苏世雄有了很不好的看法。当时大队里推算，他们这批人会在×市停个半天，在总场再停停，到白鹭河也就第二天早上七八点了。而且当时上面也是这么通知的，说第二天的七八点到。谁也没想到他们会在半夜两点就赶到，也就没准备这天的饭。况且，按半夜两点赶到白鹭河的时间推算，他们应该晚上九点才从总场出发往分场来，这样到夜里十二点到分场，也就半夜两点赶到白鹭河大队。这样推算，他们应该在总场吃过晚饭。因此，当时半夜两点他们要吃的，他只当是年轻人不经饿，半夜了想加顿，就说："都后半夜了，等天亮再一总吃吧？"他虽然这样说，离开大队部也就安排老杨头赶紧起来做饭了。队里的灶多年不用，老杨头又要临时弄柴生火，又要临时醒面弄菜，自然费的时间长些。哪里会想到这边刚做好饭，还没来得及喊人，那边苏世雄就带着一帮人去分场讨说法，告他这个支书去了呢？得亏他听说后，让杨树春和秦萱草赶紧追过去，在分场截住了他们，带他们在街上转了大半天，熟悉了环境，吃了两顿饭，这事才算过去。要不然……白鹭河这地方民风淳朴，一向都少背地里整人告人这种事。杨支书干了半辈子支书，没想到苏世雄一到，脚都没站稳就来这一套。

杨支书想：你作为带队班长，有问题有不满不向队里反映，还神不知鬼不觉地带着一帮人去分场告我，这算什么？再说，怎么能不问清楚青红皂白，说告人就告人呢？杨支书觉得苏世雄有些阴有些不地道，一群同去的年轻人也太狂太感情用事。因此，他就想借机难为难为这群年轻人，让他们知道一下天有多高、地有多厚，别太猖狂。

另外，他也觉得，这群年轻孩子，在家都没种过地，到这来了没爹管没娘教的，能不能俯下身拉几次套都难说，就更别指望他们种地了。当时大队领导学习，附近几个大队领导都发牢骚，说城里来的娃们一个个就像野驹子似的，根本就不上套。因此，他把那片荒滩分给这群年轻人，根本就没抱能种成庄稼的指望。何况原本就是废地，开不开垦出来又怎么样呢？何况，后来下雨下雪队里劳力都没安排出工，又怎么会想到这帮城里来的娃，会冒着雨顶着雪在泥泞中劳作呢？

他的确没想到，分给他的这群年轻人，会这么认真，这么倔强。

当然，杨支书更没想到，正因为这群年轻人这么认真，这么倔强，后来种的油菜才取得了轰动整个农场的超纪录成绩。也正因为此，后来开表彰大会，这群年轻人才当面让他难堪。

当时，杨支书有些不信地问秦牧："你说，这群娃还真把这当成个事，认真干了？"

"你不是说，他们能把这片多年没人种的荒地开出来，让它长出肥壮的庄稼来，让它变成美好家园，才说明他们到农村广阔天地，真是大有作为了吗？"

"你不是希望他们能在春节前就把那片荒地开出来。说这样明年开春，开出的荒地便可赶上种油菜苗了吗？"

秦牧一连地发问后说："你去看看，他们都累得变了形，衣服鞋子全磨破了。"

"哦？"杨支书走进家门坐下刚抽一口烟，就呼地一下站了起来，他这才意识到事情的严重性。

后来他听秦牧给他讲了具体情况以及于芳自杀的事，就更坐不住了。

"这，这要出个啥事，该怎么交代？"他烟也不吸了，嘴打着哆嗦问秦牧，"你……你脑子好使，见识广，那你说该……该咋弄？"

秦牧也当仁不让："我觉得在咱们白鹭河大队，能建出这样一个小江南也是个光荣的事，应该当即就成立个突击队，发动大队身强力壮的青年去支援他们，共建这个小江南，不然……"

杨支书赶紧道："那这样吧！我这就召集大队里壮劳力成立个突击队，现在学生娃也都放假了，你也正好没啥事了，你就担当突击队队长，去支援青年组一下吧？"

想了想又说："人越多越好，要在年前垦荒结束，也好让这群孩子回家过年！"

秦牧一听不由得笑了。他自然愿意去支援罗小凡他们垦荒，何况杨支书发了话招了人，因此他下午就领着白鹭河大队的几十个壮劳力朝小江南这边垦荒的地点奔来，还特意让家里有多余鞋的给罗小凡他们这边带来了鞋，让家里有多余棉衣的给这边带来了棉衣。

十几个人换上了秦牧他们带来的棉衣鞋子，又有了秦牧、杨树林等几十个大队壮劳力的全力加入，紧接着牲口、犁等农具也派了过来，接下来人多，农具又齐全，不到半个月垦荒也就结束了。

九

1

垦荒结束了，小江南的雏形已然出来。接下来等过完年植树的季节到来，给水塘四周插上柳树，天再暖和点，水塘边长出蒲苇，水塘里长满荷叶，罗小凡心中的小江南也就展现在眼前了。那么再接下来，在这如梦的所在，是不是该实践他美好的爱情了呢？

大概上苍是为了回报付桥对朋友的用心和忠诚，作为罗小凡最忠实的朋友，付桥还没顾上为自己想这个问题，上苍就先把这个礼物赐给了他。

那是过年之前，钱分到手，他和罗小凡拉着秦牧上街时发生的事。

垦荒结束后，离过年还有一个星期。地里的油菜要等过完年种，年前把水塘最近的一圈地撒上苜蓿籽也就没事了。罗小凡和付桥便抽空回了趟秦家。

当时，秦婶一见瘦得变了样的罗小凡和付桥就抹起泪来。

"在家住一年都不曾瘦，咋过去这阵子就瘦成这样了呢？"秦婶说。

罗小凡说："不累咋能建成小江南呢？"

付桥则乐呵呵道："秦婶，到时过小江南那边看看，植树的季节，我们还要在水塘边栽一圈柳树，修条环形路呢！"

香草见罗小凡和付桥回来，睁着睫毛很长的黑葡萄大眼，看看这个，瞅瞅那个，突然就朝秦婶跑来。

"妈，快赶紧给小凡哥他们做些好吃的吧！"她拽着秦婶喊。

大家见她这样，便都笑起来。

吃饭的时候，秦叔从外头回来，一见罗小凡和付桥就说："你们把那片芦苇荡开垦成那样，你们付出了那么大辛苦，老天也不会辜负你们的。"

后来，秦叔告诉付桥和罗小凡，说明年的立夏在芒种后，又提到他的那套"立夏芒种后，又蒸馒头又吃肉"的谚语，说明年种啥长啥必定是个大丰年。

当时香草打岔说："爸，让小凡哥他们回来过年吧？"

秦叔听香草提到过年，就又给两人讲起过年的谚语，说湿冬必然干年下，说既然付桥他们开荒时又是雨又是雪的，过年必然是好晴天。

然后看看香草才说："既然香草说了，秦牧也想和你俩团聚团聚，你们也说过你们过年不回家，到时你们就住过来几天，咱们一起过个好年！"

而到了年下，真如秦叔说的，湿了一冬的天儿就晴了起来，而且晴得格外好。

头一年过年，因为才来，十几个人都没回家过年。这年，大部分人早熬不住了，见累了一大长年，除除这去去那才分到几块十几块钱，便纷纷把被褥打成包，买了当地的粉条、花生等各自回家过年去了。

当时，留下来的一小部分人，女的两个家庭出身不好的小玉、于芳都没回去，男的除了罗小凡和已经回过家的程强，付桥和苏世雄也没回。

大概因为人刚刚迁移小江南，各方面都还很简陋，吃的用的也不全，过年前不仅队里给小江南送来了肉和面，一些条件好的人家也给这边送来了这样那样的年货。而且，没回城的人到过年那天，之前在谁家住的人家也会把他们请回去过个年。比如罗小凡和付桥从二十九到初一都是在秦牧家过的，初二和其他人一起回小江南也是为了分享年货。这样，罗小凡他们这些没回城的人反而过了一个肥年。

而罗小凡和付桥不回省城过年，手里发了几个钱，就想上街转转。其实，年底分红，付桥有家里寄钱还好点，罗小凡除去平时赊的借的，并没剩几个钱。就这也多亏有秦牧和付桥常常帮贴。可是大过年的，没领几个钱也想到供销社买些东西慰劳一下自己。何况在秦叔家住了一年，秦叔爱吸烟，他和付桥怎么着也得给秦叔买条烟吧！

罗小凡怀里倒是一直揣着五六块钱，可那是他告别妈妈时，妈妈搜了口袋给他的。他不像付桥，想见妈妈随时回省城就可以见。他在省城已经没有了家，连和妈妈联络都没办法，就别说见妈妈了。因此，那几块钱，他一直揣在衣服的最里边，就像揣着妈妈的照片，再苦再难也不愿拿出来花。现在有钱了，自然是该添的就尽量添一添，该买的就买一买。

那天钱一分到手，两人便拽着秦牧到分场的供销社来。两人先给秦叔买了条红玫瑰香烟，又买了些麻花油条三人吃了，才开始买袜子鞋子这些生活必需品。

来到这里一年多，来时穿的袜子、鞋子、内衣早破得不成样子了。付桥还有家里寄，罗小凡如果不是秦牧和付桥帮衬，早就没得穿了。何况原来的衣服外套不是小了，就是干活时磨破了，牙膏也没了。可一年收入的钱，就算挑最便宜的买，东西没买全钱还是没了。

没了也就只得恋恋不舍地从供销社走出来。可巧，正好碰到程强。

当时，程强指着前面不远的地方对三人说："你们看！"

三个人抬头看过去，只见前面走着两个女孩。其中一个那腰肢那身段，以及走路那轻盈的步伐，一下就拽住了付桥的心。

当时也不知怎么，他就对程强说："前面那长发齐腰的女孩儿，我准认识！我准认识！"

程强当时也是逞强，就故意把声音提高八度喊："那长发齐腰的，你真认识啊？你要认识，我就帮你喊她一声啊！"

几个人便鬼笑。

结果，前面的女孩听到程强的喊叫扭回头来，据说付桥的魂一下便被摄去了。

女孩长着一张白净俊俏的脸，尤其那双大眼，当她目光锁住付桥，便像是在问付桥："是你说认识我吗？"

付桥一紧张站在原地就忘走了，一下便囧了个大红脸。

女孩一见，便两腮绯红，忍不住就一眼一眼地朝付桥打量过来。

当时秦牧一见，脸上便现出会意的笑看向罗小凡。

罗小凡则不露声色地给程强丢了个眼色。

程强个子小，脑子却好使，当即明白罗小凡的意思，便转着眼珠左瞅右瞅，前瞅后瞅地寻找起目标来。

这时，正好一个男青年走过来，程强不由惊喜地叫一声："钟舒义！"

原来程强在他乡遇到了同学。他顾不上叙旧，横一眼付桥朝前方努努嘴问："认不认识前面走着的那个长发齐腰的女孩？"

"咋不认识？我们队的。"钟舒义大高个，看上去和付桥差不多，开朗大方，性格也很像付桥，他热情地上来一把抱住程强，一边看向付桥三人，一边也没忘记感叹："真没想到在他乡遇见老同学啊！"

程强见两个女孩越走越远，哪里还有时间和老同学叙旧啊，他猴急地一把把钟舒义推开，说："你还没说长发齐腰呢！"

身后的几个人一听，扑哧地一下全笑了。

"哦，哦，林梅。一个地方的。也是从省城来这里的。"钟舒义赶紧说，"要不要我帮你们把她追回来。"

"别！别！别！"付桥惊慌地阻止着，脸已红到了耳根。

大家见他囧成这样，顿时便一阵哄笑。

而付桥就是在这当儿，在这哄笑之中，记下了林梅的名字。

自此，虽然并不曾说一句话，林梅的名字和影子却刻在了他的心上。

当然，罗小凡的努力也同样回报不小。

这事说来与秦牧有关。就如付桥说的，秦牧对罗小凡确实有种独特的情感。许是惺惺相惜，自从听说罗小凡的身世，听说他的才艺，秦牧便把他放在了心里。到分场和总场办事，有意无意地就会向相关的领导提及罗小凡。也就从秦牧带着突击队到小江南垦荒的时候吧，便有分场的人打招呼让罗小凡到分场去帮忙写年底总结、工作报道什么的了。因为有这些专长，过完年大队把老杨头抽调走后，罗小凡便理所当然地被抽调出来做饭，并兼带为分场和大队写宣传稿、办宣传栏。后来总场方面听说，也偶尔指派写些报道，罗小凡便忙得没了一分空闲。一直忙到油菜花开，他才松闲了那么几天。

2

再说过完年，罗小凡抽调出来做饭后，付桥他们就开始从队里移油菜苗种油菜了。开始，这事几乎没人看好。

一方面，大队方面都认为，付桥他们这群年轻人还没学会种地；另一方面，他们自己也没把握，因为他们谁也没种过油菜。他们只是按着杨树春和秦萱草教的方法，胡乱地把苗子摁到了土里，能活不能活他们谁也不知道，又何况那原本就是一片祖祖辈辈都不愿种的低洼板结的土地呢？

然而，天下的事谁也说不清。尽管那是块祖祖辈辈都不愿种的废地，尽管付桥他们不过胡乱把苗子摁到了地里，尽管按季节来说，种的时间还迟了几天，可油菜苗们却愣是给这群年轻人长脸争气。眼看着歪歪斜斜地摁在地上的油菜苗，不几天就长直了，就成了绿壮绿壮的一棵棵。再没多长时间又开花了，而且一边开花一边也不耽误长个子。它们开着长着，长着开着，总是一批花谢了又开一批，等一两个月油菜花开尽，油菜棵竟长成了小树那么高。秆比人还高，根部比胳膊还粗！连青年组最高个的江诚站到里面都不露头。

油菜棵长成这个样子，可叫杨树春和秦萱草兴奋坏了，他们见人就炫耀，说从来就没见过长得这么高大的油菜。赶来看稀奇的人也都啧啧称奇，说年轻娃有知识有朝气，也给这地带来了生机灵气儿，他们一来，这祖祖辈辈都种不成庄稼的板结地，就长出像树一样高大又结满油菜籽的油菜棵，这可是奇迹。

虽然，付桥和罗小凡之前就听秦叔说过这年是个丰年，但没想到油菜棵能长得高大成这样，就悄悄请秦叔到小江南这边看看。

秦叔看了说："估计是翻出的新土劲大，搞不好还有意想不到的高产呢！"

果然，这里历年油菜平均亩产不到120斤，这年付桥他们种的油菜则亩产达到了200斤。这可是一个了不得的数字。当时就有人拉着油菜籽一溜烟地向分场报喜去了。据说，这个消息很快成了分场、总场，甚至地区广播站的新闻，成了建设新农村的榜样。

这样，杨支书来给青年组开表彰大会，脸上就堆了很复杂的笑。他是既意外，又兴奋，又有些惭愧。

他站在台上对14个城里来的青年说："当初，我把这块荒滩分给你们，就觉着你们这群年轻人，有文化，有热情，有股天不怕地不怕的冲劲儿，能把这里改造成美丽的家园，能让这里长出又肥又壮的庄稼，果然你们做到了。你们……创造了油菜有史以来最高产量，为白鹭河大队争了光，也为你们自己争了光，连我也都觉得脸上有说不出的光彩。"杨支书说这些话时，满脸都是光荣的笑。他首先点名表扬了年龄最小的付桥、罗小凡和周小玉。说别看他们几个岁数小，表现却最突出！尤其是付桥据说不但爱动脑筋还特别能干。接着他又把苏世雄和其他人表扬了一番，还提到了帮助青年组的秦牧。最后他说："我不得不承认，你们这批年轻人，来到白鹭河大队，不但在生产上表现很突出，在感情和生活作风上，也没像别的大队那样，惹什么乱子，这让我很放心。"

而作为青年组长，苏世雄的发言，却狠狠地办了下杨支书的难堪。

苏世雄说："兄弟们，你们是好样的！当初，杨支书等大队骨干嫌弃咱们不会种地，把咱们从大队撵出来扔到这个祖祖辈辈都没人种的荒滩，不给咱犁，不给咱牲口，让咱凭两只手开荒。可大家争气，不但开辟出了美丽的小江南，还创造了油菜亩产200斤的奇迹。"

这顿时便引来了一阵热烈的鼓掌和欢呼。

可杨支书则再一次感受到了苏世雄的不厚道和阴险。

这时，罗小凡却一点儿也没感觉到苏世雄哪里阴，哪里不厚道，倒感觉他有些光明磊落。他和秦牧的观点一样，只是感觉苏世雄有些高深莫测，并没感觉他其他有什么不对劲的地方。因此这天大家鼓掌欢呼，他也鼓掌欢呼。

最后苏世雄说："以后我们依然要戒骄戒躁，不但要搞好我们的物质生活，还要搞好我们的精神生活，搞好我们的情感，这样才能更好更有热情地搞好我们的生产！"

这样原本因为大队的援助，过年的温暖淡化了的成见，就又被苏世雄勾了出来。这自然让杨支书对苏世雄的成见更深了一层。

如果说才来时苏世雄带着一帮人到分场去告他，是无意中使他难堪的话，那么这次可是有备而来。因此，为了不惹事，这次表彰大会，他草草地就收了场。

而当油菜花开的季节，小江南收获的又何止是油菜。

十

1

有人曾这样说，花儿开放，春自回来。当油菜花在小江南满台满坡开放的时候，艰苦的生活环境和条件并没能挡住青春的绽放。

把油菜苗种上后，基本就闲下来。由于头年沤地没种早稻，那时每天除了拾掇加高水塘外沿，沿岸插柳种树，收拾水井，开垦菜地，并无什么大事。

而闲最能生情。当从繁重的劳动中解脱出来，女青年中刘慧，首先便开始装扮起自己来。她先修补过去劳动时穿破的鞋子，又浆洗缝补熨烫磨破的衣服；待衣服收拾得干干净净笔笔挺挺，又开始收拾头发。刘慧的头发由于过去劳作繁重，顾不上收拾，曾一度凌乱不堪。如今她梳理扎成光洁的辫子后，又把发梢和刘海整出那种好看的弧度。当然，其他女孩也不示弱，也都比着收拾得干净利索光鲜可人起来。男青年们的衣服、头发、鞋子也一天天干净整洁起来，过去从早到晚埋头干活，浑身散发的臭汗味，也在宿舍里用一盆一盆的水擦洗干净了。

年轻人收拾干净了，打扮利落了，便想到处走动走动，展示展示。

那时，罗小凡抽出来在厨房已干了一段时间，麦收之前两个月正好又没太多稿子写，每当晚上吃过饭，他把厨房收拾干净回到宿舍，便会坐在宿舍窗下桌前，望着外面满台满坡的油菜花，拿出竖笛吹上几曲。

罗小凡必定得到过妈妈的真传，吹起竖笛来，总是有板有眼，荡气回肠。那时，他无论吹当时流行的《游击队之歌》《小螺号》《东方红》《大海航行靠舵手》，还是吹他母亲教他的，当时其他人根本没听到过的《小路》《莫斯科郊外的晚上》《友谊地久天长》等，都能让人们听得神魂激荡、如痴如醉。

有时还有付桥搭伴。付桥吹口琴虽达不到罗小凡的水平，却也是旋律清晰，节拍准确。两人若搭伴，或一吹一唱，或同吹同唱，那热闹劲就更招惹人了。

因此，随着时间的推移，也就形成了一个习惯，每当音乐声响起，一个个打扮利落的年轻人便会丢下手头的活，三两结伴，来到罗小凡所住的那间房子。

当时来的不只是小江南的人，还有秀、秦牧、杨树林、杨树春、杨树华、秦萱草这些白鹭河大队比较前卫的年轻人。年轻人天性就爱热闹，罗小凡他们初到白鹭河的那会儿，他们听到罗小凡的竖笛和付桥的口琴，心里就痒痒了，只是怯于陌生和环境不敢造次。如今这帮年轻人搬到小江南和大队隔离开了，大家又熟了，岂有不过来凑热闹的。于是，罗小凡的宿舍便成了小江南和大队年轻人的聚集地。

而秀，即便小玉已经搬来小江南了，她还是和小玉那么亲密，一来哪也不去，就坐小玉身边。

杨树林每次来还是不忘带吃的东西，悄悄塞给于芳。经过繁重的体力劳动的磨砺和锻炼，过去对杨树林和于芳的事有微词的大部分人，现在大都改变了态度。他们看出杨树林是真疼于芳，甚至有几个还深深被感动，可依然还是有人认为杨树林是痴心妄想，是想借行动感动于芳，等等。

可每天看着杨树林对于芳这样那样的关心照顾，一个个正值青春的心毕竟会受感染和影响。

不用说那时大家也都想借这种聚会，更多地和异性接触，或表示关怀与帮助。于是，一到晚上，大家都涌往罗小凡的宿舍来。

当时，付桥便主动承担起了迎接大家的任务。程强则心甘情愿地承担起了把大家往床沿上让的重任。他见了女的总是说："坐我床上！坐我床上！！我床上干净。"见了男的总是说："来来来，坐付桥床上，付桥床上亮堂。"不过罗小凡的床在最外面，付桥的床挨着罗小凡，程强的床靠最里面确实没付桥的亮堂，见了秦牧和杨树林他们这些本地青年，他倒有先见之明，总是说："你们和罗小凡有缘，来来来，坐他床上。"罗小凡和付桥自然不和他计较。有人问罗小凡吹的什么歌曲这么好听，快人快语的付桥便会走上前甘当解说员。一时之间，有人让吹这有人让吹那，也有人说来的路上听到不知吹的什么特别好听，让再吹一遍的。于是，罗小凡、付桥便轮番上阵，吹给大家听。

有一次，罗小凡吹《友谊地久天长》时，付桥忍不住就说起了他小时候和小玉经常到罗小凡家，听罗小凡吹这支曲子的事情。他说，那时小玉才十来岁，听着听着就会跟着曲子跳起来，后来罗小凡他妈见了，还特意编了支舞教她跳呢！一群女的一听立即便热闹起来，秀也催着小玉跳来给她看看，小玉违拗不过大家，看看罗小凡，便红着脸走到房子中间的空地，随着笛声翩翩舞动起来。

这自然给了一直处于某种压抑中的罗小凡很大的鼓舞。

因此，后来当大家夸小玉跳得如何好时，小玉红着脸如实告诉大家，说罗小凡的表演才是真的好，那时他们学校表演节目样样都少不了他。大家听了当时就鼓动罗小凡表演个节目，罗小凡红着脸问付桥："那么长时间不表演了，你说给大家表演个什么呢？"

付桥怕他退却，便说："就先表演那年咱俩同台上演的快板吧！"

罗小凡说："可是没有快板。"

"这是什么？"付桥当即便拿起他们的牙缸牙刷递上来。

于是，罗小凡也就和付桥一起，大大方方地站在大家面前表演起来。

开始两人表演的是抗美援朝的段子，台词是这样的："打竹板，我迈大步，眼前来到了弹药库，爆破筒来三尺长，送给鬼子当干粮……"可说着说着，也不知是两人的嘴说顺溜了，还是看到了外面的油菜花，就说到了油菜花上："打竹板，响啪啪，出门就是油菜花。油菜花，黄花花，满台满坡把香撒。把香撒，心开花，吃饱肚子不想家。不想家，不想家，丰收产量人人夸，两位代表功劳大，大家个个也不差，也不差！"

大家怎么会想到，两人把快板说得这么好，还现场编到了大家头上呢？于是群情激动，大家便一起喊："罗小凡，付桥，再来一段！再来一段！！"

两人一个笑眯眯，一个乐呵呵，对了对眼，就又用牙刷敲着缸子现编现唱起来："打竹板，那个走向前，眼前来到了宿舍前。叫同志，你们听我言，要吃得饱饱的，把眼瞪得大大的，找准空子看时机，睡好觉了明天好下地。一天的活半天干，经常来点小突击，经常来点小突击，回来顺手逮条鱼！逮条鱼！！"

也只有罗小凡和付桥两人能如此心有灵犀地同时说出这样的段子了。大家听了便纷纷吆喝："再表演个别的，表演个别的。"

罗小凡一见便笑着看向付桥。

付桥当即便看向小玉说："那咱仨给大家唱首《友谊地久天长》吧？这个咱仨一起唱得最好。"

罗小凡也寻求鼓励似的看向小玉。

小玉红着脸看看罗小凡，便有些羞涩地点点头。

于是罗小凡便首先拉开嗓子领唱起来：

怎能忘记旧日朋友，心中能不怀想，

旧日朋友岂能相忘，友谊地久天长。

友谊万岁，我的朋友，友谊万岁！

举杯痛饮，同声歌颂友谊地久天长！

接着就和小时候一样，付桥和小玉加入：

我们曾经终日游荡在故乡的青山上，

我们也曾历尽苦辛，到处奔波流浪。

…………

　　大家听着听着就不约而同地鼓起掌随声合唱起来。这时，罗小凡脸上不由得就泛起了兴奋的光泽。他朝付桥和小玉看去，他们脸上也泛起了兴奋的光泽。这时，罗小凡偷偷看小玉，他发现小玉看他的眼神，再也没有了隔离的雾和纱。

　　这时，小玉看罗小凡的眼神透明清澈，并逐渐现出熠熠的亮光。这亮光里有一丝柔情，有一丝羞涩，还有一丝赞许，就如一束小火苗温暖着、融化着、撩拨着罗小凡的心，让他一次又一次地想起那年槐花树下小玉塞给他包子的情景，让他心中的郁结和荫翳逐渐消散，也让他阴暗已久的心逐渐敞亮、明快、舒畅起来。

2

　　那时，大概是受大家情绪的感染，小玉总会找一些莫名其妙的理由，提前到罗小凡他们这里或晚些走，有时单独和罗小凡、付桥说会儿话，有时帮他俩收拾收拾房子整理整理床，有时则帮他俩浆洗缝补衣服。

　　每当这样的时候，罗小凡心里就如暖阳熏着一样，有种说不清的醉意和温暖。他又感受到了那种渴望的家的感觉。

　　这时，小玉每走动一下或挪动一下身体，他又感觉出那种说不清道不明的韵律来。或者因满坡的油菜花香的原因，每当小玉靠近，他都能嗅到一股香芬。即便小玉胸脯的起伏，微微的鼻息喷出的热气，他也能感受到那种空气流动迎面扑来的清香。而这清香总是让他联想那年槐花盛开，小玉含羞塞给他四个包子的情景。这联想，让他的神经变得敏锐而发达。这样的时候，小玉的每个动作，每句话，他似乎都能心有灵犀，都感觉是在和他互动。有时，小玉一个眼神，他的心弦便扑棱棱地弹跳起来，却不知说什么，似乎也无须说什么。他觉得这种感觉很奇妙，也对这种感觉有种说不清道不明的迷恋。这也让他心里像揣个兔子，总有种蠢蠢欲动的感觉。

　　罗小凡和小玉的变化秀看在眼里，付桥更看在眼里。

　　于是，有天趁小玉来得早，付桥就向罗小凡提议："小凡，这几天我总想起咱仨同骑一辆自行车，在槐树下、在大教堂树林兜风的情景，要不把大队分派给咱的那辆旧自行车推来，咱仨到水塘土路上兜兜风去？"

　　小时候的情景，自然是罗小凡最怀念的。付桥这样一说，他顿时双眼就明亮起来，便征询地看向小玉。

　　小玉扭捏道："到水塘那里，在大家眼皮底下，还不如到白鹭河边看白鹭去！"

　　于是，两个大小伙便按着小玉的意思，把那辆旧自行车从食堂储藏室推出来，往白鹭河的方向来。

后来，罗小凡问付桥："咱俩谁骑？"

　　付桥说罗小凡："你骑吧！小玉还坐前面梁上。我比你长得粗壮有劲，万一下坡车不听使唤，我坐后面也好及时下来拽住，免得掉进河里。"

　　那时，罗小凡并不知道这是付桥的良苦用心。付桥这样说，他觉得有道理也就照办了。而当他骑到车上，小玉的身体紧紧挨着他的身体，头发随风在他胸前和脸上扑打时，他的心就又迷醉了。那时，他嗅着小玉头发的汗味，身上的气息，听着小玉加快的心跳，鼻子边老有槐花的香味在绕，便有些心猿意马。因此后来他们溜了个大弯来到河坡，当车如付桥说的，不听使唤地一个劲向河坡下飞奔的时候，他望着远处惊飞的白鹭，大脑竟一片空白没有任何反应。后来，要不是付桥从后面拽住了车子，他仨就真栽进河里了。

　　那时，其他人吃过饭来到他们宿舍不见一个人，也有到河坡遛弯看白鹭的，见了便嚷起来："你看这几个，果然是孩子，原来骑着自行车在这疯呢！"

　　付桥听了就不干了，说："我们怎么就是孩子啦！个子也不比你们低，干活也不比你们少。"

　　当时和小玉同宿舍的刘慧和徐燕子都在场，刘慧一听就说付桥："你长得是壮，干活也最强，可要细看你的脸，依然是个孩子。"

　　"那可不一定。"付桥说着走过去和徐燕子站并排，问刘慧，"那你说，我和徐燕子站在一起，谁显岁数大一些？"

　　刘慧看了，心中一动就眯起眼笑起来，说："你长得粗壮，又人高马大的；徐燕子个子细条，人又长得秀气，原本就显小，在我们这一班里年龄又最小，你们俩站一起——猛一看——自然你比她大。"

　　而刘慧这句暧昧的话，则让付桥惹上了麻烦。

　　而当付桥从后拽停自行车和刘慧说话的时候，自行车正好砸在了罗小凡身上。小玉则侧身坐在大梁上不歪不斜地倒在罗小凡身上，头和罗小凡的头正好侧面相对，两人耳鬓相触，小玉顿时羞得面如红桃。而就在那一刻，罗小凡面对小玉，迎住她羞涩而含情的大眼，突然就有一种想拥抱她亲吻她的强烈愿望。

　　自此，罗小凡便有了向小玉坦白心思表明心迹的想法。只是，他毕竟还有些忌惮小玉的那句"不想让人家感觉咱俩和人家有什么不同，不想让人感觉咱俩有啥似的"，心里也还有些负累和自卑，便一直隐忍着，一直等待着时机。

　　实际上，这个时候小玉也有对罗小凡表明心迹的意思。只是那个时候，罗小凡一下成了大队和分场的红人，大家便生出各种揣测和议论。有揣测是总场的哪个领导看中了罗小凡这个长得好又有才华的年轻人，也有揣测是分场哪个领导看上罗小凡想重用他。小玉自然也有自己的揣测和不安。

　　那个年代不像现在，男女青年可以用无限种礼物表达爱慕，也可以不用任何礼物直接大胆地表白爱慕。那个时代，人们大都还处于饥饿中，大部分青年男女向对方表达好感的方式都是像杨树林那样，送给对方某种食物或发卡什么的小礼物，高雅一点的也就是送对方笔记本或钢笔之类。

于是，小玉就决定回省城一趟，她打算回省城买个笔记本送给罗小凡，以此试探罗小凡的心意。

当时，为了尽量安排各人都能在农闲时探家，苏世雄也在操心这个事。那时，过年没回家的，于芳和程强探过家了，除了罗小凡不能回以外，也就剩他、付桥和小玉还一次都没探家呢。

不用说年龄最小的小玉一年多不回省城，早已归心似箭。不过，她心里有数，想是想并没特别的要求。那时，和她同宿舍的刘慧大姐，没事就爱趴在床边写呀写的，不是写得满脸通红，就是写得泪流满面，她以为人家是太想家了，是在给家人写信，还想人家回了她才回。可后来当她和罗小凡情感一天天进展，又听人说总场有人看上罗小凡的事，心里搁不住，便迫切地想回省城一趟了。

当然，这次小玉回省城还有一个原因。有从省城回来的人告诉她，听说她姐已经上班好几个月了。当初，小玉是为了照顾她姐才招工到农场的。她们姊妹几个，只有一个人可以顶替她妈的工作。她虽然是老小，可姐姐身体一直都不好，她也只能让给姐姐，自己南下招工了。那时，她妈心疼她小小年纪招工到大老远的地方太苦，曾说她姐一旦上班，就每月从她姐工资里抽八块钱寄给她。

才来白鹭河那阵子，小玉光顾着忙了，也没顾上写信问姐姐上班的事。后来时间长了，当她鞋子也破了袜子也破了，都是穿秀的，确实需要钱的时候，曾写信希望家里能寄点钱，妈妈却总是说家里如何难，还说她最好别回家过年，也正是这个原因，再苦再难她都忍着，一直都不曾探亲。如今回城的人说，她姐都上班几个月了，家里却一直都没写信告诉她，也没给她寄钱，她自然要回去问个究竟。

3

小玉回到省城后，发现姐姐果然已经上班好几个月了。

她便问姐姐："当初你和咱妈说得好好的，你上班后每月寄给我八块钱，为什么上班了一分钱也不寄，连封信也不给我写呢？"

姐姐却说："你问咱妈去。"

小玉进家的时候，妈妈出门还没回来，等妈妈回来她问时，妈妈则说："你姐的几十块钱工资，要拿出一部分还账——前几年你爸病重时，欠下好几百，你哪里知道？剩下的总是不到月底就花光，想给你寄还得有呢！"

小玉听了觉得妈妈偏心，便问："你们想过我这一年多是怎么过的吗？就连我这次回来都是借人家的钱，我回去总不能没有路费吧，借人家的钱总得还吧？"

"路费？借人家的钱？家里没钱啥也给不了你。"妈妈说。

小玉一听就恼了，就朝妈妈喊起来："给我路费，我现在就走！"

妈妈一听气得浑身发抖，当即就杵给小玉一句："你走就是，不留你！家里没钱，还是一分钱也给不了你！"

小玉一听顿时便坐在地上哇哇大哭起来。此时在母亲和家人面前，小玉再也不是在白鹭河那个沉稳坚强泼辣能干的小玉；此时的小玉一下便恢复了小女儿之态。她这一年多在白鹭河受了多少难啊，才回来这一次，母亲和姐姐就对她这样冷酷无情。难道她不是妈妈的女儿，只有姐姐是妈妈的女儿吗？她越想越伤心，便越加哭得撕心裂肺。

后来住在隔壁的姥姥实在听不下去，便过来问她："你给我说说，你回来时借人家多少钱？我看我这里积攒下来的几个钱够不够？"

小玉没办法只得跟姥姥说了实话。

小玉回来的路费是罗小凡借给的。小玉到白鹭河时没带钱，一年多家里又没寄钱，年前队里发钱，她除去平时赊的账，和罗小凡一样，根本就没领几个钱，剩下的还了平时秀好心借的，买一身衣服，连平时必不可少的牙刷牙膏都没买，就没有了。哪里还有路费呢？而罗小凡借给小玉的钱，就是罗小凡藏在内衣口袋一直都不舍得花的那几块钱。那是罗小凡和妈妈分手时，妈妈搜遍了衣兜塞给罗小凡的。而罗小凡来到白鹭河不久，妈妈处理完姥姥的后事，就又回下放的地方了。省城也就再也没有罗小凡可投的亲人和可回的地方了。小玉自然明白那几块钱，对罗小凡来说意味着什么，她又怎么能不还呢？何况，她回来原是要买个笔记本送给罗小凡的。再说，她一年没一个钱也不行啊！

姥姥听了小玉的诉说，当时就把兜翻了个底朝天。老人家把所有的钱一分不留全倒在了小玉手里。

"我这些年也就积攒这些些零钱，现在全给你了，你就别哭了。"老人慈祥地说，"你妈也是实在没办法，那借的几百块，谁家不等着要呢？不然怎么可能不给你一分钱呢？"

可姥姥说着，小玉数着，数来数去也只是够路费钱，回去这大长的一年的花销可以忍，给罗小凡买笔记本的钱又该去哪里弄呢？

后来，小玉实在没办法，只得来姨家找一起回来的付桥。

付桥回来时也没路费，也是罗小凡借给他的。当时，付桥说要和小玉一起回省城，罗小凡明知道年前分的那点钱，大家早花亏空了，就把妈妈给的一直都没舍得花的六块钱拿出来，掰开借给了两人。

付桥虽然弟兄多，毕竟父母都健在，父亲又是市委的干部，自然要比小玉家条件好得多。他听了小玉说的情况，就把原本准备还罗小凡的几块钱塞给了小玉。

"这个你拿去用吧！还小凡的钱，我再想别的办法。"他说。

小玉便用这钱给罗小凡买了一个笔记本。

后来付桥和小玉一起返回小江南，给罗小凡讲这事，罗小凡听说后心疼地说小玉："知道你这种情况，就不让你买笔记本了，钱你留着花就是了。"

小玉给罗小凡买笔记本，原是藏着一种暗示的。那时，女生给男生买笔记本，有几个不是表达爱慕呢？她觉得罗小凡应该懂得里面的意思，没想到罗小凡却说不让她买！

不让她买？不让她买？刚受妈妈和姐姐冷落的小玉，原就情绪低落敏感，听罗小凡这一说，就多心疑忌起来。

当时，罗小凡自然也想到小玉送给他笔记本，很可能有示爱的意思。可是小玉走后，他趁没人时把笔记本从第一页翻到最后一页，又从最后一页翻到第一页，也没发现小玉向他表达情感的任何迹象。比如一张照片，一段表达心意的话，或几个字也行。可他从前翻到后，又从后翻到前，却什么也没有，什么也没有！于是，他等待和渴望了许久的心也凉了下来。

他想：看来小玉还是不愿和我有进一步的发展。她只是因为还钱，才送我笔记本的。

他这样想，难免心里也泄气了，那深藏在心里的自卑就又露头了。

而实际上，小玉在送给罗小凡的笔记本里，是写了一句话的。只是在她动手写之前想到了自己的字。当初，小玉刚到上学年龄，爸爸就病倒在床，那时妈妈和姐姐只顾照顾爸爸，又哪有心思管她学习？她到学校又常常遭受同龄孩子的欺辱和打骂，总是伤痕累累，又哪里学得好，字自然也很差。

想到自己的字，难免就想到罗小凡的家庭。曾几何时，罗小凡的爸爸是高干，妈妈是高级知识分子。这曾经是怎样的一个家庭啊！这样的家庭，这样的罗小凡，能看上她这个家庭条件差、文化水平又低的普通女孩吗？能吗？

这次回家，小玉不但感受到了妈妈和姐姐的冷淡薄情，更感受到了家里的贫困交集。像她这种家庭，像她这种文化水平，以罗小凡的家庭和才华，会看上她吗？会吗？她一直想这个问题，原本火热的一颗心，不知不觉就忐忑不安起来。在万分的忐忑不安中，小玉选择在笔记本后面，一个极其不易被发现的缝中，用极小极小的字写下了自己的心声："我想和你做朋友，行吗？"

按那时的情形，这句话也就代表小玉想和罗小凡正式处对象了。因此，自送罗小凡笔记本后，小玉便整天神经紧绷，心口不时怦怦地跳，不好意思再到罗小凡那里去，却时时刻刻巴望和等待着罗小凡的回音。

那时，小玉和罗小凡都才十六七岁，正处于青春懵懂又敏感的时期，对爱情似懂非懂，却又极其敏感多虑。往往是对方一个眼神就能想好几天，对方一句话便可寝食难安。何况又都是问题家庭子弟，真可谓是小玉不自信，罗小凡比小玉更自卑；小玉敏感易伤，罗小凡比小玉更消极悲观。

那晚，小玉不知不觉越过那片已结满油籽的油菜地，来到罗小凡住的那间房子门前。她见门开着，罗小凡趴在桌子上写着什么，付桥和程强都不在，便悄悄走进来。

罗小凡那时正在赶一篇文章，满脑子都投入在文章里，听见动静，抬头见是小玉，便赶紧撂下手中的笔，机械地问："这两天怎么……怎么不见你过来玩了？"

小玉就问："你没发现笔记本里……"

说了一半却说不出口来。

罗小凡的思维还沉浸在行文里，又怎么能体会到小玉问话里的复杂意思呢？他见小玉像是担忧他不满意的样子，便赶紧解释："没，没发现。这笔记本写着很好，我没发现那里有问题。"

小玉有些不好意思地说："我不是说那个。"

"那你……"

罗小凡话还没说完，小玉又问："那——我送你的笔记本，里面……里面你感觉还好吗？"

"里面？"罗小凡更茫然了，一时竟没明白过来小玉的话意，他一直意会小玉还是不愿和他有进一步的发展，怕自己有什么造作，便赶紧说，"哦，谢谢你！谢谢你给我买来这么好的笔记本。这样我……我每天也有事干了，也不会再胡思乱想了。"

而罗小凡越是这样拘谨客气，小玉的猜忌心也就越重。虽然，她并没从罗小凡脸上看到拒绝，可是因为没有得到明确的答案，她原本受伤的情绪就更往下沉了，情绪越往下沉，她就越往坏处想。

因此，她听罗小凡说"也不会再胡思乱想了"，便自行给自己判了死刑。她忍着心中的失落，强打精神说："哦，既然这样，那……就……就算了！"

然后便垂着头，匆匆走出了罗小凡宿舍的房门。

罗小凡光顾自己担心了，他又哪里知道小玉是怀着这样绝望的心情走的呢？

小玉走后，他一遍又一遍地回忆小玉说的每一句话，一遍又一遍地思索每个细节，却始终都摸不着边际。他不知她来到底要问什么，也不知她临走为什么有些暗伤。他感觉她对他应该是有那意思的，却也抓不住明确的依据。说没有明确的依据，油菜花开后，她往他们宿舍来的次数，对他的态度，看他的眼神又似乎和之前很不相同。是的，很不相同。他闭上眼，小玉的音容笑貌就展现在他眼前，他一点一丝地回味着回味着，突然心里就明了些什么。

他对小玉一往情深，小玉对他也不是没动情。因此，她才怕人看出他俩之间有什么不同。小玉的动情，他不是在火车站同她对视时才感受到的。在更早的时候，在那年开满槐花的树下，当她羞涩地塞给他包子时，那含情脉脉的眼神就让他模模糊糊感受到了些什么。而油菜花开，他又感受到了这种含情脉脉的眼神。

因此，他为自己的反应迟钝，思维跟不上而自责，过后他曾好几次都准备向小玉表白，只是不知为什么，每次真要行动时，他便顾虑胆怯起来，他总是怯劲，总是觉得不知该说什么好，总是话到临口又咽了回去。后来，他想来想去，觉得还是用个象征性的东西说话更好，便抽时间找秦牧借了点钱，准备等再去总场写东西时买件像样的礼物，找个合适的机会送给小玉，挑明他们之间这层关系。

其实，付桥在罗小凡不在时，也偷偷翻了小玉送给罗小凡的笔记本。他自然是想翻到些什么信息，没翻到只言片语，他心里也有些失望。可他毕竟是旁观者。小玉和罗小凡之间的事情，他看得清清楚楚。他知道他们之间就剩一层纸没捅破。

那天，他见从省城回来好几天了，两人之间还没什么动静，便问罗小凡："小玉把笔记本送你，过后没给你说什么？"

罗小凡把小玉来的情况告诉付桥。

付桥当时说："哪天我找个合适的机会问问她去。"

罗小凡赶紧不好意思地说："问什么啊，去你的。"

其实，问什么，罗小凡和付桥心里大致都清楚。这一问和挑明也就差不多了。

可付桥说了这话，第二天一大早就被外派了。

十一

1

开始，付桥被外派是为了种水稻。

当初，种水稻沤水田都是付桥提议的。那时马上就要割油菜种水稻了，白鹭河一带没种过，出去学习，苏世雄派他和干活相对比较差的程强，一起出去自然最合适不过。

接着，到了麦收，需要借犁借耙借种秋的农具。苏世雄见付桥和程强出去办事利索，就还是派他俩。

当然，这次苏世雄外派付桥和程强，还有一层意思。眼看入夏，水塘里清清艳艳开了半塘荷花，大家心里都很痒痒。毕竟大家都青春年少，即便再艰难的岁月，又岂能扼杀青春的爱美之心和浪漫情怀。自三四月，芦苇泛绿，蒲子开花，蒲苇围着水塘长成势，天气暖起来之后，大家就开始嘀咕，要是咱小江南有条船就好了，到时也好感受下划船和采莲的浪漫。苏世雄自然是听在耳里，记在心里。那天早上，苏世雄见大家洗了脸刷了牙，又聚在水塘边，有的忙着够荷叶荷花，有的站在那里叽叽喳喳议论，当付桥和程强端着脸盆走过来时，他思忖了片刻就拦住了他俩。

"你看，眼看就要收麦了，既然水稻那事你和程强办得那么漂亮，我也就不换人了，割麦后碾场，犁地耙地种秋的农具还是由你俩去借吧？"苏世雄说到这儿话锋一转，"不过刚才大家还说到一件事——"

付桥问："什么事？"

"你看，这水塘这荷花，大家都说咱小江南没条船就像少了点什么，到时采莲蓬打鱼采藕都不方便。"苏世雄顿了顿又说，"可我若再另外派人，就没人干活了。"

程强个子小干活不行，自然特别喜欢跑腿，听苏世雄这么说，就赶紧接道："只要大家不说我俩在外面闲逛荡，我俩把身上的肉卖二斤，也得给大家弄条船回来。"

苏世雄给付桥和程强说话，其他人早就在一边听着呢，一听便一致说："你俩放心，借了农具，麦收就没你俩的事了，你俩只管把船弄回来就行。"

付桥也没什么不愿意的，便顺势说："组长既然说了，我和程强就尽力完成。"然后望了一眼不远处的徐燕子，不由得就长长出了一口气。

这个时候，罗小凡自然不在场。罗小凡自调出来做饭后，每天都要比大家提前起来一个多小时做饭。大家到河边洗脸，面对半塘荷花发表议论的时候，他蒸好一大笼馍正朝筐子里拾呢！后来吃饭的时候，付桥趁打饭给罗小凡使个眼色，小声说："嗨，这几天，苏组长派我和程强专门负责借农具。"

然后压低声音说："顺带还让我俩想办法弄条船回来。"

说完就朝罗小凡得意地眨着眼笑起来。

罗小凡一听顿时两眼就放出熠熠的光来。

"等你的好消息啊！"他给付桥递去眼色。

因为身后有人等着打饭，付桥朝他眨了眨眼，便赶紧坐桌前吃饭去了。

这自然是只有他俩才知道的秘密。如果有了船，当初罗小凡想象的小江南，他们共同的梦想，也就要走向圆满了。如果他们想象的小江南，他们共同的梦想，能够走向圆满。那么，那美好的爱情，还会远吗？

2

当然，付桥也有自己的小算盘。

罗小凡骑车带小玉和他在河坡摔倒那个傍晚，他对刘慧说："你看我和徐燕子站一块，人家准说我是他哥。"原是想嘴皮子上沾点光，没想到竟给自己惹了麻烦。

付桥长得好，表现突出，又是干部家庭，在当时自然是女孩们最青睐的。在青年组六个女孩里，除小玉比付桥小之外，徐燕子是唯一一个仅比付桥大一岁的女孩。付桥那样说，她自然就动了心。

油菜花开时，青年组一帮人尤其几个年龄大些的，就开始忙着跟白鹭河乡亲学编蒲墩、蒲席、蒲扇子之类的活。后来徐燕子也理出不少蒲叶，想给自己编个蒲墩，可由于手劲不够，编来编去总是编得松松垮垮。那天，她听了付桥的话，回去便把蒲叶整理出一大抱，第二天就抱着来找付桥了。可付桥那会儿也不知想啥呢，徐燕子抱着一抱蒲叶站到他面前，他愣是没想到人家是求他帮忙编蒲墩的。

徐燕子说："付桥，我能求你帮个忙吗？"

当时，付桥不但没看徐燕子怀里抱着的蒲叶，还拽着洋腔道："只要有能力，愿效犬马之劳！求，谈不上。"

徐燕子就说了："那好吧！这个蒲墩和这些蒲叶就交给你了。你看我都编了一个星期了，手劲一直不够，一直编不成。"

"这，这，怎么是这呢？"

徐燕子没等他说完便说："放心，你帮我编好蒲墩，我会感谢你的。"

说着把东西塞给付桥就跑掉了。

可付桥哪会编蒲墩呢？他原想让罗小凡和程强救急，结果罗小凡一听是徐燕子求他编的，当即就说："你没见现在又农忙起来，分场又开始让写这写那的，我每天都从天不亮忙到半夜，实在抽不出空。"再找程强，程强就更滑了，说："你让我当红娘可以，让我做手工，我的小手还没女孩手力气大呢，不是让我出洋相吗？

再说徐燕子知道了会怎么想？人家徐燕子可是特意冲着你来的，我可是看得清清楚楚，那眼神分明……"结果，付桥听了程强的话，心里就打起鼓来。付桥原想抽空找组里几个年龄大点的大哥学学，编了给徐燕子交差。结果听了程强的话，他也就犹豫着不编了。

按说，徐燕子人长得清秀细条，家庭条件也算可以，而且由于她和小玉一直走得很近，付桥和她接触也不算少。不但互相都了解，相处得也不错。可问题是付桥心里早就有了林梅。

因此，自打听了程强那话，付桥便总是躲着徐燕子。

可付桥又哪里躲得过去？干活的时候，他可以躲。晚上大家都到他们宿舍来玩，他也可以躲。可到了吃饭的时候，他就没法再躲了。

徐燕子自把东西交给付桥，不但每天晚上都去他们宿舍查探，到了吃饭时间还总要拽上小玉傍到付桥和程强的桌上来。这样，罗小凡忙完过来，只得找个凳子在饭桌两头就座。

"我怎么看着，东西还是那样，你怎么没编啊？"每次见付桥，徐燕子总要问。

付桥总是搜肠刮肚，难为得一头汗地找理由："对不起，我昨晚和程强出去了，上午组长派我出去了，中午吃了饭估计还……还有事。"

"我说呢！不然像你这样一个头脑灵透，眼到心到，手脚得力的人，早三下两下编好了。"徐燕子为了让付桥快点，便总拿好话相激。

可这时的付桥警惕性倒提高了，也不再犯迷瞪了，便和徐燕子斗嘴。

"别老把好听的话往我头上套，我凡人，一介武夫，斗大的字不识几箩筐。你说，我也听不明白。"

徐燕子倒喜欢付桥来和她斗嘴，听了就说："你到底是假谦虚呢，还是真夸自己呢？斗大的字不识几箩筐？能认识一箩筐就不少了，还几箩筐？你是想告诉我，你其实很有文化，虽然不是学富五车，却也学富几箩筐，是吗？"

付桥说："那要看这字多大呢！要是一个字五斗那么大，一箩筐最多也就装仨字。"

徐燕子便笑："仨字也不少，起码比你名字多一个。"

付桥则故意拉下脸说："不许拿没文化人开涮！"

徐燕子说："就拿你开涮怎么啦？"

付桥说："给你说，我这人内心世界一向都比较阴暗。女孩家家的，还是提防着点好。"

徐燕子说："我倒想了解了解你的心是怎么阴暗的。"

付桥只得继续装模作样道："你看我不帅吗？看我身体不是太健壮了吗？你看不到我眼里的邪恶的火焰吗？告诉你：我，野兽！"

可没想到徐燕子并不怵劲，徐燕子换了种说法，她说："你不就跟我显摆你帅，你已经长成大男人了，而且活力四射是吗？"

当时，罗小凡和小玉也正处于黏灼状态。罗小凡听了这话不由得就偷偷看了小玉一眼。而小玉大概也是因为听了这话，那时也正偷偷窥视罗小凡。于是，两人目光相遇，便赶紧又紧张得避开去。

而真正难受尴尬的还是当事人付桥。付桥毕竟不像徐燕子已经高中毕业，那时的付桥还不过是个初中生，他听了徐燕子的话，顿时便羞得面红耳赤无地自容，只拿眼狠狠地瞪在一边幸灾乐祸的程强。

好在徐燕子是个明白人，一见付桥羞得张不开口，也就转移了话题。

而付桥见她这样，干脆也就一天天赖着。

可眼看东西放那里，一天不见动静，一个星期不见动静，半个月二十天还没动静，徐燕子也有忍耐不住的时候。有一天，她终于忍不住道："说实在，和你说话一直都很难，很累，可还是想和你说一下。"

付桥疑惑地问："说什么？"

"时间过去那么久了，你答应帮忙编的蒲墩还一直不见动静，你到底什么意思？"

"可我实在不……"付桥顿时满头大汗，不知所措。

这时，罗小凡便再也不装聋作哑，赶紧扭头对徐燕子说："付桥说的是实情。他实在不能给你编那蒲墩。"

"为什么不能编？"徐燕子非常讶异。

罗小凡说的也是实情，可这实情又怎么能告诉徐燕子呢？好歹他脑子反应快，后来脑门憋出一层汗，到底想到了一个比较能说得过去的理由。

"你没发现其他宿舍都有蒲墩，就我们宿舍没有蒲墩，你就不想想为啥？"他把问题推给徐燕子。

"为啥？"徐燕子不由就被罗小凡给唬住了。

"因为我们三个都不爱编这玩意儿，自打那天咱这开始编这玩意儿起，我们……我们三个就发毒誓，"罗小凡一边想一边道，"我们三个谁编蒲墩谁就是娘们！"

程强听到这，终于忍不住笑起来。可他却有意把付桥往浑水里推。

他说："是呀！徐燕子，付桥这人最爱面子，他怎么可能让我和罗小凡走到哪里都喊他娘们呢？"

然后向付桥坏坏地眨个鬼眼，说："我看这样吧！你呢，把东西拿回去，不如先给付桥或是我们宿舍编个蒲墩，付桥是个非常重情重意的人，到时……"

付桥一听情知不好，说程强："你别胡咧咧了。"

可程强的后半句早已蹦了出来："……到时他自会想办法，还你这一片情。"

理是这个理，可话让程强如此这般说出来，就有了些红娘牵线的意味。何况，那情字让他拉得拐了几道弯，也太意味深长了。

付桥情知程强作怪，当着徐燕子的面却不能说，只能皱眉挤眼地瞪程强，脸憋得通红，话却只能往肚子里咽。

而这在徐燕子看来，倒成了付桥的腼腆和害羞。

因此，不几天，她就编了个蒲墩和几把蒲扇送过来。

她对付桥说："你们要的蒲墩，我给你们送过来了。又给你仨一个人编了一个蒲扇。"

然后红着脸朝付桥道："过些时我生日，看你怎么报答我吧！"

付桥只得说："到时，我一定把最热烈的祝福送给你！"

可到徐燕子过生日的时候，付桥却正忙着学种水稻的事。等付桥领着种水稻的技术员回来，来到水田插秧，徐燕子特意凑过来和付桥一块学插秧，扭捏了半天，才小声问付桥那句话："前天是我生日，我等你几天了，你曾说会把最热烈的祝福送给我，我可提醒你了……"

当时因为当着人，付桥曾一本正经地回答徐燕子："嗯。好。等晚上你来我们宿舍玩的时候吧！"

结果晚上，徐燕子吃了饭便满怀希望往付桥宿舍来。她问付桥："你最热烈的祝福呢？"

"哦，那我祝你生日快乐，身体健康，万事如意，早日回城……"付桥说着说着就没词了。

可想而知，徐燕子有多失望。她问付桥："难道这就是你最热烈的祝福？！"

付桥却说："我觉得这就够热烈了呀！就这都是我搜肠刮肚、憋了半天才想出来的。"

"付桥，你——"徐燕子当时气得话都没说完就跑掉了。

"徐燕子，你误会了。到时我会想办法弥补欠你的人情的。"

那天，付桥对着徐燕子的背影这样喊过，反过身扑到程强身上便发疯地搔起来："我叫你贫嘴，我叫你作祸，我叫你不安好心……"

因此，当苏世雄一提到让他和程强跑外借农具，尤其是提到弄船的事，他当时就想，无论如何也得弄条船回来，也好早早了结徐燕子的纠缠。

付桥觉得，弄船不但是为罗小凡和小玉走到一起，也可以还徐燕子的人情和曾经答应她的生日礼物。到时他也好和徐燕子说清，摆脱她的纠缠。当然，他也希望能趁这个机会去和林梅见一面，把心里的想法挑明。

3

付桥不知道的是，他和程强的这次外派，其实苏世雄私下里对程强还另有安排。

苏世雄趁没人曾对程强说："就要收麦子了，这趟外派你和付桥，还有个目的，希望你们能想办法给大伙改善改善生活。"

程强自然明白这是什么意思。

苏世雄说程强："大家体谅你体力不行，派你和付桥一起跑外，你也应该体谅大家收麦累得半死，肚子里寡得流清水的滋味，为大家想想办法。"

程强体力不行，脑子还是相当灵光的。他哪能不知道组长的良苦用心呢？

因此，头天他和付桥去大队赶着拉着石磙的牛回来压了场，到晚饭听苏世雄悄悄给他讲了这事，吃了饭就拉着付桥溜达到灶房来。

"小凡，我和付桥今天把场都压好了。明天就要割麦了，你就没想着给大家改善改善生活？"他一边在厨房四处溜达，一边说。

罗小凡说："可我没办法可想啊！"

罗小凡说的是实话。那几天，眼看要割麦了，他也想弄些肉，给大家改善改善，可他又去哪里弄呢？水塘的鱼，春上搬来的头一个月，就被馋嘴的组友钓寡了，逢集分场倒是有卖肉的，可他们这帮年轻人哪来钱买肉呢？因此，他见程强问这事，想着付桥一贯最善逮鱼摸虾，这几天又正好出去，不由就朝付桥看过来。

付桥自然明白罗小凡朝他看过来的意思，当时就说："小凡，你放心！我也知道麦收大家累个半死，肚子里寡个半死，需要补补，今天到大队借农具的事基本办妥当，明天就打听做船的事，到时我会想想办法的。"

程强一听不由得就笑了。

第二天，两人推了组里的破自行车走出来，打听哪里有做船的。有个老大爷告诉他们，沿着白鹭河一直往东南走四十多里，到河与对面山连在一起的地方，河势猛然一宽，便到了一个叫白鹭滩的地方，那里就有做船的。两人听了便沿着白鹭河往东南一路打听而来。还好，一路不时有白鹭飞翔，夏天白鹭河两岸青翠一片，也非常宜人。两人有路骑没路走地行了两个多小时，不知不觉也就到了白鹭滩。

来到白鹭滩，河势果然在与山连在一起之处猛然一宽。放眼望去，宽广的河面上，有白鹭轻灵飞舞的身影，也有几只忙活的小渔船。只见一排排鱼鹰立在船头，渔夫则一边摇船拍打着水面，一边用竹篙催赶着鱼鹰。两人一时好奇便朝船近处偎过来。

渔夫似乎很懂两人的心思，也撑着小船朝他俩靠过来，然后就像表演似的，有节奏地快速摇船拍打着水面，喽喽喽、呀呀呀地吆喝起鱼鹰来。鱼鹰们一听吆喝，便潜水员似的哗哗全跳进水里。待渔夫用竹篙鱼竿拍打水面，喽喽喽地催促，便有鱼鹰衔着鱼朝他游过来。渔夫便伸出竹篙，把鱼鹰往船上一挑，用手在鱼鹰的脖子上轻轻一捏，一条鱼就滚落到船舱里。两人正看得入迷，忽听一阵鱼鹰的嘶叫声，扭头一看，只见多只鱼鹰跃入水中，不一会便将一条大鱼抬出水面。两人正为鱼鹰的齐心协力而感动，渔夫早已伸出鱼兜把大鱼接住撒开鱼鹰。再看，其他鱼鹰的脖子也都胀成了鱼形。

这情形实在是壮观！这场景实在是振奋人心！

后来两人看过瘾了，向渔夫打听做船的地方。

渔夫说："往下游走不远就有个船铺，就在河岸边。"

两人按渔夫说的沿河岸又向下游走了一截子，果然见有人在那里给新做好的船上桐油。两人便走上前说明来由。后来走出个老大爷，左一眼右一眼，上一眼下一眼，打量了两人半天才说："到我们这做船有两种方式，一是拿钱买，二是用木料换。"

程强一听便退到后面向付桥嘀咕："换。"

付桥便走上前，看着旁边堆的成抱粗的木料说："我们用木料换。"

老人又来回地看了两人半天，才说："用木料换的话，这里做船的材料很独特，主要是用当地产的槐木和东北产的红松木，你们有槐木和红松木拉来都可以。"

付桥说："那好，我们这就回去准备！"

说着便拉程强走到一边来。

准备？怎么准备？那时，大家花一分钱都得先在队里赊账，哪里又有钱买船买木料呢？

后来付桥把程强拉到一边说："看来咱还得找棵槐树。"

"嗯。"

"可这槐树到哪找呢？"

"这里到处都是槐树，找并不难。"程强说，"关键是你刚才也看到了，合抱粗的槐树可并不多。"

"总不至于要去砍伐古槐树吧？"付桥担忧地道。

"那倒不至于，再说咱回大队，人家也不叫咱砍啊！嘿嘿，就叫砍，路途那么远，拉得过来吗？"

"你的意思是……"

程强一边察言观色，一边斟酌着说："我的意思是，咱不如先在附近方圆一二十里找找，到时咱们砍也方便，拉也方便，也不用跑那么远了。"

两人谁也没提一个"偷"字，可他们心里都清楚槐树木料该怎么弄来。

那时，付桥早饿得肚子咕咕叫了。像他这个年龄，十七岁左右，正是长个子的年龄，那里经得住饿。听程强这样说，就喊起来："还不赶紧走？正好顺便找点吃的。"

顺便找点吃的？怎么找？付桥自然最先想到的就是摸鱼。

接着他们转了好几个水塘，也只逮到两条不大的鱼。倒是拽了好些蒲根吃了，怪甜，就是不挡饱。

这样，付桥的肚子叫着叫着，看着树上的鸟就馋起来。

"要是有个弹弓多好，打个小鸟烧烧吃，也比这两条小鱼顶事。"他说着，就仿佛已经吃到烧熟的小鸟似的，嘴里就溢出口水来。

"给，我带的有弹弓。"程强就像专等付桥说这句话似的，当即就从怀里掏出个弹弓，塞到了付桥手里。

"你哪来的弹弓？"付桥奇怪。

程强紧锁眉头道："上次逃跑回家，回来时悄悄带上的。每次想家就拿出来看看。"

付桥听程强一提家，就蹙起眉头，便不再多问。他打量了下弹弓，又试了试，便弯腰拾起一个石子，对准一只麻雀射过去。

"啪！"麻雀应声而落，两个人兴奋欢呼着蹦得老高。

"哇——一箭中的！太厉害太厉害啦！"程强感叹着，冲过去便把打落的麻雀拾在手里，问付桥，"你怎么练的？"

"我家窗户外面有棵大槐树，上面有时会停很多鸟，吵得人心烦。没事无聊时，我就会拿弹弓射几下，现在已经很久不射了。"付桥说着便想起了家窗外的那棵大槐树，便想起了同罗小凡一起帮小玉打槐花的事情，便想起了他和罗小凡小时候的许多事情。他想起了那些事情，不由就激动得给程强讲起来。付桥一讲起从前和罗小凡在一起的事情，不知不觉就忘记了饿。他越说越激动，看到麻雀射一下，看到斑鸠射一下，看到老鸹射一下，不多久程强手里就抓了一大把。

"付桥，你真的太厉害了，不当兵实在太可惜了。"程强不时地这样感慨着。

付桥也觉得自己挺神的，一边说话一边寻找目标，也并没太在意，倒是连射连中，便一路往前找寻槐树，一路地射过去。

射到的猎物一多，选择猎物对象的标准也就高起来。更哪堪程强一直跟在后面啰唆，斑鸠比麻雀肉多多了，麻雀烧熟，肉还没一口呢；鸽子的肉可是比斑鸠、老鸹好吃太多；后来又说，要是能弄一只鸡就好了，我都记不起我多久没吃鸡肉了。付桥又何尝不是呢！他也同样记不起自己有多久没吃鸡肉了。而且，那时他已经饿坏了，往事不提了，话也不说了，只想着立即弄点什么吃的塞进肚子里。因此，后来当他们路过一个村庄边，看见那只大母鸡，他便停下了脚步。

那时，正是中午头太阳正毒的时候，四下里不见一个人，只有那只大母鸡在村外觅食。付桥一见，连想都没想，啪地就一弹弓射了过去。那鸡就像等待他俩来结束生命似的，连一点儿声响都没发出就毙命了。

程强几步跨过去把鸡拾了塞进袋子后，问付桥："你打的鸡的哪里？怎么连叫下都没就死了呢？"

"当然是打头。"付桥说，"最主要是速度快，它没反应过来就死了。"

于是，程强又说："要再有一只就好了，一只也不够咱俩吃呀！"

这样，到另一个村边，付桥见四处依然没人，就又射了一只。

两个人一人有了一只鸡，就又想起了给组里改善生活的事。于是，一不做二不休，后来他们就又瞅机会打了几只。

这天，两人实在是走了开荤运，就在他们钻进一大片树林找树枝烧鸡吃的时候，突然从一片深草丛里蹿出一只大肥兔子。两人一见，顿时眼冒绿光。程强一个箭步扑过去没扑到，兔子正待跳，付桥上去一棍子就夯在了兔子头上。后来两人各自用干树枝烧熟一只鸡吃了，程强说看来寻找槐树木料的事，只有明天出来再办了。今天咱们还是收拾收拾，赶紧离开这地儿回小江南吧！不然，袋子里的鸡万一让人看见，就不好了。付桥自然不想让人发现他们打鸡的事，也想早点回小江南，让大家尝尝鲜，听程强一说，便赶紧收拾收拾就往回赶。

4

改天，两人找到槐树木料后，便来白鹭滩船铺借板车、锯和斧子。

经商量，老人把两人的自行车压了下来，把板车、锯、斧子借给了他们。他们拉着板车、锯、斧子，却并没直接往找到的目标跟前来。

他们和上一天一样，先解决了肚子问题，一直待到后半夜两点多的时候，才往寻找到的大槐树跟前来。

他们选的那棵大槐树在离路很近的一片树林的西侧，挨着一大片坟地。当时，大概是太紧张，他们叽里咕噜没多大一会，就锯下树身抬着往路上来，把树身放倒在板车上后，收拾了家伙，当即就一人推着一个车把往白鹭滩狂奔起来。奔到地儿天还黑着呢！两人停下来，往板车上一歪，就呼噜起来。

第二天，两人醒的时候，老人已经在那里忙着给新做的船刷桐油。

见付桥和程强走过来，便说："按说这木料是绰绰有余了，可木料有了还得有人工费。我知道你们拿不出钱，这条做好的船上桐油、泥子、油漆得七八天，你们就在这里帮七八天的工算了。这样不仅可以抵工钱，还可以先熟悉熟悉船的性能。"

程强大概是早饿得受不住了，就问："那我们吃饭咋办呢？我们又没钱。"

"你们在这帮工能不管你们饭？"老人看着两人就笑了，"大夏天的，住也方便，铺子里木板上铺个席子就是了。"

两人一听高兴得恨不能给老人跪下。

"那我们今天回去交代一声，明天早上一早就来。"

"哦，那来时就别再骑车了，到时直接划船回去。"老人最后交代。

这样两个人往回赶的路上就商量了。他们在老人这住着帮工，还怎么给这边农忙的人改善生活呢？

"干脆咱们回去晚点，到天黑咱们想办法打条狗回去。"后来程强说，"忙了一夜，这会儿，我也实在饿得不行了。"

其实，付桥也早饿得不行了。于是，两人一对眼色，就又打起野食来。

这天，两人不但打了人家的狗，还逮了半袋子青蛙。

就在他们逮青蛙之前，当走到一块水田边，程强见水田一角站着两只垂钓的白鹭，曾心血来潮地说："要不咱们也射几只白鹭？"

付桥当即就抗议："你找死啊？"

程强问："怎么了？"

"你见有一个本地人打白鹭吗？"

"可是……可是为什么呀？"

"不能打！"

"可我们麻雀也打了，鸽子和鸡也打了，为什么就不能打白鹭呢？"

"鸟啊鸽子啦鸡啦毕竟天生就是让人吃的，可白鹭不同。"

"那青蛙还益虫呢！"

"青蛙在不伤害它一定数量的基础上，毕竟还是可以吃的，可白鹭就不能。"付桥生硬地说。

"为什么？"

"为什么？你自己没长眼，不会看吗？"

"看什么？"

"看白鹭！"

"白鹭我天天见呀！"

"难道你看不见吗？白鹭实在是一种诗和美！"

"什么诗啊美的，酸！诗能管饱吗？美能当饭吃啊？"

"你干脆死去！"付桥说完，便悻悻地离开了那块站着两只白鹭的水田。

对于白鹭，付桥自然和罗小凡有同样的情结。这些，程强又哪里知道。

这天，两人回到小江南已经是半夜了。第二天，两人早早起来给苏世雄交代了，吃点东西就往白鹭滩老大爷船铺来。

而就在付桥和程强在白鹭滩老大爷船铺住下来之后，就在罗小凡找秦牧借了钱，并抽空去总场买了那支漂亮的双凤发卡，准备找个适当的机会向小玉正面表白时，苏世雄在打麦场却当着众人的面宣布了对小玉的爱。

十二

1

苏世雄在打麦场，当着众人的面，大胆地宣布对小玉的爱，是收割麦子那天，小玉心事重重地挑着一担麦，爬上高高的梯子，把麦卸到麦垛上离开之后的事情。

当时，小玉挑着一担麦走到麦垛前时，麦垛已经堆得很高，几个男组友见了便要接过她的担子。

"周小玉，来给我们，让我们送上去！"

小玉却说："没事，我能行。"

可毕竟麦垛太高，梯子太陡，小玉上到一半，便站不住了。

下面的人一见就喊起来："周小玉，把挑子撂了，赶紧用手抓住梯子下来！"

"我才不撂。我这一撂，一担麦子便全砸在地里，咱半个月的口粮就没了。"当时，小玉说着便双腿跪到梯子上，一个手扶着梯子，一个手扶着担子，一个台阶一个台阶朝上跪来。一百多斤的身体，肩上又压着百把斤的担子，毕竟两百多斤的重量，小玉双膝跪在细细的梯子横杠上，顿时便凹进去一个深沟，何况还要使劲抬起一条腿向上爬。她这样没几下，膝盖就往外浸血了。

下面的人一见就喊起来："苏组长，快接住周小玉！"

大家开始喊小玉时，在上面堆垛的苏世雄就听到了，只是他一直忙活着没抽开身，后来他听人喊让他接住小玉，便赶紧撂下手头活在麦垛上一摇一晃地走过来。当他走到梯子跟前，小玉已跪到梯子的上端。他俯下身接小玉肩上的担子时，正好看到小玉正在往外浸血的膝盖。

"周小玉！"他不加思索便一把将小玉拉上垛来。

那时，小玉两个膝盖前面已经全被梯子硌破成血淋淋的黑紫色，苏世雄看不过去，就说："你膝盖伤得可不轻，麦子也收割完了，你就提前回去休息吧！"

小玉却笑着说："这又不影响挑担子，我还是等收割完和大家一起回吧！"

说着就走下梯子去。

"周小玉！"站在垛上的苏世雄望着小玉远去的背影，心半天都不能平静。

周小玉！苏世雄已不是第一次被小玉的能干和泼辣感动了。早在才来白鹭河的时候，小玉为工分的事大胆站出来说话，他就曾为之所动。小小女孩敢作敢为，有魄力啊！他想。后来小玉干活不遗余力，又有股狠劲，也让他心生佩服。他想，有的女孩像小玉这么大，还什么都不会干呢！

因此，一直以来他都关注着小玉。他不仅知道小玉与付桥、罗小凡之间关系不一般，也知道罗小凡和小玉之间的关系很微妙。一直以来，他都觉得罗小凡在追小玉。没想到小玉回家特意买了笔记本送给罗小凡，罗小凡当着大家的面，竟没对小玉做出一点反应。估计暗地里也没做什么表示吧？他揣测，不然小玉这几天怎么会如此闷闷不乐呢？

他当初原本是想和小玉一起回省城的，他想趁回城向小玉表达他的爱意。

小玉又哪里知道苏世雄的苦心呢？

那天苏世雄对她说："现在咱组，除了罗小凡不回城，就剩下你、我和付桥没回省城了……"

小玉没等苏世雄说完，就接道："哦，我早和我表哥商量了，要一起回呢！"

小玉拒绝和苏世雄一起回去，只是觉得路上有诸多不方便。比如在车上吃饭，她除了买票的钱，几乎没几个多余的钱，必然会捡最便宜的吃，而苏世雄一向手头最阔绰，到时难免尴尬。于是，后来她就死活拽着付桥和她一起回去了。

当时，苏世雄感到，已错过一次表白的机会，便不能再错过。

当小玉走远，他便大声向挑着担子走过来的组友宣布："现在，我要向大家宣布一件事情，我爱上周小玉啦！我爱上周小玉啦！！从现在起，我要细心照顾她，好好保护她，再也不让她受人欺负，再也不让她受委屈。希望大家监督，也希望大家看我的行动！"

这种宣布爱情的方式，在当时思想禁锢封闭的情况下，实在是惊世骇俗！可想而知，组友听到后的反应。

人说，当局者迷，旁观者清。

虽然大家并不怎么清楚小玉回家是借罗小凡的钱，可小玉从省城回来，和付桥一起走进罗小凡他们的宿舍，好几个人都围过来了。小玉把带回的笔记本送给罗小凡，大家也都看在眼里。因此，小玉那几天闷闷不乐，大家原就怀疑和罗小凡有关。而苏世雄这么一喊，大家内心里便夯实了是罗小凡拒绝了小玉。一方面，大家都觉得，苏世雄这样当众宣布对小玉的情感，非常光明磊落；另一方面，大家也觉得，苏世雄在小玉遭拒绝的时候站出来，实在够仗义。因此，苏世雄一宣布完，大家便欢呼鼓掌起来。

这些，罗小凡自然不知道。付桥也被安排出去弄船去了。

因此后来付桥回来知道这件事，便觉得苏世雄明明知道罗小凡喜欢小玉，却趁人误会半路劫道，还当着大家的面搞什么感人肺腑的爱情宣言，搞得他多么仗义磊落、敢作敢当，搞得罗小凡多么薄情无义，实在是可恶！尤其那所谓的爱情宣言，怎么就"再也不让她受人欺负，再也不让她受委屈"了呢？谁让小玉受欺负和委屈了呢？这不是含沙射影吗？

小玉本人也是中午回到宿舍后，才听说的这事。

当时，她走进宿舍，见刘慧姐坐在床边，身边摆着一摞子信，低头在那里抹泪，就问："慧姐又想家了吗？"

没料想刘慧却一拍床沿站起来朝她吼道："什么想家呀？还不是因为你！"

"因为我？！"

"装什么装呀？难道苏组长站在麦垛上当着那么多人的面，大声宣布他爱上周小玉啦，他从现在起，要细心照顾你，好好保护你，再也不让你受人欺负，再也不让你受委屈。还希望大家监督，也希望大家看他的行动，你没听见吗？"刘慧一边愤愤地说着，一边拿起身边厚厚一摞子信朝周小玉一摔，道："难道你没看出来吗？我早就喜欢上他了。我也一直以为他对我有那种意思。我每天给他写信，就是希望他向我表达爱时拿给他。没想到他喜欢的却是你这个小丫头片子。"

小玉这才知道，原来刘慧姐那许多脸红抹泪的日子，都是在给苏世雄写情书。

她那时确实还是个小丫头片子。她站在那里愣怔了半天，便一步跨出门问苏世雄来了。

那时，苏世雄收工回来，在池塘边洗了脸擦了身子，正好走上岸往食堂这边来。

小玉便脸一红，截住他问："你——当真当着大家的面说了那样的话吗？"

苏世雄自然明白小玉问的是什么。

"是。"他一边温和地微笑着应着，一边像大哥一样，低头俯身轻轻把双手搭在小玉肩上，寻找着小玉的双眼，安抚而爱怜地小声说，"为了表达对你的至诚之心，我当着大家的面宣布，自然正式庄重一些……"

苏世雄的话没说完，小玉就涨红着脸再次求证："你，当真待见我？"

"是。我就喜欢你身上的这股劲！！"

小玉听了心头一热，眼里涌上潮来，便垂了头挣脱开苏世雄飞也似的跑开了。

由于成长过程的压抑和自卑，小玉和罗小凡一样，面对情感都相对脆弱而缺乏自信。他们原就处于一个懵懂而敏感脆弱的年龄段，对男女情爱充满热望，却又糊糊涂涂，处于一种不确定状态。当时，小玉正处于一个家里贫困交加妈妈姐姐冷薄，向罗小凡示爱又没回应的状态。苏世雄在麦垛上的爱情宣言，和面对小玉的温和爱怜与深情表白，对处于自卑深谷的小玉来说，无疑是一种肯定和鼓励。这正中小玉下怀。

那时，小玉真有柳暗花明绝处逢生的感觉。妈妈和姐姐刻薄她不待见她，她向罗小凡表白，罗小凡不回应，可苏世雄欣赏她喜欢她。她想，苏世雄不是也很优秀吗？他不仅人长得好，老成持重，做事细密稳当，是他们的组长，家庭条件也很好。他不是也是干部家庭吗？而且看他平时的表现，应该家庭经济相当不错。这正是她最薄弱的。当然，这些都不是关键。关键的问题是苏世雄喜欢她，而不是她求谁！而像她这种情况，又哪里有选择的余地？既然苏世雄喜欢，就让他喜欢吧！

况且，苏世雄当着那么多人宣布对她的爱，不但给了她很大的面子，更给了她肯定！这才是主要的。于是，小玉顿时便被一种巨大的幸福和喜悦所包围。

而这天晚饭后和之后连续几天查房时，苏世雄表现出的那种体贴和耐心细致，则让小玉彻底地投入到了他的怀抱。

2

干活时毕竟提着一股劲，何况不愿输与他人的小玉。干活时，小玉并没觉得怎么累；膝盖被硌得发紫往外淌血，她也没觉得怎么样，毕竟人年轻。而当一天劳作结束放松下来，人却像散了架似的，连一动都不想动了。小玉吃过晚饭，走进宿舍就是这种感觉。她觉得她连抬手的劲都没了，就别说脱鞋、洗脚、换洗衣服了。何况，小玉干活时为了爱惜衣服，总喜欢把胳膊和腿捋得老高，因此吃过饭再抬腿，不仅膝盖火烧火燎的，被麦穗拉过的胳膊腿也火辣辣的，一动就痛得钻心。于是，她就那样连鞋也没脱，和着衣服就歪床上了。

而这些，则似乎完全在苏世雄意料之中。这天查房，他特意叫了余国庆、李爱国、赵保国几个人，走到小玉宿舍门口，见小玉那样歪在床上，便说："周小玉，我就知道你会这样。"

说着扭头示意余国庆几个人站在门口，便一步迈进宿舍，拿起小玉的盆子倒了水便走到小玉床前蹲下。

由于苏世雄的行动太突兀，开始大家——包括门口的余国庆、李爱国、赵保国和房里的刘慧、徐燕子，也包括小玉本人——并没反应过来苏世雄要干什么。

小玉当时面朝里躺着，一听苏世雄查房过来，早直起身坐到床边，见苏世雄用她的盆子倒了水端到她床前蹲下，不由就问："你这是要干什么？"

"听说你老不爱洗脚，先给你洗洗脚，也好让你坐到床上，给你双腿膝盖擦药。"苏世雄一边说，一边温和地看着小玉微笑着，两手在小玉脚后跟一摁，已把小玉的鞋退掉。

"呀！"

小玉不由得一惊，正要缩腿，苏世雄却一把摁住，温和地说："别动！一动膝盖会痛的哈。"

然后抬头看向小玉道："我既然说了要照顾你，给你洗个脚，又算什么呢？"

小玉看着苏世雄大哥般柔和的眼神，听着他极温和的话语，整个人一下便安静下来。

"可我的脚好几天没洗了，确实像慧姐她们说的，很臭很臭的，熏得整个房子都是臭的……"后来小玉看看大家，想了想不好意思地这样说。

结果她没说完，刘慧就叫屈地喊起来："小玉，我可没给苏组长说过你脚臭的事情。"

徐燕子一见，也赶紧洗清自己："我的床离你的远，更没有说。"

这时，苏世雄说："再臭，只要我不嫌弃，谁又敢说我们周小玉的脚臭呢？大家说对吧？"

然后调皮地向大家眨眼笑笑，便把小玉的脚摁水里呼啦呼啦洗起来。

"哇！小玉是哪辈子修来的福啊？真是！"徐燕子围过来，便又嫉妒又羡慕地感叹起来。刘慧有些别扭，到底还是忍不住，最后也跟过来。

"组长，你……你真给周小玉洗脚啦？"站在门口的几个男士，则又想看，又不好意思看地嘀咕着。

苏世雄听了就说："你们也学着点！别以为对自己喜欢的女孩这样就丢了爷们身份了。"

说着已给小玉擦了脚，对小玉说："好了。把脚轻轻抬到床上，接下来我给你膝盖搽药。"

然后朝外喊："余国庆，把药箱子拿过来。"

余国庆一听，便赶紧拎着药箱子走进来。其他两个男同胞也趁机跟着走进来。

苏世雄接过药箱打开，拿出消毒棒和碘酒便开始小心地为小玉擦拭，一边擦，一边抬头温和又心疼地看着小玉，小心地轻轻问："痛吗？痛了我再轻点。"

他这样小心体贴地对小玉，小玉即便是铁石心也融化了。痛点又算什么呢？何况小玉一向泼辣惯了，面对苏世雄如此的目光，她满心温暖又哪里还想着痛？于是，她便羞红了一张脸，温顺地说："不痛！不痛！不痛！"

而苏世雄低头擦几下，再抬头看小玉，眼光更加温和更加疼爱，说话也更小心了。

他轻声问："这样呢？这样也不痛吗？"

小玉的脸也更红了，回答也更柔顺了："不痛，哪有痛？"

这样两个膝盖擦下来，苏世雄问了五六次，小玉答了五六次，旁边的徐燕子和刘慧看着听着都脸红心醉了，余国庆等看着听着心都化了，小玉的心能不醉不化吗？

而接下来几天，一直到收割完的地里种上玉米、红薯和大豆，苏世雄每天都坚持过来给小玉洗脚换药。他就像长了后眼，总是在小玉端着饭或吃过晚饭一走进宿舍时，便随即跟了进来。说是提前为小玉洗了脚换了药，好让她早点上床休息，却总要在小玉这里磨叽来磨叽去，或是帮小玉收拾收拾床，洗洗单子衣服，或是帮小玉刷刷鞋洗洗袜子，总是忙到很晚才离开。

这样，其他男同胞也就趁机在女生宿舍这边扎起堆来。

罗小凡又哪里知道这些呢？

3

罗小凡原本就性格内向，不善主动与人交往。那段时间，他一个人在厨房做饭，又要帮分场总场写这写那，忙得不亦乐乎，又抽时间去总场买了发卡，小玉和苏世雄之间发生的事，他却一直被蒙在鼓里。组友们因为被苏世雄的行为感动和对他的误会，谁又愿意主动向他说这事呢？

那晚，因为没什么稿子要赶，罗小凡回宿舍后坐在窗前，才猛然觉得哪里有些不对劲。当时，他坐在窗前感觉四处安静得连一点人声都没有。他想就算付桥和程强出去办事了他房里没声音，那隔壁两个宿舍呢？那时已经是夏天，他想难道大家都找地方凉快去了？

罗小凡想着走出来，一看果然隔壁两个男生宿舍都没一个人。他见这晚的天色很好，便也想趁没事坐河边吹吹凉风放松放松，就返身进屋拿了竖笛，朝小江南不远的白鹭河边柳树林来。

罗小凡来到柳树林边，正是夜色朦胧时分。这时，河边的柳树林正是枝叶最茂密的时节，把个视线挡得严严实实，罗小凡想看白鹭河和看河里的白鹭，只得穿过这片柳林。

当时，罗小凡穿过柳树林，来到河岸这边，并不见青年组其他人，便找一块草厚的河滩坐下，欣赏起傍晚白鹭河里的白鹭来。

那时，白鹭正一堆堆，一群群，亲昵地拍打着翅膀嬉戏打闹着，唧唧、唧唧地鸣叫着，就如一家家的人家，忙碌了一天，到晚来时的欢聚，好不热闹，好不温馨。罗小凡看着听着享受着，不由就拿出了竖笛。

然而，当罗小凡把竖笛放到嘴边，正要吹上一曲的时候，身边柳树林里却传来一阵窸窸窣窣的衣服摩擦声。他想谁在这里呢？一转身却看到两个再熟悉不过的身影——小玉和苏世雄！！

准确地说，罗小凡转过身时，正好看到苏世雄把小玉的脸捧起，接着他便看到苏世雄的嘴唇压在了小玉的嘴唇上；再接着，他便看到苏世雄和小玉的身子贴在了一起，苏世雄把小玉紧紧地搂在了怀里……那时，天并没黑透，罗小凡看苏世雄和小玉那么清楚，苏世雄和小玉却陶醉得丝毫没察觉他的存在。

那时，天虽没黑透，罗小凡的头顶却一下子罩上了一层阴暗的黑纱。他不记得自己是怎么离开的，只记得自己面对沉醉的两个人浑身不住地发抖，嘴巴却失语了一般什么也说不出来；只记得心在那一刻顿时支离破碎，流血不止，疼痛难忍。

那一刻，罗小凡想撕开自己的心肺，想大声呼喊，他想问天：为什么？为什么？

那一刻，少年时的记忆，小玉送包子的情景，三人一起下乡的情景，小玉含情脉脉的神情，走马灯似的在罗小凡脑子里打转。罗小凡实在想不明白，他千辛万苦地恋着小玉，他为了小玉，为了追随她温暖的脚步，不顾一切地来到这穷乡僻壤，小玉却突然就投入了苏世雄的怀抱，连个回旋的余地都不给他留？

罗小凡不明白，他实在不明白。过去，小玉和他四目相对，分明有道不尽的情意。过去，小玉对苏世雄并没有那种意思，苏世雄对小玉似乎也没那意思。而如今他用心良苦地为她挑选了礼物，她却突然投入了苏世雄的怀抱。这一切到底是为什么呢？罗小凡想擦净满脸的眼泪，却怎么也擦不净。刚擦过，泪水便又涌得满脸都是；罗小凡想控制，可心中巨大的痛楚又怎么控制得住？

十三

1

后来当罗小凡稍微清醒时，发现自己向大队的方向已经走了很远。那时，他不想见任何人，便想起了曾经借住一年的秦家，想到了在白鹭河结识的最好的朋友秦牧。

他想到秦牧那里去。同时，他也想起了一直放在兜里，准备见到小玉送给她的那个发卡。那时，他来到河边洗了把脸，掏出发卡准备把它扔到河里，却又有些舍不得。

那毕竟是他等了许久，才等到的机会去总场买的，那毕竟是他用满腔的爱心挑选的。

罗小凡挑的这个发卡，上面不但镶嵌着色彩鲜艳的双彩凤，还有着很好看的造型，寓意也很好。他记得，到总场买这个发卡时，他曾考量了许久，怎么才能表达爱情的浪漫，怎么才能表达吉祥如意，怎么才能表达比翼双飞天长地久。他原本准备选双蝶的，可想来想去，比来比去，还是觉得双彩凤更大气，更能显示吉祥如意，最终便选了这一款。为的就是它好的寓意，为的就是小玉能明白他对她的心。可现在……罗小凡正犹豫着，一扭头却发现小香草静静地站在他身边，便有些不自然。

"香草，你怎么在这里？"他问。

"我和几个姐妹到别处挖猪草回来，见你低头往这边走，不知为何却突然到河边，便走过来看看！"小香草一边说，一边像是明白什么似的小心地打量着罗小凡。

"哦，没什么。我来找你哥！刚……刚我……我到河边洗了个脸。"罗小凡语无伦次地说着，想到手里的发卡，便对香草说，"哦，对了，这个发卡送给你！"

小香草接过发卡，欣喜地拿着端详了半天，才问罗小凡："小凡哥，你说你把这个发卡送给我了，是吗？"

"不是放在你手里了吗？"

"是！是！是！那太好了。"香草说着，便乐滋滋地转着圈笑起来。

"笑什么？"罗小凡问。

"高兴啊！"小香草依然欣喜地笑。

罗小凡被香草笑得莫名其妙，便走到那块大石头跟前，一屁股坐在上面发起呆来。

"小凡哥，这个发卡，你是买给小玉姐的吧？"

后来，也不知过了多久，罗小凡猛然听到香草在身边这样问，转头看向香草不由得一愣。

他为掩饰自己，就说香草："你才多大，懂个啥？"

"我们乡下的女孩懂事早。我懂。"香草说。

罗小凡就说："那你给我说说，你都懂什么？"

"我懂。这是你给小玉姐买的定情物。"香草问罗小凡，"是吗？"

罗小凡听香草这么一问，顿时便沉默了。

"小凡哥，你怎么了？"过了好一阵，香草见罗小凡一直坐在那里发愣便问。

罗小凡却说不出话来。他怎么了？他感觉一些温暖又美好的东西，一下就支离破碎了；感觉心中那个模模糊糊就要圆满的梦，一下子就在他眼前破灭了。他被人抛弃了。他千辛万苦爱着的人儿，猛然间就投入了别人的怀抱。

"小凡哥，是因为小玉姐和苏组长好了，不要你了，你心里难过，对吗？"又过了一阵，香草又问。

罗小凡依然不知怎么回答。

小玉跟苏世雄走到一起，虽然罗小凡一直蒙在鼓里不知道，可白鹭河大队这边的人却早知道了。那天，苏世雄在麦垛上宣布对小玉的爱后，杨树春和秦萱草一收工，就把消息带回了大队。不用说，既然连香草这样的小孩都听说了，秦牧自然也听说了。香草就是在秀告诉他哥秦牧时听见了。

"我哥正等你过来，问你怎么回事呢！"香草说。

罗小凡想着发生这样的事，大家都知道了，自己却蒙在鼓里，心里不由得又添一重痛和伤。他不顾妈妈反对，千里迢迢到这穷乡僻壤，到底为的是什么呢？难道小玉真的就一点也不知道吗？可她和苏世雄好了，却连一声招呼都不跟他打。

罗小凡正这样想，只听香草又问："小凡哥，你又难过了是吗？"

"没，没有。"罗小凡勉强笑了笑。

香草拽住罗小凡的胳膊，小声地安抚说："小凡哥，你不用伤心，就算全世界的人都不喜欢你，不是还有我与你相伴吗？"

"你？"罗小凡听香草这样说，不由就苦笑起来。

"是呀！我愿意和小凡哥相伴啊！"

"你个小不点，能做什么呢？"

"我也可以做你女朋友呀！"

罗小凡觉得好笑，就说香草："你还没个芝麻大，就想着做人家女朋友了？"

"我也会长大啊！小玉姐不是不愿做你女朋友了吗？那就等我长大，让我来做你女朋友呀！"香草天真地说。

罗小凡听着听着，扑哧一下就笑出来。

香草一见罗小凡笑了，便高兴得跳起来："哦，小凡哥终于笑了！哦，小凡哥终于笑了！哦，小凡哥终于笑了！"

这时，传来秦婶喊香草的声音，罗小凡就提起香草的猪草篮子说："走吧！回去吧！"

说着便率先往秦牧家来。

2

这天，罗小凡到秦牧家时，秦婶才把饭摆到饭桌上。

秦牧一见罗小凡便拍着他的肩说："唉，到底岁数小啊！自从你来白鹭河，我就看出你对小玉有心。可你努力了一年多也没结果，苏世雄站在麦秸垛上一通爱情宣言，却赢得了小玉的芳心。唉，你呀！"

这样罗小凡原本下去的伤心，又重新蒸腾上来。

"发生这样的事，我竟什么也不知道……"罗小凡说着，不由得眼圈便发红起来。

秦婶见罗小凡这样，心疼地说："事情都过去了，就让它过去吧！今儿婶做的饭多，你就再吃点！"

"不了，我吃过了。"罗小凡说完，便闷头坐到一边。

秦叔一见就说："感情是个没有道理可讲的东西。该成的十个棒槌也打不散；不该成的，你再努力，付出再多，也无济于事。"

然后又说起他的口头禅："一辈子时间长着呢，以后不知谁怎么样呢！不谈也好！"

尽管大家都认为是罗小凡拒绝了小玉，太薄情寡义，尽管大家都认为苏世雄在这样的时候，向小玉宣布爱情非常仗义，非常光明磊落，可罗小凡毕竟在秦牧家住了一年，秦家人一见罗小凡，当即就明白了怎么回事。

后来秦叔为开导罗小凡，就给他讲了这样一个故事：新中国成立前，白鹭河岸有个书生，当他长到十七八岁时，家里发生了变故，他便出来教书谋生。那年，他到附近一家大财主家教私塾，一眼就看上这财主家的二小姐，从此便放不下。二小姐也看出了书生的心思，见书生人长得英俊，又有才华，想和书生好，又嫌弃他太穷，便总是若即若离，不给明白话。后来大财主知道书生看上了他家二小姐，便设一个一个的关卡刁难书生。书生实在不知大财主是有意刁难，便按大财主的要求闯一个关又一个关。可到最后大财主并没有履行诺言，还是把二小姐嫁给了白鹭河下游的一家更富有的财主。当时，这书生听说这事，恼得一跺脚就离家出走当兵去了。而这一当兵反而好了。后来他因屡次立功当了不小的军官，还娶了一个名门闺秀做妻子。据说这书生后来娶的妻子不但上过"抗大"，还出国留过学，是个非常有教养的女人，要比二小姐强上一千倍。

故事讲到这，秦叔朝罗小凡道："你看，塞翁失马，焉知非福啊！如果当初这书生和二小姐顺顺当当成了，不但后来做不了军官，还会受二小姐大地主出身牵连。新中国成立后，白鹭河一带主要批斗对象就是二小姐的娘家和婆家这两大家族。包括二小姐和她丈夫的一切亲戚，后来不但财产全部充公，还被批斗了许多年。"

"是。你和小玉，你俩情况都不太好，就算到一起，又能咋样？再说将来命运如何，还不知道呢！"秦牧插嘴。

罗小凡则被秦叔的故事吸引，说："这故事和我小时候听到的故事似乎是一个故事。只是讲法不同。"

"你小时候听说过这个故事？"

"是。是我爸讲给我们姐弟听的。那时我还太小，没记住我爸讲的故事发生在哪里。"

秦叔听了不由一阵沉默，顿了一会才又说："哦，当时的社会情况造就，这样类似的故事应该不少。不过我这故事是发生在白鹭河。原来总场的李干事亲口讲给我的，说是他当年首长的故事。"

然后，秦叔又转回原来的话题对罗小凡说："即便小玉和苏世雄好了又能咋样呢？过去你们城里下乡到这一带的并不少，不都想办法去了这里，去了那里，以后谁又知道谁去哪里呢？再说你岁数也小点不是？现在都提倡晚婚，记得付桥才来时还说，他家都让二十好几才结婚……"

"要按这岁数，你和小玉好上了，得谈多少年才能结婚啊？"秦婶便笑。

开始大家说话时，香草一直都安静地坐在那里张着耳朵听，听到这却突然稚嫩地冒了一句："最少也得六七年吧！"

秦牧一听立即呵斥道："去，去，去，疯丫头！大人说话，哪有你女孩子家插嘴的地方。"

香草又岂肯饶秦牧，她也回击道："去，去，去，坏秦牧，吃了饭赶紧滚到你学校去！"

这倒提醒了秦牧，秦牧便对罗小凡说："对了，小凡，为了不让我爸值班，我现在直接搬学校住去了，干脆今晚你跟我到学校住去。"

罗小凡来找秦牧，本来就没打算回去，便同秦牧一同往学校来。

到了学校，秦牧给罗小凡倒一杯水，拿起枕边的一本书塞进罗小凡手里说："你先看书，等我批改完作业，我同你杀几个回合。"

罗小凡那时哪有心看书啊，秦牧把书递给他，他只机械地翻着，猛然发现是高中课本，就问："你都高中毕业几年了，还看高中的书干吗？"

"心里有所不服啊！"秦牧感叹，"总觉得丢了可惜。"

"那我干脆每晚到你这睡，你教我算了。"

秦牧知道，虽然罗小凡爸爸妈妈下放后，他依然坚持学习不曾放弃，可毕竟是自己一人在家自学，只偶尔他妈回来看姥姥时，临时给他恶补一下，过后全靠他自行消化，虽然下的功夫不少，看的书不少，学的却一知半解不扎实。因此，他当即就说："好哇！你每晚到我这来休息，我也好抽时间给你补习一下初中高中的功课。"

秦牧必然是明眼人。他感觉罗小凡还太小，不该把心思都用在儿女情长上，且不懂得自我释怀。后来下棋，他便由象棋给罗小凡讲起韩信的故事来。

韩信打败西楚霸王后，因功高震主，被贬为淮阴侯，后来又被吕后、萧何诱捕入狱。一天，一位狱卒给韩信送饭时，眼里的泪花直打转，韩信一看他的神色，便感到不妙，就问："兄弟，那个女人，是不是要对我下毒手了？"狱卒忍不住哭出声来。韩信大笑道："飞鸟尽良弓藏，敌国破谋臣亡！兔死狗烹，从古至今都是这样，没什么可怕的。"说罢，叫狱卒坐下，韩信取来一根筷子，在地上画了个方框，又在框中画了一条"界河"，从那天起，韩信每天都和这个狱卒守着方框(棋盘)研究兵法。不久，韩信被吕后斩杀于长乐宫，那个狱卒逃走，躲藏在一个深山里研究韩信授给他的奇术去了。

　　秦牧说到这撂给罗小凡一句："你是个聪明人，即便在这乡村，只要你用心努力，也能干出一番事来。何必为一女孩而自误前程呢？"

　　想想又说："既然要学习，就要一心用在学习上。那些不愉快的事，就不要再去计较再去想。"

　　"哦。"那时，罗小凡毕竟还是个十七岁的大孩子。秦牧和秦牧一家人的好心劝慰，并不能完全化去他心中的郁结。

　　他觉得，当初小玉又是让他和付桥陪她一起来白鹭河，又是含情脉脉，如今却这样不明不白背叛他移情苏世雄，也太不地道了。

　　他觉得，小玉和苏世雄发生这样的事，白鹭河大队的人都知道了，唯独他自己蒙在鼓里，组里这些组友也太过分了。

　　他觉得，在青年组十四个人里，他并没和谁有矛盾，也不曾得罪过谁，虽然搬到小江南后，他被抽出来到厨房做饭，不再和大家一起下地劳动，可为了改变大家的伙食，他做出的努力，大家应该是有目共睹的啊！

　　那时，他们一年分的口粮，合成净粮不过二百来斤。在那缺吃少穿满肚子寡得流清水的年代，这点粮别说像付桥这种正长身体、一个人能顶几个人吃的饭量，就按当时青年组女孩子们的饭量，不到半年也就吃光了。而要让这点粮食撑过一年，大家又能顿顿吃饱，他自然要绞尽脑汁煞费苦心。可以说自从抽出来做饭后，他大部分时间都在想怎么让大家吃饱肚子的问题。开始，他用爸爸妈妈下放后，他跟姥姥饥一顿饱一顿学来的省粮办法，和老杨头教的土办法，整天剁野菜，给大家蒸菜馍，做菜窝窝，包菜包子，下菜疙瘩面；后来组里种的菜下来了，他又想办法把菜更多地融进饭里；夏天来了，为了改善大家的口味，他还特意跟当地人学，到水塘边拔才长出的鲜嫩的蒲根给大家烧菜吃，到水里捞荇菜给大家凉调爆炒。

　　可这群人是怎么对他的呢？他这一年多对小玉的爱，他们早就看在眼里，可小玉和苏世雄发生这样的事，除了付桥和程强出去办事，其他人却没一个来告诉他一声。

　　这也太让他心寒了。

　　因此那些天，每当做好饭，他便摆到打饭的窗台，每当有组员来打饭，他总是低垂下头。他不愿和他们对视，更不愿搭理他们，有时实在抹不开脸也只是勉强一笑。他觉得他们都是狼心狗肺，不然都明明知道他对小玉有意，小玉和苏世雄走到了一起，为什么就没个人提前告诉他一声呢？因此，他恨！他恨！恨！恨！

这种恨几乎让罗小凡到了仇视一切、不相信一切的地步。

3

那些天，付桥和程强不在，罗小凡为避开大家，避开苏世雄和小玉，几乎每天晚上吃过饭都到秦牧学校去，能给他创伤的心灵慰藉的，除了秦牧一家，便是夕阳晚照下的白鹭河里如家人般团聚的白鹭。

在罗小凡的眼里，白鹭无疑是自由闲适的，洁白美丽的，高贵优雅的，甚至是圣洁的。这缘于他和付桥小时看过的一篇散文。在那篇散文里，白鹭不仅是一位随风起舞、卓而独立、窈窕美丽、洁白无瑕的素衣仙子；也是一位悠然自得、超凡脱俗的垂钓高手；更是一首诗，一首韵在骨子里的散文诗——一种意味深长、让人浮想联翩的美，一种圣洁的美，一种摄人心魂的美！

而这种美一直都让罗小凡着迷。

为此，他和付桥曾一遍又一遍地看这篇文章，看书上的配图，也曾到公园去寻找，想看看白鹭到底是什么样子？为什么那青色的脚，增一点儿则嫌长，减一点儿则嫌短，素一点儿则嫌白，深一点儿则嫌黑？一两只白鹭站着钓鱼，整个田便成了一幅嵌在琉璃框里的图画？然而那时的公园、动物园根本就没有白鹭。这样白鹭对他们而言，便成了一个无法一见的美丽。久而久之，它就成了一种美好和理想的代名词。

此时，白鹭之于受伤的罗小凡，更是一种家的温馨，或心中某种温暖的幻影。许多时候，他沿着白鹭河岸朝秦牧学校走时，走着走着便会情不自禁掏出竖笛吹起来。那时，他总喜欢懒懒地躺在河坡上，望着河面的白鹭，随着它们轻舞的节奏，一遍又一遍地吹自己喜欢的曲子。

这样的一些时候，如果香草在附近河坡挖猪草，总会停下手里的活，走到罗小凡身边坐下，静静地坐在他身边，静静地听他吹笛。

最初，罗小凡猛然发现香草坐在自己身边，曾问："香草，你怎么在这里？"

"我都说了啊，就算全世界的人都不喜欢你，不还有我与你相伴啊，我要与你相伴啊！"当时小香草调皮地龇着牙笑着说。

罗小凡一时竟无语了。一股暖流涌上心头，他心里一片潮湿，双眼也湿润了。想起来到白鹭河最初和她的相见，想起这一年多每每伤心失落时，都是这样一个小女孩陪伴自己，他心里真是思绪万千。

有次，香草问罗小凡："小凡哥，你说你家里人都不在省城，你回省城没地方可去，那他们都去了哪里啊？"

"下放了。下放在很远的农村了。"罗小凡说。

香草问："那你可以去那里看他们吗？"

"不能。"

"为啥啊？"

"我妈不让去，我妈让我在这好好锻炼。"罗小凡说到这未免心酸，其实他也不清楚爸妈和姐姐具体下放在哪里。有许多事不但他自己不明白，也是无法跟小香草说的。

"不让去也没关系呀，回不了省城也没关系，我爸我妈不是很喜欢你吗？我哥不是和你最好吗？你可以到我家啊！我家欢迎你。还有我，小凡哥，按你们城里的话说，咱们也算是老朋友了吧？"

罗小凡一听小香草最后一句话，扑哧就笑了出来。

大概是因为香草的天真和单纯，一和香草在一起，罗小凡就会轻松起来，就会忘情地笑，就会不知不觉地忘记了世俗的一切烦恼。而且，香草那纯洁的仰视目光，总是能让他获取极大的自信和鼓舞，总是能激发他强大起来的欲望；激发他展望未来，激发他像雄鹰一样地展翅飞翔！

时间久了，罗小凡便养成了一个习惯。每天走到大石头附近，便会停下来对着河里的白鹭吹上一阵竖笛再走。如果发现香草在河坡挖猪草，便会先帮香草挖满一篮子猪草，再坐下来随心吹一些曲子给香草听。

而香草等罗小凡吹几曲后，便会讲许多笑话给罗小凡。比如讲学校一个女生如何骑在男生身上打架了；班里哪个差生回答问题如何搞笑了；以及她们学生出去务农时闹出的各种笑话。

后来，香草上四年级，便开始不断地务农了。有次她务农回来，拎了半书包马宝蛋在白鹭河滩等罗小凡。等罗小凡走过来，她便从书包里挑出一把黄黄的熟透的香甜地吃起来。

罗小凡问："香草，你拎的是啥啊？"

"今天去劳动在豆子地里拾的。"香草一边吃，一边张开书包口让罗小凡看，"这些是我特意给你的。"

一股瓜的浓香扑鼻而来，罗小凡不由伸头往里看着问："这是什么啊？"

"马宝蛋！"

"马宝蛋？"罗小凡实在顶不住那股香味的诱惑，说着便伸手准备拿几个尝尝。

香草却说："小凡哥，你不知什么样的好吃，让我来给你挑！"

说着便扒拉着挑了一个又大又黄的朝罗小凡递过来。

罗小凡一闻还真香，用手蹭蹭便填进嘴里，可他一口咬下去，当时便苦得呲起牙来。那时，他并不知香草是有意捉弄他，还说："这个咋这么苦呢！"

"嘻嘻，专门给你挑的啊！哈哈哈，小凡哥上当喽！"香草说着，便拎着书包朝远处河坡跑去。

"原来你是有意骗我！"罗小凡拔腿就追。

可是，香草就像一阵旋风，左拐右拐的，尽管罗小凡跑得飞快，却总是让她跑掉。后来追着追着，罗小凡就停下脚来。

香草见罗小凡停下来，便在远处又伸舌头又眨眼："小凡哥，你可真行，原来连我这么个小女孩都追不上，还追大姑娘呢！"

香草说着见罗小凡不动，便又换着法激他："过来追我啊！你今天要追不上我，我每天见你都羞你！"

罗小凡站在原地是追也不是，不追也不是，这才领略了"疯丫头"的厉害。这时，幸好秦牧走了过来。

"我就知道你在家骗过我后，该到河坡骗你小凡哥了，果不其然！"秦牧对香草喊着，扭头对罗小凡笑，"没想到你智商和我差不多，也这么简单就被她骗了"。

罗小凡却不知说什么好："我……我……"

秦牧见罗小凡半天说不出话，就朝香草笑眯眯地央求着喊："被你骗也骗过了，还不把东西拿过来让我们尝尝！"

罗小凡这才发现连秦牧也没吃到嘴呢！

而且，通过这件事罗小凡了解到：马宝蛋的秧藤在成长的过程中，如果被人踩劈了，那么它结的马宝蛋即便长再熟，闻着再香，吃在嘴里也苦不堪言。

后来到学校，罗小凡跟秦牧在学校下棋时曾探讨过这个问题：那么要是人呢？人在成长过程中受到什么伤害，会出现马宝蛋这种现象呢？

秦牧认为：这得见到真正类似的人，才能感觉出，这个人一定像这个马宝蛋一样，像秧藤从根本上受到了伤害，所以无论他（她）以后经历什么，演绎出的结果都是苦不堪言的。

而香草跟罗小凡的疯闹，却从此开了头。总是不知为什么两人就追赶着打闹起来；总是不知为什么罗小凡就被香草逗得笑翻在河坡。

当然，香草也有忧虑和担忧的时候。

有一次，香草忧心忡忡地问罗小凡："小凡哥，你说让我好好学习，考到城里去，高考都停很多年了，怎么考啊？"

罗小凡当时说："高考停了这么多年，谁又敢说它就不恢复了呢！也许等你高中毕业，高考也就恢复了。"

"会吗？"

"我想会。"

每当罗小凡看着香草长睫毛下那双聪慧又懂事的明目，他便会变得沉稳自信起来；他便会对未来充满希望；他便会胸怀世界，他便会无师自通地成为一个导师，一些话便会洋洋洒洒、源源不断地从他嘴里流出来。于是，他便摆出学究的姿态，给香草讲历史的轮回和变迁；给香草讲科举的演变；给香草讲历史上几次科举的禁停和恢复。罗小凡说："虽然从古至今，科举考试千变万化，可总体来说，毕竟还是国家选拔优秀人才的一种方式。禁停科举考试，在历史上也不是头一回。总结历史，每次禁停考试到一定时间，便会恢复。"

最后他说："既然你说都停考那么多年了，难道你就没想，恢复的日子正在逼近？"

那时的罗小凡根本就不知道会不会恢复高考，他当时说那话，无非是鼓励和安慰香草罢了。

而香草就因为罗小凡的这句话，眼中顿时便生出喜悦的光来。

"好吧，我相信你的话！"她说，"那我有不会的问题，可以问你吗？"

"当然可以！"罗小凡说，"你若有实在不懂不会的，就记在一张纸上，等我过来就在这里讲给你！"

这自然是罗小凡学习曾用过的办法。每次秦牧给他留了作业和读书任务，有不懂不会的，他便记在纸上，第二天来问秦牧。

而香草从这以后，就也用起了这个办法。每过上一段时间，她总会拿出一张纸，让罗小凡给她解答。

罗小凡倒是说话算数，也愿意做这好事。每次他接过香草递过来的纸看了问题，不但会认真地答复，还会再往深处给香草讲解一番。遇到语文中的句子，他不但会给她解释清楚这句话在文中的意思，还会给她打几个比方；遇到数学题，他做了讲解，又会以此类推，讲解类似的题的思路和做法。

而解答完问题，接下来便是一段静美又和谐的时光。

那时，罗小凡总会躺在石头边的草地上，望着河面的白鹭，悠闲地吹上一两支曲子。

那时，坐在石头上的香草则会彻底地沉浸进罗小凡吹的曲子里。

那时，两人都不说一句话，友好和默契却越来越甚。

因此，在以后的一年多里，尽管罗小凡在失去小玉后难免落魄和伤感，可每天能在夕阳下、在河坡上和香草短暂相伴，却也给他苦涩的心上增添了不少甜美和愉悦。

十四

1

再说，付桥和程强在白鹭滩待了七八天，那天撑几十里船上岸，抬着船回到小江南时，组友们已经吃过晚饭。那时天更热了，组友们吃了饭很多都在水塘边，或离水塘不远的地方乘凉，付桥看到徐燕子拉着小玉走过来，顾不上吃饭，就赶紧喊徐燕子："徐燕子，船做好了。现在我和程强，首先请你和小玉坐船采莲花去，算是补欠你的生日礼物和人情如何？"

"好哇！"徐燕子看到船弄回来正好奇，一听付桥第一个就邀请她上船，早忘了原来的旧怨，便笑着看向身边的小玉。

小玉看着付桥迟疑了片刻，又看向不远处的于芳，却有些措手不及地对徐燕子说："就先让付桥他俩划船带你和于芳去采莲花吧！我……我……我不行，我晕水。"

付桥惊讶地问小玉："小玉，你说你晕水，我怎么不知道呢？你不是天天见水吗？"

这时，从另一面走过来的刘慧听到，自然知道小玉为什么晕水，便说："小玉呀，我们六个女孩，除了于芳，你喊谁不行？"

然后又别有意味地补了一句："于芳才是真晕水呢！"

对于曾跳水寻死的于芳来说，面对水塘自然是别有一番滋味在心头。

"你晕水，我就上了。"后来刘慧说着就走上船来。

付桥和程强在白鹭滩带回的船是传统的四人小船，可撑可划。因此，刘慧上船后，付桥一声走咧，一竿子就把船撑了出去。

头次试船自然新奇。大家一路东张西望，叽叽喳喳，到了荷叶深处，一通手忙脚乱，各自手里都握满荷花，便心满意足地停下来慢慢观赏。这时，当大家见荷叶的更深处已举着嫩嫩的莲蓬，便有些惋惜。

有人说："不采了，不采了，还是等莲蓬熟了采莲蓬吃吧！"

付桥说："那既然这样，咱们就回吧！"

徐燕子一听就抗议了："刚刚到就回了，多没意思啊！既然来一趟，怎么着也得感受下人家古人那什么什么情怀啊！"

付桥说："就别情怀了，所有情怀都是有成本代价的。"

徐燕子说："为美好付出点代价怎么了？"

付桥说："什么美好啊？这世界上，总是肮脏比美好多得多，总是慷慨少得多。"

徐燕子见付桥又和她斗嘴，就说："好了，好了，不情怀就不情怀了。你既然说给我补生日礼物，到了这荷花深处，给我背首荷花诗，总行吧！"

付桥一听就叫起来："你这不是有意难为我吗？我本一粗人，斗大的字不识半箩筐，你叫我背诗不是开玩笑吗？"

付桥说着就看向程强："程强，你高中毕业，肚子里有墨水，你给大家背首荷花诗！"

程强一见，赶紧说："你饶了我吧，我是上课瞌睡过度，眼皮打架无数。实在招架不住，误入梦境深处。再说是你给徐燕子补生日礼物，关我什么事？"

十几个人一个食堂吃饭，谁不知付桥和徐燕子斗嘴的事呢？因此，刘慧听了程强的话也说："你既然说给徐燕子补生日礼物，徐燕子让你背荷花诗，你不会也可以编两句嘛！"

说完便笑。

"我都说了，我是粗人。脑子里空空如也。要不这样吧，荷花诗是徐燕子提出来的。"付桥说着就转向徐燕子，"你脑子里自然有荷花诗，要不你背首荷花诗送给我？"

"好哇！"徐燕子乐滋滋地道。

付桥实在没想到徐燕子答应得这么利索，反而不知怎么办好了。

徐燕子却装作没看见，说："听好了！"

便笑盈盈地看着付桥吟道："彼泽之陂，有蒲与荷。有美一人，伤如之何。寤寐无为，涕泗滂沱……"

这时，岸上传来苏世雄的喊声："付桥，把船划过来，让我也试试。"

付桥正尴尬，一听便一撑竹竿，哗哗地就往回划来。然而，当船靠岸后，他随大家走上来准备把手中的荷花给小玉时，却发现苏世雄正站在小玉面前。

"走，我今天让你感受感受江南采莲的浪漫。"苏世雄亲昵地把手搭在小玉肩上说。

"都说了，我晕水。"小玉看一眼走过来的付桥，有些不好意思地趔开身子说。

"晕水？那只是心里的恐惧。"苏世雄说着看付桥一眼，便亲切地握住小玉的手，安抚似的说，"来，我今天带你坐一次船，绝对让你永远都不会晕水。"

然后便轻轻地牵着小玉朝船走来。

小玉有些犹豫，红着脸看了看付桥，到底还是随苏世雄上了船。

当时，付桥看到这一幕的惊讶，并不亚于罗小凡看到苏世雄亲吻小玉那一瞬的惊讶，一时间他惊得面如白纸，眼睁睁地看着小玉跟着苏世雄上了船，眼睁睁地看着苏世雄一撑竹竿便载着小玉向荷花深处而去，却半天说不出话来。等他回过神来，等他明白过来是怎么回事，一股热血立即便窜上他头顶。他一下就怒了，接着便是愤和恨。

他费那么大劲弄回这个船是干什么的？不就是希望有一天罗小凡可以载着小玉到荷花的深处去吗？那是他满心的希望啊！如今却为他人做了嫁衣裳。可这一切到底是怎么了？当时，付桥就像个受气的孩子，他把手中的荷花往地上一摔，便朝罗小凡厨房这边奔来，到厨房没找到罗小凡，才往宿舍来。走到门口，见罗小凡坐在窗前，便气冲冲朝罗小凡冲过来。

罗小凡眼见付桥一脸恼怒地冲他过来，情知他已听说苏世雄和小玉的事。为了平复缓和付桥激怒的情绪，他看看身边桌子上摆着的半盆菜和五六个馒头，赶紧端起盆子朝付桥迎过来："快！等你半天了，都快凉了，赶紧吃。吃完了，我再……"

"啪！"付桥没等罗小凡说完，就愤怒地一把把饭盆打落在地。

咣啷啷……啷啷……啷啷，五六个馒头越出盆子四散着向远处滚去，半盆菜也受惊了一般，朝四面八方溅去，就如眼前两个惺惺相惜的少年的心，都泼洒破碎一地。

那一刻，付桥和罗小凡相对，他们的心确实都破碎了一地。

罗小凡的双眼顿时便涌出泪来："付桥，我算着你俩今天回来，特意改善了生活，为你俩留了饭。等半天不见你俩的人，我才特意装进盆里，给你俩端回来，你……你……"

罗小凡说着说着便委屈地说不下去了。

"我千辛万苦去做船，为的是什么？不就是希望有一天你可以带小玉去划船吗？你说，现在为什么是苏世雄带她去划船，而不是你？这到底是为什么？这才几天，事情为什么成了这个样子？"付桥说着眼里也涌满了泪水。他可不像罗小凡遇事只是一味地伤心隐忍，他虽不同于小玉，遇事却和小玉有着同样的泼辣。

这时，罗小凡反倒过来安抚付桥："这件事不但你蒙在鼓里，我也是后来才……才知道。"

"还有我。我也一直蒙在鼓里。"这时，程强悄悄地走进来说。

"你也一直蒙在鼓里，那你说到底是怎么回事？"付桥有仇似的瞪着程强问。

"怎么回事？据说就在咱们外出，其他人忙着收麦子的那天，苏世雄当着大家的面对小玉来了个感天动地的爱情宣言。他说从现在起，他要细心照顾她，好好保护她，再也不让她受人欺负，再也不让她受委屈。希望大家监督，也希望大家看他的行动！后来小玉去找他，他也是这样说的。"程强说。

"谁欺负小玉了？谁让小玉受委屈了？他这不明摆着含沙射影挑拨离间吗？搞得他多么仗义磊落、敢作敢为，好像罗小凡欺负了小玉，又薄情无义甩了小玉似的？真是！"付桥狠狠地道。

程强对付桥说，小玉那几天有心事，大家原就怀疑和罗小凡有关。而苏世雄这么一说，大家都认为是罗小凡拒绝了小玉，而他则是仗义救难。

"你想啊！在小玉最难过的时候，他发布了如此的爱情宣言，谁又愿意把这事告诉罗小凡和你呢？"说到这，程强便龇着牙看着罗小凡笑起来。意思是小玉送你笔记本时，你干啥去了？然后小声嘟哝了句："我每天躲出去，我还以为……"又说："而且，当晚人家查房，就当真给小玉洗脚擦药，那个细致，那个小心，没把大家的心都融化了，你说小玉……"

付桥听到这就骂开了："我操他大爷！他多大呀！我们才多大？他是大人，我们还是孩子呢！"

想了想，又骂了一句："要知道他这样，当初让我去弄船，我弄个屁！"

这时，程强捡起摔落在地上的菜盆端在手里，又拾起滚落一地的馍和筷子朝付桥递过去，说："再有气，也别摔筷子，别摔碗，别朝自己亲兄弟发火啊！"

付桥也觉得自己的火发错了地方，心中却又不服，接过馍和筷子又愤愤地说程强："还说呢！从来就听不到你一句实话，刚你还说你也蒙在鼓里。怎么就说的你什么都知道似的？"

"我不就刚才上岸才听刘慧说的吗？这不，就赶紧说给你俩？"程强端着个菜盆站在那里觉得怪委屈的，看看罗小凡，觉得他更无辜，心里一软便蹲在地上，一边大口吃，一边嘟囔："发生这事，小凡他不比你难过？他满心好意把饭给咱端到宿舍，不就是心里想着你，挂记你早一刻把饭吃到嘴里吗？你却把他递给你的饭打在地上？你说，你说，我这当哥的该怎么说你！"

付桥一听顿时便没了声音，可他心里毕竟有气。当初，他拉着罗小凡不顾一切地来到白鹭河为的是什么？不就是看着她周小玉希望他俩和她相伴，看出她对罗小凡有那个意思吗？可如今，才几天不见，就丢开罗小凡，和苏世雄亲热去了？这也太突然太过分了。关键是之前一直都好好的，并没发现她对谁有意思，或对罗小凡没那意思了呀？而且，小玉一向都是很有主见的，这情感怎么能说变就变了呢？他后悔这些天光忙着跑外，说抽时间问问小玉却忘了问。他也觉得苏世雄这样突然对小玉示爱，又这样过分地对小玉好，有些别有用心；他更恨小玉不争气。

因此，有好些天他都不愿理小玉。

2

这天，付桥和程强把船弄回来，当初种的水稻不仅绿成了一片，草也绿成了片。第二天，付桥便挑了程强、赵保国、李爱国几个相处得来的男同胞开始下水田拔草。

那时，天已经很热，每天拔草拔到快晌午，几个人的衣服被汗打湿贴在身上，便会一个个走出稻田来，带衣带裤扑通扑通跳进水塘，一阵扑腾揉搓，便算衣服和澡全洗了。

那天，快晌午的时候，几个人走出稻田，正要和往日一样跳进水塘洗澡，赵保国和李爱国却突然对付桥和程强说，附近大队有片瓜地，他们观察了好些天，每天午后十二点到两点最热的时段，那看瓜的老头便会回家吃饭，瓜田便没人了。说眼看这几天瓜就要熟了，想着你俩经常外出有经验，告诉你们就是想你俩能和我们一块去，做个伴壮壮胆，趁这个机会去摘几个解解馋。

程强听了便看向付桥。付桥本来不想去，可看着几个人热得汗流浃背的样子，想着赵保国和李爱国虽然都比他大，平时跟着他这个小兄弟干活却任劳任怨，从不偷懒叫苦，心里便有些过意不去。何况干了一上午活，他自己也热得渴得难受，想了想也就跟着他俩走了。

到了地方，瓜地里果然没人，而西瓜则疙瘩瘩滚得遍地都是。这对于又热又渴的几个大小伙子来说，实在是有一种进入了黄金岛的狂喜。不过付桥和程强到底老道一些，他俩看看满地的瓜，只蹲在地边挑一个大的摘了分开吃了，又各自找了一个大些的摘了，便招呼赵保国和李爱国准备走人了。而赵保国和李爱国面对滚满一地的瓜，早看花了眼，是摸摸这个，又看看那个，砸开一个啃几口又砸一个，一会砸了好几个，却依然没有挑到满意的。

"你俩先走吧！我们再找几个好的吃了再回。"两人说，"到时再找两个比你们摘的还大的带回去。"

"那我们回去了。"

付桥说着和程强一起走出瓜地，却没直接回小江南。

"程强哥，我想让你陪我去个地方。"付桥说着便龇牙笑起来。

程强哥？程强不由眨巴着小眯眼，讶异地问："去哪？"

"我想去咱分场的另一头。"付桥说着脸就红了。

分场的另一头？程强自然知道指的是钟舒义所在的大队。钟舒义曾说他们大队在分场的另一头，叫宜青大队。那自然也是有林梅的大队。他便看看天说："你说这好事，就别说这大中午的毒日头，就算下火星子，我也乐意陪你走这一趟。何况你都喊我哥了。"

说完就眯缝起小眼笑起来。

于是，两人一人抱着个大西瓜，硬是顶着中午的毒日头，走了二三十里地，来到了宜青大队。

"程强哥，我，我就不进去了。你和钟舒义熟，就帮我进去喊喊他。"快到钟舒义他们住的地方，付桥却停在一棵大树下不肯走了。他磨叽了半天，便对程强说出了这样的话。

"好咧！"程强比付桥大两三岁，他又哪里不懂付桥那"喊喊他"的双层含义，于是他笑眯眯地抱着个西瓜走去，再回来身后不但多了个拿着馒头热情地奔向付桥的钟舒义，还多了一个满脸羞涩悄悄走在后面打量着付桥的林梅。

"就想着你早晚会来。"钟舒义笑着朝付桥眨了眨眼，才把两个馒头塞在他手里。

付桥顿时便紧张地看向林梅。这天，林梅穿的是一件白底蓝花的衬衣，显得皮肤很白，再加上眼神清澈，刘海儿和发梢都有些自来的卷曲，就显得比一般女孩洋气又娴静许多。付桥看着看着，心中就生出许多感动来。

程强见两人都红着脸，你一眼我一眼地互相打量着，却都羞于开口，便赶紧打马虎："赶紧，大中午头的，吃瓜，吃瓜。"

又说付桥："我刚吃过了，你赶紧就着西瓜把馒头吃了垫垫。"

然后一拳上去，就把个大西瓜砸烂分给大家。

钟舒义也说："是，是，这边已经开过饭了，要不就带你们进去吃了。"

大家分开西瓜吃着说了一阵子闲话，待付桥把两个馒头吃了，程强便借口和钟舒义有事商量拉他走开了。

剩下两个人站在那里，你看着我，我看着你，僵持了半天，付桥才鼓起勇气对林梅说："自从那次见面，我就决定要来看你。"

"嗯，我知道。"林梅轻轻答。

付桥一听便没词了。没词了，便痴痴地看着林梅。那时，由于天太热解开胸扣的原因，林梅的一长截雪白的脖子正好暴露在外面。付桥打量着，觉得林梅的脖子是那样纤细洁白光滑，真如人说的凝脂如雪，不禁就想起了和罗小凡一起看古诗时，读到的"玉颈生香""鬓垂香颈云遮藕""肤如凝脂"这些艳词句来。再看，林梅那透过花衬衫隐约可见的，高高挺起的丰盈而圆润的胸脯，则像烫到眼似的脸红心跳起来。林梅大概也意识到了付桥的反应，便有些羞涩地低垂了头。再抬头面向付桥，那种女孩特有的温顺恬静神态，便一览无余地呈现在付桥面前。付桥看着看着便有些心旌摇荡，便有些按捺不住。按捺不住，他却说出了这样一句话。

"我就是想问，我俩处对象了，你我相隔这么远，经常都不能见面，你会变心吗？"他说。

这自然是受小玉和罗小凡情事骤变的刺激的结果。

"既然选择了你，再远，又怎么会变呢！"林梅说。

"我想，你也不是那种人。"付桥说着，便看着林梅傻傻地笑起来。

林梅轻声应："嗯。"

付桥便说："那我以后还来看你。"

"我会等你！"林梅说着，大概是看到付桥嘴边有一些没擦干净的西瓜渍，就走近些递过来一个手绢，示意付桥擦下嘴。

付桥真正到这事上便露出少年含羞的一面。他接过手绢擦了嘴，两眼便凝在林梅脸上。

林梅顿时含羞难禁。

两人便再不说话，就那样一直地一直地看着对方，只看得满眼相思春意燃，只看得两两相对相互痴，却再也听不到谁开口说什么。

这可把在旁边偷听的两个大男人急坏了，后来两人忍不住便蹿了出来。

"付桥，你可真行。"程强没好气地损付桥说，"平时你嘴皮子耍得一溜一溜的，怎么见了林梅就变贾宝玉了呢？你看看吧！啊？半天都不听你俩说一个字，你不说她也不说，可真像一对啊！"

"要不怎么能看对眼呢？"钟舒义也跟着打趣着笑。

可钟舒义这一笑不但羞走了林梅，也给他自己笑出姻缘来。他的笑一下就让付桥想起了徐燕子的笑。

见林梅走了，付桥顿时拉着程强问："程强哥，你看！钟舒义和徐燕子的笑是不是很像？"

程强听付桥这么一说，便仔细端详起钟舒义来。别说，不仔细端详不知道，这一仔细端详，程强还真看出了问题：虽然钟舒义长得五大三粗人高马大，徐燕子长得秀气又细条，可两人脸的轮廓、眉眼和神态却非常神似。

"嗯，付桥好眼力！钟舒义和徐燕子确实有夫妻相。"后来程桥调皮地笑道。

于是，付桥拉着钟舒义便做起媒人来。说他有个表妹叫徐燕子，长得如何如何漂亮，人如何如何好，因为和钟舒义大哥打了几次交道，感觉钟舒义大哥实在值得交往，就想把表妹介绍给钟舒义。

钟舒义原本就实在，被付桥大哥大哥地叫着叫着心也就动了，便说："好哇，到时找个机会我见见！"

付桥一见时机难得，便拉住钟舒义的胳膊不松手了。

"要不，你现在就跟我们走一趟算了，免得夜长梦多。"他说。

程强自然知道付桥的心情，一直以来付桥都想摆脱徐燕子的纠缠，如今见了林梅，两人心心相悦，又怎能让徐燕子再来纠缠？便赶紧补充："真是的，付桥说的一点也不夸张。何况你和徐燕子太有夫妻相！"

程强这一说，倒把钟舒义羞了个大红脸。他见推脱不了，便道："再急，也得容我换件像样的衣服，给组长请个假呀！"

又说："你们还是先回去吧！你们总得先给徐燕子打声招呼吧？不然我这样过去也太冒失了。我看，你们现在先回去给徐燕子打个招呼，让她有个心理准备。我晚上吃过饭自个过去，这样不用请假，也不会给你们添太多麻烦，更不会那么声张了。"

很显然，钟舒义比程强和付桥都成熟稳重一些，两人一听这才告别钟舒义急急地往回赶。

可付桥和程强又走了二三十里地，赶回到小江南，却发现赵保国和李爱国还没回来。

3

当时，付桥和程强回到宿舍，见桌子上不但摆着他俩的饭，还摆着赵保国和李爱国的饭，就问罗小凡："怎么，赵保国和李爱国还没回来吗？"

罗小凡说："就说呢，中午做好饭大家都吃了，却不见你们四个。我还以为你们在田里加班，盛了饭端到水塘边不见你们的人，只得全端咱宿舍来了。"

"这还奇了怪了。"程强正说，却见"两个国"互相架着，一脸苦楚地蹒跚而来。

后来听"两个国"你一句我一句地诉说才知道，付桥和程强走后，两人看着满地滚的都是瓜，不舍得走，总是挑了这个又觉得那个更好，结果俩人砸一个又一个，砸得是满地流红遍地开花。后来两人好不容易找个满意的，正吃得开心，瓜地却猛然围过来一群人。两人一看，有拿肩担的，有拿铁叉的，待想跑时才发现肚子吃得跟顶个西瓜似的，腿都迈不动了还往哪跑呢？何况人家后面还跟着几条狼狗呢！

人家倒是客气，很友好地和他俩打了招呼，便介绍说是隔壁队里的民兵，听说瓜地来客人了，便特地过来欢迎。

领头的说话更加客气，人家说："你们既然来吃瓜了，就一定要吃饱吃好，不然我们也不好让你们走。不过种个瓜也不容易，不能浪费，地上这些你们既然打开了，就把它们吃完吧！我们也不难为你们，只要能吃完，我们就给你们挑更好的让你们带走。"

还带走呢？两人一看那人那狗那阵势，再看那些打开的瓜，一个一个又一个，个个张嘴，心里不由得就叫起苦来。可不吃，人家不让走啊！于是，两人在众目睽睽之下，磨磨蹭蹭，摔摔打打，从中午不到一直吃到下午两三点，直吃得两眼翻白胃泛酸，瓜水倒流，天昏地暗。

据说，二里多路，两人腆着肚子走走歇歇尿尿骂骂，竟走了一个多小时。

几个人听了那个笑，一直到饭堂上还兴奋地叽咕着这事。

晚饭，因为付桥心里有事，惦记着钟舒义饭后可能就要来，又要想着吃过饭后把这事怎么给徐燕子说，吃饭的时候就来得早一些。他实在没想到，他刚刚往那一坐，苏世雄和小玉便一起向他走过来。

他顿时便站了起来，一是从心里不想理他俩，二是也怕这两个组长问他下午的事。

"哦，你们坐这吃吧！"他说。

那时，程强、赵保国、李爱国三个正好走进来，坐在了远处的另张桌子上，他便趁机走了过去。

"你们俩肚子胀成那样，晚饭还能吃下去吗？"

"吃下吃不下管你屁事？"

付桥一坐下，几个人就闹腾起来。于是，整个晚饭只听见付桥他们四人这桌上一阵一阵地笑。

自那天划船后，徐燕子都没见付桥的笑脸。这晚，徐燕子见付桥在吃饭桌上笑个不停，忍不住就又凑了过来。

"哎呀，徐燕子，我正惦记着和你说几句话，你倒心有灵犀，就凑过来了。"付桥今个心情好，见了徐燕子不由得又耍起嘴皮子来。

"什么话？"

付桥压低声音说："我今天认识一个特别优秀的男青年，觉得和你特别般配，就把你介绍给了人家。"

徐燕子立即就瞪圆了杏眼："你耍我！"

"嘘，真没耍你！"付桥压低声音说，"你问程强！"

"真的！那男的叫钟舒义。我俩都看着和你太……太那啥，才忍不住做了那啥。"程强赶紧说。

没想到徐燕子看看程强，看看付桥，眼珠子转了一阵，便一把拽住付桥道："那你现在就领着我见去，要是没这事，我就学那谁，跳水塘自杀！"

付桥一听就笑了："燕子姐，不用去了，人家马上就到了。"

心说我给你办不成这事，我日夜难宁啊！

徐燕子一听却急了，说："原来真的啊？！怎么不早说？我怎么着也得换件像样的衣服啊，你们等着！"

说着就往外跑。

事情还真凑巧，后来几个人吃过饭刚刚走出来，钟舒义也就赶到了。几个人把他迎到罗小凡他们宿舍只等了一会，徐燕子也就换好衣服走了过来。别说，两人一见面，可真应了那句话：一见钟情。两人就那样相对着看了一会，便都望着付桥笑了。

后来，钟舒义对几个人说："那我带徐燕子出去走走。"

付桥送钟舒义和徐燕子出来，走一段路也就转了回来。回来的路上见小玉朝他走来，心知她有话要对他说，想着刚才在食堂自己站起来走开，多少有些不合适，便停下脚步等小玉。

可是后来付桥心里的气和恨到底还是没能忍住。小玉走过来刚说："付桥哥，我来告诉你，我和苏组长……"

他就愤愤地道："你和苏组长，刚才不是展示过了吗？还给我说什么？"

小玉道："你什么意思？"

付桥就没好气地道："我什么意思？什么意思都有。当初，我和小凡千里迢迢来白鹭河干啥来了？不就是看出你对他有那个意思吗？不就是你希望我和小凡陪你一同来的吗？可如今，苏世雄把我支派出去才几天，就把你糊弄得不知东南西北了；还让大家都认为是罗小凡对你无情……"

小玉说："可是那天咱俩从省城回来，我送他笔记本你也看到了。我等了他好些天，他一直都没回应。我难受极了，当时是苏组长给了我安慰，是苏……"

"别跟我提你的苏组长！我知道，小凡为你千里迢迢到这里，又等你一年多，都抵不上苏组长那一秒对你的安慰。我知道，小凡这一年多对你的情感也抵不上他那一分钟给的温暖。他不就是有钱，家庭条件好吗？小凡是可怜是没钱，可咱俩回省城没钱，他却把他妈和他临分手给他的、他放在贴身口袋一年多都没舍得花的钱全拿了出来分给咱俩。你还好意思说他没回应？他敢回应你吗？你也知道自他家出事后，他就变得很自卑很被动，而你又一直都非常强势，又这样那样暗示他不想和他过早有进一步发展。这些别以为我不知道。当时，你把笔记本送给他，他瞅没人就翻，可他翻来翻去啥也没翻到。不光是他翻，我也偷偷翻了多遍，也啥也没翻到。你虽是送他笔记本了，却是借他钱买的。你让他咋想？让我咋想？而我正想抽时间问你呢？苏组长就把我支派出去了。你咋不想想这些呢？"

"可……可我明明在里边写了一句话。"

"你写啥了？"

"我就问他愿意和我做朋友吗？"小玉低声说。

"那你写哪了？"

"就最后那几页，不过我的字不好，回家我妈我姐又对我那样，小凡哥他又那样优秀，我……我很担心，就……就把那话写在一个缝里，很小，很小。我想就算不写字，他也应该明白我的意思啊！"

"对呀，你们就算不表示，也应该知道各自的心意呀！"付桥说，"何况，小凡啥好事不想着你，啥时不关心你？你不也总在关心我和他吗？"

小玉委屈地说："可当时，因为回家我妈我姐那样对我，我心情糟透了。他不回答，我就总往坏处想。他自卑，我家庭这样人这样，不自卑吗？"

"你心情再糟透了，你自卑，也得把事情弄清楚再说。你可以找我呀！也不能说变就变啊！"

"我哪变了？我和小凡哥不是还没正式谈吗？"小玉说，"就算正式谈了，也不一定就一辈子就只能和他，就不能选择别的男的了啊？再说，苏世雄比咱们都大，从许多方面，他确实比小凡哥更适合我，也更懂得疼我照顾我。"

"既然你执迷不悟，我也懒得跟你说那么多了。"

"就知道你和小凡哥就像一个人，就知道你会为他而怪罪我。可咱俩毕竟是表兄妹，不要把话说得那么难听。"

"我没说难听，到时你就知道了。"这时，付桥一下便想起秦叔最爱说的那句话，他说，"一辈子时间长着呢，以后不知谁怎么样呢！不要以为一个人一时倒霉就永远倒霉，也不要以为一个人一时对你多好就一定是爱你"。

最后，他恨恨地道："谁爱不爱你，等时间久了，到关键时刻你就知道了！"

此时的小玉也终于忍无可忍地爆发了。她说付桥："你没谈过恋爱，知道什么是爱呀？"

然后脸一红，往下一拉道："我知道你满怀热心巴望我和小凡哥走到一起，可你也不想想，像我俩这种情况，一个孤儿一般，一个穷困潦倒，走到一起又有什么好呢？我这样难道就不是为小凡哥想吗？我和苏世雄走到一起，他难道不可以也找个更好的吗？再说，我也有自己选择的余地吧？你以为像我这种条件，能让苏世雄这样的看上，容易吗？何况，他岁数大，那么懂得体贴我照顾我，这正是我需要的；人又有能力，各方面又很优秀，我又何必拒绝他？关键是，在我最不自信的时候，他站出来宣布了对我的爱，这个小凡哥做不到！"

说完就丢下付桥走了。

付桥站在当地半天都没回过神来。从小到大都是这样，明明他觉得很有理的事，小玉一开口他就理屈了，就感觉出欠周到了。

小玉虽然比他小几个月，考虑问题却总是比他显得成熟周到有道理。她说的确实是实情。在那个年代，家庭成分不好的，能找个家庭成分好的，已经相当不容易了。何况像苏世雄这种不但家庭背景好，又很有钱的呢？从当时的情况来说，小玉选择苏世雄自然比选择小凡要好太多太多。而且像小玉和小凡这种家庭都不好的走到一起，也确实是相互连累；而两人分开，像小凡这样才华出众的，虽然家庭有问题，起码也可以找个比小玉条件好很多的。小玉虽然岁数还小想得简单，倒也确实是这个理儿。

可明明是她周小玉对小凡有那个意思，他才拽着小凡千里迢迢到这里来，现在她抛开小凡却又变成为小凡好了？明明是他俩两情相悦，他才不惜一切代价苦心撮合，现在倒成了他的不是了？

不就是因为半路上杀出个苏世雄吗？

然而，虽然付桥也明白，小玉选择苏世雄比选择罗小凡要好得多，可苏世雄的这种突然袭击，小玉的这种势利善变，毕竟让他生气不满。

因此，当接下来分场分来第一台拖拉机，选拖拉机手时，当大家提出候选人是苏世雄和他时，他便使出浑身解数，找了大队所有领导和两位农代表。男的杨支书、队长等，他给人家买烟；女的妇联主任和秦萱草，他给她俩各自买了一包糖，还时常和他们拉家常套近乎，许诺他们将来家里有用得着的地方绝不含糊。最后大队领导和两个农代表全替他讲话，他便如愿以偿地争取到了拖拉机手这份差事。

十五

1

失恋的罗小凡自然另有一番滋味在心头。

怪不得发生这样的事，却没有一个人告诉他，原来事情是这个样子。

虽然罗小凡懂得苏世雄也有争取爱情的自由，小玉也有选择爱情的权利；而且他也明白在当时情况下，小玉选择苏世雄确实比他好得多。可听程强讲了苏世雄对小玉如何如何大胆表达爱情，如何如何体贴、照顾人微，让所有人为之感动的话，他心里却酸酸的。

到底意难平。

自此，他虽然原谅了组友的沉默，也对小玉的选择有了相对的理解，可对苏世雄的夺爱之恨却无法释怀。

那时，他不过也才十七岁，也依然是个孩子。虽然见了苏世雄敢怒而不敢言，可只要逮住机会，便会毫不客气地办他难堪。有一次，大队有个大会，让苏世雄通知。苏世雄怕通知漏了，便特意在饭堂边的黑板报上写了通知。罗小凡当时也看到了通知，却没去。

后来开完会回来，苏世雄问罗小凡："我通知到大队开会，大家都去了，你为什么没去？"

罗小凡便装糊涂问："你通知我了吗？"

苏世雄指着黑板上自己写的通知说："这白纸黑字写得清清楚楚，难道你没看到？"

罗小凡说："这个我当然看到了，可这上面明明写的是明天到大队部去开会，我今天去有病啊？"

"这是我昨天写的。"

"可我今早上看到的，明明是明天到大队开会。"

苏世雄一看便不作声了。黑板上明明写着明天到大队部开会，下面却没写日期。

当然，罗小凡不仅仅对苏世雄是这种态度，那时他对一切事物也都抱着这种玩世不恭的态度。

不知是不是当初虱子事件造成的某些影响，这年立秋以后，总场便开始从上至下一条线地大抓卫生建设。罗小凡他们青年组也不例外。当时大队为防集体宿舍生病，对他们的宿舍卫生抓得更是一丝不苟。杨支书要求青年组每个宿舍都要写一份卫生要求和管理规范贴出来，说是到时总场会来检查。罗小凡拿出平时给大队和青年组办宣传栏用剩下的红纸，唰唰唰写了一张便贴在了他们宿舍的墙上。

后来杨树春、苏世雄带着杨支书和总场下来的工作人员走进他们宿舍，杨支书一看大红纸上写了一纸的曲曲连连的字母，正惊愕："你们……你们怎么把管理规范写……写成这样了呢？"

从总场下来检查工作的那人，看着满纸的字母，看着看着脸就憋成了猪肝红，最后终于憋出一句话："太不像话了！"

杨支书听到，当即就扭头质问罗小凡："你这上面到底写的什么？把总场下来的工作人员气成这样？"

付桥一见，便赶紧走过来嬉笑道："杨支书，当时是我和程强要求他必须搞得别具一格，别出心裁，他才用拼音写的。可确实是卫生要求和管理规范。不信让我给您念念。"

于是，付桥看着汉语拼音就开始编："一、宿舍卫生要打扫好；二、床上被子要叠好；三、地上鞋子袜子要放好；四、宿舍里空气要搞好。还有，还有……"

罗小凡见付桥编不上来，便一脸老实地说："杨支书，下面我是这样写的：各自整理自己床，生活用品整齐放；棉被折叠成方块，宿舍满屋亮堂堂。"

杨支书便赶紧问总场来的那人："纸上写的是这些吗？"

只见那人一闭眼，气咻咻地道："除了他俩说的那些，你以为还能是什么？"

"那你——"

"我是看……看你们这么些人，竟没一个认识汉语拼音的，才生气。"那人说完，扭身就走了。

倒把杨支书闪在那里："这，这，这……"

而杨支书一帮人走后，罗小凡、付桥和程强顿时就笑倒在床上。

因为大家都知道，罗小凡写的汉语拼音的内容其实是这样的：

男生宿舍，风光旖旎。

床上图画，层层堆砌。

地下鞋袜，叠叠偎依。

汗味蚊蝇，满屋臭气。

因此，为保证宿舍卫生，现在规范如下：

1.保持宿舍安静。放屁可以，但不要太响；唱歌可以，但不要太嚷。

2.保持宿舍卫生。至于垃圾，要么打扫出去；要么掖自己被窝里。

3.按时作息。超过晚上十点，再不准钻玉米地和柳树林。

4.各位男生都有义务维护本宿舍形象。未经许可，禁止在室内裸睡。

5.如果谁夜里做春梦，为防春光乍泄，务必把被子盖紧。

6.本公约充分体现了自由、民主、平等的精神，因此无须表决，即时生效。

而事实上，男组友宿舍当时就是这种情况。大家都处于青春期，单子上难免画图，可疲惫的劳作和艰苦的生活，谁又有那么多心情和精力去经常洗呢？不用说干活回来，袜子鞋子更是随地乱扔，再加上被汗打湿的脏衣服，床上被褥许久不拆洗，自然是蚊蝇满屋，汗味臭气难闻。

而下面的规范则反映了这群男青年当时的生活。自苏世雄当着大家的面展开对小玉的情感攻势后，如同起了示范启发作用，男女组友们一个个也都跟着行动了起来。那时，玉米地基本也就成了青春的伊甸园，到柳树林也不过是分散兵力避免互相撞见。自从夏季种下的玉米节节拔高后，这群青年男女的情势也就开始高涨起来。虽然于芳有意于江诚，江诚似乎并没那意思，可邵美华和李爱国很明显成了一对；赵保国对王青云也很明显有了那意思。不过大家做得都比较隐秘，像苏世雄这样公开恋爱的再也没有第二个。

而裸睡和春光乍泄，却是明明白白摆在大家眼里的事情。

那时，在男组友宿舍里，一到夜里性便成了不可或缺的话题。有时说到敏感处，大家也都跟着敏感起来，真可谓青山绿水尽在眼底。在那个年代，原本大家衣服就少得可怜，当天热起来，衣服白天让汗水浸透了，到了夜里又没多余的衣服换，男同胞便逐渐开始裸睡起来。有时嫌天太热，连门也不愿关严。当时除了罗小凡他们这个宿舍外，另外两个宿舍，大个子江诚和苏世雄一个宿舍，余国庆、赵保国、李爱国三人一个宿舍。有一次，有个女组友早上起来，想到余国庆、赵保国、李爱国他们宿舍借样东西，看门开着还以为人都起来了，一推门却看到几个白花花的光身子，吓得妈呀一声，折身就跑。结果房里的几个男同胞惊醒后，却你看看我，我看看你，不好意思地互相埋怨了半天。

而罗小凡那天早上从秦牧那里早早回来，看到的则是春光乍泄。那光景羞得他上去抓起床上的单子就赶紧给捂上了。

这也就算了。

有次，赵保国起得早，不小心也看到了同样的光景，一杯凉白开淋下去，惊得余国庆一下子从床上坐了起来，对着大家好一通臭骂。

"如今我对象没谈，孩子没生，在这穷乡僻壤，正对命运充满了担忧，不知前途何在？希望何在？你们却给我来这一招？是想让我死在这里，与草木同朽呢？还是想让我终身碰不成女人，断子绝孙？"

余国庆说的没错。当初曾经满怀希望到白鹭河的年轻人，这个时候都开始了对自己命运的深层担忧。而这种担忧则比疲惫贫乏的现实生活更加煎熬折磨人。因此，经余国庆这一通骂，大家顿时便都没了精神。

2

后来，当盛夏来临，当天气热得两个大男人再也无法挤在一张床上睡觉的时候，罗小凡每晚和秦牧一起学到十点多，便回小江南来休息。这样一路沿河走回来倒是凉爽，走到小江南高台打麦场那里，还可以听听夜晚睡不着，拿着席子在那里乘凉的一伙人讲的黄段子，又不用见苏世雄。

有次余国庆问杨树华："你这些段子都是从哪听来的？"

杨树华说："是过去和人去隔壁分场听墙根，听小货郎讲给李寡妇的。"

"什么货郎寡妇？"

"有一个挑担子的四十多岁的货郎，每过几个月都要从咱这路过到隔壁分场李楼大队去会一个死了丈夫的三四十岁的李寡妇。"杨树华说，"哇！据说这两个人见面太有戏了。许多听过他们墙根的都说，每次这货郎和这寡妇见面，都要给她讲一个这样的段子引逗她。那水平，据说比说书更精彩，都不重样。"

罗小凡听了心里一动，不由得问："是真的？"

杨树华便神秘地笑："不信你跟我去听听试试！"

"你说今晚这个时候吗？"罗小凡问。

"就是啊！我就见他今天下午从咱这路过，估计他绕道后还会半夜去寡妇那里，才特意过来喊余国庆的。"杨树华说。

余国庆一听，也过来拽罗小凡："躺在床上也睡不着，要不跟我们一起去饱饱眼福？"

"你今晚要不去，以后就不知什么时候有机会了。"后来余国庆就硬拉着罗小凡和他俩一起上路了。

这夜，罗小凡随余国庆和杨树华来到李寡妇家的后窗下时，发现李寡妇家的窗子很高，可贴近窗子的地方却正好长着一棵大榆树。也许李寡妇当年种这棵榆树，正是为了挡住听墙根的——这个李寡妇自从和货郎相好后，就把家里的窗户改高了。据说，是为了防止村里村外的二赖青年骚扰听墙根，常年都难得开一次窗子，也就夏天实在天热，才打开窗子最上面的那扇，不过还糊着一层细纱布。可有道是人防抵不住鬼惦记。尽管寡妇千防万防，这天她和小货郎的好事，还是被罗小凡他们三个小青年看在了眼里——而这夜，三个好奇心极强的年轻人能听到墙根，正是借助了这棵树。

当时，三人蹑手蹑脚来到李寡妇家的后窗爬上树杈，等了半夜，在寡妇去前院给小货郎开门的时候，杨树华掏出个小刀，在最上面的那扇糊着纱布的窗上轻轻一划，坐在榆树杈上的三人低头朝下，便可看到寡妇房里的一切了。

当李寡妇的前院响起几声敲门声时，杨树华曾趴罗小凡耳朵上说："货郎终于来了，马上寡妇去开门，我就把这扇窗上糊的纱割掉。"

果然，不一会房里便响起穿衣起身点灯的声音，一会房子里亮起了灯，便响起趿拉着鞋走向前门的脚步声。待那脚步声消失在门外，杨树华掏出小刀只一晃，那层纱就跟着他手一起下来。

后来两个人的脚步声进卧室来到窗前，只听李寡妇嘲笑地说："怎么？又渴了？又馋了？"

罗小凡听了便觉好奇，心说怎么又是喝，又是馋呢？

却听那货郎说："心里想你，憋着没来，这几天可是憋闷坏了。"

罗小凡刚把头凑近窗子，便听见李寡妇一声叹息般的声唤。

这声音还真是催人肝胆，勾人心魂，只一声便唤醒了三个小青年的春心。

罗小凡刚一明白过来怎么回事，已是浑身酥麻心发颤。就在这时，扑通的一声，不知谁就从树上掉了下来。

"谁？"当房里传出喊声，做贼心虚的罗小凡呼啦一下也从树上摔下来。

紧接着另一个也咚的一声从树上掉下来。

还好，树不高，下面又是软软的土，摔下来谁也没伤着皮毛，当即也就溜之大吉了。

可当他们下一次再去，就没那么幸运了。

这晚，三人和上次一样，蹑手蹑脚来到寡妇家房后，轻手轻脚爬上树，正屏声静气地坐在那等，罗小凡一扭头，却见索命的黑白无常朝他们直直地走来，吓得他一声大叫便从树上摔下来，紧接着另外两个也扑通扑通掉下来砸在他身上。可等那两个站起来逃走，罗小凡要站起来跑时，没跑多远便扭伤了脚脖子。他顿时便被一种剧痛摄住了魂魄，尽管另外两人不停地喊，他也想赶紧逃跑，可脚一着地就痛得钻心，又哪里跑得快？后来眼看黑白无常追到跟前，他干脆一闭眼，便坐在地上不动了。

"你倒是有种，还坐这不走了？"后来身边有人说话。

罗小凡睁开眼，却见货郎坐在那里，心说反正脚也走不成了，便将计就计："明知道是你，就不想走了。"

"刚才还吓得屁滚尿流，这会却又装起硬汉来了？"

"不是装硬汉，是脚崴了实在走不成了。"

"那你今天就崴对了。"

"你……你……你啥意思？"

"啥意思？"货郎说着站起来拉罗小凡，"赶紧站起来，我背你回屋，给你把崴脚治了，你就知道啥意思了，不然肿大可就麻烦了。"

后来当货郎把罗小凡背进寡妇家，三下两下给他治好崴脚，外面就哗哗下起大暴雨来。罗小凡这才明白过来货郎为什么说崴对了。

这倒让罗小凡一下就和小货郎成了忘年之交。

后来有次小货郎路过小江南，找罗小凡说话的时候，罗小凡曾问小货郎为什么那么痴迷李寡妇奶子的事情。小货郎说，在他年轻的时候，刚结婚没几年就赶上灾年，到了冬天实在没啥吃了，村里各家各户就商量着一起北上逃荒。结果那时全国到处都在闹饥荒，几十口子人一块出来，走着走着便有人饿死冻死在路上。后来，他眼看逃荒不是办法便往回赶。

那天，他走到天黑，勉强支撑着走到李楼大队村边，腿却软得再也走不动了。当时晚饭时间已过，他见不远处有户人家（也就是李寡妇家）原想要点水喝，结果因为饥饿过度，脚刚挪到门口，两眼一黑便栽倒在那里。

说来事情也有凑巧。那时，李寡妇正是少妇新寡。她丈夫前几天因上山打柴掉下悬崖摔死，这天她刚为死去的丈夫下过葬，走出来就看到一个年轻男子晕倒在自家门口，自然认为是天意，便把他拖进了家里。

这天，李寡妇为忙着给丈夫办丧事，一大早就把几个月大的儿子托付在了娘家。不用说一天下来，两个奶子憋得早就不是滋味了。她情知昏死的小货郎是饿的，家里过了饭时又没了吃的，便掀起衣襟，把奶头塞进小货郎嘴里就挤起来。

后来小货郎苏醒过来，见李寡妇跪在他身边，正握着自己的奶往他嘴里挤，顿时便羞得不知如何是好。

罗小凡原本只是好奇听墙根，没想到却从小货郎嘴里听到这样一段令人心痛又离奇的爱情故事。

当然这是后话。

当时，杨树华和余国庆看见黑白无常，早吓得七魂少了三魂，一阵没命狂奔，突然感觉不妙，罗小凡一直没跟回来？！

当余国庆发现罗小凡没跟上来一下就慌了。是他把罗小凡带出来的，罗小凡毕竟比他小几岁，万一出事了可是他的责任啊！

于是，他央求似的看着杨树华："不管怎么说，我得回去找找他。他是我带出来的。"

其实，他非常胆怯，根本就不敢自己一人回去找。杨树华看在眼里，便说："那好吧，我陪你，谁叫咱们是好朋友呢！"

可两人紧张万分，深一脚浅一脚摸索着折回来，一路上却都不见罗小凡。

"难道被黑白无常索去了？"后来，折回到原地，余国庆哆哆嗦嗦问杨树华。

"如果他命真该如此，也不能怪咱了。咱等也等了，又折回来找了。可到处看了，找不到也没法呀！"后来，杨树华正安慰余国庆，天上噼里啪啦打下一个响雷，两人还没缓过来劲瓢泼大雨就浇下来。从李楼大队到白鹭河大队不过二三十里，好天夜行最多也就一两个小时。这天两人淋得都睁不开眼看不清路，硬是走到天亮雨停才走回来。

而罗小凡在李寡妇家却是一夜安睡。

这天早上大家来食堂吃饭，只见空锅冷灶不见做饭人，正在那里纳闷，罗小凡却晃晃悠悠从外面走了回来。

苏世雄一见便批评道："罗小凡，你可真行啊，早上饭也不给大家做了。"

罗小凡却吊儿郎当地说："我也没办法呀！昨夜黑白无常见我脚崴了，给我治好崴脚，非把我留下休息一夜才让我回。我说不行啊，我回去晚了早饭没人做，别的人恐怕还能理解，苏组长可是一定会挑我刺儿的。黑白无常说，这事交给我了。平时总是没日没夜干活，好不容易逢到个下雨天，让大家睡个懒觉有什么错？难道不能下地也非让大家按时起来吃饭吗？"

罗小凡如此一通嬉笑怒骂自然是有目的的，一是借此讽刺下苏世雄，二也为自己不回来说明下原因。

那时，余国庆正为罗小凡一夜未归心里犯嘀咕，伸头伸脑探视着走过来，见罗小凡站在那里跟苏世雄耍嘴皮子，心里一松，便赶紧上来说："黑白无常，确实是黑白无常，我们都看到了。"

组友们早从罗小凡的话里听出了他不能回来的原因，见余国庆为他辩护，便也纷纷站出来为他说话："苏组长，难得下一次雨，就让我们晚吃会儿饭吧！"

尤其那些后来知道罗小凡是被"夺爱"的人，更是纷纷道："我们都请过假，探过家，就罗小凡没有。今天我们放他假，我们自己来做饭。"

罗小凡一听，一股暖流顿时便涌满心胸。

原来大家心里还是有他的，何况他还有付桥这样一个时刻让他感到温暖的好兄弟。罗小凡这样想着，心里一下便宽舒了许多。

十六

1

付桥和罗小凡一样，也是个重感情的人。他争当拖拉机手自然不只是针对苏世雄，更是在为挣脱困境而努力。

当罗小凡和其他人深埋在痛苦和迷茫中时，付桥已经在为挣脱苦难和困境而用心和努力了。自从他学完拖拉机驾驶回来后，只要他在小江南，就会千方百计把罗小凡留在身边。每天吃了饭，他就会拉上罗小凡，让罗小凡和他一起磨面或者发电。虽然每次都是说让罗小凡陪他，实际上多半时间都是他在教罗小凡学开拖拉机。他总是先让罗小凡坐旁边看他如何驾驶，然后再和罗小凡交换座位，耐心地教罗小凡。

在付桥指导下，罗小凡很快便可开着拖拉机在打麦场轻松转悠了。可把拖拉机开出打麦场，开向通向大队的那条路，对罗小凡来说却成了难关。

从小江南出去，是一条狭窄的土路。这条路出去时，要经土路上坡，紧接着猛然一个左拐，才进入大队那条石子铺的公路。回来时，下了公路要立即右拐下坡进入土路。到了这里，如果不能同时控制好离合、刹车和转向，拖拉机就会失去控制发生倾斜，其惯性下滑的力量总是把整个车头带翻。遭遇几次翻车后，罗小凡便有了严重的恐惧心理，总感觉这地方就像电影《青松岭》里那棵马一见就惊的大松树一样充满恐怖，为此每到这里他心里就紧张得无法控制。为帮罗小凡克服这种心理恐惧，车每开到这附近，付桥便会上车手把手地教他控制离合、刹车和转向。经过这样多次的贴心指导，罗小凡才算过了从小江南开出去这一难关。

当然，罗小凡能帮到付桥的地方，也会不遗余力。那时，付桥白天要抽水抗旱、收秋打场，晚上要发电、碾米、磨面；有时还要帮几个大队领导拉这拉那，整天忙得连轴转。罗小凡知道他太忙太累，总是趁他在外忙的时候，帮他把换下的脏衣服脏鞋袜，床上的单子被褥，全清洗一遍。因此，那些时日尽管付桥总是半夜才归，也总是有干净衣服换，有干净鞋袜穿，有干净的床睡。

那时，罗小凡对付桥的情感早已超过亲兄弟的情感。付桥对罗小凡，也要比对他几个亲哥哥亲得多。这不光是因为他们从小就相濡以沫，比亲哥亲姐相处的还要多，更主要是因为来到白鹭河后这一年多的同甘苦共患难。有时程强看着眼气，就会说一些酸溜溜的话。什么你俩没托生成夫妻太可惜啦，什么要是你俩托生成夫妻，一个主内，一个跑外，一定是世界上最般配、最默契、最恩爱的一对啦。

罗小凡听了就说了："难道我天生就喜欢婆婆妈妈、洗洗涮涮吗？我只是觉得比付桥大几个月，是当哥的，他太忙，我就应该帮他操心这些细碎的事。"

付桥也说："要小凡开车这样忙，我也一样会这样照料他，帮他洗衣洗鞋袜，洗单子被褥。"

程强说："总之小凡柔静平稳话很少，确实像女人角色。付桥阳光活泼话又多，确实适合做男人。"

"我柔静平稳就像女人了？"

"我哪话多了？"

结果罗小凡和付桥两人同时大叫一声扑过去，程强就活生生地被两个小弟兄当夯摔了半天。

不过，从心里说，和开拖拉机相比，罗小凡确实更喜欢看书和安静。付桥对开拖拉机，则似乎有超乎寻常的禀赋。

那时，付桥操作拖拉机，就如操作他自己的身体一样得心应手，全分场也没一个能比得上他的。很快，他便成了全分场的拖拉机高手。

成了拖拉机高手就不只是教罗小凡了，成了拖拉机高手，青年组和白鹭河大队的年轻人便开始围着付桥转，也包括小玉和苏世雄。小玉和付桥还真像表兄妹，当时小玉上车，付桥才简单地交代了几句，小玉便开着拖拉机突突跑了。苏世雄见小玉突突突开了一圈跑回来，说我也来试试。付桥听了，却站在原地没动。他没上车做任何指导，也没说不同意。苏世雄自然感觉出了付桥的冷，在车上没扳饬几下，也就跳了下来。

后来除了公事，苏世雄便再没往付桥的车跟前来过。

2

九月份的时候，付桥却出事了。

那时，年轻气盛的拖拉机手，总是想方设法把简陋的手扶拖拉机改造得更好看更快。付桥也曾热衷于此，并为加快车速乐此不疲。每当他驾驶拖拉机在公路上狂奔，每当他的拖拉机超越其他车辆，那种神气和自豪便会毫不掩饰地展现在他脸上。

那天帮林梅他们拉沙盖房，付桥和林梅好不容易有一次相聚的机会，林梅特意请假跟车陪付桥。付桥驾驶着改装后的拖拉机，带着林梅奔驰在连接附近县的公路上，心里更是有种说不出的快意。

那时林梅曾问付桥："秋收后，你回省城探家吗？"

付桥自然明白林梅的含蓄之意，便说："你回，我就想办法请假和你一起回。"

林梅听了不觉满脸飞霞，正微笑着望向付桥，这时一辆手扶拖拉机从左侧快速冲了上来，在超越付桥的拖拉机时，一车的笑眼都朝向付桥和林梅。尤其那拖拉机手，竟得胜将军似的，回头看着付桥和林梅调皮地眨了一下眼。当时付桥心说小样，就你那二八水平，还想和我比？一按油门"突突突"，瞬间便超越他朝前奔驰而去。然而，付桥刚得意了一会，一连串"突突突"加大油门的声音未落，对方拖拉机就又朝他逼近。付桥扭头，那一脸阳刚的笑脸上，一双星子般的笑眼正调皮地调戏他呢！付桥情知对方拖拉机手和他一样，都是城里来的，便也邪邪一笑，一踩油门，就又把人家甩在身后。可对方拖拉机手并不甘就此罢休，于是在那很狭窄很不平的公路上，一场疯狂的拖拉机拉力赛便拉开了序幕。

只见两辆拖拉机，一会儿这辆在前，一会那辆在前，一会又狭路相逢并驾齐驱。"突突突"的加大马力声交相轰鸣，两台拖拉机的烟筒都黑烟滚滚。没想到的是，几个回合下来，对方拖拉机手竟然超越了付桥半个车头。

付桥又岂是愿服输的人？顿时，他屏住呼吸，全神贯注于油门，迅即把速度加到极限，接着一阵"突突突"，他的拖拉机便迅速超越对方拖拉机，眼看他就要长啸而去，却听见身后"咣当——"一声巨响。

付桥停车一看，正是刚才那家伙的拖拉机侧身翻进了路边的水沟。按说，付桥并不认识他是谁，也不是他逼那家伙翻进沟里的，他也还有任务在身，完全可以不管。可想想都是抛却爹娘，大老远到这的人，他又怎么好不管？何况他身边还坐着林梅，他做事怎么着也得够格呀！

因此，付桥停下车来询问，对方拖拉机手硬撑着笑脸，一个劲说没事儿没事儿，说已经让人回大队找车来拉了。付桥还是摘下车斗，大大咧咧将自己的拖拉机用随车带的钢丝绳拴到沟内的车身后，和其他几个男的站在沟边，一手搂着大杨树干，一手拉着沟底的拖拉机身，准备往上拉车。

那时，付桥之所以把操作的权利让给对方拖拉机手，主要是担心怕拉带过程中给对方车带来伤害。可很快付桥就发现他这样做错了。因为就在他们都集中精力，准备一起向上推拉拖拉机的时候，对方拖拉机手由于才出事太紧张，却挂错了车挡，本该挂前进挡拉车，他却误挂成了倒挡。

当时，一声令下，在付桥和大家都全神贯注推拉拖拉机的情况下，松开离合的车身猛然就向他抱着的树干撞来。付桥感觉左手无名指一阵剧痛，扭头一看，一股鲜红的血已顺着树干淌下来，随之钻心的疼痛便揪扯得他头冒虚汗浑身颤抖。当在场的人将拖拉机从付桥的手上移开时，付桥的左手已经是血肉模糊，不成个样子。那一刻，付桥看着左手全变形的五个手指，心说完了完了，这下我的左手没了。一时感觉天昏地暗，整个人一下也就崩溃了。

而当时林梅走过来一见，顿时就泪如泉涌，心疼地哭起来。林梅一边哭，一边解下那天为陪付桥才特意佩戴的豆青色纱巾，小心地缠裹住付桥那受伤的左手，便搂孩子似的暖在怀中。虽然那时付桥痛得有些昏昏沉沉，却也可以感受到林梅的心疼。那时，林梅是看一眼他的手，抹一把泪，哭得好痛啊，比她自己手受伤还要伤心。直到后来一群人截到一辆去省城的车，和司机商量好，上车一直送他到省城医院，林梅一直还在抹泪，还把他那只受伤的手暖在怀里。

付桥和林梅自街上相遇后，不过见过一面。他自然没想到林梅对他的情感会这么深这么浓。从出事那里到省城少说也有好几百公里吧？为了减轻他的疼痛，几百公里路林梅一直托着搂着他的伤手，一刻也不曾放下。为了给他的伤手保暖，几百公里路，林梅一直都把他的手轻轻地压在她的上腹。那时，林梅的心林梅的注意力全在他的那只受伤的手上。

而付桥的注意力却在林梅那里。

这是付桥第一次碰触少女的身体。

那时，当不断地和林梅的手臂腹胸触碰，付桥的整个人便逐渐放松下来，痛也逐渐减轻了，受伤的五个手指也逐渐有了知觉。付桥感觉到林梅的手指和手臂都是那样细滑柔软，林梅的腹胸更是有一种说不出的温软。当他的身体不断地和这种细滑温软触碰，那种朦朦胧胧说不清道不明的情愫，便在他心里荡漾翻滚起来。

这也是付桥第一次和女孩亲近，互相关心，互相照顾。

那时，林梅扭头心疼地看几眼眯着眼半躺在那里的他，再低头看一眼他的伤手，便会忍不住流一阵子泪；过一会再看又流一阵子泪。后来他就忍不住开始帮林梅拭泪；再后来，他就用没伤的这只手把林梅的头揽在自己的肩膀上。

这便是付桥当初和林梅最大限度的亲近。

而就在付桥那受伤的手和臂与林梅胳膊腹胸的轻微触碰中；就在林梅羞涩地朝付桥一眼一眼地看的过程中，付桥不知不觉就柔情似水了。大概是太忘情了，后来很多时候他的整个人都忘记了疼痛，一直沉醉在一种缠绵悱恻的情意里，一直被那种对异性的异样所包围。

因此，后来到省人民医院，医生诊断的结果是"无名指和手掌两处开放性骨折，骨关节损伤"。可为了不耽误秋收，医院缝线治疗后，他在省城家中仅仅只休养十天左右，就去医院拆线回了白鹭河大队，他的左手却没有留下残疾和后遗症。付桥便认为这都是因为有林梅在场的结果。付桥认为是林梅的爱、林梅的呵护、林梅的泪、林梅的眼神，以及她身体与他的伤手触碰摩擦所产生的异样温情，减轻了他的疼痛，唤醒了他五指的感知神经所带来的奇迹。

不过自那以后，付桥一见林梅哭就怵劲，一见林梅看他就心慌。他就这样彻底被林梅给降服了。

十七

1

这样发泄似的晃晃荡荡过了半年，到八月十五，小玉过完十七周岁生日，罗小凡即将迈入十八岁生日成为成年人的时候，他冷静了下来。半年里，无论是他听到的，还是亲眼看到感受到的信息都告诉他，苏世雄是爱小玉的。而且比他爱得更深入更完全。他不仅爱她这个人，还可以从她的头发丝儿爱到她的脚趾尖儿，他不仅爱她的泼辣能干，也爱她好或不好的脾气和心情。

为满足小玉小小的心愿，他总是不惜代价又心甘情愿。

阴历八月十六是小玉生日，由于和中秋节紧挨着，每年八月十五前后家里来亲戚，小玉的妈妈都会趁买肉买菜招待亲戚的便利买些挂面，做一碗长寿面，给小玉过个生日。十四这天晚上，苏世雄约小玉到池塘边转。小玉看着水里倒映的月亮，不由就想起省城的妈妈来。她想着自己将到的生日，不知不觉就抹起了泪。当时苏世雄问她怎么了？她把身子一扭，说："没怎么，就是想我妈了。"苏世雄一听便不作声了。他搂紧小玉，轻轻帮她拭去泪，把他最珍惜的手表从手腕上取下来，带在小玉手上说："我把自己最珍惜的东西都给你了，别哭了哈！"小玉却从手腕上取下还给了他。

"你每天要看时间喊大家上工，我才不要。"小玉说，"再说，你把手表给我，难道我就不想妈妈了？"

苏世雄便笑着逗小玉："平时，你不是老说你妈不待见你吗？"

小玉说："可我八月十六生日，我妈每年都给我做长寿面。"

当时苏世雄听了并没接话，可第二天一大早，他便和余国庆一起背着麦子去总场了。

第二天早饭，当全组都找不到苏世雄和余国庆的人影，议论成一锅粥的时候，罗小凡从程强那里听说这事，才明白苏世雄一大早就到伙房边仓库装麦子的原因。

程强说："小玉说她一起来就找不到苏世雄了。当时江诚告诉她'组长说今天咱组有个寿星，他和余国庆背着麦子去总场换挂面去了'。"

那时，从白鹭河大队到总场七八十里全是土路。逢到晴天还没什么，遇上雨天，踏在黏黏的泥泞里，一步一个深脚窝，脚就像粘在了地上，每向前走一步，都得使劲拔一下。这是罗小凡他们这伙城里孩子到白鹭河后最苦恼的事情。每每遇到这样的天，就像路永远也走不到头似的，让人心里有种说不出的惶恐。因此，那天小玉一听说苏世雄和余国庆为了她去了总场，便开始祈祷，希望这一天都是好晴天，别下雨。可到了下午老天偏偏哗哗哗地下起大雨来。她哪里坐得住啊，天不黑就穿上雨衣出去迎接了。可后来当苏世雄把挂面送到厨房时，罗小凡却没有看到小玉的人影。只见苏世雄头发、裤腿、衣袖全湿透了，那袋挂面却牢牢地系在他后背上，被雨衣盖得严严实实。据说，为怕挂面淋雨，七八十里路，他愣是一次也没让余国庆替换。当时在场的人听说都被感动了，罗小凡也不能不为之所动。更让罗小凡感到欣慰的是，当苏世雄听说小玉和另一个女青年去迎接他和余国庆了时，放下挂面就又拖着疲惫的身子出去找去了。后来据和苏世雄一起去找的人说，当苏世雄和小玉在一个田埂汇合，小玉见苏世雄为找她，从田埂上摔到田里，半个身子滚的都是泥，上去抱住苏世雄就大哭起来。

第二天是苏世雄亲自下厨为小玉做的长寿面。为了让长寿面沾点肉腥，他还特意去王队长家借了半斤腊肉。这样，中秋节不但大家都跟着吃了一顿有荤腥的长寿面，小玉也如愿以偿地过了她十七周岁的生日。

苏世雄爱小玉，更体现在平时他对小玉无微不至和一点一滴的关心照顾上。小玉年岁小，干起活来如拼命三郎，回到宿舍总是累得爬在床上动都不想动。苏世雄自从宣布对小玉的爱的那个晚上开始，便每晚都过来替小玉准备洗脚水，为她洗脚，总是忙到最后为她铺好床，放下蚊帐，才离开。

八月十五过去，麦子种上后，大家基本闲下来。一到雨天，苏世雄和几个男青年便总是到小玉她们宿舍打牌娱乐，往往一玩就忘了时间。那天，他们打牌散场都已经十点了。小玉看宿舍开水瓶没热水了，水桶里也没凉水了，恰好那天来例假，手脚冰凉，实在想用热水泡泡脚再睡，可她想外面下着雨，天又那么晚了，正犯愁却见苏世雄拿起钩担就向外走去。当时打牌散场的人还都没走，就劝苏世雄："组长，外面下着雨，天又黑，路又滑，你就别去担了。"

苏世雄却坚持："路走熟了，没事，我会小心的。"

小玉跑出来要和苏世雄一同去，苏世雄看她一眼，却说："你……你赶紧回去！"

又说："你女孩子家，和我们男的不同，淋湿会落病的。"

小玉听了自然是浑身一片温暖。因此，后来她站在门口望啊望啊，当苏世雄终于挑着一担水回来，她见苏世雄浑身溅的都是泥，看见她站在门口等却开心地傻笑起来。她感动得便捂着脸哭起来。

这样细致的照顾，给小玉带来的幸福和温暖自然是无法言喻的。

小玉后来对罗小凡说："说实在，这是我长这么大都不曾有过的待遇。从来都不曾有谁如此珍视我；从来都不曾有谁愿意为我如此地付出。即便生我养我的父母，也从来没有这样把我当一回事。因此我想，有他对我这么好，以后嫁给他，过什么样的日子我也认了。"

的确，每每开饭，越过饭厅的窗口，罗小凡看到的不仅是苏世雄一举手一投足传递给小玉柔和的体贴和疼爱，更是小玉面对苏世雄时依赖撒娇的幸福笑脸。

那时，小玉曾真诚地向罗小凡道歉："我知道，我有些对不住你，让你大老远跟我来这里，我却……"

小玉真的对不起他吗？

后来罗小凡去秦牧那里学习，路过白鹭河滩时，不知为什么就想起了小香草让他看的那只白鹭，那只探头看过自己影子便到一边闭目养神的白鹭，以及自己当时比照着做的那种心静的感受。于是，他来到河边，再次盘腿在清风里坐下，当他的心安静下来，来到白鹭河发生的一幕幕便出现在眼前。

他发现，小玉也会对他和付桥表现出一种依赖，可那只是一种亲情和共生存的依赖。她绝不会在他和付桥面前表现出对苏世雄的那种小鸟依人的依赖，更不会在他和付桥面前撒娇。小玉虽然比他和付桥都小几个月，但在他俩面前，却从来都是以一种大姐和强者的姿态出现。他发现，即便没有苏世雄，也是小玉想到和照顾他俩多一些，他俩想到或照顾小玉少一些。

他不得不承认，自己在面对小玉的问题上的怯懦和迟疑。他不愿为自己辩护。他也承认，自己在表达爱上确实没有苏世雄大胆，也没苏世雄直接。

这个令他感觉自己实在有些不够男子汉。

当然，他在对小玉的爱上也不如苏世雄。

他不得不承认，苏世雄对小玉的那种上至毛发下至脚趾的关心和体贴，确实是他没想到也做不到的。

他想，如果他能像苏世雄那样对小玉，就算他没有苏世雄的好家庭好条件，只怕小玉也不会离开他的。

他不得不想，难道自己真的没那么爱小玉吗？只是因为在自己最落魄时，她给过自己四个大包子？或者爱得没有苏世雄那么深？不然苏世雄可以对小玉想到做到的，他为什么连想都没想到呢？或者想到了也不一定能俯下身去做。

那时的罗小凡虽然还不满十八岁，也不希望自己不够男子汉。他静下心来，经过观察比较和反思，发现了自己的不足和失误的原因，也就不怎么生气难过了。他想，正是自己所做所选择的一切决定了这最后的结果，而那正是自己当时想做想选择的，又何必气这个恨那个呢？何况秦叔曾说，感情是个没有道理可讲的东西。该成的十个棒槌也打不散；不该成的，你再努力，付出再多，也无济于事。那么事情已经成这样，已经过去，他又何必再计较？

这件事倒是让他觉得无论做什么，谁做得最周到最好，谁就成功率高一些。因此，他下决心，以后无论遇到什么事，他都要像个男子汉，再不退缩，再不怯懦，要尽最大努力勇敢地去争取一番。

正因为这个决心，年底招兵，罗小凡明明知道自己的机会几乎等于零，还是和付桥一起尽其所能地争取了一番。

2

而当时，当罗小凡想通了，就和过去举行了一个告别仪式。

那天，罗小凡在白鹭河滩闭目静思，把一切想清楚以后，第二天去集镇上为厨房买盐买油时，便悄悄买了一瓶白酒回来。下午，他趁大家下地都不在的功夫，便第一次走上了付桥弄回的那条小船。

几个月来，他一直忌讳看这船碰这船。因为当初付桥是为了实现他的美好愿望，为了他和小玉能荡起双桨展开一段甜蜜的爱情，才费尽心机弄回这条小船的，事情的结果却是让人出乎预料的心痛。

现在他要直面这船。他走上船后，便驾驭着它慢慢地向池塘中心划来。

一路上他一边享受荡舟的乐趣，一边品尝那瓶当地的廉价白酒。白酒度数很高很烈，他喝着喝着就情绪激荡起来。

我们也曾终日逍遥，荡桨在微波上。

但如今已经劳燕分飞，远隔大海重洋。

友谊万岁！朋友万岁！友谊万岁！

举杯痛饮，同声歌颂友谊地久天长。

我们往日情意相投，让我们紧握手。

让我们来举杯畅饮，友谊地久天长。

友谊万岁！朋友万岁！友谊万岁！

举杯痛饮，同声歌颂友谊地久天长。

那时，罗小凡又想起过去和付桥、小玉唱的最多的这首《友谊地久天长》，一时许多记忆来到他脑海，许多画面来到他眼前，他似乎还激动地喊了几嗓子，后来不知怎么就在船上昏睡了过去。

昏睡过去后，罗小凡似乎老在做一个类似的梦。梦中，付桥的船弄回来了。付桥期许地看着他兴奋地笑。他知道付桥心里想的是什么，便走过去找小玉，说有话跟她说。小玉一听脸就红了，就跟了他过来。他便把小玉领到池塘边的船边。

小玉看到船后便羞涩又惊喜地道："是付桥弄回的船吗？"

"是。"他喜滋滋应着。

那时，他看着小玉，小玉看着他，似乎都心照不宣。

后来，他请小玉上船，小玉便顺从地走上船坐下，便不再说话。

他也不再说什么，便轻悠悠地摇着船往池塘的深处来。

他偶尔抬头，发现小玉正盯着他看，便赶紧避开；又觉得不好，就又扭过脸去找小玉的双眼。而待他看小玉，小玉又有些不好意思地低下了头。过一会抬起头和他对视，双眼便含满了柔情和羞涩。这样，他心里也装满了柔情和羞涩，却不知怎么表达。于是，他们就一直对视着，对视着，就如油菜花开小玉来他宿舍，他们一起唱歌时那样对视，就如骑自行车带小玉摔倒那天，他们近距离脸红心跳的对视。

后来，他采了一束荷花递给小玉。

"你在笔记本里的留言我看到了，今天我就是想告诉你，我愿意……愿意和你交朋友。"他说，"你应该知道，我一直都在默默地爱着你！"

小玉听后便满眼深情地笑了，笑得面似桃花，笑得心花怒放。于是，罗小凡便想拥她入怀，想亲她吻她。不想，小玉却猛然变脸，把他推开。

"是，我早就知道你对我有情，我也对你有意。可是，难道我们两个非要这样纠缠在一起，互相逼着对方都留在这里吗？难道你就真的甘心在这穷困落后又闭塞的地方待一辈子吗？难道我没有自己选择的自由吗？难道我不能有更好的选择吗？"小玉说。

他一下惊醒过来，不由想："看来我错过小玉是对的。不然，我们两个苦难的人儿到一起，难道要相互逼着对方在这里待一辈子不成？上苍的安排都是最正确的，我们两个苦人儿，又何必要死死拴在一起，把对方逼向绝路，也把自己逼向绝路呢？"他又想，既然事情已经过去，就让它过去吧！小玉她是自由的，她完全有选择自己幸福和未来的权利。

无可置疑，一切都得为现实服务。对一个问题想通了，整个人也就格外地轻松起来。于是，罗小凡鲤鱼打挺般的一次次扎进水里，感觉头脑好不凉爽。

3

下午五点多，付桥帮大队拉完沙子，开着拖拉机回到小江南。和往常一样，他第一件事就是找罗小凡。他抬头一看厨房的烟囱没冒烟，就直接往宿舍来。

"小凡，看我给你带回来了什么？"付桥喊着走进宿舍，却不见罗小凡的人。

"小凡，小凡，你在哪呀？"付桥又喊着跑向厨房，厨房也没罗小凡的人，他心里就发毛了，就有了不好的预感，就立即朝池塘边冲来。冲到池塘边，却发现罗小凡的身子歪躺在船上，头半截都杵在水里，他一下就吓昏了头。

"小凡，小凡，你不能死啊！你死了让我怎么活？"付桥声音发颤地喊着，来不及多想，来不及脱衣服，扑通一下跳进池塘就向小船游去。

罗小凡正沉醉在梦里，听到付桥叫他，迷迷糊糊抬起头，见付桥正惊恐万状地扑腾着水朝他游过来，一时悲喜交集竟含泪而笑。

"付桥，我怎么会死呢？"他喊。

"可你这些年遭的罪、受的委屈太多。"付桥说，"要知道再坚强的人受的委屈太大，也有受不了的时候。"

"哦，我不会！我是委屈越大心越强，打击越大反抗越大！"

"你得了吧你，你到这来干吗来了？"

"我这不是学古人荡舟逸情，忘记过去吗？"罗小凡笑。

"你可把我吓死了！"付桥喊一声便开始擦泪。

罗小凡也满脸是泪，见付桥游到船边，竟忘了身在何处，上去就拥抱，结果咕咚一下就滚进了水里。

"都什么季节了，你荡舟逸情也不选个时间。"付桥见罗小凡没事，眼里还含着泪，便啪地一下，一捧水朝罗小凡打去，"我还以为你想不开自杀了呢！"

罗小凡也笑，一边也不忘拍起一股一股的水朝付桥飙去："我哪是想不开，我是想开了，和过去做个告别。"

这时，付桥一下便感觉出水的冰冷，就叫起来："不行了，水太凉了，赶紧上岸吧！不然咱俩都得冻出问题来。"

那时，罗小凡的酒劲早被初冬池塘里的冷水激醒，便拽付桥一把往岸上游来。

待两人冻得嘶嘶地上了岸，夹着膀子往宿舍冲时，付桥却得意地眨着眼对罗小凡说："嘿嘿，你猜我带回了什么？今儿我拉一帮去城里办事的老乡回来，他们塞给我一瓶二锅头和一些狗肉，回宿舍你赶紧喝点暖暖身子，再吃点狗肉。"

当时，除了过年或偷鸡摸狗，大家想吃到肉几乎是不可能的。因此，罗小凡一听说有酒喝有肉吃，顿时便睁大了眼。他想上苍把付桥送到他生命中来，让付桥和他一起玩大，让付桥和他同甘苦共患难，让付桥关心他照顾他。他有这样一个好兄弟，还有什么想不开的呢？便乐呵呵地说："咱俩一块喝，一块吃！"

于是那天下午，罗小凡和付桥大碗喝酒，大口吃肉，来了一个实实在在的一醉方休。大家下工回来时，他俩正歪七倒八地搂抱着滚在一个床上酣睡。当然，他俩搂抱着滚在一起，绝不是同性恋。他们也没有那龌龊的想法。他们搂抱在一起睡，是因为喝酒时想起了儿时的甜美时光。那时，他们经常滚在一个床上，又是打，又是闹，要多开心有多开心。后来他们一边喝一边讲过去的事，讲着讲着就和过去一样打闹起来。他们什么时候睡着的，自己也不知道。

这晚的饭是程强做的。

当时，程强进来看到两人都醉在床上，地上一地的湿衣服，顿时便扭头走出来说："今天的饭我做了，大家谁也不要说啥，就让这俩小兄弟好好睡一觉吧！"

大家伸头进来看到乱丢一地的湿衣服，看到两个小兄弟眼角都挂着泪花，就像之前干了什么对不起他俩的事，或者之前对他俩照顾不周，让他俩受委屈了一般，当时谁也没说什么就默默走开了。

这事过后没几天，付桥就给罗小凡带回了一条小狼狗。

那天，罗小凡刚做好晚饭，付桥却冲进灶房对罗小凡说："看我给你带回来了一个什么？"

罗小凡扭头一看，原来是个肉球一样的小花狗抱在付桥怀里，便新奇地问："你哪弄的？"

"三箩筐好话换来的。"

"说说！"

"我今天捎带一个老乡，见他提着的筐里装着两只小狗，觉得太可爱了，便一路地递烟，一路地说好话。老乡看出了我的心思，后来我把他送到家门口，他便把这只带花点的小狗送给了我。"付桥得意地说，"老乡告诉我，这还是部队的军犬下的小狼狗呢！"

小狼狗就像通人性似的，一听介绍它便哼哼着叫起来。

罗小凡一见顿时大爱，便对付桥说："来给我看看。"

付桥见罗小凡抱着小狗不舍得丢，便乐了。

"哈哈，就知道你喜欢。赶紧给起个名字吧，人家还没名字呢！"他说。

"这还用起吗？它一身花，叫它花花就是了。"说着便把小狗放地下，花花、花花地叫着往外引。

当时下工的组友正好赶来吃饭，大家见一个花花的肉团在地上连滚带爬地追罗小凡，一下子便都围了过来。

"哇，小狗！"

那时，整天除了干活还是干活，生活单调而枯燥，猛然地冒出这么一条可爱的小狗，顿时便吸引了大家的注意力。

"给我，给我！"徐燕子和赵保国当时就抢起来。

吃饭的时候更是热闹，谁都想喂花花一口。一时整个小江南便热闹起来，男组友也想逗逗花花，女组友也想摸摸花花，一到吃饭时间大家几乎都围着花花转。

这倒让罗小凡和组友们多了许多接触。罗小凡是做饭的，大家上工后，小花花自然便交给了他。那时，他无论是在灶房做饭，还是去外面拔菜打水，都带着小花花。有时付桥和程强不在，晚上他到秦牧那里，也带着花花。时间久了，不但罗小凡对花花产生了情感，花花对罗小凡也产生了依赖。罗小凡走到哪里，肉球一样的花花便会连滚带爬地跟到那里。这让罗小凡的心一下就平和舒展了，也有了一丝丝的温暖。

每当组友逗花花，自然也要和罗小凡打交道。过去除了打饭，罗小凡基本不和大家多打交道多说话。自从有了花花，大家对罗小凡的态度不同了，罗小凡也开始和大家说话了，不知不觉地便和组友们融合到了一起。

十八

1

开始招兵的事在组友中传时，罗小凡并没怎么去关心这件事。因为他知道那对他来说根本不可能。甚至为了回避心中的某种痛，他都没往心里去想这件事。

他不想去想，他知道自己想也当不了兵。

他倒是希望付桥能当上兵。

可那天他去分场办事，李干事把他招到近前，小声对他说："小罗啊，你说拉弹唱写，样样精通，部队现在正缺这种兵呢！你咋不去找找那两个接兵的呢？我和他们很熟。"

说完，李干事还特意把两个招兵军人住的地方指给了罗小凡。

"孩子，李干事可是专管招兵呢！"罗小凡走出分场大院时，把门的大爷看着李干事的背影，又特意提醒了他一句。

罗小凡听了李干事的话，原本心就不太平静，听了大爷的话，心就更乱了。难道李干事在暗示我有什么特殊的门路？当罗小凡一个人独处的时候，难免就会胡思乱想。有时，他会想象那两个军人突然找他来了。他们对他说："罗小凡，基于你的才干，我们破格录取你了。"有时甚至他联想到自己穿上了军装，大家送他当兵的情景。

想象归想象。罗小凡心里明白，这一切是不可能发生在他身上的。因为他知道自己过不了政审关，也当不了兵。因此，他一直也没敢去报名。可因为有李干事的话在那里，招兵这件事不结束，他的心也就无法平静，总是觊觎着什么到来，也总是希冀着有什么意外会发生。当听到有人谈论有关当兵的事，他总是装作不关心的样子，一边却又支起耳朵听，不愿放过任何一点信息。一天一天，他总是不停地徘徊在美好的希冀和残酷的现实之间，茶不思饭不想。付桥看在眼里，也希望为罗小凡找出个解决问题的途径。

那天趁没人，付桥对罗小凡说："你不试试，怎么就知道一点希望都没有呢？不是什么事都有例外吗？既然李干事那样暗示你，咱就应该去试试！"

这让罗小凡想起了曾经下的决心：无论遇到什么事，他都要像个男子汉，再不退缩，再不怯懦，要尽最大努力勇敢地去争取一番。

因此，他想了想终于说："好吧！"

然后又补充："要问就直接问那两个来接兵的军人吧！"

"嗯，走吧！"付桥说，"只要有一线希望，哪怕咱们砸锅卖铁也得把事弄成。"

两人瞅一个机会便背着人往分场来。

那天到了分场由于罗小凡熟门熟路，便直接敲开了两个接兵的房门。

他在路上都想好了，一番客套后，做自我介绍时，就尽可能地把自己的特长介绍了一番，希望人家能发现他的发光点，能如付桥说的有个例外。

可听完介绍人家一个就说："你就是罗小凡啊？有人已经给我们打过招呼了。只是像你这种情况目前还没特招的，我们也不敢破例啊！"

另一个看着罗小凡也只感叹："可惜你的才艺了。"

当时，付桥都顾不上自己当兵的事，上前就叔叔、叔叔满脸堆笑地叫着又是让烟又是说好话，把跟秦牧借钱准备的一瓶酒也塞了过去。他自然是希望这两个接兵的能对罗小凡格外开恩，就如他说的哪怕砸锅卖铁他都愿意。可烟人家吸了他的，酒人家却苦着脸推给了罗小凡。他好话讲了一大箩筐，这样讲，那样讲，人家始终就是那句老话："有人都给我们打过招呼了，罗小凡的才艺我们也需要，我们也想帮他。只是像他这种情况目前还没特招的，我们也不敢破例啊！"

后来付桥大概是忍耐到了极限，猛地他就指着罗小凡对两个接兵的发起飙来。

"给你们说，既然你们这样，不认个人表现，那我也不当你这个……"

罗小凡没等付桥把气撒完，就一把把他拽出了门："你这是干啥？"

"你拽我干吗？"付桥还要往里冲。

罗小凡说："我都看出来了，这件事确实没有回旋的余地。你和他们急有什么用呢？"

付桥耍脾气道："反正这兵我也不想当了，我真想和他们拼了。"

"你怎么能不当呢？你有才艺，又会开车，政审没问题，身体又这么好，当兵自然没问题。你可不能错过！"罗小凡说着便把付桥往分场大院外拉，"走，咱们回去！"

2

"你们要干什么？滚开！坏蛋！救命啊！"当时，罗小凡说着拉付桥刚一走出分场大门，就听到这样的叫喊。说实在，知道当兵彻底没戏了，罗小凡虽和付桥在说话，其实心一直都在往下沉。那时，他就像被谁抽了筋，连腿都是软的。当听到这样的喊叫时他根本就没听明白怎么回事。当他看到付桥猛然飙出去的时候，也还没反应过来，后来他眼见付桥和两个当地男孩扭打在一起，才明白发生了什么事情：付桥和人打架了！

付桥在这个时候，怎么能和人打架呢？罗小凡一想到付桥和人打架很可能错过当兵的机会，也不知哪来的一股劲，他三步并作两步冲上前，哗地用手臂向下一砍，就横在了付桥和对面的两个家伙中间。

"放下，把她放下！"当时，罗小凡冲到付桥身前时，付桥正在大喊。

"兄弟们把这女的给我带到一个没人的地儿，我今天非做了她！我看谁敢多管闲事？"对面领头的当地青年咬牙切齿地说。

这时，罗小凡才发现站在不远处的小玉。她被两个当地青年拉着，正紧张地四处张望，似乎在寻找谁。

罗小凡冲过来原是想把付桥和对方扯开的，见这帮当地青年拉着小玉正想着怎么对付，付桥却又冲向前来喊道："光天化日的，你们想干什么？"

"我好端端的妹子，就是被你们……你们这些外来青年糟蹋的。你说我能干什么？"领头青年说着说着眼里就露出凶光来。

当时，当地青年和外来青年有隙由来已久，罗小凡听了便和解道："外来青年多了。你妹妹受伤害了，你不能逮住谁都报复对不对？"

说着给付桥使个眼色，把他拽到了自己身后。

"要你管闲事？"那领头青年依然处于极度的愤怒中。

罗小凡更心平气和地说："我们这不是管闲事，这女孩她是我这个兄弟的表妹，也是我妹妹，你把她放了，找糟蹋你妹妹的那个人就包在我俩身上。你看如何？"

领头青年听了不觉犹豫了一下。

这时，围过来许多看热闹的年轻人，不知谁大叫一声："光天化日下调戏人家女青年，把他们拉派出所去！"

领头青年一听，双眼又露出凶光来："把老子拉到派出所，我看哪个敢？"

罗小凡正说："这位兄弟，你别听他们瞎起哄，你听我说……"

只听身后嗖的一声，一块土疙瘩不偏不斜就砸在了这领头青年的脸上。罗小凡还没来得及去看土疙瘩是谁投过来的，只见这领头青年捂住脸一声"妈的"，脚一伸，就踢在他小腹上。他痛得一屁股蹲在地上，付桥一见飞身上前，对着那领头青年就是狠狠一脚，接着便以迅雷不及掩耳之势，一把拽开正要拉小玉走的那个胖子，接着朝另一个人就是一个飞脚，只在一瞬间，三个人已接连倒下。罗小凡知道付桥的用意，他一连撂倒三个是要去抢小玉，然后让他也趁机逃走。然而，当地这几个青年也不是好对付的，付桥一连撂倒三个，正一把抓住小玉准备朝外跑，另一个没撂倒的当地青年抽出一把匕首便朝付桥刺过去。罗小凡一见热血一下涌向头顶，随手抽出身上的那瓶酒就朝那小子头上盖去。而那领头青年见罗小凡一酒瓶拍倒他的弟兄，也红了眼，他一弯腰从那弟兄手里抽出匕首，顺势一转便刺在了罗小凡肋骨上。罗小凡当即倒在地上，付桥一见大叫一声就扑了过来。

这一切都发生在短暂的一瞬。

当时正是招兵面试期间，街上的人很多，地方青年也很多，听到动静都涌过来，当即双方就吵吵着混战在一起。

罗小凡一见这形势便赶紧对付桥说："付桥，我看大势不好，你赶紧带小玉离开现场！"

却见苏世雄从远处冲过来，拉起小玉就朝闹闹哄哄乱作一团的人堆外冲去。

罗小凡和付桥一时都惊呆在当地。苏世雄这会子怎么突然冒了出来？

可只一瞬，小玉就甩开苏世雄，又冲了回来。

"别打了，别打了，事情闹大谁也担当不起。"小玉喊着叫着想朝罗小凡和付桥待的地方冲过来，却被闹哄哄打在一起的人群阻隔着走不过来。

"小玉，别管我们，快点离开！"罗小凡一喊，伤口一阵痛，不由勾下头。

"小凡哥，你伤得重吗？他们到底把你怎么样了？"小玉一边喊，一边绕着打在一起的人群想办法往这边冲。罗小凡一见便催付桥："快带小玉撤离现场！这里对她太危险！"

"那你呢？"

"你赶紧撤离现场，我受伤了不能走了。"

付桥却说："你不走，我也不走。"

罗小凡说："你傻呀！你面试以后就要体检了，我反正也受伤了，也脱不了干系了……"

付桥却说罗小凡："你不能这样破罐子破摔，以后的路还长着呢！"

罗小凡一急便说："付桥，哥我没破罐子破摔，相信哥，哥想过的事情不会有错。你赶紧离开现场，哪怕到附近盯着我也行。"

这是罗小凡和付桥相处这么久，第一次在付桥面前称哥。付桥一听当时眼圈就红了。

"小凡哥，你，你……"

这时，余国庆几个冲过来，要把罗小凡抬走。

罗小凡摇摇手说："你们赶紧拉付桥和其他人一起离开才是正事，不然现场人越多性质越严重。"

付桥一听便赶紧让在场的余国庆他们离开，直到派出所的人从远处过来，他才恋恋不舍地走到一边去。只是那个捅罗小凡一刀的领头青年，以及他的那个头部受伤的兄弟，却一直都没离开。这让罗小凡感觉有些小麻烦。后来，相关人带他们进行了包扎，派出所的来人随后询问他们三个人道："说说，怎么回事？怎么就打起来了？还伤了两个？"

"我先说。"罗小凡便首先抢到话语权。

派出所的来人看看罗小凡，看看两个当地青年，就点头："好吧，你先说。"

罗小凡说："我们之前并不认识，也无任何恩怨，只是因为刚在街上发生口角，年轻气盛，互不相让，才打起来。在厮打中我无意伤到了他弟兄的头，他当时生气就给了我一下子。"

然后罗小凡诚恳地说："你们要处置就处置我吧，实在和他俩没多大关系。"

两个当地青年听了，便悄悄朝罗小凡竖起大拇指。随后，他们也主动地把责任揽在自己头上。

这件事最后的定性是：罗小凡和当地青年在街上发生口角，因年轻气盛互不忍让而打在了一起。罗小凡拍伤了当地青年的头，另一个当地青年也伤了罗小凡。

这样，不仅把小玉撇开了，也把付桥撇开了。连其他人也一并没提。

分场是这样处理的：因交代积极主动，双方各自回所在大队接受批斗教育一次。

当时，杨支书为了把事情压到最小，开批斗会时没提小玉和付桥，更没提苏世雄和其他在场的人。

这件事也就这样过去了。

这自然是最轻的处理。据说，过去有两个像罗小凡他们这样的外来青年，看到女同伴被当地青年亵渎撕扯出手相救，却因致伤对方而坐牢。

罗小凡的处理和这坐牢的男青年相比，实在是一个天上一个地下。

这便是罗小凡来到白鹭河后，第一次接受批斗教育的原因。很荒唐很可笑，也很可悲。

十九

1

那天，罗小凡挨过批斗，回到宿舍躺在床上，黑灯瞎火的正在那痛苦反省，一个热腾腾的叫花鸡却连泥带纸地滚进了他被窝。

当时罗小凡感到一个热物滚进自己被窝，正想叫见鬼了，猛然闻到肉香味，两眼冒着绿光拉亮电灯，却见付桥得意地眨着笑眼，拿起那连泥带纸的一疙瘩，刺啦刺啦几下，一只白崭崭的叫花鸡便呈现在罗小凡面前。

"这是我和程强特意为你弄的。"付桥神秘地说。

"程强的人呢？"

"去钟舒义那里送狗肉去了。"付桥说着，一双黑黑的大眼便不停地朝罗小凡眨起来，"可惜你现在还不能吃狗肉。"

罗小凡知道付桥和程强定是美咪了一顿狗肉，不由得便笑着抓起叫花鸡大快朵颐起来。可他心里又难免担忧。那时，他们这些外地青年偷鸡摸狗的行为已引起当地百姓公愤。在这样的形势下，付桥还时不时地"解馋"，也实在太危险了。因此，他一边吃，也没忘提醒付桥，在这接兵的关口，还是小心些为好。

他说："我以后宁愿不吃这口，也不希望你闹出啥事来。"

付桥一听就笑着说："你放心，我以后不再弄就是了。我也知道是接兵的当口。"

因此后来他吃完叫花鸡，付桥问他："吃了叫花鸡，是不是浑身长了不少劲？"

他便说："当然啦！浑身一下就添了不少劲。"

而他这句回答，就铸成了后来的"狗肉事件"。

当时付桥的体检已进行到最后关节，最后一项体检过关，当兵的事也就定了。而就在这天傍晚，付桥给罗小凡带了条烤熟的狗腿回来。

天黑透的时候，付桥一溜烟冲进宿舍，嘻嘻笑着把个大纸包塞在罗小凡手里，说："黑色大雄狗，肉可香了，赶紧趁热吃。我得和程强一起去宜青大队见见林梅，以后当兵走了就难见了。"

那会子程强正站在外面黑暗角落里等付桥，付桥说完也就匆匆地冲了出去。罗小凡看看手里的狗腿，发现狗腿相当大，便从狗腿上撕下一块肉吃起来。吃完狗肉，他擦了手，正要坐回床上，苏世雄却陪着小玉走进来看他来了。

苏世雄说这次他回省城，听家里人说，受伤吃牛肉好，就带了些来。并让罗小凡赶紧尝尝。罗小凡也不愿白吃苏世雄的，接过牛肉，就把床边桌上还展开着的那条狗腿推给苏世雄。这对当时艰难的生活来说，可是非常难得的美味。

罗小凡说："你们都来看我几次了，这烤好的狗肉，你俩正好拿回去吃去。"

小玉一见就赶紧推回给罗小凡："这东西可不是随便能弄到的。你受伤，你留着吃才对！"

"刚我已撕下一块吃了。你们给我送了牛肉，我明天要吃牛肉，这狗肉你俩就带回去吃吧！"罗小凡说小玉，"那天，你手腕不也划伤了？你也该吃点肉补补。"

又说苏世雄："你都来看我几次了，给我送了不少吃的，这狗肉你也该尝尝。"

苏世雄看了几眼本不想拿，可犹豫片刻，还是把狗腿拿在了手里。

可苏世雄一拿起这狗腿，麻烦也就来了。他拿起狗腿和罗小凡寒暄一阵，带着小玉刚走出宿舍，便迎见杨支书。

这时，罗小凡送二人也来到门口。

杨支书看看罗小凡，便看向苏世雄手里的狗腿问："这，从哪弄来的？"

苏世雄见杨支书问，便看了眼罗小凡。

杨支书从苏世雄手里一把拿过那狗腿，撕了一块扔进嘴里，慢慢咀嚼一阵"嗯"了一声，便对苏世雄说："通知全体组员，一律到大队部集合开大会。"

然后看向罗小凡，难为了半天才说："你说，这事……"

然后又说："人家队里的民兵都一路追到咱大队来啦！你还跟没事人一样。我都劝说了半天，实在劝不下，才让人看着那群人，亲自过来了解情况。"

然后便让罗小凡随他到大队部去。

罗小凡一听，心顿时便跌落到地上，情知付桥偷狗事败露，只得顶着一头乌云跟着杨支书往大队来。可让他万万没想到的是，到了大队部，杨支书手里拿着的那条狗腿，一下就变成了牛腿——一只小牛犊的腿。

　　当时，杨支书领着罗小凡走进大队部，就把东西朝领头的民兵递过去："你们看，这是不是你们的小牛犊腿？"

　　领头的民兵接过，看了几眼便说："就是它，没错！"

　　罗小凡一听一下就急了："我打死的明明是一条黑色大雄狗，很大的一条，怎么就成了牛犊呢？"

　　结果引来一片围攻。

　　"黑色大雄狗？难道来白鹭河这么长时间了，连狗和小牛犊子都还分不清？"

　　"我们明明看到你们一高一矮两个人，在那里剥牛犊子皮烤牛肉，为怕你们赖账跑掉，我们才一直跟在你们后面跟过来，直到看清你俩去了小江南那边，我们才来你们大队报案，你还想抵赖？"

　　"明明一高一矮两个人，那个个子矮的呢？把那个也带过来！"又有人朝杨支书发难。

　　罗小凡一听赶紧说："那个一听说你们追过来，就吓逃了。你们就处置批斗我吧！都是我的主谋。"

　　这时，整个大队的男女劳力都集合聚到了食堂前大槐树边，罗小凡他们青年组也都集合到了食堂前。接着罗小凡便被连推带搡地再次拉上了那个高台。

　　有人说，说不出的痛苦才是真正的痛苦；也有人说，真正的痛苦是说不出的。罗小凡当时就这种感觉，心里有万般痛苦，却无从说起。如果说上次见义勇为挨批，是动了手伤了人的话，那么这次他连门都没出，灾难就降临到他头上了。

　　整个青年组八个男青年，只怕就他罗小凡没偷过鸡摸过狗，而且当时整个青年组，有的谈对象，有的到处串着玩，只有他罗小凡一天干完本职工作，就待在宿舍看书，或到秦牧那里学习初中高中课本知识。

　　可是为什么那么多人偷，那么多人胡作非为，却偏偏把罪恶加在他头上？受惩罚受羞辱挨批斗的，为什么是他这个没偷没胡作非为的人呢？为什么呢？

　　可罗小凡想想，又不能说自己完全没罪。那"狗肉"毕竟因为他而来。其实付桥很久都不打狗了，这次"打狗"主要原因就是为了他。而且他也确实吃了那"狗肉"。他和付桥不仅从小一起长大，又是同甘苦共患难的好朋友。在他落难的时候，许多围绕在他身边的同学都离他而去，唯独付桥不弃不离，还总是给他留吃的。而且，付桥为了成全他和小玉，也为了他能不再到处流浪，就毫不计较得失地同他和小玉一起来到白鹭河，并为他能和小玉走到一起操尽了心，甚至把他当兵的事当成自己的事。他为付桥受罪挨批斗自然情愿。

　　可为什么一条狗腿，猛然间就变成了小牛犊腿呢？变成了小牛犊的腿，问题就发生了质的变化。就如后来杨支书在批判大会上说的："……偷鸡摸狗也就算了，那鸡狗原就让人吃的。老乡吃点亏，也就忍了。可牛犊子是生产工具，是老乡们的命根子，这是不同性质的问题。"

这样的事，之前隔壁分场是发生过的。一个男青年因嘴馋趁值夜班看场子把一头牛弄死了，结果查出来后判了五年徒刑。

那么，等待他罗小凡的命运又是什么呢？在那一刻，罗小凡就像被黑白无常牵着往阴曹地府走一般，眼前黑暗一片，心里黑暗一片，真可谓万念俱灭，心如死灰。

因此后来秦牧笑罗小凡："当时站在老槐树下，我一看你那样，那身打扮，就仿佛看到一个病态的小叫花子。"

罗小凡这次挨批斗，和上次的境况可大不相同。上次挨批斗，因为之前和付桥商量好，去分场找人，鞋是外出才舍得穿的那双新鞋，上衣也是过节才舍得上身的新上衣，裤子是借江诚回省城才舍得穿的新裤子，即便是挨批斗，也显得光鲜而精神。

这次，罗小凡回到小江南说是卧床休息，其实从离开分场医院，拉回来批斗过后就开始照常做饭了。当时由于时间紧迫，来不及换鞋，他脚上只趿拉了双下灶房时才穿的踩得没了帮的破鞋；身上穿的也是下灶房才穿的脏裤子破棉袄。破棉袄上的扣子早脱光了。随杨支书朝小江南外面走时，风呼呼地只往怀里钻，他便临时拾了半截稻草绳系在腰里。他毕竟才十七八岁，猛然听说狗腿成了小牛犊的腿，就被人推搡到批斗的高台上，必定脸色蜡黄，神情沮丧，不像叫花子又像什么呢？

那一刻的罗小凡就像个等待屠宰的羔羊，深深地低垂着头，等待着批斗的开始，等待着接下来可怕的处置。

可这天的批斗会却推迟着，推迟着，一直不见开始。后来罗小凡意识到这一点时，台上台下已响起叽叽喳喳的议论声。

"估计杨支书是掉茅坑里，回家换衣服去了。"

"你就瞎咧咧吧！"

"不然说上个厕所，怎么这大会子了，还没来？"

罗小凡扭头偷偷往后扫了一眼，果然大队的其他几个领导、民兵和那十几个追踪过来的民兵都主次分明地坐在那里，唯独中间杨支书的座位空着。

大概又过了一刻钟的工夫，杨支书才迟迟疑疑地走上高台。他坐下朝那十几个追踪过来的民兵寒暄了几句，正要张口说话，青年组这边却猛然骚乱作一团。

杨支书一见便对着话筒喊苏世雄："苏组长，大会马上就要开始了，立即维持好你们组的秩序！"

罗小凡听见喊，微微抬起头望过去，只见付桥正企图挣脱几个人朝高台这边来。他一边奋力挣扎企图挣脱，一边沙哑着嗓子喊："你们放开我！快放开我……"罗小凡看着看着，眼圈一酸，便想起了那天付桥哭着喊着扑打着水朝他扑来的情景。他想着付桥难得的当兵机会，想着付桥平时对他的种种关心，心里一急猛地就挥起拳头大喊起来："同志们，为了胜利，向我开炮！向我开炮！！向我开炮！！！"

这是当时最流行的电影《英雄儿女》里王成喊的口号，罗小凡不知怎么就把它喊了出来。

看着罗小凡挥舞着的拳头，听着他豪迈而倔强的大喊，付桥当时就明白了罗小凡的用意，他满眼含泪，却再也不挣扎。同时，罗小凡这激情豪迈的喊声，也一下震慑了所有在场的人。青年组的组友们被震慑了，乡亲们也被震慑了，大家眼里不约而同地都噙满了泪。

一时全场无声，青年组黯然，白鹭河的乡亲们也伤感。

于是，罗小凡垂下头，心甘情愿地等待着挨批斗，心甘情愿地准备坐牢！

可这时杨支书的态度却发生了一百八十度的大转弯。只见他老人家笑眯眯地迈着小步，走到罗小凡跟前，像家长训斥孩子一样训斥道："嗯，你说你，原本慧眼慧神，多么英俊文静的一个孩子，才几天呢？就成这叫花子样了？跟个没爹没娘的可怜孩子一般。啊，听说你父亲，老首长现在下放了，咱革命老区的父老乡亲不照样把你当自己孩子对待吗？你说你，打扮成这样，是不是让俺革命老区的乡亲以后没脸见你父亲啊？"

说到这，杨支书回头笑着看看那十几个一路追踪过来的民兵，还特意提醒后来上来的秦牧给人家倒水让烟。罗小凡低垂着头正想这整的是哪一套？杨支书却又扭过脸，对着他指指点点地说起来："我说你，你父亲是革命的老前辈，当年为建立新中国，曾在白鹭河这一带抛头颅洒热血。他的事迹过去我听很多人讲过，现在还有人在讲。你……你……你偷鸡摸狗不丢老首长人吗……嗯，你说你偷鸡摸狗也就算了，那鸡那狗原就让人吃的。老乡吃点亏，也就忍下了。可牛犊子是生产工具，长大了是拿来种地用的，性质就不同了。你说你怎么也敢给人杀了烤肉吃呢？那可是老乡们的命根子。不错，你并没想杀牛犊，那牛犊和一条大狼狗差不多，天黑你根本分辨不清，何况当时你紧张，根本没顾上看，你是误杀，你也愿意赔偿……可怎么处置你，我支书做不了主，得让人家主人说话。"

杨支书说到这，便往后走到那十几个民兵跟前，摊开手说："众位老弟兄，你们看，我话已经说到这了，咋处置就看你们众弟兄了。"

当年的乡民，尤其是革命老区的乡民，对建立新中国抛过头颅洒过热血的革命老前辈都有说不出的敬重。杨支书的一番话，早就让这群因牛犊追过来的民兵态度有了一百八十度的改变。

那领头的民兵赶紧说："杨支书，哎呀，多么好一个好孩子……现在咱批评也批评了，教育也教育了，我看就这样吧！"

那领头的民兵说这些时竟满脸的歉疚。

杨支书那会子则像遇见了久别的亲人，亲热地上去拽住那人的手，却客套地说："咋能就这样呢？该咋着就咋着。再说你们没了一头小牛犊子，俺也不能让你们吃亏是不是？"

又说："要不这样吧，就扣他一年的口粮赔给你们吧！我都让人给你们准备下饭了，也备好了送你们的两辆牛车，到时就把粮食一块拉回去吧。"

杨支书说着让着就又拉又拽地带一群人走了，批斗会也就这样结束了。

罗小凡一头雾水地走下高台，却听到大家都在叽叽咕咕议论，不时有"罗团长"几个字钻入他耳内。他还没来得及想，也没来得及跟付桥碰头，秦牧猛然过来一把扯住他，就拉着他往家来。

来到秦牧家罗小凡才知道，这批斗会能如此峰回路转化险为夷竟是秦牧兄妹的功劳。

3

当时，杨支书把罗小凡带到大队部大槐树这边来时，香草正和一群孩子在大槐树下玩。不用说她早知道那群民兵是追偷他们牛犊的人追到这来的。一看杨支书带着罗小凡过来，便飞快朝家跑。当时，秦牧听了香草的话飞快地跑过来，见杨支书正要登上批斗会的高台，就上去一把抓住了他的胳膊。

"杨伯，咱借一步说话。"他气喘吁吁地说。

后来不知怎么，他就让杨支书信了，罗小凡是罗团长的儿子。罗小凡问细节，秦牧只说，他当时一时情急，想起他爸爸讲的罗团长的故事，就告诉杨支书，他去县里办事，一个县武装部的领导向他打听过罗小凡的事情，说是罗团长的儿子。因此，杨支书才有之前那一番表现。

"你可真行！你可真行！"罗小凡真是意外。

秦牧则遗憾地感慨："当时，由于事发突然，我是想到哪说到哪，最大的目的就是别让你坐牢，别毁了你。不然，要是提前稍有准备，是完全可以要求支书想办法把批斗会也免去的。"

更让罗小凡没想到的是，这次批斗会开完，他一下就成了大家心目中的英雄，从此青年组的人便对他另眼相看。事后，大家都向他跷大拇指，说他遇事能担当，实在是好样的。

小玉就是这样认为。因此，开完批斗会，她就向杨支书坦白了罗小凡上次打架是见义勇为，是为了救她。

这是在付桥见过杨支书之后。

当时开完批斗会，付桥当即就去找杨支书了。

他对杨支书说："牛犊子是我杀的，我要求受处罚。"

杨支书自打见付桥第一眼就打心里喜欢，付桥后来的表现也确实让他刮目相看。因此他听了付桥的话便说："批斗会已经批在罗小凡身上了，已经揭不下来了，事情也处理了。难道你想翻案，批斗会重开，事情重新处理？人家没了牛犊子的人听说是你杀了牛犊子，可不会像对待罗小凡那样，是会让你坐几年牢的。"

付桥听了杨支书的话，坐在杨支书家堂屋沉默半天，却说："可上次在街上，明明是几个当地青年要强行把小玉带走，我上前要和人动手，罗小凡上来阻止，眼看就要说服对方领头的，却有人从背后投来一块土块砸在那人的脸上。那人一恼就狠狠地给了罗小凡一脚，后来的事才发生。"

付桥把上次打架的整个过程给杨支书讲了一遍，说："上次罗小凡明明是见义勇为，要不是身后猛然飞来土块砸了那人，就凭罗小凡那脑子，说服那人一点问题都没有，却因为猛然飞来的土块受伤又挨批斗，我觉得应该找出那扔土块的人是谁？问他为什么扔。"

杨支书听了，问了付桥打架的具体方位，又和付桥说了会闲话，便劝付桥："找出扔土块的人？事情都过去了，都没听谁说看见，你指望他自己出来招认啊？我看事情过去了，就让他过去吧！你明白这两次事都是罗小凡帮了你，你将来别忘报答他就行了。"

付桥无话可说便离开了。

接着小玉就来找杨支书坦白了。平时，她干什么都是和苏世雄出双人对，这次她说秀叫她，就有意和苏世雄分开了。原来，她是很怕罗小凡和付桥是因为她才打架这事被公开。这次，她受罗小凡行为的感染，毫不犹豫就向杨支书交代了上次打架的一切。

她说，当时苏世雄就在附近上厕所，她逗留在附近等他，突然几个当地青年怒气冲冲上来就拽着她，要把她拉走。她大叫的时候，付桥先冲过来，罗小凡接着才过来。后来罗小凡见一个人拿出匕首朝付桥刺去，便抽出一个酒瓶朝那人砸去，接着挨了对方一匕首。

"你说就是那个走出分场大门向左不多远那个土墙厕所吧？"杨支书也和小玉扯了一会闲话，问了她打架的具体方位和当时的一些细节情况。

后来小玉说，我原来没敢向支书汇报，是顾忌自己出身，怕影响名声。现在我认识到自己那样做是错的，对罗小凡是不公平的。罗小凡受伤，还想着让付桥赶紧把我带走，我为了保住自己的名声，却一直不敢站出来说明真实情况，这太不应该了。她说，其实苏世雄后来猛然冲过来一把把她带出去，她想着付桥和罗小凡还在打闹的人堆里，而且罗小凡还受了伤，便又奋不顾身地冲了回来。

小玉也说了狗腿的事。她说："当时杨支书您问苏组长手里拿着的东西是哪来的。我明明知道罗小凡是八个男青年中唯一一个不偷不抢的，心里也知道那一定是付桥干的，可想着付桥就要当兵，就没站出来为他申辩。"

杨支书听了小玉的话，悲悯地看着小玉，却说："你说苏世雄这孩子，他要不上这趟厕所，会有这些窝心事发生吗？"

小玉听了愣了半天，流泪道："我愿接受批评教育。"

当然同样的问题，杨支书也问了后来来找他的程强和苏世雄。不过，过后杨支书找秦牧聊天，把其他几个人说的话都说给了秦牧，却唯独没把程强说话的具体内容告诉秦牧。他说程强来找他后，苏世雄就来了。苏世雄说上次在街上，罗小凡受伤倒在地上他也看到了，可他怕惹麻烦，就没来罗小凡身边，而是去报了案。这次他也知道绝不是罗小凡干的，按说他是青年组组长，是他管教不严，理应由他站出来顶这个罪，而不是让罗小凡顶，可当时也不知怎么就觉得也不是自己的事，就高高挂起装糊涂了。

杨支书当时是这样说苏世雄的："作为青年组长，你应该让十几个青年紧密团结，互相关心，互相帮助。而不是行不义之举，干不义之事。别以为你比别人聪明得多，干了什么，大家都不知道。将来你们这十几个青年，都会结婚生子，现在你种的因，果将来就会落在你或你的妻子、孩子身上。老天爷看着呢！"

他告诉秦牧："当时苏世雄脸很难看，我脸色也不好。"

并问秦牧："如果发生战争，你说你、罗小凡、付桥、小玉、苏世雄和程强，在战争里各是什么角色？"

秦牧便笑："什么角色？你不都看在眼里吗？"

"唉，罗小凡不出面救小玉，就没这后面的倒霉事喽！"杨支书最后却这样感叹一句。

这些当时秦牧并没告诉罗小凡，就连付桥放弃当兵，罗小凡也是在送新兵走的前两天才知道的。

那天，罗小凡催付桥："马上当兵就该走了，也该上街买点东西准备准备了。到时我和你一起去，正好到分场那家照相馆合个影。"

付桥道："你不知道啊，我最后那项体验没过关。"

后来送江诚走，罗小凡才听说做最后一项肺部体检时，付桥把一个两分硬币贴在了肺部的位置，检查出的结果是肺部有一片黑块。这样他的身体不合格，也就失去了当兵的资格。

罗小凡回来问付桥，付桥却说："我怕伤指未好，担心部队锻炼会影响伤指痊愈。"

罗小凡问付桥："要是真怕部队锻炼会影响伤指痊愈，当初你又怎么会报名？"

付桥又笑着说："从小到大都和你没分开过，从小到大都觉得，干什么事有你才有意思。既然你不能去当兵，我也觉得没意思，就放弃了。"

而实际上付桥是觉得对不起罗小凡。他觉得两次都是他害罗小凡挨的批斗，他留下来一是为陪罗小凡，二是为了弥补。这一年他暗地里省吃俭用，当再一次的招兵来到，他便跑路找人最大可能地帮罗小凡。然而，他用尽了心机，想尽了办法，罗小凡还是因过不了政审关而没能去当兵，而且还落了个要流氓的罪名。

二十

这一年，付桥不得不当兵走了。而不能当兵的痛则像潮涌般再次让罗小凡内心失去平静。

这晚，当夜的黑纱罩住了罗小凡的面容，当旷野静得再也听不到人声，罗小凡双腿一软扑通一声坐到地上就号啕大哭起来。那时淤积了太久的伤痛和委屈，伴着泪水和哭声，便洪水决堤般迸射出来。

"我倒不担心林梅。我担心你。都是因为我，要不是因为我，你也不会挨那两次批斗。"临别，付桥曾这样对他说。

大概是触到了痛处，付桥说着说着眼圈一红，哽咽道："你受了太多委屈，我怕你心里太苦。我走后，你管好自己，别的事，咱死也不管了。"

罗小凡是心里太苦，是受了太多委屈。为什么他各方面都很好，他工作表现好，他有能书会写的专长，他身体更没问题，却偏偏就不让他去当兵呢？而且他从没打过架，也从不偷鸡摸狗。他明明是好心救人，却落个打架的罪名；他在房里待着养病，杀牛犊子的罪名却从天而降；他努力进取，好事却轮不到他。无论他多么守规矩守本分，灾祸却接踵而至。他又怎么能不痛苦欲绝呢？

当罗小凡哭得天旋地转嘴发干的时候，就想起了在街上逛荡时买的那瓶酒。想起了那瓶酒，他从口袋掏出来，擦擦抹抹拧开瓶盖便咕嘟咕嘟往嘴里灌起来。他一口气把酒灌下去，只一会头就有些大了，便一甩瓶子踉跄着往回走。

自这年招兵以来，许多个夜晚，他都没睡过一个好觉了。他的心一直提着，一直想争取。现在他太累了，他太乏了，他只想好好睡一觉。因此，走到白鹭河坡，走到那块经常歇脚的大石头旁，他看到附近亮着灯光，懵懵懂懂中就想起了省城的家，想起了家里那温暖的床。当他看到光影里站着的香草——那时，香草已经长得和小玉差不多高——便想起了那年的小玉，在槐花树下含情脉脉塞给他包子的情景。

他问："小玉，这么晚了，你……你怎么在这里？"

"哥说，估计你今天心里不好受。怕你喝多，让我在这等你。"香草说着就迎过来。

罗小凡顿时便被一股家的暖流击中，他踉跄着想走到大石头前坐下，腿一软，便栽倒在地上睡了过去。

"小凡哥，就知道付桥哥当兵走，你会喝成这个样子。"梦里小玉责怪而心疼地向他走来。

"你，你是来接我的？"罗小凡惊奇道。

"是。都跟你说了，就算付桥哥当兵走了，不是还有我相伴吗？你怎么就喝成了这个样子呢？"小玉略带责怪地说着，便搀起他往大石头跟前来。

"你……你……你原来还把我放在心上？"

"小凡哥，我一直都把你放在心上！只是你不知道而已。"小玉羞涩地小声说。

罗小凡想，这似乎有些不像小玉了，小玉不是一心都和苏世雄好吗？她怎么会惦记他、关心他呢？

"你不怕……"他心里有诸多狐疑，他想说你不怕苏世雄责怪，你不怕我连累你？

"小凡哥，我不怕！我不怕！"小玉说着，就羞羞答答朝他胸前偎过来。他感觉到了小玉身体的体温，感受到小玉呼出的热气扑在他鼻子上，带着一个河坡青草的味道——他似乎又闻到了槐花的香味，他似乎又看到了那年小玉在开满槐花的树下塞给他包子的情景——他感觉她的脸蹭在他面颊上，似乎有一滴泪落在他眼窝里。

"小玉，小玉……"感触着小玉身体的温暖，感触着小玉身体的柔软，他再也按捺不住，便呼唤着搂紧她再搂紧她。

后来，他不知是自己找到的她的嘴唇，还是她送过来的嘴唇。他们就那样吻在了一起。

吻在了一起，他便感受到一种无与伦比的缠绵温暖。他只觉得她的嘴唇就像个花骨朵，润凉而幼滑，柔软而有弹性，他不由就陶醉了，就如饥似渴地吸吮着，吸吮着。当他感觉她的唇战栗着，身体蜷曲着，像醉了般朝他摩挲过来时，便彻底被征服了。他把手本能地放到她胸上，眼前便出现了在火车站相对的情景。两三年时间，她原本平平的胸就鼓胀了起来。他的手又伸向它该放的地方，她浑身便颤抖起来。他呼吸急促……就在这时，一声刺耳的大叫把他惊醒了。

"要流氓啦！罗小凡要流氓啦！快来抓流氓啊！"罗小凡被柳翠花的大叫吵醒时正压在香草的身上。

准确地说是他侧身对着香草，一条腿压在她身上。而那时香草则像被吓着了一般，双眼圆瞪，惊恐万般地看着他。

那时，罗小凡睁开眼，巡逻民兵已赶到，他看到如此情景，心顿时便滴血了。白鹭河民风敦厚淳朴，最忌恨男盗女娼，何况是对一个未成年女孩呢？他想，香草吓成这个样子，他一定是做了什么吧？

因此，他便任由人又把他带向那个高台。当然，他也没有反抗的力气。太多的劣质酒精就像一把钳子，卡住了他的喉咙，控制着他的神经。他被柳翠花那样一叫，虽然大脑受刺激清醒了许多，可身体却像软面条，怎么也不听使唤，只得任由人家摆布。

巡逻民兵架着罗小凡往高台来时，柳翠花就跟在后面。有人问，她便激动地开始描述看到的情景："当时，我走到坡沿，就看到他搂着香草的脖子，才走几步，就摔倒在香草身上……原来他整天和香草腻在一起，我都没多想，哪知道，连老校长女儿的主意，他都敢打，真是……"

在柳翠花激动加愤怒的描述中，罗小凡被民兵推搡着，跌跌撞撞走上批斗台，那些最尊重秦校长的，那些最痛恨男盗女娼的，还掺杂着些心里不平衡的，平时在别处受气没处撒的，或个别看不惯外来青年的，便涌过来。

"打死你这个祸害乡邻的臭流氓……"

"打死你这个猪狗不如的禽兽……"

一时，无数的拳头和脚便愤怒地朝罗小凡倾泻过来。

这对罗小凡来说，却是黑暗耻辱的一页。

这是一次可怕的、不寒而栗的批斗。

当潮涌般的谩骂声，和着石头、泥巴、土块、唾沫像血风剑雨一般，把罗小凡糟蹋得不成个样子后，这晚的批斗会，在王队长的主持下就正式召开了。

王队长首先问："罗小凡，秦校长一家对你这么好。你为什么要试图强奸香草？"

罗小凡脑子嗡地一阵鸣响。强奸香草？他什么时候想强奸香草了呢？他从来都没想，也从来没想那样做啊？他实在不知怎么回答这个问题，茫然地朝主席台的方向扫过一眼，看到苏组长也坐在上面。他想，苏组长为什么坐在台上？他好像脸红了。可他的脑子却混沌一片，他当时根本就处于一种空前绝后的空洞状态。如果之前狗腿突然变牛腿使他感到了天塌，那么沉睡中的他，醒来不知怎么就要了流氓，更让他感到莫名的震惊恐怖。如果说之前听说狗腿事件使他一下就懵了，那么这次他简直就有些茫然麻木了。大家看到，他抬头找到王队长时，脸上一片惨白，目光呆滞，凄凉无助和茫然溢于言表。

王队长又问："说，为什么要试图强奸香草？"

可他不知道自己怎么就犯了这样的错误，他实在不知道，也从来没想那样做。他费了很大力气想了一阵，才说："我没有。"

队长说："孩子，你说你没有，我也希望你没有。可大家都看到了，你腿都压在香草身上了。你抵赖有什么好处？"

罗小凡吃力地说："我只记得自己栽倒了，睡着了，我从来就没……"

结果，柳翠花不等他把话说完就插了进来："你睡着了？你从来没想？如果我再来晚一步，你就把那事做了。"

说着，又有几个妇女走上台来，接着他们就以淳朴的乡民特有的形式，把对邪恶和丑陋的憎恨和厌恶，全都发泄在罗小凡身上。

那时，罗小凡成了众矢之的，那让人感到憨厚淳朴善良的白鹭河，在他眼前消失了；那炊烟袅袅风景如画，温暖过他无数个日夜的白鹭河，在他眼前消失了；那在水面嬉戏的白鹭在他眼里暗淡了，它们的叫声在他看来，也不再清灵，不再美妙了。

这天，秦牧也没能来救罗小凡。当初，正是他估计罗小凡送走付桥，心里不好受，会喝多，才让香草代他在河坡接他的。这天，恰巧他老同学来了，他热情款待了老同学后，老同学要跟他叙旧，他们就一起到学校宿舍去了。这边发生的事，他根本就不知道。

而且这次批斗会，罗小凡也不再是那个大吼一声"为了胜利，向我开炮！"的英雄。这次被批判的他是一个心灵阴暗、行为肮脏、对未成年女孩耍流氓的下流之人；这次被批判的他是个令大家都嗤之以鼻，令大家避之若蛇蝎的人。因此，眼见组友匆匆赶来，眼见大家看着主席台上满脸茫然，罗小凡头痛欲裂，胃里翻江倒海，"哇"的一声就吐起来。

吐完，他想坚持，头脑却更沉了，身体也更软了，便扑倒在地上，眨眼的工夫就睡了过去。

后来秦叔和杨支书赶来，都发生了什么，他一点也不知道。

秦叔赶到的时候，香草哭着喊着冲上台已经护在罗小凡身前有一会儿了。

她曾哭着问柳翠花："柳婶，你这是出的哪门子洋相？"

柳翠花说："闺女，我这全是为你好。"

说着走过来就要把香草拽开。

香草哭着挣脱道："我不稀罕你的这种为我好，小凡哥他根本就没有对我要流氓，你却在那乱叫，你这是好心帮我吗？"

"你这闺女，你怎么能睁着眼说瞎话呢？"柳翠花说，"我明明看见……"

这时，罗小凡在睡梦里却嘟哝了句："我不抵赖，是我要要流氓！批斗我吧！香草还是小女孩，别毁她名声！"

"小凡哥，你醉了，你糊涂了，不要瞎说！"香草说着就又对柳翠花喊，"他当时都睡着了，能对我要流氓吗？能吗？能吗？"

"可我明明看到……罗小凡他自己刚刚都说了……"柳翠花有些不知所措。

"是我，是我！"罗小凡又在睡梦里嘟囔。

这时，秦叔阴着脸走上来道："都给我闭嘴！"

然后一把提起香草就往台下走去。

"爸，是我……小凡哥他没有……真的没有！"香草一边挣扎，一边喊。

在自家闺女身上发生这样的事，作为多年的老校长，秦叔自然觉得脸上很不光彩。因此，他不管香草怎么挣扎怎么喊，还是连拉带扯把香草带走了。

"你们这些自以为是的大人，你们为什么要这样？小凡哥哪一次挨批斗不是冤枉的？哪一次挨批斗不是冤枉的……"当香草的哭喊声断断续续从远处传来，会场顿时就变得安静下来。也许那一刻，大家都在想着什么，竟没有半点说话声。

柳翠花一看，有些不知所措，她看看这个，看看那个，摊开手说："你看这，这……作恶的人自己都承认了，她还把人当她哥护着呢！你说咱闺女冤枉不冤枉？"

王队长一听也说："你们都看到了，这人竟把咱好闺女蒙蔽成这样！"

然后就喊起了口号。

然而，当激愤的人群再次扑向罗小凡时，花花竟一路狂吠着冲上台来。当时，花花冲上台便发疯一样地扑向那些拳打脚踢罗小凡的人们。

"汪！汪！汪！"那时，花花已长成一条威风凛凛的大狼狗，它龇牙狂叫着左扑右扑前冲后冲，把朝罗小凡发泄的人逼到一边，然后便大义凛然地挡在罗小凡身前，不停地向左向右向前向后愤怒地狂吠着。似乎在说："你们干吗呢？他没错！他没错！他没错！"

大家发现泪水从花花眼里不断地流出来，那悲凉而愤怒的表情，让谁看了都动容，似乎充满了委屈和不满，似乎在义愤填膺地责备在场的人，你们眼睛都瞎了吗？你们为什么要这样冤枉好人？

"你们看，狗流泪了？！连狗都流泪了？！"有人小声嘀咕。

听到议论，刚才那些愤怒发泄的人群就退到了一边；青年组的男女想起前两次批斗罗小凡的事情，则一个一个地垂下了头；而更多的不知情的乡亲们则叽叽喳喳议论起来，不多时就有人发问了。

"前两次不都是冤枉人家吗？这次又是怎么了？"

"连香草本人都说罗小凡并没对她耍流氓。这批斗会还开不开呢？"

当小玉一再地听到这样的议论，心不由得就沸腾了起来。

原本香草哭喊着冲上台时，她就有为罗小凡辩护的冲动。只是考虑自己和罗小凡家庭背景都有问题，出来辩护只能害他害自己，才一边自责，一边压抑、克制住了自己。现在，当她看到花花奋不顾身地冲上台；看到它左突右冲地保护着罗小凡；看到它眼中竟流出悲切哀伤的泪水时，她的心不由得就颤抖了。连花花都知道……因此，当她听到乡亲们的议论，想着之前罗小凡为救她连续挨两次批斗的事情，就再也顾不了那么多。

那时，她一边掰开站在她前面的组友，一边喊："我了解罗小凡，他绝不可能耍流氓……"

话没喊完却被一个人捂住了嘴。

她扭头见是于芳，便恼怒地道："你干吗？"

这时，刘慧上来却一把拽住她的胳膊，呵斥道："小玉，你疯啦？"

于芳顾不得小玉的恼怒，则惊恐地拽着她的另一只胳膊小声道："你怎么能为罗小凡辩护呢？你这样不但会让他被批得更惨，也会把你自己连累进去……"

于芳正说着，不知谁喊了一嗓子："是呀，连香草本人都说罗小凡并没对她耍流氓。这到底是怎么了这？"

顿时站在台下的人群沸腾起来，只听到处都是吵嚷声和议论声，人群随着拥挤一会向这边倒，一会向那边歪，大有江河决堤不可收拾之势。

这时，王队长挥着拳头喊起来："乡亲们不要瞎议论，这次批斗罗小凡，绝不是诬陷，也不是误会。他耍流氓不但我家翠花看到了，许多巡逻民兵也看到了，这是千真万确的事实，他自己刚才也承认了。像他这样心灵黑暗，连对一个未成年的小女孩都动歪心思的人，我们就该狠狠批斗他，用唾沫吐他，用砖头砸他，用拳头打他，用脚踹他……"

王队长喊了好一阵子，会场才再次安静下来。

小玉听了王队长的话，心里十分不服，却又找不到合适的理由反驳。她不由得想，难道小凡哥这次是真的干了那种见不得人的事了吗？不然为什么柳翠花看到了，巡逻民兵也看到了，连他自己都承认了？

然而，王队长一个劲儿地喊："我们就该狠狠批斗他，用唾沫吐他，用砖头砸他，用拳头打他，用脚踹他……"却再没人向罗小凡靠近。

王队长喊了一阵，见大家都没动静，不由大怒："这么多人难道就被一条狗吓到了吗？你们这样，要是战争年代，能上战场吗？"

却听一个洪亮的声音在场外道："他们不是真怕狗，他们是比你明是非！"

接着杨支书走上台宣布："今天的会就开到这儿！"

王队长一听，"哗"地一下便站起来："你什么意思？"

"发生这样的事，大队其他干部你一个也不通知，便擅自在这儿开起批斗会来。我倒要问问，你什么意思？"杨支书说。

"我什么意思？你一而再地庇护罗小凡这个坏青年，我就看不惯！"王队长说，"你和走资本主义道路的当权派站到一条线上，别拉我们。"

"我看是你这个王队长想当官想疯了吧？"杨支书说，"我干了这么多年支书，谁是什么人我心里有数。"

杨支书说到这儿特意狠狠扫了一眼王队长身边的苏世雄，又说："没人拉你。你不要被别有用心的人利用，残害无辜就好。刚才香草都说了，罗小凡当时都睡着了，能对她耍流氓吗？你家柳翠花哇啦哇啦乱喊几声你就开起了批斗会。你说说为什么呢？是被别有用心的人利用？还是你早就看不惯我，想取代我了？"

说到这，杨支书一扬手道："看不惯我，不服我，觉得我和走资本主义道路的当权派站到一条线了，你先去分场、去县里告我去吧！等告下来，等你坐到这个位置了，再来开这次批斗会也不晚，你现在急什么呢？现在我说了算，我宣布结束！"

然而，这一切罗小凡并不知道。连开完批斗会，程强和余国庆用板车把他拉回来，他也不知。

二十一

1

第二天，程强问罗小凡："小凡，你说你人长得高大英俊，又有才华，多少女孩你找不了，去招惹一个小女孩干吗？"

"我，我，我……"罗小凡想着昨天睁眼看到的一幕，不由得羞愧地低下头，不敢和程强对视。

他想，那是个事实。自从昨天他睁眼看到那一幕——他侧对香草，一条腿压在她身上，香草双眼圆瞪，惊恐万般地看着他——他就坠入了无法拯救的黑暗。虽然他并不知道事情是怎么发生的。

过后小货郎唠唠叨叨的一番话，更让罗小凡认定了这个事实。

小货郎说："孩子，我理解你。我知道你不是耍流氓。你是喝多了，把香草当成了另一个女孩，才会抱她、吻她。我懂得那种感受。我听到你喊那女孩的名字了。可即便我知道是这样，也心有余而力不足啊！你毕竟抱了也亲了人家。唉——当时我就在大石头的那边，我原本想，这天送兵走，你心里一定不好受，就等在那里，想和你说说话。可后来香草出现在你身边，我……我就不好吱声了，一切就那样出人意料地发生了。唉——要是香草晚到一步，我和你打声招呼，说句话，这一切也就不会发生了。更意外的是，柳翠花那个破货突然就出现了。你知道她是个直肠子，她当时不假思索就在那边一惊一乍地大叫起来，连巡逻的民兵都来得格外快。唉——大家都看到了，我想为你说话也不能了。再说，我和小寡妇的事人人都知道，站出来说话，只怕会适得其反，也……也怕伤及无辜；发生这事，连你组友也没法开口为你辩护哇！因此，后来我就飞快地跑去唤来花花，也算咱们交往一场，给你帮点小忙。可……可秦牧一家对你多好啊！你以后可咋再见人家呀！唉——"

这是罗小凡挨过批斗的第二天下午，小货郎趁青年组的人都下地了，悄悄来到罗小凡做饭的厨房后，坐在一堆干柴边，悄悄对罗小凡说的话。

罗小凡感受到了小货郎的理解，也感受到了小货郎的同情怜惜。可就如小货郎说的，他干的龌龊事，不仅柳翠花看到了，小货郎看到了，后来的民兵们也看出了是怎么回事，一切都无可挽回。他哪里还有脸去见秦牧和他一家人呢？

因此，几天后，秦牧捎话过来，说相信罗小凡，知道罗小凡不会那样，让罗小凡过去说说话，罗小凡就拒绝了；过年，秦叔秦婶捎话过来让罗小凡过去过年，罗小凡也拒绝了。

这突如其来的事，对年仅十八九岁的罗小凡打击太大。那种难言的罪恶和耻辱，让他在过后很长一段时间都抬不起头来。

当时，谁说话他都觉得人家在议论他，几乎处于一种一碰即碎的状态，或者心早已支离破碎。他又和当初遭遇小玉情变一样，尽量地回避着任何人，不和任何人接触。当然，这次不是他不愿接触，而是羞于接触。他最怕见、最羞于接触的，自然是秦牧和他的家人。

然而，他又怎么能逃脱过这一关呢？

过完年，学生开学的时候，香草竟给罗小凡捎来话，要和他见一面。

话是小货郎捎来的。

小货郎说："开学香草就要去总场上学了，她执意要和你见一面再走。"

当时，罗小凡一听，神经一下就绷紧了。他想：难道香草要问罪于我吗？

后来小货郎又说："这是秦牧让我捎的话。我是在半路遇见秦牧的，他说是香草让他来叫你的。秦牧对我说，让我先捎话过来，你们再见面，会好一些。"

最后小货郎说："秦牧说他太了解你，他相信你！他让我带话给你：无论发生什么事，他都依然把你当最好的朋友。希望你不要荒废了学习，辜负了青春大好时光，更不要辜负了他的信任和友情。"

当时，罗小凡真想一头扎进地缝一死百了。可他又似乎感觉自己不该死。他似乎还太年轻，他似乎还没证明什么，他实在不忍心就此死去，也不愿意这样不光彩地死去。他一直如木桩子般杵在那里，杵了许久才回过神来。

那晚，他怀着难言的忐忑和紧张，顶着满头的乌云，在外徘徊许久，才来到秦家门口。他没脸进去，他就像一个犯人，低垂着头，在门口站着、站着。后来，秦牧家大黄狗闻到了他的气息，拱开大门冲出来，他才硬着头皮朝院子里走去。

"小凡哥，你怎么才来？快进家来！"香草竟和过去一样，一边喊一边一蹦三跳地冲出来，抓住他的一只手，就把他往房里拉。

当时，秦叔、秦婶、秦牧都在堂屋，罗小凡顿时便窘得不知如何是好，要把手从香草手里抽出来，香草却拽着不丢，他便不好意思地看着香草拽着的手，也不知是对香草，还是对一屋子人说："我……我……我那天喝得太多。我……"

香草却打断他，轻松地笑着朝大家说："那天的事，根本不怪小凡哥，都怪我。是我看他站不稳，就把他胳膊搭在了我肩上架着，可我没那么大的力气。结果他一跟跄摔倒了，我也跟着他摔倒。后来，我见他没一点动静，就伸头去瞅，就这样……"香草说着便拉着罗小凡示范着，她说，"结果就听柳翠花个疯子一声大叫：'耍流氓啦！'我顿时就不知如何是好了，赶紧推他，他却一直不醒。民兵来时，他腿还压我身上呢……他睁开眼，还没明白怎么回事，就被民兵带走了。"

可想而知，几个人听了香草的话，该有多么震惊。秦叔和秦婶原是坐着的，都惊得站了起来。秦牧看看罗小凡，看看香草，也是半天不知所以然。

罗小凡听了香草的话，却深深地低下了头。香草说他摔倒她也一起摔倒，见罗小凡一直不醒，低头来看他，柳翠花就叫了起来。可之前小货郎明明比画着他抱了她也亲了她……而且，他自己睁眼也看到了呀！

那时的罗小凡毕竟还太年轻，他实在无法把这一切聚拢到一起，想清楚理出个头绪。他越想越觉得自己确实干了那事，越想越觉得香草在努力为他掩饰什么，越想越觉得对不起秦家，越想越觉得耻辱和见不得人，越想越糊涂。

因此后来秦叔对他说："小凡，叔跟你婶、你哥、你妹都相信你。请相信叔的话。叔还是那句话：一辈子时间长着呢！时间可以改变很多事，也可以证明很多事。时间久了，事情便会有水落石出的时候。叔的话绝对经得起时间的考验。"

他却反应迟钝地问："秦叔，你说什么？"

后来香草拽着他说："小凡哥，我就要离家去县里读书了，让你过来告别，你怎么不给我带个小礼物呀！"

他一听头发当即就竖了起来。

"你……你……你想要什么？"

当时秦牧一把就把香草拉到了一边，说："别听她胡闹！"

他就更狐疑了。

后来秦牧拉着他往学校走时，他仔细回味香草的话，心里更惶恐起来。香草竟当着她爸妈和哥哥的面，让他给她买礼物？这……这可太不像平时的香草了。平时的香草那么机灵，那么懂事，那么乖巧，那么有眼色，怎么可能当着爸妈的面，这样张口向他要礼物呢？就算香草想让他帮买什么，也是最忌讳爸妈和哥哥知道的呀。比如小时候让他回城时帮买裙子的事，就特别地交代不准告诉她爸妈和哥哥。而这天……难道那晚的事，使她受到了太大的刺激？

罗小凡这样胡思乱想着，随秦牧走进学校那间办宿两用的房子。秦牧想起杨支书之前说的话，突然给罗小凡来了一句："小玉成了苏世雄的女朋友，你就不该去救她！"

罗小凡一下便愣在那里。

"还犯迷瞪呢！你都不想想自从你救小玉后，发生的这些事。"

罗小凡自然明白秦牧指的是什么，他愣怔着，大眼看着秦牧迷瞪了半天，突然问："你有什么根据吗？"

"我有什么根据吗？我要有一点根据就好了。"秦牧苦恼地感叹，"我只是觉得这事有点蹊跷。比如家里来人，我让香草到河坡去接你，柳婶怎么那么巧也去了那里？天那么晚了，外面老冷，她没事没情地去那里干吗？还有，怎么她一叫巡逻的民兵当即就到了呢？还有，你发生这三件倒霉事，苏世雄都在现场，表现都不怎么的。再者，上次你出事我帮了你。这次你出事，我偏偏就被调离？我那同学一千年都不来找我一次，那天怎么突然来了呢？而且来了又是要喝酒又是要彻夜长谈，也太热情了。过后我想想也觉得奇怪。何况杨支书也对我说，你要不帮小玉，就不会有这后来的事了。你想想，杨支书没有一点根据，会对我随便说出这样的话吗？而且那天批斗你，苏世雄就坐在高台上和王队长坐在一起。据说那天柳翠花喊了'要流氓'后，不但民兵来得特别快，批斗会召开得更快。"

罗小凡听了秦牧的分析，从心理上却难以接受。

罗小凡想：难道人心那么歹毒、那么黑暗吗？从他手里抢走小玉不算，又一次次暗算他？

之前小玉是给罗小凡说过的："苏组长怀疑，打架是你和付桥有意与大力、二胜勾结干的。"

"我勾结他们自找刀挨啊？"当时罗小凡并没往心里去，还这样打趣，"苏组长和你这么恩爱，我为你祝福还来不及。我吃饱了撑的啊！"

而现在回过头来想想，却让他不寒而栗。关键是这一个一个信息传递给他，在他心里过滤后，让他产生的都是绝望和心寒。

因此，尽管后来秦叔秦婶再三说他们相信罗小凡，让罗小凡和原来一样，还把这里当自己家，常来。秦牧也一再交代罗小凡，不要脆弱得因为这点事情就一蹶不振了，就倒下了。让罗小凡还和原来一样，每晚去他学校学习。秦牧说一切都可以荒废，可灵魂不能荒废，也不能堕落。然而罗小凡还是堕落了。

2

罗小凡也承认，前两次被批斗，是救小玉导致的连锁反应。那么，最后这次被批斗，和救小玉，又有什么联系呢？

他想不明白，一直都没想明白。

他也想不明白，他明明栽倒睡着了，只是做了一个梦。香草却说，把他扶了起来，搀着走了几步，他们又一同摔倒？他怎么一点儿也不知道呢？他只记得那个梦，醒来却看到那样一幕。那一幕，他死都不会忘记的。香草大概正是因为这一幕，才被吓到，才大脑受刺激，才出现他那天见到的不正常现象。秦家大概正是发现了香草的不正常，才让她换个环境，去总场上学的吧？秦家一向厚道，在香草去总场之前，把他叫来，看到这种状况，却并不说他什么，甚至还安慰他，说相信他不是那种人……这让他更惭愧，更深切地感受到了自己的龌龊，并为之心痛。

香草在他心里，从来就是个小妹妹。他对她从来就没动过那样的念头，也不会去做那样的事。可事情偏偏就在他身上发生了，或者说，那已成了很多人都目睹的既定事实。

可他心里很不平、很委屈，却找不到为自己辩护的理由。如果前两次犯的错，是眼看得到、心意识得到的话，那么这次"耍流氓"根本就是在无意识中发生的。这让他怎么规避呢？何况在这一两年里，意外和倒霉事接二连三地发生在他身上，他一下子经历这么多，所承受的委屈和打击原本就太多太重，前途又一直无望。在这种情况下，他能干什么呢？

就如付桥说的，一个人再坚强，受委屈太大，也会崩溃的。毕竟罗小凡才十八九岁，心里还一片纯洁，他无法承受这种屈辱。人，面对现实无能为力和绝望时，往往就会随波逐流，或者破罐子破摔。罗小凡也不例外。

他常常担忧，香草去了总场，换了环境，是不是能好呢？自从罗小凡去秦家见到香草后，心里就窝着这疙瘩。之前，他没脸去秦家，现在……现在，他能做什么呢？

他能做什么呢？他常常这样问自己。他感觉自己应负起这个责任，可又感觉自己什么也做不了。他常常问自己：我该怎么做？该怎么做？他似乎什么也不能去做，他根本就不该再向香草靠近，以免她再想起那段恐怖记忆……他多想香草换个环境会好起来啊！他心里整日张皇不安。他总是自责地想，秦家一家对他那么好，他怎么就对香草干出了那样的事呢？

他总觉得自己可耻，没脸见人。他总是躲着秦家、躲着组友、躲着白鹭河的父老乡亲。为了忘记那段耻辱，为了麻痹自己，后来遇到大力、二胜来找他，他就干脆和他们混在了一起。他们打架斗殴，他也跟着，他们偷鸡摸狗，他也不落下。跟得久了，也就学油了，大力、二胜他们干坏事，他也跟着干起来。甚至，他还幼稚地想从中捞到点钱，去弥补、去治疗对香草的伤害。

这样四处游荡的日子中，有时罗小凡回来稍早一些，组友们还没沉睡，或天还没黑透，他便会在白鹭河滩驻足。

白鹭河傍晚，如家人般团聚的白鹭，总能让他心情舒缓冷静一些。在夜幕中，它们呼唤家人如团聚似的鸣叫、拍打和嬉戏，总是让他想起省城的家和过去曾有的美好时光；白鹭抬足和扇翅时的轻灵曼妙，总能让他的心慢慢温软安静起来。

人也只有独处和安静时，才能稍微有所反省。那时，罗小凡坐在河滩黑夜的凉风里，也会反思也会自问，不过这次，他怎么想也没能安抚得了自己。

他只觉得，自己从失恋的痛苦中刚挣脱出来，正要迎接新的生活，一迈步就掉进了悬崖，然后"咣当咣当"接连几下猛撞，他整个人就被撞蒙了。或者他刚走出家门，就猛然被一重击，跌落在地上才喘口气，又遭遇更猛烈的撞击。他挣扎着想爬起来时，一辆大车又从他身上碾压过去，顿时他的整个身心都被碾压碎了。

那时，罗小凡感觉自己的整个身心都被碾压碎了，再也无法复原了。

他当然想不明白，他想不明白心里就懊恼愤懑，就习惯性地拿出竖笛。他希望把心中的懊恼和愤懑诉诸笛声，可他毕竟还太年轻，他无法控制自己的情绪。

当他吹起竖笛，难免就会想起香草。过去，只要他笛声一响，香草就会悄悄向他走来，静静地坐在他身边。听他吹笛，与他相伴。那是一种多么温暖的日子啊！可是……他又难免想起那晚发生的对不起香草的事情。而一想起那件事，他便朝痛苦的深渊跌下去、跌下去，他便更不愿见人。

罗小凡每每这样直到夜深才回小江南，自然很少有人见他。这样，白鹭河大队、小江南整天都不见他的人影，可他打架斗殴、偷鸡摸狗、做恶事的消息，却源源不断地传来。

秦牧为此心痛，想找他谈谈，找他几次都没找到，好不容易在路上堵住一次，劝他还是回学校来学习。他无颜正视秦牧，当时含糊答应了，过后却并没去学校找秦牧。杨支书担心他学坏了，好不容易逮到他，劝他一句，他却反驳两句。

杨支书说："孩子，你不能这样了，你再这样就毁了！"

他却吊儿郎当地问老支书："我哪样了？你们都把我当醒醒的流氓，我自己还能咋样？"

付桥新兵集训三个月结束，来信给罗小凡报喜，说他因考试得了满分被破格提为班长。那时，罗小凡还装模作样地给付桥回信，说："我一切都好，不要挂念！不要忘记我对你寄予的厚望，在部队一定要好好表现，争取提干，到时也好帮帮我！"

后来秦牧实在看不下去，就找程强和余国庆商量，希望他们回省城时，能把罗小凡的情况婉转地转告给他爸妈。程强和余国庆弄到罗小凡的家庭住址，可罗小凡的爸妈和姐姐都下放了，那时连罗小凡都不知爸妈的具体位置，他们去哪里传话？后来，秦牧又找秀，让她给小玉说说，看小玉有没有办法见到罗小凡爸妈。

秀却告诉他："小玉回省城见过他妈了。可据说他妈是得了很严重的病回省城看病的，小玉没敢把这事说给他，怕他承受不了。"

后来，罗小凡果然收到一封"母病危，已回城，见电立回"的电报，催罗小凡即刻回省城。

电报是秦牧到分场办事时看到的。秦牧自听了秀的话，便一直为罗小凡揪着心，就天天留意省城方面来的信件，他看了电报内容怕罗小凡承受不了，回去就告诉了秦叔和秦婶。那时，罗小凡已经几年没回省城了，也好几年没能和妈妈见面了。秦婶秦叔听说后，也怕罗小凡受不住打击，就让秦牧把罗小凡叫到家里。当时，秦叔秦婶和罗小凡说了好一会儿闲话，才让秦牧把电报塞给罗小凡，连同临时准备的一大兜东西和钱。罗小凡当时一见电报确实蒙了，正如秦叔和秦婶预料的，他看了电报顿时脸色煞白。多亏有秦叔秦婶和秦牧开导安抚，他才没有彻底崩溃。

后来秦叔说："东西是为你妈准备的，都是些山区滋养身体的补品，希望你妈早日康复。二百块钱是希望你回来时，能给我俩和秦牧买件衣服预备的。"

而实际上，他们给罗小凡的二百块钱，当时买二十套衣服也用不完。

罗小凡一看惊呆了，赶紧把钱退回去。

秦叔却又把钱塞回罗小凡手里。

秦牧说："是怕阿姨真的病危用得着。你想，如果阿姨真的病重需要看病，你一个孩子家，你姐又不在，现在你一家人也都和你一样，处于风雨飘摇之中，又哪里有钱有能力给你妈看病？"

秦叔又怕他误会什么似的，说："钱是你秦牧哥给你拿的，是他一年的工资。你秦牧哥说，自打那年你们见第一次面，他就觉得和你意气相投。如今你们相处三年多，他早把你当成了不可分割的好朋友和知己。这么些年来，他也就你这一个最谈得来的好朋友，在你最困难的时候，他愿意拿出工资给你救急，你就收下。"

秦叔见罗小凡还不愿意收，又说："孩子，叔还是那句话：一辈子时间长着呢！把目光放远放长点，别只看眼前，以后谁啥样谁也不知道。你不愿意欠你秦牧哥人情，以后就好好活着，干出个样子还他。"

罗小凡听两位老人把话都说到这份上了，也就接住了钱。

秦叔秦婶这才松口气。几年的相处，两位老人确实把罗小凡当成了干儿子，便又嘱咐他到时有啥困难别忘给他们说；要是有个好歹，别忘了这里就是家，啥时都欢迎他。

而秦牧当晚让罗小凡回青年组请了假，第二天则一直把罗小凡送上回城的车。

罗小凡见秦家一家人对他这样，想起生病去总场的香草，心里不由得百感交集。

二十二

1

第二天，当秦牧把罗小凡送上回城的车，罗小凡一个人坐在车上，看着夏日里已长到一人高的玉米，看着地边丰茂的青草，想着秦叔秦婶的关心体贴，想着秦牧的知心，突然就有一种想去见见香草的冲动。

秦牧送罗小凡上车前，罗小凡鼓了很大勇气，终于张口问起香草的情况。秦牧说，怕香草到总场再惹什么幺蛾子，就直接让她在总场场部一中读初一了。罗小凡知道那是秦牧叔叔所在的学校，就有些纳闷，看香草那天那神情表现，应该受刺激不小。如今却让她跳级？他真不知秦家这样安排，是有利香草受刺激的大脑恢复呢？还是有利她学习？

罗小凡这样想着，当车开到总场，就跳下车直奔场部一中而去。

那天，罗小凡赶到一中，是上午九点多的样子。他进学校时，问了把门的初一教室的位置，就直奔初一教室而来。

最初，罗小凡并没想打搅香草，或者说他根本没勇气同香草近距离相见。他只是担忧她，忍不住想看看她；或者，实在不行，他便带她回省城想办法。总之，他当时还没想那么远，只能走一步说一步。

好歹初一教室在教学楼最西头，离那里不远正好有三棵大树，他便站在大树后面，希望下课铃响后，能远远地看到香草。

凑巧的是，罗小凡刚在树后站了一会儿，下课铃就响了。当一波一波的学生从最西头那个教室涌出来时，罗小凡从人群里就看到了香草。当时，香草与一个差不多高的女生牵着手走出来，就往教室的一边走去，大概是上厕所。看那神态，丝毫都不带半点不正常，后来那女孩不知说了句什么，她便望着人家笑起来。那样子，让罗小凡立即就想起了香草每次听他说话的神态：安静、懂事、灵透、甜蜜，又有些小调皮。这哪里是一个大脑受刺激的女孩呢？这分明还是那个阳光的、明丽的、充满朝气的、聪明绝顶的小妹妹。而且又长高了不少，倒有了些少女的模样了。

罗小凡望着香草，长长地出了一口气，一下子就轻松了许多。那时，他想起了和香草在白鹭河坡说过的话。

那一天，小香草借故到河坡挖猪草，曾悄悄地拉他到河坡。

当时，他们到了河坡，小香草并不急着挖猪草，而是围着他一圈一圈地转，像是有话要说的样子，他就问："香草，有什么话要问小凡哥吗？"

"嘻嘻。"香草见他猜透了她的心事，便问，"你们省城，有像我这么大的小女孩穿的裙子吗？"

那时，即便是省城穿裙子的也不多，他也不想扫小香草的兴，便说："有啊！"

后来小香草便嘟嘟囔囔告诉他："我见刘慧姐穿裙子可稀罕了，好看，又洋气，还有秀姐穿的那条，小玉姐给她的，也很好看。我……我……"

他看出了小香草的心思，便说："那到时谁回省城，小凡哥就让他们帮忙给小香草捎一条。"

小香草却说："我不要他们捎的，我只相信小凡哥，我只要你给我捎的。"

"可现在，小凡哥的亲人都到别的地方去了，都不在省城。小凡哥回到省城没地方去，回不了省城。"

那时，小香草并不明白他这句话的辛酸。小香草听了便大大咧咧地说："没关系，我不急。那就等到小凡哥的亲人回省城了，小凡哥回省城有地方去了再捎。"

"那你想要什么样的呢？"他当时问香草，"你告诉我，我先记在脑子里。"

可那时的小香草鬼得很，她对他说："现在不能告诉你，等你有机会回省城时，我再告诉你！"

如今他终于有了回省城的机会。而香草，她还记得吗？

罗小凡想到这，又观察了一阵，发现香草确实正常得不行，而且生活也如鱼得水，愉快得很呢！而他还有脸见她，再跟她提买裙子的事吗？想到这，罗小凡长长吐口气，便拎了地上的东西，准备悄悄退出学校。

可就在罗小凡低头拿放在草坪上的东西的那一瞬，他瞥见香草朝他这边看了过来，而且香草一眼就认出了他。

"小凡哥！"香草喜鹊儿似的喊一声，便满脸欣喜地跑过来。她一把拽住罗小凡的胳膊，似乎意识到什么，又不好意思地松开，然后便调皮又愉快地眯着眼看着罗小凡笑起来。

罗小凡看着那眼神，脸腾地一下就红到了耳根，他紧张又快速地说："我妈昨天来电报说病危，让我立即回省城……你看，你爸你妈给我妈准备这些补品，又拿的钱……你原来不是说让我有机会回省城时，给你买……买裙子吗？我……我……我就是特意来问问你，喜欢什么样的。你……你……？"

罗小凡如临大敌，一边说一边往后退，一口气把话说完，便等着香草回答。大概是想着香草那边告诉他要什么样的，他这边立即转头就走人。

"喜欢什么样的？白底黑花的？粉的？花的？小凡哥，你说什么样的好看呢？"香草则慢悠悠地嘟囔着，一边想，一边在一棵大树边坐下，然后灿烂地望着罗小凡笑着，一拍身边的草地说，"小凡哥，你把东西背身上干吗？来，把东西放下，陪我说说话呀！"

"哦，不……不了。"罗小凡说着不由得又向后退一步，说，"我还得赶着回省城呢！你要想不起什么样的好，我就看着什么好给你买什么，行吗？"

"小凡哥！"香草突然就拉下脸来，"我看不行。课间时间总共就二十分钟，现在过去已经有十分钟了吧！你既然来看我，难道坐在这里陪我说十分钟话，也不愿意呀？真是！"

罗小凡问："你不是和那女孩一起上厕所吗？我怕耽搁你上厕所。"

"我到下节课下课再上。"

"那不怕尿裤子吗？"

"你才尿裤子！"香草瞪着罗小凡笑着，又一声怪嗔，"小凡哥，坐下嘛！"

罗小凡这才放下东西，离香草远远地坐下。

"记得你过完年来总场上学那会，脸上那神态……"罗小凡想说，那神态明明像受到很大刺激的样子。

结果罗小凡话没说完，香草就笑着挡了回来："像我这么疯这么鬼，大脑怎么可能受刺激？真是！"

罗小凡疑惑地问："可那天你明明……"

"嘿嘿，我故意的啊！"香草竟得意地笑起来。

"为什么？"

"这样我爸就让我来总场了啊！"她不以为然地道。

罗小凡心说，原来秦牧老说这疯丫头鬼着呢！看来可真不假，就问她："那你过年回白鹭河吗？"

"我才不回呢！"

"为啥？"

"我爸不让我回，我也不想见柳翠花那个坏女人！她明明知道……却故意在那使坏。"香草说着说着就低下了头。

当时，罗小凡并没能听出这话的真实含义，可他一下便沉重起来。在白鹭河，不管是真是假，一旦染上不正常的男女之事，也就算臭名昭著了。何况批斗会也开了，全大队人也都知道了，香草又冲上台闹了一通。从此，她自然不好在白鹭河露面了。当然，体面了一辈子的秦叔，也不希望她在白鹭河露面。

他想到这里有些惭愧，就说："都是我，都是我不好！"

"都说了，你是冤枉的。"香草话说了一半，却打住说，"咱们先别说这个，行吗？以后再说！"

"哦。"后来，罗小凡感觉没什么话要说了，就站起来说，"我妈来电报病危，我就不多耽搁了。你看你想要什么样的裙子……"

香草也站起来，却说："你不是说，你看着什么样的好，就买什么样的吗？那你看着好的，就是我喜欢的。"

香草说完，就看着罗小凡撒娇似的甜甜地笑起来。

罗小凡一见，心头一震，一下便紧张起来。如今的香草，个子长得已经和那年时的小玉差不多了，她已经不是那个在河坡和他乱着玩的小丫头了。何况之前他又与她发生了那样的事情。

于是，他急促地说了句："那……那我……我走了。"便逃也似的朝学校外退去。

只听香草在身后喊："小凡哥，你放宽心！也许阿姨根本就没病危，是用这种方式招你赶紧回城呢！"

2

罗小凡回到家，妈妈的确没有病危。就如香草说的，妈妈是用这种方式招罗小凡赶紧回城。

妈妈在见小玉之前，就从别处听说了他的事情。她回省城也正是为了他。因此，她见小玉时才有意说她得了重病。目的是让小玉告诉罗小凡，好让罗小凡赶紧赶回省城来。谁知小玉怕罗小凡承受不了，一直没说。她一直不见罗小凡回来，才发了个"病危"电报。

这天，罗小凡是在省城姥姥原来住的地方找到妈妈的。妈妈一见他，便沉下脸说："听说你现在在白鹭河无恶不作，妈为了不让你为害乡里，只得把你招了回来。"

罗小凡不语。

妈妈沉默了一会儿，又说："你先一边复习功课，一边找临时工干着，妈慢慢想办法，给你办个病返回城，听说到年底要录用一批老师，你也好参加考试。"

　　罗小凡想，也只有这样了。

　　说实在，要不是罗小凡接到妈妈的这封电报，整个人也就真的堕落了。

　　在接到电报前，罗小凡正在谋划一个偷盗计划。

　　有一次，罗小凡穿越分场那所学校，从一个教室路过时，听到里面传出非常好听的小提琴声，便动了心思。那是他跟大力他们打架、偷盗，并没赚到什么钱以后。那时，罗小凡毕竟还太年轻，他想，既然自己在白鹭河已臭名昭著，对受刺激的香草也帮不了什么，而且从那年打架开始，分场总场里就不再让他写什么了，当兵、学技术又都轮不上他，他在这里已无出头之日，不如偷了小提琴，浪迹天涯重新开始。后来，他探清小提琴存放的位置，也准备好了锯条，便打算哪天半夜砸破窗玻璃，用锯条锯断窗上的铁条，跳进去偷了小提琴走人。而实际上，他的行动早被人家发现，要真按原计划去偷，估计当场就被抓获。这时，幸亏他妈突然招他回去，不然这次他就真坐牢了。

　　后来罗小凡对妈妈说："听说你病危，秦牧和他父母不但准备了这些补品，还给我拿了秦牧一年的工资，我要不回去了，这钱怎么还给他？"

　　妈妈说："这么多钱，不是个小数字，秦牧一家对你如此情深意厚，实在难得，你最好到回去办手续时，买些东西亲自还给人家。"

　　罗小凡听妈妈这样说，就把钱先存到了家里。

　　那时，他妈已经返城了，只是原来的住房还没有退，罗小凡只得和妈妈住在姥姥留下的旧房子里。罗小凡回来时，妈妈已经上班了，罗小凡在家没事，休息了两天，便按妈妈说的，一边复习功课，一边就忙着找临时工了。

　　开始，罗小凡找到的是一个糊纸盒的工作。糊纸盒一天八角钱的工钱，罗小凡干了大致有半个月，便有人介绍他到一个工地给人和泥搬砖。干和泥搬砖这活一天是一块二角五分。虽然很累，却比糊纸盒一天多四角五分钱。当时抢着干的人很多，罗小凡虽感觉这工作比乡下种地还脏还累，却从来都不怠慢。无论是糊纸盒，还是和泥搬砖，他都把它当成自己生命的重新开始，尽量地多干活，却很少开口说话。老板见罗小凡不但干活卖力，也很省事，便一直留用他。

　　而在干活的一些间隙，罗小凡总会想起在白鹭河的点点滴滴。

　　这时，罗小凡再想起在白鹭河这几年的经历，便感觉很不同起来。

　　正在成长的他并不清楚这是为什么？他在想，难道是换了环境离开了那个地方？还是生活终于给了他一丝希望，让他不再那么绝望了？

　　首先，他觉得当时追随小玉去那里是他自愿的，小玉移情苏世雄也有她的现实原因。其次，他仔细想想，他在白鹭河的三四年，似乎白鹭河人并没薄待他，也没亏待他。他来到白鹭河，应该是来到了一个人心厚道的好地方。

　　记得才到白鹭河时，队里并没因为他和小玉家庭背景不好而歧视他们。而且后来他们仨垦荒主动积极，队里表扬付桥，也同时表扬了小玉和他。就算后来选付桥当拖拉机手，也更早就派他写稿子了。他确实来到了一个好地方。队里并没辜负他的付出和努力，垦荒结束又把他抽调到伙房，虽说这和秦牧的帮助和他的才艺都有关，可也和他垦荒的主动积极分不开。

至于他挨三次批斗，虽然很冤枉，可也不是一点责任也没有。第一次，他确实伤了人。第二次，就算如秦牧疑虑的那样——与苏世雄有关，或者直接说是他使的坏，可毕竟付桥中招了。他也吃了那牛犊子肉。过后他也曾想，就算杨支书不那样做，他也会替付桥顶罪的。第三次尽管如秦牧说的疑点重重，可没人让他喝那么多，也没人搬着他的腿压在香草身上。因此白鹭河人那样斗他，他不怨恨他们。他觉得最关键的问题还是自己太脆弱，不够坚强不够理智。

他倒是觉得，后来跟着大力、二胜一次次偷盗打架实在太不该。

他想，这算哪门子事呢？为什么自己一受打击和委屈，就爱耍性子撂挑子呢？不是说委屈越大心就越强大吗？

他对自己说，该接受教训了。尤其每天干活回来见到白发苍苍的妈妈，他总会想，我现在都快二十了，已该成为一个真正的男人了，不能再让妈妈担忧了。

因此，他总暗暗对自己说，再坚强点，再做得好点，再争气点！

不过，回忆几年的经历，也让他明白一个道理，生命里是随时都有意外发生的，帮助他人，更要学会保护自己。因此，后来他回白鹭河办手续，听说小玉和苏世雄失去联系，痛苦得死去活来，即便对她牵肠挂肚也留了个心眼。

而当时，他这样干了三个月，那天领了第三个月的工钱走进家，妈妈就把一张"返城通知书"朝他递过来。他打开一看，大致意思是，因母亲有病需要陪护，经同意特准他迁入某某市某某区落户等。

猛然感觉就要离开那片倾注了深情和爱的小江南，罗小凡还真有些难以割舍。曾几何时，那里曾是他的温暖和梦乡；曾几何时，那里也曾带给他几多希冀和欢愉。可想起那些在组友面前抬不起头的日子；想起那些在白鹭河乡亲们面前受屈辱的日子；想起那一次次被批斗被耻笑的日子，他还是更愿意返城陪妈妈，更愿意回到生他养他的城市。

那时，妈妈嘱咐他："你也该离开那个地方了。别光记着给秦牧一家买东西，也给和你相处几年的组友带去点好吃的东西。"

于是，第二天罗小凡便揣上在工地干活挣下的三个月工钱，先到工地请了假，然后找地方好好理了个发，洗了个澡，便开始上街买东西。这天，罗小凡按从白鹭河回来时秦叔秦婶的要求，买了两位老人要的衣服，也给自己的爸妈各买了件衣服，又给香草挑选了一条裙子，给自己和秦牧各买了一套衣服：白的凉衬衣，黑蓝色的裤子。最后给秦叔秦婶和组友各买了些吃的才回家。

第二天，罗小凡把当初秦牧借给他的二百块钱和"返城通知书"揣上，带上前一天买好的东西便先往白鹭河农场总场场部去了。

3

这时，暑假结束已开学有半个月。罗小凡下车来到香草学校时正是午休时分，学校里静悄悄的，只有阳光照射下的白花花的操场上，几个半大男生在那里打球。罗小凡想着香草一定是在叔叔家，还没来学校，便找一个树荫坐下，一边观看打球一边等。

看着球场打球的半大男生，罗小凡不由得就想起了付桥。他和付桥从上小学就爱打球，尤其是付桥一到学校就爱腻在球场，还老爱拽着他。进入初中那年，付桥一下子长高长壮了许多，而他则长成了细长条，付桥在球场上比他得力，便总是想法把球传给他。

"哎，刘涛，你看，秦香草来啦！"

罗小凡正在沉思中，猛听有人说香草的名字，不由得寻声望去。只见操场上，一个瘦高的男生丢下手中的球，到球场边拎起书包，便向操场的另一侧走去。罗小凡朝那边望，只见香草熟悉的身影正从校园的深处走过来。罗小凡不由一愣，香草不是住在叔叔家吗？猛然他又明白过来，香草的叔叔是这个学校的校长，他家住在校园内再正常不过。

"班长，你要的书，我给你带来了。"风刮过来那瘦高个男生的说话声。

班长？按正常情况，新学期开学，香草才该上初一。看那男生的年纪，香草应该是初一的班长，就像当年的他。记得当年他升入初中，成为大家心里的优等生、班长，许多同学也是这样对他，热心地为他借书，带了好吃的也总是先让他，每次一见他都围过来。只可惜好景转瞬即逝……

那个下午，他和往常一样，和付桥一块放学回家，走到家门口，却看到门上贴着封条。他家的住房是在家属院的中间，是一片专为铁路局领导建的两层别墅区。当时封条就贴在他家的院门上。

他一下便蒙了。

由于家教的原因，罗小凡从小的注意力和精力都在兴趣爱好和学习知识上，他对当时社会上发生的事根本就不了解。

可付桥毕竟了解一些。付桥见了就对他说："你家出大事了，好像被人抄家了！"

"抄家了？你是说我爸妈出问题了吗？"

"应该是吧？"付桥说，"要不你先到我家去吧？"

他却摇了摇头，没事人一样对付桥说："你赶紧回家吧！别在这里陪我了。"

可那天付桥一离开，他便一屁股蹲在了家门口的台阶上。

当天色昏暗的时候，妈妈才匆匆走来，一把拉起他，把他带到了姥姥那里。那时她妈对他只说了句："你就先暂时跟着你姥姥吧？"然后就匆匆走了，连套换洗的衣服都没给他带过来一件。后来他身上的衣服实在脏得不行，还是他自己深夜翻窗进家找了几套换洗衣服，带到姥姥这边来的。

而他家出事的第二天，他再去学校，同学们对他的态度就发生了一百八十度的变化。过去那些像众星捧月一样追随在他身边的同学一见他走来，立即便趔到了一边，等他走过去又在那里指指点点："据说，他家被封了。因为他父亲是走资本主义道路的当权派……"

其实这么多年了，罗小凡也没弄清楚什么是走资本主义道路的当权派。

罗小凡这样想着，猛然听到香草惊喜的声音："哦，太好啦！"

他看到香草从那男生手里接过书，脸上显出灿烂的笑，心里竟莫名地生出醋意和自卑来。是因为自己曾经突然失去了这美好时光吗？还是因为香草面对那男生脸上呈现的灿烂笑意？

罗小凡也说不清那是种什么感觉。不过看到香草还是那样阳光，还是那样爱笑，似乎"耍流氓"事件，并没在她心上留下什么阴影，他的心病也就又卸掉了一层。

仿佛怕打搅了青涩岁月，怕打搅了阳光里的花和花的成长，罗小凡看着香草跟那男生说话，便没开口叫她。可香草只一扭头，便看到了他，便似撒欢的羊羔一般，一蹦一跳向他奔来。到了他跟前，瞅着他，却又有些扭捏羞涩起来。

"小凡哥，你看到我，怎么不喊我？"香草笑着埋怨。

"我见你正和同学说话。"罗小凡说着就把拿在手里的裙子朝香草递过去。

"和同学说话怎么了？你看到我不喊我，我怎么知道你来了呢？"她嘟囔着，接过裙子扑通一声在罗小凡身边坐下，撕开包裹就打量起来。

罗小凡不由得便往旁边趔趔。

裙子是一条白底上面印有各色蝴蝶的连衣裙，偏长，布料柔软，素雅，很适合香草这个年纪，岁数再大点，也能穿。罗小凡看着香草欣喜的眼神，想着接下来她定会哇啦哇啦说一大堆。不料香草打量着打量着，把裙子往怀里一搂，便扭过头双眼骨碌碌地打量起他来。

罗小凡随着香草的眼神，把自己身上看一遍，并没什么不妥，就问香草："看什么呢？"

"小凡哥，你，这次回来，是不是办手续回省城，再也不回来了？"香草眨着懂事而聪慧的双眼，一字一顿地小心问。

罗小凡不得不佩服香草的敏锐。

"是，是准备办返城手续。"罗小凡不知怎么给她解释。

"那……是不是我从此就见不到你了？"香草又小心地问，生怕吓到谁似的，眼里却含着明显的失意。

罗小凡不忍，似乎明白那是什么，又似乎不明白，便本能地解释："你这么聪明，怎么会说这样糊涂的话呢？"

香草瞪大眼反问："我怎么糊涂了？"

罗小凡说："怎么糊涂了？既然我和你哥这么好，难道我以后不可以回来看他，他不可以去省城看我吗？还有，你资质这么聪慧，难道将来就不想考进省城吗？"

香草听了，眸子星子般一亮，一突儿却又暗下去，便噘嘴道："可高考都停止好多年了，我哥学习那么优异都没机会考试。"

于是，罗小凡又如在河坡时一样，摆出学究的姿态，振振有词地把历史的轮回和变迁、科举的演变、历史上几次科举的禁停和恢复又给香草讲一通。然后他又说："也许等你高中毕业，高考也就恢复了。我们要相信未来，相信一切都有可能。你要提前做好准备，打好基础。"

很奇怪，每当跟香草说话，罗小凡就会变得理智而乐观。罗小凡知道香草一直都渴望外面的世界，渴望到省城、到他曾给她说过的大城市，就进一步说："就算你高中毕业依然还没恢复高考。你学习优异，也能留在总场任教。而且任教几年，表现优异的话，就有选拔进省城的机会。"

"真的吗？"香草的大眼一下又闪出喜悦的光来。

望着香草的目光，罗小凡不知不觉又受到鼓舞，又自信起来。

"当然！"他说，"你要相信小凡哥，相信未来，相信一切皆有可能！"

"嗯！"

罗小凡又对香草说："你小时候，想到我会来到白鹭河吗？肯定没有。可你八九岁的时候，我就来到这里了……"

这时，香草打断罗小凡，却说："是虚十岁。"

"不是你自己说的八九岁吗？"罗小凡说着看向香草，香草那聪慧而懂事的大眼早已笑成了弯弯的月牙。

罗小凡便得意地继续絮叨："我来到这里，你想到我和你这个小不点会成为朋友吗？也没有。可后来我们成了忘年之交。你之前想到过，你会突然来总场上学吗？没有。可事情突然发生了。你现在在这上学，也不能预料你高中毕业会不会恢复高考，可也许恰恰在你高中毕业就会恢复高考。事情就是这样，许多想不到的事都有可能发生。对吧？"

香草听着听着就笑了，说："每次都是这样，你给我一说，我就会看到希望了！"

香草说着，双眼像星盏，突然朝罗小凡做个鬼脸，便抱着裙子朝罗小凡身后跑去。

罗小凡心说，这丫头才斯文三分钟，就又恢复了本性。大概是到后面小树丛穿裙子去了。

只一会儿便听香草轻声喊："小凡哥！"

罗小凡扭头，惊得一下就站了起来。换了裙子的香草竟像换了一个人。

猛然穿上裙子使香草很羞涩。她面对罗小凡头微垂着，羞羞答答，脸上一片绯红，就如出水芙蓉，清新而秀丽，一下让整个世界都阳光明媚起来。

那时，罗小凡看着阳光下的香草，竟有一种说不出的赏心悦目。他感觉到了一种前所未有的舒畅，他感觉自己就像被什么融化了一般，身心都变得很轻很轻，就如天上的一朵云。他一下就想起了送付桥当兵走的那个夜晚，想起了那个即便让他挨批斗，即便让他感受到最大的屈辱，也依然迷醉，依然魂牵梦绕的神奇之梦。他心里扑腾扑腾乱跳，却像醉了般动弹不得。他想，如果真如小货郎说的那样，自己抱了也吻了，那么他梦中搂那柔软而有弹性的身体，便是香草的身体；他吻那幼滑如花骨朵的嘴唇，就是香草的嘴唇；那美妙的奇异感觉，就是香草带给他的。于是他忍不住又朝香草打量过去。

不知是衣服的衬托，还是因为香草的羞涩紧张，那时她嘴唇殷红殷红，确实如含苞待放的花骨朵，而她一起一伏的胸脯，就如那年他在火车站看到小玉的一般，坚实挺拔地鼓胀在那里，让他的心一下就迷乱骚动起来，甚至生出一种渴望和迷恋的感觉。他的感知神经一下就变得敏锐起来，他似乎闻到了一缕缕来自她的体香，或者是她新衣服的味道。他似乎感受到了她身体的柔软和弹性，他还捕捉到了她呼吸的声音。他问自己：我这是怎么了？难道……难道我对香草动了情？不，不，不，她一直都是我小妹妹，我怎么能……何况我现在就要返城，而她还是个初一的学生！因此，那种奇异的念头只在他心头一闪，便不露声色地被他压下去了。

他想，香草那么信任他，香草一直都把他当大哥，才穿了裙子让他看。

他想，他如今没有喝酒，面对香草一下就如此错乱，那晚喝得不省人事，又是怎样一种不堪的丑态呢？

一时，他竟觉得自己肮脏到了极点，简直无法原谅。因此，他想赶紧逃离香草，免得亵渎了香草的纯洁和善良。

因此当香草羞涩地问："小凡哥，你看好看吗？"

他却惊得倒退了两步，同时脸也发起烧来。

"嗯，好看，当然好看！"他努力控制着自己，故意淡定地问，"喜欢吗？"

"喜欢。"

当香草美滋滋又有些羞涩地看着裙子这样回答时，他却假模假样地看了一眼手表，便大惊小怪道："光顾给你说话了，再不走就搭不上回白鹭河的车了。我走了啊！"

说着，故意轻松调皮地向香草眨了眨眼，便又逃也似的朝校园外退去。

"小凡哥，祝你返城顺利！我会好好学习争取考到省城去的！"香草在身后喊着。

那时，罗小凡想的则是以后再也不能见香草了。

可是让罗小凡自己都想不到的是，他回到白鹭河，一见秦牧，就放弃了返城。

二十三

1

那天，罗小凡回到白鹭河，来到秦家，把钱、买的衣服和吃的拿出来，并说了回省城的情况以及回来办返城的事。

秦叔接过二百块钱，从里面抽出一百一把塞到罗小凡手里，说："就算给秦叔秦婶还有你秦牧哥买衣服的钱吧！"

罗小凡又哪里肯要,他所有的花销加起来才百十来块,怎么能收老人家一百块钱呢?

他死活不要。

秦叔却语重心长地说:"如今你爸你姐都下放多年,你爸又一直病着。你妈才从下放的地方回来,手里也不可能有多余的钱,可你回城要想找好点的工作,是必须花钱的。你难道就不想给自己找个好点的工作?"

说着又把钱朝罗小凡递过来。

罗小凡这才勉强收下。

秦叔想了想,又数出五十元硬塞进罗小凡手里。

"这个就算是让你回来看我这个干爹和你秦牧哥的钱。"

罗小凡心里明白,秦叔是可怜他只有妈妈在身边手头紧,回城找工作办事都作难,才故意找理由多给他几个钱,不由得鼻子一酸,眼泪差点落下来。他有何恩于秦家,让秦家一家人对他如此关心、如此厚爱呢?何况,他还做下了让秦家跟着丢脸的事?

他把钱塞进秦叔手里,镇定了下情绪,对秦叔说:"钱算我收下了。现在我把它放在秦叔这里,就算我给秦叔秦婶、给秦牧拿的来省城的路费钱吧!"

秦牧一听就说:"上次你光知道急着走,连地址都没留一个。我想写信问下情况,可一问程强、余国庆,竟没一个知道你现在地址的。"

罗小凡一听,不由低下头来。

其实,罗小凡回省城时,也不知自己将落脚在哪里。当年,他家的住房被收时他还小,并不知爸妈和姐姐下放在哪里,只是暂住在姥姥家。而来白鹭河后,没多久姥姥就下世了,他还以为姥姥的住房充公了。如今已经几年没回省城了,他也不知妈妈落脚在哪里。何况小玉也没对他说见过他妈妈的事。当时,听说妈妈病危,他只一门心思往省城赶,回到省城才发现妈妈并没告诉他住址。后来他根据电报发出的地址,觉得离姥姥家的住址近,就先到那看看,才发现妈妈原来就在那里。妈妈说家里的房子没退还,只能先住在姥姥的这间小屋里。

后来,罗小凡对秦牧说:"回来的路上我就想好了,一到白鹭河就把我家现在的地址给你。"

说着从兜里掏出地址递给秦牧,说:"这是我在车上没事写给你的。"

秦婶一看气氛凝重,就说秦叔:"孩子就要返城啦!还不赶紧去杀只鸡。"

秦叔和秦牧听罗小凡说省城情况,正在那发愣,听秦婶如此一说,便一个买酒一个逮鸡地忙活起来。

"小凡,今天已经晚了,就别回小江南了。明天一大早让秦牧和你一起去办手续。办完手续心放下了,再回小江南,好好和相处了几年的组友说说话道个别。然后让秦牧送你回省城。"吃了饭,秦叔点上烟吸了一口,对罗小凡说。

秦牧说："就是，不要走了，今晚我还有要紧话给你说呢！"说着朝罗小凡调皮地眨着眼。

这可是秦牧少有的表现，引起了罗小凡的好奇。

"要紧的话？"罗小凡便笑，"不是你谈对象了吧？那就说说呗！"

秦牧听了一笑，却突然捂着肚子道："哎呀，肚子痛，你等会哈，我回来就给你说！"

说着又朝罗小凡挤个眼，就冲了出去。

于是，罗小凡就忍不住，好奇地问秦叔："秦牧哥当真谈对象了，看他那神秘样，还跟我卖关子。秦叔，你先跟我说说。"

"哎呀，你这孩子——"

秦叔吭哧着正半天说不出，这时一向不爱说话的秦婶却憋不住搭话了："秦牧是担心你，怕你为小玉再牺牲。这不，苏世雄一走就没人影了，小玉她……"

秦叔一听，不等秦婶把话说完，就涨红着脸朝秦婶吼起来："你这不是添乱吗？"

秦婶左右环顾，委屈地道："你看你个死老头，从不'凶'人的，今天这是咋了？吃火药了咋地？"

的确，罗小凡住秦家一年，都不曾听秦叔"凶"过秦婶，秦叔今天的表现是有些过激，可以看出他一听秦婶说小玉，就立即紧张起来。因而，尽管秦叔秦婶并没说几句，罗小凡还是意识到发生了什么事。

"那姓苏的去哪了？"他问。

"要知道也就没事了。"秦叔皱眉瞪秦婶，"事情都毁在你手里。你说你平时一向不多嘴的，今天这是咋了！啊？"

他当即就坐不住了："秦牧哥回来给他说声，我回小江南看看。他有啥话以后再说。"

说着就站起来冲了出去。

"小凡呢？"秦牧回来不见罗小凡的人就问。

秦叔说："你问你妈！"

秦牧看看他爸，看看他妈，什么都明白了。不由感叹："唉，真是怕啥有啥。看来我明天也不用陪他去办手续了。"

秦牧不同于罗小凡。罗小凡是当事人，他则是旁观者。

小玉和苏世雄爱了三年，秦牧都看在眼里。这三年是小玉的花季，也是她最难忘的时光。在这三年里，她享尽了苏世雄的体贴和宠爱，三魂六魄已被苏世雄摄走了两魂五魄。因此秦牧明白，就算现在苏世雄不愿联系小玉，确实有心想和她分手，可有一天苏世雄说，他因为某种不方便才一直没联系小玉，小玉也是会相信的。而罗小凡，当他看到小玉处于危机中，本能地就会挺身而出。可小玉一旦有了苏世雄的音信，可不一定会考虑他的感受。

因此，秦牧不希望罗小凡再插手小玉的事，更不希望罗小凡因小玉而耽误了自己的前程。他又是眨眼又是挤眼地突然捂着肚子出去，说晚上有要紧话给罗小凡说，就是要勾住罗小凡的心，不让他走。他打算很晚回来，罗小凡问他要说什么时，他找个话题探究。探究到半夜睡了，第二天一大早就去办手续。办完手续生米做成熟饭，罗小凡再听说小玉的事，即便牵挂揪心，却不能走了。没想到半路杀出个程咬金，事情变成了他不想看到的样子。

2

这天，罗小凡回小江南，刚走到路岔口，就被程强迎住。

"小凡，你可回来了。苏世雄的事你听说了吧？"程强来了这样一个开场白，也不等罗小凡回话，就嘟嘟啦啦说起来。说没想到咱青年组还潜伏着一个下来学习锻炼的主；说有天分场来人让苏世雄去趟分场，苏世雄去了，回来却和小玉连打声招呼都没有，就不吭不响收拾东西走人了……后来，有人去分场打探，相关人说，他们也是才知道苏世雄是下来学习锻炼的，似乎是省里的领导打电话到总场去然后传到分场的，现在已推荐到不知哪里上学去了。关键是走了后就一直无音无信，小玉便疑心苏世雄打算和她分手了，痛苦得死去活来。如今整个人瘦了一圈，就像变了一个人。

罗小凡听了程强的话，心里真是五味杂陈。当初，他追随小玉来到白鹭河，对小玉是一往情深，小玉却移情于苏世雄。如今苏世雄不但不和组友告别，连句话都没有给小玉留下就走了。实际上他是最不合适过问的人。可是，就如小玉当初说的，他们就像是一家人，小玉不仅在他落难时给过他温暖，来白鹭河的这些年，每当他遇到麻烦，她也没少操心。据说，他被诬陷要流氓挨批斗时，她还曾冲动地要站出来为他说话。这时，她和苏世雄失去联系，处于痛苦的煎熬之中，于理于情他又怎能不过问呢？

可是，如今他和过去的身份不同了，虽想给小玉带来安慰和帮助，却已不愿再给自己增添议论和麻烦。因此，他见到大家，无论谁问他，他都说妈妈病好了，能上班了，他就回来了，却只字不提回来办返城手续的事。

他想：苏世雄突然这样离开，小玉正处于万分的担忧和恐慌中，若再听说我也要离开，又会如何绝望呢？

晚上，罗小凡躺在床上想来想去，想去想来，还是觉得应该见见小玉，问她到底发生了什么。

而见了小玉，罗小凡这一天便没离开小江南。

早上，罗小凡往饭堂走时，小玉打了饭正站在饭堂门口，她一见罗小凡眼圈陡然便红了。

"小凡哥……"小玉嘴里喊着，话还没说，泪就一串串掉下来。

罗小凡不知说什么，便忙去兜里掏手绢递给小玉。

手绢是他回白鹭河时和衣服一起才买的，还不曾用过。

小玉接过手绢一把捂在脸上，就哭起来："他为什么这样对我？之前连一点儿

157

消息都没透给我，他分明是知道自己该去上大学了，就不愿再和我来往，就想和我分手了……"

"你还是这老毛病，总爱多心。谁没有个特殊情况呢？你们都相爱三年了，你应该相信他。他早晚会联系你的。"罗小凡觉得苏世雄无论对他咋样，却还是爱小玉的。罗小凡就像哥哥训斥妹妹一般，温和地训斥着小玉。他手轻轻拍在小玉背上，感觉自己像换了一个人。

"你说他真的还会联系我吗？"小玉停止哭泣后，把手绢从脸上拿下来。

"首先你要相信自己，相信三年来你俩的感情。其次你要相信你的选择、你的眼光，相信他。"

小玉听了便怔在哪里，半天才说："是啊，他在的时候，对我那么好。我……"

罗小凡见小玉神情缓和了许多，便微微笑了，然后朝食堂走去。

这时，厨房窗子里正忙着给大家打饭的程强，一见罗小凡便吆喝起来："小凡，我做这最后一顿，可是因为你才回来，让你缓缓劲。中午饭就你做了，还有猪圈我可也好几天没弄了。说句实话，我宁愿在地里干一晌，也不愿到猪圈里晃一趟。现在你回来啦！真是谢天谢地！"

过去，罗小凡四处游荡的日子，都是程强替他顶岗，又是做饭又是喂猪，罗小凡心里是有数的。他知道，程强这样吆喝，一是表白和交代工作，二也是给大家一个暗示：欢迎他归队。看着大家还像以前一样亲热地对他，罗小凡便歉意地看看大家，望着程强笑了。

于是，他又把做饭养猪的活接了过来，做了中午饭后清理猪圈，清理完猪圈做晚饭。关于返城的事，他想推迟几天再办。不然付桥当兵走了，苏世雄不告而别，他再突然离开，小玉能受得了吗？他总这样想。

"怎么？一回小江南，连办返城手续的事都忘了？"吃了晚饭罗小凡来找秦牧，秦牧一见他就问，"昨天不是说得好好的吗？"

"怎么会呢？我妈也不是随随便便就能给我办成这返城指标的。我为什么要轻易放弃？再说我在这里已声名狼藉，留下来又有什么意思？又有什么出路？"罗小凡就像和谁争斗似的说，"只是这一天事太多，一直没抽开身。"

又说："我可不想在这多待一天！"

似乎把这狠话说出来，他也就必须走了。

"哦。我还以为你一见小玉，返城指标就作废了呢？"秦牧略略讽刺道，"今天没抽开身不要紧。明天我陪你去办，如何？"

"明天？"罗小凡有些难为地道，"再过几天吧！等过几天苏世雄有了消息，我立马就办！"

"要再过几天，过一个月苏世雄也没消息呢？"秦牧酸酸地问，"你就一直这样拖下去？"

顿了顿又说："我知道你、付桥和小玉你们三个人的情意，别忘了，她对你有几个包子的恩情，阿姨还有生你养你之恩呢？再说，阿姨给你办这返城指标作多少难，你又怎么可能知道？"

"不，我不是那意思。"罗小凡不肯定地说，"我只是想等几天，等几天再办。"

"好吧！"秦牧说，"那我就等你几天后来找我。"

"嗯。"罗小凡有些不好意思地对秦牧说，"那我走了。"

然而，几天后又几天后又几天后，半个月过去了，罗小凡也没来找秦牧。

后来，秦牧见罗小凡一直不来找他，自然明白怎么回事，也就不在家等他了。每天吃了晚饭，就直接到学校来。

那天，罗小凡来学校找他，时间已经过去一个月。

"怎么？还是决定留下来？"秦牧无可奈何地摇着头问罗小凡。

"看着她一天比一天消瘦，一天比一天惶恐绝望的样子，我又怎么好离开？"罗小凡垂头丧气地道，"何况，当初我们三个一起来这里时，说好了不分开的。"

"说好了不分开？付桥不是当兵走了吗？"

"付桥？要是付桥在就好了，我也就可以安心地离开了。"罗小凡道，"如今，苏世雄走了一直都没消息，再也没人照顾她陪她；她一个女孩子管理组里的事已是困难重重，我要是离开……我要是能斗过我的心，能心安理得地离开，我早离开了。"

"就算她心里一直喜欢的都是苏世雄，你也一点都不在乎吗？"

"那是她感情上的事。我帮她，是我们从小到大一直到这里都无法放下的情谊。"

"你真对她没有感情了吗？"

"我想，我当初对她的那种迷恋，应该早已放下。"

"那你这又是何必？"

"唉，我看她那个样子，心就替她揪得慌，就替她难过，又怎么走得开？毕竟在我人生最落魄的时候，只有付桥和她对我不弃不离，并给过我这样那样的帮助。"罗小凡满脸愁容磕磕巴巴地说着，不由叹了口气。

其实，在罗小凡心里一直有个结。他内疚自己在小玉内心恐惧需要安抚时，却没有能力和办法给她依靠；也内疚之前自己没能像苏世雄那样，光明坦白地向她表白，给她安抚，以至于小玉鼓起勇气向他表白时，他竟错悟了她的意思。这次留下来，与其说是帮助小玉渡过难关，倒不如说是他从心理上对小玉的一种弥补。

"那省城阿姨那里，你怎么交代？"秦牧问。

"我跟我妈说，我在白鹭河认识了一个好友叫秦牧，就如孔明当初在卧龙坡，读书万卷，心纳百川什么什么的……从此以后，除了分内工作，我准备跟着他一起勤奋学习，等以后有招工、推荐上学的机会了再回城。"

秦牧听着听着就被罗小凡逗乐了。

"你可真行！你可真行！"秦牧捣着罗小凡的鼻子说，"你不走也好。说实在的我并不怎么舍得你走。让你走那是为你的前途和未来考虑！我原想咱俩以后见面就少了，看来老天还要安排咱们继续在一起。"

秦牧说着说着突然一拍腿道："那这样吧！既然你都跟阿姨说了，把我夸成了一朵花，那从此你就跟着我，我叫你学啥你就学啥，我叫你看啥书，你就看啥书。行不？"

罗小凡便眯着眼笑起来："好，就听你的！"

后来，秦牧嘱咐罗小凡："关于小玉，你留小江南守候就守候了，就不要和她走得太近了，免得人说闲话。"

而这次罗小凡回小江南，大概是苏世雄突然离开，又一直没消息，小玉找不到依靠，也失去了精神寄托，倒是和罗小凡走近了许多。

二十四

1

小玉和罗小凡不但从小一起长大，一起到白鹭河这些年也走得非常近，关系自然和别人不同。或者说，从某种意义上来说，罗小凡把她当家人，她也根本是把罗小凡当亲人在依赖。每当一天过去，她依然没有苏世雄的消息，第二天早上来食堂打饭见了罗小凡，就难免眼圈发红鼻子发酸，拿那含锋带利的眼睛抱怨地看着罗小凡，就像是罗小凡欠了她什么似的。

罗小凡知道她心里苦，就在饭菜上下功夫，总是尽量做得花样多点，味道好点，给她多盛点。

小玉知道罗小凡像大哥一样疼她，心里一紧张一没抓摸就来找他。总是先说几句别的话作开场白，接着就会问罗小凡，为什么苏世雄还没消息呢？似乎那答案就在罗小凡手里似的。

不过这样罗小凡倒觉得挺暖心的，小玉毕竟把他当依靠当最亲近的人了。当初小玉曾拍着他的肩膀说："咱仁现在可是一家人喽！以后无论遇到什么事，你俩一定要像对妹妹一样，帮助我包容我！"小玉这样依靠他缠着他，和他交心，还真让他感觉到了家人的味道，因此他总是想办法举一些例子或找一些笑话安慰她。

不过，为了避免闲话，罗小凡还是跟小玉保持着一定的距离。

那天，罗小凡去水塘边洗衣服，小玉洗完衣服正要走，见他来就说："小凡哥，让我来帮你洗吧！这几年，我都没怎么帮你洗过衣服了。"

说着就来接罗小凡手里的盆。

罗小凡赶紧用手拽住说："我的衣服不是粘了油烟，就是粘了猪粪，你看我洗都得提前泡半天，要你洗的话，就吃不下饭了。"

说着就蹲到洗衣台前搓洗起衣服来。

小玉坐在他身后的土坡上却没走。许久，叹一声气，却把罗小凡惊了一跳。

罗小凡扭头看看小玉，说："咋不回去躺床上休息会呢？下午还要干活呢！"

"我一躺到床上，脑子里就乱七八糟的，一睡着全是噩梦。你让我怎么休息啊？"小玉抱怨道。

罗小凡不知怎么回答，便沉默不语。

小玉见他不作声，也沉默了，沉默了一会儿又自言自语道："你不是让我相信自己，相信他，相信我和他的感情吗？可都快过去两个月了，不是还是没他的消息吗？"

就好像是罗小凡做了什么对不起她的事似的。

"快两个月？"罗小凡则故作轻松地笑道，"你当初来白鹭河一个多月，给家里写信了吗？"

"没、没有。"小玉有些惭愧地道。

"对呀！"罗小凡便如清风般地淡笑，"何况他这样突然地走，说不定有什么特别情况，腾不出精力呢！"

"是吗？"小玉不信任地问。

"你，最大的毛病就是不自信，遇事喜欢往坏里想……"罗小凡说着想起他和小玉的当初，突然就停下不说了。

小玉似乎也想起了过去，便感叹："小凡哥，不是我非要不自信，也不是我非要往坏里想，是我从小就出身不好，一直被人歧视；后来父亲不在了，家里太穷，也总是被人歧视；接着我初中没上完到这里，和大家相比，又是文化最低。我是各方面条件都不如人啊！"

这些程强都看在眼里。他眼见罗小凡回到小江南又恢复原样；眼见他为小玉的事揪心；眼见他关心照顾开导小玉而不动声色；眼见事情如付桥当初说的，没有苏世雄，小玉和罗小凡两人就会好起来。程强就忍不住想帮帮罗小凡，希望能趁这次机会，让罗小凡和小玉重归于好。

那天，程强见小玉在食堂外磨磨蹭蹭，估计是又想找罗小凡说什么，他回到宿舍，见罗小凡床上撂着换下来的衣服，便抓起来放盆里，准备到水塘边帮他洗洗。又一想，罗小凡换下衣服，不知兜里的东西掏出来没掏出来呢，便开始一个兜一个兜地掏。这一掏不打紧，就发现了一个大秘密：返城通知书！

当时，程强看到那折叠的纸片，不过是好奇，无意中就展开了。可当看到"陪护返城通知书"几个字时，他的头"嗡"地一下就炸开了。

那时，他想起了付桥说小玉的话："谁爱不爱你，等时间久了，到关键时刻，你就知道了！"

而在苏世雄不告而别，小玉痛不欲生的关键时刻，罗小凡却牺牲了自己返城的机会，悄无声息地留了下来。那时，程强的泪止不住就流了出来。他拿着那张纸愣了半天，又折叠好放进罗小凡的衣兜，然后又把他的衣服放回到床上。他想这事罗小凡既然不想让任何人知道，他最好还是装着不知道。只是他的心一时又如何平静得下来？想着罗小凡很快就会回来，他便赶紧走了出去。

他想找个地方让自己静下来。

可下午，在大田干活，当他听到小玉一声又一声地叹气时，还是忍不住说出了那几个字。

那时正是种麦子的季节，组里三人一小组播种麦子。小玉作为组长便主动和个子最小体力最差的程强和另一个组友一组。中间小歇的时候，那个组友去找地方方便，程强和小玉坐在田埂上休息。小玉望着远方发呆，不自觉就叹一声气，过一会又叹一声。

程强自然知道她为什么叹气，就找好听的话安慰她："小玉，你那么幸运，还有什么可叹气的？"

"我？幸运？"小玉迷茫地道。

"是啊！看你小小年纪，不但当上了组长，还有那么多人疼你爱你！"

"那么多人？"小玉依然一片茫然。

"是呀！难道我不算一个吗？"程强调皮地逗小玉。

"去你的，又跟我耍嘴皮子。"小玉也勉强笑。

"好好好，我也就罢了，咱说说小凡，你没发现你难过，小凡就忍不住揪心；你吃不下，小凡就想尽办法改善伙食……"程强见小玉一脸麻木，实在有些气恼，后来就说出了那句话，"我觉得付桥当初说得没错，小凡才是真正爱你的那个人。关键是他这次为你都放弃了返城的机会！难道你就没发现，他这趟回来瘦了很多？"

2

瘦了很多？的确，罗小凡这次回小江南的确瘦了很多。小玉之前并没在意，听程强这么一说，她也觉得罗小凡瘦了许多。

罗小凡又怎么可能不瘦呢？罗小凡给妈妈去信后，妈妈当即就给他回了信。妈妈给他讲了她办这个返城指标经历了多少周折，作了多少难；给他讲了她之所以费那么多周折作那么多难，依然一定要他回城，是因为他姐已在下放的地方成了家落了户，以后也就基本没有回城的希望了，因此她和他爸爸希望罗小凡能回到城里，一是将来房子退回来，起码有个人住；二是他们二老年纪都不小了。他爸常年有病，坚持留在下放的地方就是为了他姐能照顾他，妈妈回城就是为了看管他，和他相依为命。而他却轻率地放弃了返城，留她一个老人孤零零在省城。他看到妈妈的信，心里就像被剜了一刀似的疼痛。是啊！他怎么就没想到妈妈那么大岁数了，身体已不好，已需要人照顾了呢？妈妈有病，身边也是需要人的啊。他怎么没想到，妈妈一个有病的人，孤零零地生活在省城，也需要人关心照顾疼爱呢？其实，他收到信时，办返城的手续还有最后的机会，可他看着在期盼和等待中煎熬的小玉就是挪不动脚步，就是做不了决定。他每天都在自责和矛盾中挣扎，他每天都寝食难安，一方面他觉得太对不住妈妈，另一方面他又狠不下心放下小玉。在一夜一夜的梦里，他不是梦到妈妈病了，他不在身边，就是梦到他离开后，小玉等不到苏世雄的消息终于崩溃自杀。这样一天天的，返城的机会错过了，留在他心里的除了对妈妈的歉疚和不安，还是歉疚和不安。

那天，小玉听了程强的话什么也没说。第二天晚上吃了饭，她对罗小凡说："要不，我约你找个地方聊聊？"

这让罗小凡非常不自在。

罗小凡指指食堂，说："有什么话，不可以在这说吗？再说，咱们又有什么背着人的话呢？"

那时，食堂已没有其他人，小玉便找了张桌子坐了下来。

"小凡哥，我知道你为我做了很多，可你这样不值，你知道吗？"小玉说。

"我又能为你做什么呢？"罗小凡说，"我也没为你做过什么啊！"

"我知道你对我很好。可我爱的人却是苏世雄。你也看到了，我们深爱三年，情深似海，我把十五六岁到十八岁这三年最好的时光都给了他。我把青春的情和爱都投注在了他身上，无论以后我能不能和他走到一起，我肯定忘不了这段记忆。我肯定会时常记起。"

"这个我早就知道。而且这几年里，我也逐渐把对你的情感转移成了友情和亲情。"罗小凡说的是实话。过去小玉每走动一下或挪动一下身体，就像在他心上拨动了一下琴弦，现在那感觉已从他身体里消失，什么时候消失的他都不知。如今他对小玉这样，与其说是一种习惯和良知，倒不如说是一种时间沉淀下来的亲情和友情。

他对小玉说："你曾说过，我们是一家人。难道苏世雄没有消息，你见到我眼红鼻子发酸，不是亲情和兄妹情，还可能是别的？"

小玉听了罗小凡的话，却猛然拉下了脸。

"是。可我还是要对你说，少年的心动并不一定是爱。当初你只是被少年时那一缕温暖所迷惑，以为那是爱。实际上我对你而言，与其说是恋爱之人，不如说是妹妹，或一种温暖的记忆和寄托。其实，你冷静想想，我并不适合你！"

罗小凡就像被谁猛然敲了一闷棍，半天都没再开口。也许他愿意默默守候小玉又不让她知道，就有怕面对这种尴尬的考虑。他这样为了小玉的安危，放弃返城，悄悄守候在小玉身边，在别人看来是犯傻犯痴也不值，可他愿意。而他对小玉已没有任何要求，他只要这样安静地守着她陪着她，便心安理得，再别无所求。他只要她好！只要她好！他心里除了这个念头，没有别的。可小玉的态度却让他感到一种说不出的痛。

于是，他便沉默着、沉默着。

"你又何必为我放弃返城的机会？"后来，小玉突然冷冷地问。

"返城的机会？你怎么知道的？"罗小凡猛然一惊。

"你知道你这样有多傻吗？"小玉几乎是拍案而起喊出来，"你知道我多么渴望有这样一张返城证明吗？你知道我宁愿你回城，也不愿你在这陪我，想尽办法开导我，为我改善伙食……"

"我放弃返城，其实是因为付桥。"罗小凡故作镇静地说，"我回小江南，是听到程强讲苏世雄的事情，可我当时并没在意。就如我给你说的，一时没消息有什么，很正常啊！今天没有来信明天可以有哇！我替你揪心怎么了？当初你看着我难过不是也揪心，也来开导我吗？"

小玉却说："小凡哥，你在这里胡作非为的情况，是我到阿姨单位托人告诉阿姨的，你知道吗？因为我为你心痛！"

罗小凡震惊地问："那我放弃返城的事，也是我妈告诉你的？"

"不是阿姨，是程强告诉我的。他昨天下午对我说，中午他回到宿舍，见你床上有换下的衣服，想着帮你洗了，出门前掏衣服兜时，就看到了那张通知书。也就是说你这次回来原是要办返城的？"小玉死死地盯着罗小凡问。

"我……我不是……"罗小凡一时脑子一片空白，不知说什么好。

"罗小凡，你要知道你这样放不下，其实最累最难做的人是我！"小玉突然双眼像锋利的刀子一般剜向罗小凡，声色俱厉地道，"我很讨厌你这样，你知道吗？你这样传到苏世雄的耳朵，他就真和我吹了。你是知道的，苏世雄那个人很多疑，可你明明知道我爱的是他，却这样惺惺作态，我真不知你是何居心……"

罗小凡看着小玉狰狞的面目，听着她恶毒的话，脸色越来越白，越来越白……他年轻而自尊的心实在无法忍受这种屈辱，他站起来径自走了出去。

这些，站在厨房暗处的程强都看在眼里。后来回到宿舍他不由得心疼地说罗小凡："既然小玉对你这样狠毒，你又何必再为她犯痴犯傻？"

"是呀！我又何必！"当时罗小凡叹道。

罗小凡不由咬牙想：既然她对我这样，我为什么还要帮她呢？我更没必要牺牲自己回城的机会来帮她！

自从周小玉对罗小凡说了那样恶毒的话后，罗小凡就很少和她接触，也很少帮她了。自此，罗小凡就疏远了周小玉，自此他对周小玉就变得客气起来。

周小玉对罗小凡的恶语相向，对罗小凡的打击，比以往任何一次都来得惨重。这几乎让他的一腔热血化作了冰凌。就在周小玉对罗小凡恶语相向的这个晚上，罗小凡来到河坡进行了一次痛彻心扉的反思。

怎么会这样呢？他想，怎么过去把他当家人一样的小玉，如今突然就对他生出了如此的仇恨和厌恶呢？难道一个女孩，爱上其他男孩，就一定要和过去的伙伴反目成仇吗？就不可以有友情和亲情了吗？这，实在令他心痛又心寒。

他不由就回忆起来白鹭河的这几年，每次面对小玉的情景来。他发现，他每次面对小玉，总是又局促又压抑，又紧张又自卑，甚至后来还生出一种无名的胆怯来。可记得小时和小玉在一起玩不是这样的啊！那时总是他以一种高姿态帮她让她。事情什么时候变成这样了呢？他仔细想，那种心理的变化应该是从火车站再见小玉开始的。因为对她动了心，就像做了贼一样，少年的他再面对她就一下局促起来紧张起来。他怕在她面前露怯，总想在她面前做得更好，可偏偏他到了她面前，无论站着坐着躺着歪着，她似乎都认为不对。仔细想想，无论他对她多么关心、多么牵挂，换来的几乎都是她婉转的不满意。也正因为这种不满意不认同，才总让他的心里志志忐忑疙疙瘩瘩，越来越不自信，越来越压抑，就生出一种胆怯来。

而和香草在一起，他总是轻松的，舒展的，自在的，安闲的，自信的。大概是因为香草的天真和单纯。一和香草在一起，他总是会不知不觉就笑起来，心情再阴暗也会明朗起来。和香草在一起，他总是不自觉就受到鼓舞，总是不自觉就振奋起来，而且香草总是能激发他的潜能，唤起他的自信，让他总有一种想展翅高飞的欲望。

想起香草，他不由就想起在学校面对香草时的前所未有的舒畅。那种被什么融化了一般的舒畅，那种身心都变得很轻很轻，就如天上的云朵般的舒畅。

难道……难道我喜欢上了香草吗？这想法只在心头一闪，他便感觉有一股从肺腑涌上的情绪堵在了喉头，心里竟生出了些微痛，就仿佛有幽幽的相思已暗绕于心胸。

可当这个想法一旦在他头脑里清晰，他立即就否定了。一是他已经给香草带来了那样的伤害，他不能，哪怕只是想想，他也不愿再玷污她。二是此时的他早已成了人人唾弃的流氓，他觉得他根本就不配对香草动念头。香草还是个纯洁的学生，他怎么能去动她的念头呢？何况他一直都拿她当妹妹，她也根本就是他的小妹妹。而他以后何去何从还不知道呢！

把那美好的闪念从此忘却吧！他对自己说，心口竟有股痛，有股辛酸。

为了平复这酸痛，他便又拿出竖笛吹起来。那时，那些白鹭已和他很熟了，听到笛声，一个个便叽叽咕咕叫着醒来，有的还四处游走打起架来。

罗小凡感到新奇，便停下吹笛，仔细打量观看起来。然而笛声一停，白鹭随之也就安静下来，各回各窝了。

夜，一时静下来。罗小凡仰天静坐，一种噼噼啪啪的声音就传入他的耳膜。开始，罗小凡并没意识到那是什么发出的声音，惊得一撑胳膊坐起，寻找那发出声音的地方，却发现是片被牛踏折了的青草地。难道……难道是这些踏折了的草发出的声音？

他划亮一根火柴照过去，随着"啪"的一声，他看到一片叶子昂起头来，虽然到处都是皱褶，可毕竟又支撑起来。接着又是"啪"的一声，他看到一棵小草挣脱了泥泞站立起来，虽然还不能站得很直，可它毕竟挣脱了牛脚踏陷的泥槽。他不由一阵欣喜。他想，小草如此微弱，受了践踏，尚且懂得朝着阳光顽强站起。他可是个已不再是孩子的男子汉，难道就因为几句恶语就坏了情绪，并深陷其中放任自流吗？

他问自己："你当初留下来是怎么打算的？除了陪伴小玉，应该还要争取招工和推荐上学的机会吧？现在小玉对你这样，你在招工和推荐上学上应该更努力才对，又怎么能被不好的情绪左右呢？"

一个人一旦陷入不好的情绪，就变得容易钻牛角尖，容易把一切人都当敌人，这不但于事无补，还会把事情变得更遭。这，罗小凡是深有体会的。

他对自己说："你该接受教训了，你已经二十岁了，已经是个男子汉了。"

他这样说着，伸展伸展胳膊，对着夜空做了几个深呼吸，突然灵机一动就童心大发起来。只见他找来一些树枝，把那片被牛脚踏折的草地围了起来，笑着说："你给我启发，我也来滋养滋养你！"

说着就对着那片草撒起尿来，然后便吹着口哨大步朝小江南走去。

3

这次，罗小凡从省城回来确实成熟了不少。

第二天，罗小凡在饭菜上更下功夫了，食堂内外都打扫得一片光亮，组友吃着饭，看着整洁的环境，都啧啧称赞，平时不怎么爱和大家搭腔的罗小凡，也走出来这个桌边坐坐，那个桌边坐坐，很快就和大家闹成了一团，只是对小玉疏远了太多太多。

之后不久，小玉就收到了苏世雄的来信。苏世雄果然说了之前学校管得太严，不方便写信，也没时间写信之类的话，说他一缓下来，就赶紧给小玉写信了，并说了他每晚都如何如何想小玉的话，说现在生活已安排有序，为了表达对小玉的思念，他会每天给小玉写一封情书，以解除因他不在而给小玉带来的孤独寂寞。

果然，从那以后小玉每天便可收到苏世雄的情书。

苏世雄的情书每封都情意绵绵，情深似海，总是看得小玉一把鼻子一把泪的。从此，每天收看苏世雄的情书，便成了小玉最大的快事和精神寄托。

"他说我是他的人，他不会丢我一人在白鹭河的……"

"他来信说，让我安心，他会想办法帮我的……"

"他来信说他会想办法帮我回城，不过他说因为家庭问题得往后推推……"

小玉就像没心一样，虽然她那天对罗小凡那样声色俱厉，可每次苏世雄来信，她还是会情不自禁地同罗小凡分享。

可这在罗小凡看来，她是在证明或展示什么。

因此，他总是淡淡地道："是呀，这下你不怀疑了？"

可那声音到底冷淡生疏了太多。

什么都不可以让罗小凡放弃对小玉的照顾，可小玉恶毒的表情、刻薄的言语，却让他心灰意冷了。

恰巧这时小货郎从小江南路过。

罗小凡便问他："你说放不下一个人是不是很没出息。明明知道她爱人家了，却依然忍不住为她担忧为她操心。"

小货郎却说："什么出息不出息的，人说一物降一物。除非你没遇到，人凡是遇到了那个让他放不下的，谁也难逃一劫。"

"唉，像我这岁数经历都不会太简单。过去我和我们大队有几个女的也有过来往，可那和寡妇不同，那玩玩也就算了，有的连名字都不记得。可我和寡妇，我们俩不同，再苦再不容易，她也放不下我，我也一样放不下她。也有光棍找她，这我全知道，她也不隐瞒我。说白了，她全是为我，为减轻我的负担，为不给我添麻烦。我知道她的心只在我一个人身上，而我的心也在她身上。"

最后小货郎说："凡世间真情感、真爱，都不是那么容易忘、容易放下的。如果随便放下，随便就忘记，那绝不是真情真爱，你也就没必要珍惜！"

罗小凡想：小玉不正是一点小误会就轻易放下了他，而苏世雄，她明明知道他有很多缺点，也为他受这么多折磨，却怎么也放不下。即便他毫不计较地留在她身边守候她，她都感到厌恶，还说他这样会让苏世雄离开她。他还留在她身边做什么？

好歹他从留下来时就已有大致的计划。当初他自欺欺人地对小玉说："我放弃返城，其实是因为付桥。"这话也不是一点儿依据都没有的。付桥之前给他来信说过，他在部队听说有一个农场的青年，和罗小凡情况差不多，开始也是什么都轮不上，后来因为争取因为表现突出，到底还是破格推荐上了大学。这便让罗小凡又抓住了些希望。于是，到了第二年暑假前，他和秦牧商量了办法，便全力以赴付诸了行动。

他先拿出当初秦叔给他的那一百块钱，稍做表示，大队这一关果然过了。然后是分场，也很顺利。分场的人说早有保送他上学之心，既然他说外面像这种情况有推荐的，那就也破格试试，就把他推荐到了总场。到了总场，人家见了他的礼也非常卖力，说既然外面有这种特例，那就看你命强命弱了，便特意向有关方面说明了外地情况，希望上面能网开一面。然而，尽管他方方面面都打点到了，说尽了好话，赔尽了笑脸，事情到最后还是因为政审问题被卡了下来。

他这才发现，这不仅仅是努力的事，也不仅仅是表现好的事，无论他多么努力，表现多么好，过不了政审，他便不能当兵，也不能推荐上学。

过后，他曾和秦牧探讨，走哪一条路不受政审限制呢？

秦叔听到了却说："走哪一条路不受政审限制？在白鹭河这一带，无论是白鹭河上游还是下游，都民风淳、朴人心厚道，不管你什么背景、什么出身，只要你人品好有文化，乡亲们都欢迎你来做他们娃的先生。等学校需要添老师了，我首先就跟杨支书提你！"

罗小凡感觉已给秦家添了太多麻烦，就说："那得等时机。秦叔就别再为我费心了，也许明年我就可以招工回城了呢？"

然而，第二年招工的来了几波，先是赵保国走了，接着李爱国走了，最后徐燕子走了，罗小凡却一点戏都没有。尽管每次招工的来，杨支书都舍着老脸为他说话，人家也很给老支书面子，每次都最先看他的档案，可看了档案人家就摇头了。

每次老支书见了罗小凡一脸为难，不知如何开口解释，秦叔便陪着他蹲在一边吸烟叹气。

每次秦牧一看那光景，就明白了结果，就拉罗小凡来学校，到最后他问罗小凡："接下来什么打算？"

当时，罗小凡迟迟疑疑地道："我想再等一年。"

秦牧则别有一番滋味在心头。

他问罗小凡："还记得你来白鹭河不久问过我的话吗？你问我高中毕业了，都当老师了，为什么还在翻那些高中的课本？我曾对你说，我不死心啊！如今六年时间过去了，我依然没死心。我也依然在做着准备……"

"你博览群书，你一遍又一遍地翻那些高中的书，是希望有一天能得到重用，还是等待恢复高考？"罗小凡问。

"我也说不清，都有吧！"秦牧低头道，"我也不知机会会不会来，可我知道如果机会来了，而我们却大脑空空，什么也不会，就相当于没机会。因此你要做好两手准备，一方面想办法招工回去，一方面也不要放松学习。我觉得，学习不仅可以丰富一个人的内涵，滋润人的心灵，更可以提高和改变一个人的境界。有了扎实的文化知识，即便你回不了城，找一些好工作，也是个条件。"

"是！是！是！秦老师，我在坚持做你给我留的作业，也坚持在看你给我找的书。"罗小凡经历得太多反而泰然了，他自谑地笑着，"想想秦牧哥等那么多年都能泰然处之，就算明年我依然无法招工回城，也不应该再沮丧急躁了。"

秦牧却突然摆开棋阵，幽默道："想想孔明吧！据说孔明青年时一直耕读于南阳郡，直到二十七岁，刘备三顾茅庐，他才出山帮助刘备完成兴复汉室的大业。"

秦牧说着风趣地道："哈哈，有才不怕埋深山啊，来来来！下棋！"

"怪不得秦牧哥不在意他人对你的看法。"罗小凡便在秦牧对面坐下。

"哈哈，孔明和弟弟在隆中务农，平日好念《梁父吟》，又常以管仲、乐毅比拟自己，当时的人对他都不以为然，他又在乎谁对他的看法了？哈哈。"秦牧一边走棋一边说，说到最后又"哈哈"两声。这"哈哈"不同于别人的哈哈，特别有意味。

罗小凡见秦牧不幽默则已，一幽默竟幽默得如此风趣而意味深长，不由得也放开了怀。

二十五

1

可第二年招工的还没来罗小凡就病了，而且一病便不可收拾。

罗小凡发病是在夏天荷花开的时候。开始只是头痛，浑身没劲，不想吃饭，并没什么明显的症状，后来就忽冷忽热地发起烧来。熬了几天，他见抗不过去，就来找秦叔。那天，秦叔一摸他的头，说："咋烧成了这呢？"当即就喊秦牧："牧儿，赶紧带罗小凡到分场医院！"

秦牧赶紧用自行车把罗小凡带到分场医院。当时，医生一检测罗小凡的体温，见烧到四十度，便断定是重感冒，当即就挂上了水。挂了半天水，烧也就退下去了。可是，罗小凡回到小江南，第二天却又烧了起来。

罗小凡就又来到医院，把情况说给医生。

医生说："那是。病来如山倒，病去如抽丝。你烧得这么厉害，你想打一天针就好啊？你昨天烧退下去，那是因为我见你烧到四十度，下的药重。今天你既然高烧复发，干脆就住院吧！"

罗小凡便听医生的，住进了医院。可是住进医院后，一连打了几天针，罗小凡的病也没好转过来，高烧不但没退，后来又上吐下泻起来。开始，秦牧见罗小凡高烧不退，也估摸着是感冒拖得时间太长。他每天几个班的课程，还要批改作业，只能每晚来医院看罗小凡。那晚，他来医院，发现罗小凡又是上吐又是下泻的，心里觉着不对劲，回去就赶紧把情况说给了秦叔。

秦叔一听就咬着牙，捶起大腿来："哎呀，当时小凡烧成那样，我也没仔细看，就让你赶紧送医院了。这会子想来，小凡只怕得的是疟疾啊！"

说着一拉秦牧说："走，跟我一块到医院找医生去！赶紧让他们复诊。"

后来，医院经过验血重新诊断，发现果然是疟疾。

小玉是组长，一听说就派了程强来医院照顾罗小凡。

可那时罗小凡的病情已非常严重，分场医院虽竭尽全力，罗小凡的高烧却依然不见退，且整天处于半昏迷状态。医院见这种情况，就建议赶紧转院回省城治疗。

"我们已经尽全力了，没办法，分场医疗条件有限。"那天，杨支书赶到医院，医院的相关领导对他说，"你们赶紧派人送他回省城治疗吧！这病再耽搁只怕就不好了，就会有生命危险。"

杨支书听了不敢停顿，当即便派守候在罗小凡身边的程强："我身上有些钱，你先拿着路上用，立即陪罗小凡回省城。"

而回去的这段路，罗小凡却走得相当难。

记得那天上午，罗小凡在程强的陪同下来到×城时，天已下起了蒙蒙细雨。那时高烧不退的罗小凡浑身软得只想躺下休息，可为了赶时间，他和程强一起在路边小摊吃了些东西，便强打着精神往火车站去。两人紧赶慢赶来到火车站，却发现通往省城的火车前不知什么原因拥挤着成堆的人。为了能坐上车，程强只得拽着罗小凡往里挤，可眼看着挤得就要靠近门了，却再也挤不动了。那时，罗小凡已经烧得意识不太清楚，程强想挤出个缝把罗小凡推进去，罗小凡浑身绵软又怎么抵抗得过身前拥挤的人群？程强试了几次，看不行，只得拽着罗小凡的手硬往里拉。程强一边拉一边提醒罗小凡，只要我拉着你的手不松，我挤上车，就可以把你带上车。可后来他好不容易穿过拥挤的人缝踏上车阶，把住车门，身后一阵骚动，却生生地把他和罗小凡扯开了。

在和罗小凡的手分开的一刹，程强本能地大喊："罗小凡，到窗户跟前来，我从窗子那把你拉进来！"

他哪里知道，他上了车，就根本不能受自己支配了。他连窗子旁边都到不了，又哪里能拉罗小凡上来呢？因此，后来罗小凡强撑着，挤到一个窗子又一个窗子附近，并没有看到程强的影子。

那时，个子矮小的程强早不知被人挤到了哪里。

车很快就开动了，他们就这样被挤散了。

后来罗小凡问车站服务员："今天还有没有到省城的火车？"

服务员看他病得不轻，又看看下着雨的天说："几个小时后，下一站还有一趟过路车，你最好找辆车赶到下一站去。"

可当时的罗小凡身上除了平时花剩的两三块钱，吃饭搭车都紧张，又哪来的租车的钱呢？

那时，罗小凡烧得厉害，没钱租车，也没想起搭车，凉凉的雨水淋在身上，他感觉好受一些，清醒一些，就下意识抬脚沿着火车道往下一站走来。走到郊外却像换了一重天，原本温柔的毛毛细雨，一下就变成了暴戾的瓢泼大雨，风也肆虐地狂舞起来。一时间，只听得耳边雨哗哗地下，风呼呼地打着口哨，双眼被雨淋得难以睁开。他只能用手臂挡着，眯缝着眼向前走。可有时刚往前迈一步，一阵紧风呼地一下过来，他便要蹭蹭蹭地一连倒退好几步。这样在风中挣扎半天，路没走多远，他原本虚弱无力的身体却更加虚弱无力。不但腿越来越沉，眼皮子也越来越沉。后来他感到腿实在迈不动了，就蹲在路边休息一会儿，缓口气再走，却不敢蹲时间太长。他知道自己处于极度的虚弱中，怕自己蹲久了睡过去后，就再也醒不过来了。

有一次，他感觉自己太虚弱，心想就多休息片刻吧！没想到不知不觉就睡了过去。

后来他听有人惊叫："天哪！你看，这人是不是死在了这里？"

接着有人推他说："要不咱们翻翻他的衣兜，看他是哪里的，好通知他家人。"

他一下便惊醒过来，连连说："我没死，我不要死！"

他捂着自己的口袋，挣扎着站起来，问那两个人："到下一站还有多远？"

"也就几里多路了，你快点吧！不然火车就又走了。"人家对他说。

于是，他强打精神继续往前走。两条腿却一摇三晃不听使唤，是雨太大了吗？还是风太紧了？他总是走着走着腿一软就摔倒在地上。

那时，一直有个声音在他心里轰然作响：我得爬起来！我得继续往前走！我不能死在这路上！我得回省城赶紧治病！我还太年轻！我不能死！我不想死！！

然而这几里多路，对处于重病中的罗小凡来说，就像万里长征。他走完这几里多路，几乎耗尽了所有体力。

因此，当意识已经处于模糊状态的他，走进车站候车室时，问服务员："路过省城的火车走没？"

那服务员说："你也不看看都什么时候了？你看看外面，都万家灯火了，车能不走吗？"

他原本强提着的精神一下子便垮了下来，见不远处有个长椅空着，也不管浑身的衣服湿着，也顾不上吃东西了，扑过去往椅子上一倒就睡了过去。

"罗小凡！罗小凡！你在哪里？"梦里，他浑身发冷，冻得直打哆嗦，肚子里也咕咕叫，正不知去哪里找吃的，却看到程强惊慌失措地在人群里找他。

他清楚地看到，程强找不到他，急得都流泪了。

只听程强说："临回省城医生明明叮嘱，咱们要尽快赶回省城，不然就可能有生命危险。你这是到哪里去了呢？你上不了车，等在原地就好，我也好想办法冲下来找你！你想，你重病在身，我明知道你没上车，我一个人坐车走，心能安吗？罗小凡——"

听着程强的呼唤，他欣慰地想：还好！还好！程强总算找我来了！

"程强，来救我，我躺在这里起不来！程强，快来救我，不然我就不行了……程强，你再不要离开我，我好难受，我太虚弱……"他张口对程强喊，喊了半天却发现自己根本没发出声音。

于是，他便拼命向程强挥手，却又发现他和程强之间就像隔着一道墙。他眼见程强匆匆朝他跟前走来，眼见程强眼睛睁得老大，万分焦急地四下寻找着他，他挥手，他拼命地挥手，程强却根本就看不见他。无论他怎么挥手，程强依然四处张望着，寻找着，向前而去。

"难道我已经死了？我怎么能死在半路上呢？我不能死啊！我要回去见我妈，我要看病，我要活着！"他正这样想，却看到程强又登上了火车，又把他丢下了。

他想，无论如何再也不能误火车了啊！一急，睁开眼，却见外面已经是一片刺眼的阳光。

罗小凡睡醒过来已经是上午九点多。与其说是睡醒，倒不如说是一种强烈的求生欲逼着他醒了过来。毕竟那么久没吃东西了，他不但饥肠辘辘，也烧得厉害，便强撑着买了点稀粥喝进肚里，然后便来找车站服务员。

服务员见他确实病得不轻，就问："怎么没一个人陪着？"

"上一站上火车时，挤丢了。"罗小凡本能地说，"我还年轻，我不想死在路上，希望你们一定把我送上火车，我必须尽快回省城看病！"

当时，服务员看罗小凡病得实在不轻，就把他的情况反映给了站领导。站领导了解情况后，为了保证他没有生命危险，就让站里医生给他打了一针，并在火车来后让人把他送上了车。

然而，高烧中的罗小凡上车后却忘了提醒车上服务员，提醒他到站下车。

上车后，罗小凡由于烧得太厉害不久就又睡了过去。当他听到咣当的一声停车声时，已经过了一站。他只得强打精神站起身一摇三晃地走下车，重新搭回程的客车。好歹那里的客车站就和火车站紧挨着，他很容易就上了回程的客车。

这回，罗小凡特意提醒了列车员，到站顺利地下了车。然而，从车站到家总共三里路，虽不再有雨，也无风，他却一摇三晃地走了三个多小时才到家。那时，他已经不是用身体在走路，而是用意志在往前移；那时，他的双腿就像灌了铅，已经不听使唤，意识也在逐渐模糊，他每向前移一步，都要和死神进行一番较量。与其说他是走回家的，不如说他是靠意志硬把自己挪回家的。当他挣命似的挣到家门口，看到沧桑的妈妈迎出来的那一瞬，眼前一黑便倒了下去。

2

再说程强这边。程强被人挤着拥上火车后，明知道病重的罗小凡自己根本就上不了火车，心里那个急。他原想让罗小凡去窗口，然后拉罗小凡上来，可车厢里根本挤不动，他个子又矮小，哪里又当得了家？他挣扎着想挤下去，却偏偏被人抬起来，往车厢深处而去。眼看着车门关上，车已开动了，想着医生的话，他心都碎了。这可咋办呢？他问身边的青年，下一站有多远？车里人声鼎沸，没人能回答他。他便在车加速的前一刻，对着车外歇斯底里地大叫了起来："罗小凡，你　定要在这里等我！我到了下一站，立即就转回来！乘务员，请把我的话，传给那个有病的人！"

然而，火车只一瞬便远去，站在车外的乘务员的身影立即被甩在身后，程强的声音则被车带走。

程强歇斯底里地喊完，情不自禁就哭起来。

好歹半个小时后就听到到站的声音，他便喊着叫着向车外挤去。

他下了车，便立即冒雨搭上了回程的客车，却正好和罗小凡走岔。他回到×城时，罗小凡正在暴雨肆虐的郊外挣扎。因此，他找遍了整个车站也没找到罗小凡。后来有人告诉他有个个子高高的年轻人，火车一开就沿着铁道往下一站走去了。他后悔得直跺脚，心说我怎么就没想起来在下一站等罗小凡呢？见时间已经下午三点多了，便又立即搭车往下一站赶。赶到下一站，车就要开了。程强看看车站人烟稀少并无罗小凡的人影，就赶紧往车上冲，心说罗小凡应该上车了吧？这次一定再也不能和他错过了。

上了车，路过的车上人并不多。程强更坚定罗小凡就在车上了。因此，随着火车的启动，他便一个车厢一个车厢地寻找起来。然而前面的车厢找了没有，又找后面的依然没有，再找厕所还是没有？他想，难道是正好走岔路了？到了省城，他冲在前面最早下车，睁大眼看着一个一个后于他下来的人，希望从中找到罗小凡，却依然没有罗小凡的人影。那时，他脑子几乎混乱了，难道罗小凡坐上头一趟车早已回来了？

他抱着最后一丝希望赶到罗小凡家，一见罗小凡妈妈，就问："阿姨，小凡到家了吗？"

罗小凡他妈听他这样问，有些茫然，说："小凡没有回来啊？"

他一听，顿时便脸色煞白。

"这可怎么办？这可怎么办？"他又嘟哝起来，"杨支书派我陪小凡回来，我却把他弄丢了，你说这叫怎么回事？"

后来，他向罗小凡妈说明情况后，罗小凡的妈妈说："我看这样吧！你守在车站，我守在家等。"

"可×城车站服务员说他沿着火车道向下一站走了。我后悔啊，后悔当时没沿着火车道去找小凡。当时，天下那么大的雨，要是小凡有个好歹……唉，我恨死我自己了。怎么那么没本事，连一个人都看不好。"他泪眼汪汪地自言自语着，"阿姨，今晚我守在车站，要是一直不见人，明天我还是想回去沿着火车道找找，不然我的心又怎么能安？"

他说着抹着泪就走了。

可程强又错了。

当他第二天快赶到×城时，罗小凡已坐上了回省城的车。当他从×城沿着火车道一路寻找来到下一站时，坐过站的罗小凡正在返程的路上。他打听出病得不轻的罗小凡错过了过路车，在车站躺椅上睡了一夜，第二天车站领导了解了他的病情，让人给他打了针并把他送上了车。待他赶下午四点多的过路车回城时，罗小凡已被他妈送医院抢救了。

就像许多故事情节里描写的那样，那天医生也说了同样的话："年轻人真是太大意了，再来晚点可能就没救了。"

当时，罗小凡虽脱离危险却处于昏迷状态，程强听到这话时，吓出一身冷汗。若不是在过路车站人家给罗小凡打了一针，并免费把他送上车，他真不敢想后果是什么样。因此，后来他在医院一直守到罗小凡苏醒才敢合眼，一直守到罗小凡出院回家才起身回了白鹭河。

3

这次病，罗小凡在医院整整住了三个月，又在家调养了三个月才彻底恢复。

那时，又到了年底，罗小凡觉得身上有力气了，就对妈妈说："要不，我跟你到你们下放的地方看看我爸！"

妈妈却说："最近又有一批招工回城的指标了，你爸听说洛城有个不错的工种，就给当年的老部下写了一封信，让人捎回来。说让你带上到你们那县里知青办去找一个姓李的叔叔。"

然后才说："你办完手续回来，咱们再去见你爸爸。"

这对死里逃生的罗小凡来说自然是一个天大的惊喜。

因此，临出门妈妈警告他："你爸那倔脾气你不是不知道，要知道不是这次你险些丢了性命，他是不可能破这个例，给你李叔写这封信的。你可要珍惜，再出闪失，妈可就帮不了你了。"

他当即就道："妈，你放心，这次再也不会出什么问题了。"

因为他知道爸爸的这封信有多么来之不易。

他更明白，它不但意味着他终于可以离开白鹭河了，更意味着他将有个让大部分知青羡慕的好工作。

罗小凡自然不想把这样的机会让出去，他不想！可这天他拿着老爸破例给他写的介绍信刚刚走到离家不远的街角花园就遇到了苏世雄。或者说，根本就是苏世雄在那等他。

苏世雄让他把以这种方式换来的回城指标让给小玉？他为什么要让呢？要知道，这么好的工种，他等了六七年了，也就遇上这一次。他爸爸愿意开口求人也就这一次。况且，他把机会让给小玉，也就意味着他一个人要留在小江南，而且很可能以后就再没机会回城了，他当然不舍得！

可苏世雄说，如今猛然和小玉分手，小玉一个人在那里，真的是有可能想不开寻死的！一时之间罗小凡心里真是乱极了，也矛盾极了。他也明白小玉那好强又爱钻牛角尖的倔脾气是会做出这样的傻事的。

可……罗小凡下车后不知不觉就走到一棵大槐树下。看到大槐树，他就又想起了那年小玉在开满槐花的树下含情脉脉塞给他包子的情景。

他想：要是自己像付桥一样能去当兵该有多好；或者之前能招工回城；或者有另一个女孩在也好，我也就不用面对小玉独留小江南的尴尬局面了。可如今，苏世雄恰恰在我拿着招工信回县里办手续的情况下告诉我他和小玉分手了，小江南如今就剩下小玉一个女孩子了。到时，我能大大咧咧地办招工手续走人，而留小玉一个人不管吗？

苏世雄说："我告诉你，是知道你是那样的人，会帮她！"

我能做到吗？罗小凡问自己。

就如苏世雄说的，罗小凡和小玉毕竟是发小，是患难之交，又是一起到白鹭河的，平时也没少互相帮助。小玉不仅是付桥的表妹，和他更有着兄妹一般的情谊，他又岂能说不管就不管？

他做不到，还是做不到！

后来他实在没办法，就从口袋里掏出一个硬币朝空中抛去。那时，就像鬼使神差，他口里一遍一遍默念：正面就让，背面就不让！结果，他一看清落稳在地面上的硬币，心就猛然被扎了一下——正面！他当时就想，难道我天生就该让着周小玉，天生就该在她面前吃亏牺牲吗？他不信，就又抛了一次。结果又被狠狠一击——又是正面！他还是不服，又抛第三次，结果老天就像有意和他过不去一样——又是正面！！

毫不掩饰地说，即便这样，他还是不甘心。这可是他用生命换来的啊！况且，他把机会让给小玉，又怎么向爸妈交代呢？

罗小凡蹲在大柳树下左右为难，后来就想起了秦牧。这么多年，他和秦牧已经有了太深的情感。这么多年，秦牧从来都没有放弃走出去的愿望，也从来都没有停止努力和准备。这么些年，他不但在做着准备，也一直在默默地等待时机。同时，他还保持着一颗豁达的心。

到现在他还记得，秦牧曾对他说的那句话："你是个聪明人，即便在这乡村，只要你用心努力，也能干出一番事来。"他想他若留在农村，起码可以和秦牧并肩作战，共同找机会走出去。想到这，他又想起走出家门后遇到苏世雄，苏世雄别有用意说的那句话："前不久我才听说，你爸恢复工作也是早晚的事了。"也就是说，如果真是这样，他把指标让给小玉，就多多少少还有回城的指望。而且当初，秦叔和秦牧也都有让他做乡村教师的打算。也就是说，就算再不济，他也可以和秦牧一起做个乡村教师。将来成为秦叔那样受人尊重的文化人，也不错。而小玉留下来，就她那性格，如今又突然被苏世雄抛弃，就太有生命危险了。

"唉，看来我的确无可救药了。在她这样的时候……算我再犯一次傻，就帮她渡过人生最难这一关吧！"罗小凡蹲在那里，一边自嘲，一边这样对自己说。或者因为他的人格底线，或者因为他心头这猛然涌上来的一念善意，他最终还是把指标让给了小玉。他拿出爸爸写的那封信，打开进行了一番改动，才来县里找李叔。

4

那天罗小凡到场部找到李叔，把爸爸写的信递上，说明来意。李叔上下打量了他五六遍，然后一把抱住说："孩子，真不知你在咱这呀！要早知道就算当时不能帮你回省城，起码可以让你来场部帮忙，少受好多罪呀！"

后来李叔打开罗小凡递上来的信，看了便感慨起来："哎呀！老首长还是老脾气，其实他前几天就给我打过电话了，怎么儿媳妇也在这就没提一字呢？"

然后对罗小凡说："只要他提一句，我知道你女朋友也在这里，又怎么可能不帮？"

罗小凡赶紧装模作样道："关于女朋友的事，我是临来时才告诉我爸妈的。爸妈觉得女孩子家一个人留在乡下不太安全，决定把指标先给我女朋友，我才这样改的。"

"可……可你看现在弄的，就剩这一个指标了。以后这样的好工种还有没有，就不知道了，可我说把这个指标给你吧，你家里又商量先给了你女朋友。唉，我真是替你惋惜啊！你说说这以后，有指标回城都难，更别说这工种了。"李叔说着不由得皱起眉头来。

"李叔，你不用担心。我回城的事以后会有办法的！"罗小凡说着，为了让李叔信任，不由就眯起眼笑起来。

李叔一见顿时整个脸都舒展开来，他又一把抱住罗小凡说："好，一看这笑，就像当年你爸的样子。叔知道你一定和你爸一样，啥事都难不倒，也就放心了！"

那天，罗小凡到达×市已经两三点了，从×市坐一个小时客车到达总场场部，又在那棵大柳树下磨蹭犹豫半天，到达场部办公大楼找到李叔，也就快到下班时间了。

李叔把招工的事情大致向罗小凡说明后，看看手腕上的表，对罗小凡说："走，跟我到街上转转去，咱买几个像样的菜，再买两瓶好酒，好好唠唠家常！"

说着一把拉住罗小凡的手便往街上走去。

罗小凡原没打算在李叔这里吃饭停歇，却扛不住李叔的执意热情。这天，李叔见了罗小凡就像见了老首长，一直拉着罗小凡的手直说到午夜才罢休。

他说了那几十年的许多大变动，也讲了许多罗小凡爸爸过去的事。有意思的是，他讲的罗小凡爸爸年轻时的爱情故事，和秦叔讲那年轻后生和二小姐的故事几乎没有两样；讲罗小凡爸爸新中国成立前打游击的精彩片段，也跟秦叔讲罗挺团长打游击的故事如出一辙。

"那我爸爸新中国成立前是不是在白鹭河打过游击啊？"后来罗小凡问。

"这个，我跟着老首长时，是在陕甘宁一带，后来他去了哪里……我只知道最后他去了延安。"

"哦。"虽然是这样，罗小凡已得到很大的安慰了。虽然他的理想曾许多次因爸爸的原因，过不了政审而搁浅，他也为此而许多次伤心欲绝，可从李叔这里得知他的爸爸是个像罗挺团长一样的英雄，一个为百姓安危而置自己不顾的英雄，他心里到底还是生出了一股暖意。

第二天，罗小凡搭车到分场，又从分场坐毛驴车赶回白鹭河大队时，已经是上午十点左右了。

当时，罗小凡实在不想见小玉。一是男女单独相处，他觉得很尴尬；二是他实在不知该如何面对小玉，一想到和小玉单独相见，他就发怵。他原打算在秦牧家先住着，等小玉指标下来走人了，他再回小江南。可走到秦牧家门口，还没顾上敲门，就听见远处传来狼狗花花的叫声。花花的叫声虽隐隐约约，却带着一种刺耳的焦躁和不安。难道……他心里一紧，想起苏世雄说的那句话："我了解小玉，我实在担心她会想不开寻短见！"来不及思索，便拔腿朝小江南冲过去。

二十六

1

罗小凡有病回省城后，小玉并不知道几个月后，就要剩自己一人留在小江南这地方了。

苏世雄走后，小玉就成了组里的领头人。那时，组里加上程强，只剩下七个人了。虽然农活时大队都会派人支援，可人数剧减毕竟增加了不少劳动量。为了带好大家，她便紧着自己上，一干活儿就冲在最前头。她拼命地干，发疯地干，吃了饭回宿舍倒头就睡，组友私底下都在干什么，她虽有察觉，却不十分清楚。何况，她把自己回城的事全部托付给了苏世雄，也就不愿太操这方面的心。

九月份的时候，也就是程强回来后不久，白鹭河这边来了一批招工的。据说都是招副食品加工、理发、招待所服务员这些工作，她也就并没怎么在意，可到了十月份麦子种上，其他六个组友便如大雁南飞般，前后不到十天全飞走了——先是李爱国和两个大姐被副食品厂招走；接着是程强和余国庆被理发店和招待所招去了。那时，小玉还想，于芳总不会走吧？于芳和她一样，既家庭背景不好，上面又没人，人家招工是不会要的。可过了几天，于芳也向她道别了。据说，是杨树林想办法帮她办了病返。她听了又是惊讶又是错愕。惊讶于杨树林爱于芳竟能做到如此；错愕于突然就剩自己一个人孤守小江南了。她不觉就有些慌乱无措起来。

怎么会这样呢？怎么会一下子都走完了呢？不过，她并没因此大乱方寸。

毕竟苏世雄的信才是她最大的精神支柱。

当时，杨支书见小江南就剩小玉一个女孩了，下了工就让秀喊她来家。

"小玉，小江南那里太荒僻，你还是回家来和秀一起住吧？"当初，才来白鹭河，队里让各家各户认领人时，小玉被秀认领回家，两人住在一起一年多，相处得比亲姊妹还亲，就算小玉他们后来搬到小江南，两人也保持着亲密的联系。小江南就剩小玉一个女孩了，杨支书自然觉得小玉来家住最合适了。

小玉却说："不了。我在小江南已经住习惯了。那里就像家，我舍不得离开。"

"那……要不让秀住过去陪你？"杨支书又说。

"不用麻烦了。我一向胆子都很大，夜里又有狼狗花花陪。花花很通人性，晚上我会让它待在房里，不会有什么事的。支书就不用操心了。"小玉说。

花花的厉害，杨支书是知道的。上一年，有个地痞潜进小江南，进厨房想偷粮食，竟被花花咬着不放，等罗小凡和其他人惊醒赶到厨房，那地痞已被花花咬得两腿血肉模糊，晕倒在地。鉴于此，杨支书见小玉执意这样，也只好作罢。

最后他说："小江南如今就剩你一个了，有啥困难只管跟叔说。"

然后安排秀带小玉去吃饭，让小玉在家吃了饭再走。

那时，苏世雄的信依然源源不断地来着，小玉心里也依然对苏世雄充满着希望。苏世雄说她家庭背景不好，招工进城的事儿，要等到最后才好办，她也深信不疑。因此，短暂的无措慌乱之后，她很快就平复了自己。而且，当新一批招工消息传来，工种比前几次前几年都好，她也就胡乱地揣测起来。难道苏世雄说的，她家庭背景不好，到最后才好办，就是这样吗？就是在剩下她一个的时候，在毫无争议的时候，可以悄悄给她办个好工种，又会省很多麻烦？

于是，小玉便赶紧把小江南就剩她一个人和这次招工的消息一并写信告诉了苏世雄。幼稚的她以为，把小江南就剩她一个和招工的消息告诉了苏世雄，苏世雄那边就会抓住时机，立即着手给她办招工进城的美事了。

然而，小玉的信发出去后，苏世雄却不再来信了。

也许他又和几年前上大学才进校时一样，因为太忙分不开身？也许他正在忙着托关系找人，没时间给我来信？小玉曾一再地为苏世雄的不来信找借口，安慰自己。然而，在小玉焦虑地期待和自我安慰中，时间一天天过去，到了十一月，等来的却是苏世雄的分手信。

苏世雄在信中对小玉说："小玉，以后我就不能再照顾你了。请你多多保重，万事想开。你那暴脾气也该改改了，不然以后会吃亏的。再见！"

当时，小玉把信捧在手里，看这几句话，就有些蒙了。过去苏世雄给她写信，虽然是一两天一封，却也总是洋洋洒洒的两三张，其间总是饱含了浓情蜜意，似乎句句都充满了思念，句句都充满了关心，句句都是深爱，句句都是牵挂。而如今，一个多月不来信，来信却成了这样平淡索然的两三句。

后来她又看了好几遍。"以后我就不能再照顾你了。"开始，她一直都没反应过来。她想，苏世雄说以后不照顾她了，难道是他忙不过来了，有其他事了，让她自己照顾自己？可为什么又说"你那暴脾气也该改改了，不然以后会吃亏的"。这是什么意思呢？暴脾气？她性子是比较直，可在恋爱的六年里，她一直都沉醉在甜蜜和幸福里，并没有对他发过一次脾气啊！

那时，小玉死死地盯着这句话怎么看也看不明白，怎么想都糊涂。后来她注意到了结尾的"再见"两个字。当她注意到这两个字，顿时便感觉有一把刀插在了心上，也顿时明白了苏世雄的意思。苏世雄给她写了这么多年的信，还是第一次用"再见"这两个字。

那时，小玉一下就明白了，他这是在和她说分手呢！

那时，小玉就像泄了气的皮球，精神支柱一下便坍塌了。因为这件事来得太意外了，又是在小江南剩下她自己最孤独最需要帮助的时候。

那时，小玉一下便被砸进黑暗的低谷。虽然强撑了几天，到底还是躺倒了。

"成分不好，一天到晚还想逞能巴高？"

"当初嫌弃罗小凡，和苏世雄好，好了那么多年，人家到底还是不要她了不是？"

那段时间，小玉一下地干活，耳边便会嘤嘤嗡嗡地响起这样的议论声。农村就是这样，小玉收到信后并没给谁说什么，可大家却都会猜似的，都知道了怎么回事。

小玉好强惯了，她受不了大家这样叽叽咕咕的议论，也听不了大家这样含沙射影的闲话。她听到大家的议论，心里就不舒服，就想和谁大吵一架。她也知道这样做只会使闲话更多，何况自从收到苏世雄的信之后，她人虚脱得根本没有力气张口。然而，她越是想保持平静，希望做到什么也没发生的样子，就越是出差错。

正如罗小凡想的那样，小玉的心都在苏世雄那里，她把未来的命运都压在了苏世雄身上。苏世雄却在白鹭河就剩她一个女孩的时候提出分手，这对她自然是致命的打击。

自从收到苏世雄的信，小玉的三魂六魄就丢掉了一大半。

有时，人家正给她说话，她不知想什么却走开了；有时，她正和大家一起干活，干着干着不知想什么，就停在了那里。有人喊她，她就像没听见，举手在她眼前晃，她也没反应。等大家走开去了别处干活，她愣过神来赶过去，又不知大家为什么把她一个人丢在了原地。

秀看着心疼，就劝小玉："你心里不是滋味儿，就请假在家歇几天，何必这样硬撑着？"

小玉却像没听见。收工，秀跟着小玉来到小江南，做好饭端给她。小玉坐在那里看着饭，却不知想什么，半天都没想起动筷子。

秀见了又说："你又何必这样好强，你躺倒几天，一个人在家静静，什么事也就过去了。"

小玉一向刚强，又怎么愿意倒下？她不愿意。她依然出工。可像她这种情形，又怎么可能不躺倒？她没挺几天也就躺倒了。她在床上躺了一个星期，起来后便决定回省城一趟。她要去看看，到底是个什么样的女孩，让六年的一往情深，突然就变成了决绝的分手。

2

那晚，小玉特意穿了姐姐的厚衣服，披散了头发，戴了眼镜，然后便来到苏世雄住的地方。那地方过去她和苏世雄一起回省城时，曾来过几次。苏世雄称它为大院。有一次，苏世雄还把她拽进大院，走到靠近几棵树的一个窗前指给她说，那就是他叔叔的家，那个亮着灯的窗子，就是他每次回来所住的房子。后来，小玉知道那就是省委大院，苏世雄才告诉小玉，他叔叔在省委上班，不过并没告诉她具体干什么的，只说是一般干部。就这，她已经担忧，还曾问苏世雄："你叔是省委干部，会答应你和我来往吗？"

苏世雄当时说："我又不是他儿子，他管我这事干吗？我想就是我爸，也总要以我个人的意见为主吧？"

不过，后来苏世雄曾说，他叔婉转建议他，最好先别恋爱，就算恋爱了，不到该结婚时也不要往家领，说免得他婶子说闲话。因此，小玉一直都没进过苏世雄叔叔的家，就算有一次苏世雄说家里没有人，硬拉她进去，她都执意没进。因为她理解苏世雄不是住在自己家，她不想给他添麻烦。何况，她又不是爱苏世雄的叔叔家，她爱的是苏世雄。

这次，小玉来到这里，则别有一番滋味在心头。她走进大院，看到苏世雄曾指给她的那个窗子，和那次他拉她进来时一样亮着的灯，便悄悄地靠近，再靠近。她想先打探苏世雄在不在家，走到那几棵树前，刚在树荫里稍微稳定了下情绪，便听窗内有人说："不早了，我送你回去吧！不然阿姨又会怪了。"

不用说，这是苏世雄的声音。因为这声音太熟，小玉猛然听到，几乎窒息。

接着一个女孩客气道："都一个院子，又离这么近，就别送了。"

苏世雄则柔情地道："送，不是可以多待在一起一会儿吗？"

小玉听了紧张得几乎忘了冷，而房里则一下没了声音。大冷的天，小玉的心一下就像着火了一般，噼噼啪啪炸响，同时又揪得生痛。她不由向前一步，然后又向前一步。她心"咚咚咚"地跳，怕听到了那不该听到的，又控制不住想去听，想去知道。

突然听到苏世雄非常体贴地小声说："好了，来，我送你回去。"

接着便听到"哐"的一下的开门声。

小玉做贼似的，当即就隐身进不远处的一片树丛里。后来，当她看到苏世雄拉着那女孩的手，在她刚站过的几棵树那里停下，心都快吓出来了。

却听那女孩问苏世雄："你说，你总是对我这么好，这么体贴，这么疼爱，这是真的吗？"

"什么真的假的？"

"我说你对我的爱。"那女孩撒娇说，"我觉得太好了，好得有些假。"

"哦，太好了，就假了？"

"不是。"

"我若没对你动真情，会和你见第一次面时，就决定和你结婚吗？"

"可我总觉得，你对结婚的事，似乎并不是太热情。"

"怎么就不热情了？"

"我是怕你对我不满意。"

"女孩的心，天上的云，看你这心？"

"怎么了？"

"你说我对你不满意呀！"苏世雄揽着那女孩说，"你家庭条件比我好那么多，工作也不比我差，人又这么漂亮。我会不满意？我傻了是怎么地？我自卑还来不及呢！"

"那咱们在大学都恋爱三年了，据说我爸跟你一提到结婚，你脸色都变白了。"女孩说，"有这事吧？"

"那是……那是太激动，太紧张。"

"那你为什么要求推迟一个月？"

"我——又多心了不是？结婚证都领了，难道我还会不想和你结婚吗？和你这个千金大小姐结婚，我总得把房子和别的一切都准备得更好些吧？这需要费点时间。"

"哦。"女孩便不再说话。

苏世雄便俯下身嘴唇雨点般朝女孩啄过去。

而那啄就像刀子，一下一下扎小玉的心。小玉痛着痛着就跌进一片冰冷的黑暗里。

果然，两家不但在一个大院，也离得很近。后来，小玉见苏世雄陪那女孩走到另一个窗前，看着那女孩走进楼道，一直等到那女孩房子亮灯，打开窗子向他挥手才离开。

多体贴呀！比当初对她还要体贴百倍。小玉这样想着，远远地望着苏世雄消失进楼道，整个人哆嗦得几乎站不住。

原来三年前那个夏天，苏世雄约她一起回省城，就是为了和这女孩见面；原来他和这女孩只见第一面就决定和人家结婚了；原来……回家的路上，小玉一直想着那女孩光鲜的身影。她穿着当时很少人才穿得起的呢子大衣，披着当时只有很少人才烫的卷发，皮肤那样白皙，个子那样高挑，人长得那样洋气，按当时的话来说简直就像白雪公主。苏世雄也身着深色的呢子外褂，打扮得也够入时。而她，毕竟在白鹭河待了六七年，即便穿上姐姐的衣服，戴上眼镜，依然是土得掉渣。和土地打交道六七年，使她原本就不白的皮肤早就变成了黧色，而常年的劳作和风刮日晒，早已使她的皮肤变得粗糙不堪。尤其是她的一双手，早已粗糙得抚在脸上刺脸，抚在衣服上挂得布面沙沙响，又怎能与那女孩如笋如玉如白粉团一样的手相比呢？更何况，女孩身材高挑细长，皮肤白皙，浓眉大眼，鹅蛋脸，清秀俊俏，也比她长得好太多。

和这女孩比，小玉实在是自惭形秽。

人往高处走，水往低处流。苏世雄说，那年他和女孩见第一面后就决定和她结婚，小玉非常能理解。如此美貌的女孩，哪个男生不喜欢呢？况且，家庭条件又如此优越。苏世雄移情于这女孩，在当时来说再正常不过。

只是，让小玉想不明白的是，苏世雄既然移情于这女孩，既然见第一面就决定和这女孩结婚，为什么还一直抓着她不放？还一两天给她写一封那么情深意厚的信，还说她回城后要和她结婚。

苏世雄上大学走后，小玉面对现实，观察周边人的情况，当逐渐意识到自己回城希望渺茫后，也曾给苏世雄写信谈到过分手的事。一是她感觉苏世雄年龄比她大很多，已经到了结婚的年龄，她不想耽搁他；二是她也意识到苏世雄进入大学后，他们的生活环境和层次都发生了巨大变化，她感觉自己配不上苏世雄了。可每当她提这个问题，苏世雄都说，他是真的爱她。真爱又有什么城市乡下之分？又有什么贫富差别？又有什么环境和生活层面的限制？

"我爱你，无论我以后走到哪里，成了什么，都依然爱你！"苏世雄曾说。

这让她无比感动。

她曾说："你不要因为当着组友的面说过保护我、照顾我一辈子的话，就不好意思和我分手。我理解你！"

苏世雄说："我说过帮助你、照顾你一辈子，又怎么可能撒手呢？"

然后就总是说："你放心，我会想办法帮你回城的，我们最终会到一起，终归会结婚的。"

那时，她是多么地相信他啊！

可如今，正因为当初她太相信他，一直等着他来帮自己，才弄得大家都回城了，就落她一人留在小江南。而就在这样的时候，就在她最惶恐、最脆弱、最孤独、最需要帮助的时候，一直都说爱她、不舍得和她分手的苏世雄，却突然提出了和她分手。

这对这些年来一直被苏世雄娇纵着的小玉，实在是一种残忍。

小玉想不明白，她实在想不明白。苏世雄和那个女孩见第一面，就决定了和人家结婚，为什么还要一直拽着她，死死不肯撒手？却等到这一刻，等到其他人都走了，就留她一个人在小江南了，才这般无情撒手？

难道他是故意这样害我？小玉曾想到这个问题。

付桥曾说："谁爱不爱你，等时间久了，到关键时刻，你就知道了！"

难道她真的受骗了？难道苏世雄根本就不爱她，根本就是在欺骗她？

可这一切到底是为什么呢？她怎么都想不明白。她并没做什么亏欠和得罪苏世雄的事，也和他前世无仇今世无怨，他却这样对她？

难道，人就可以没有一点良知吗？难道，他的心不是肉长的吗？小玉想得头痛欲裂，心就如掉进了冰窟，却没有了眼泪。

回到家，妈妈和姐姐见小玉脸冻得发紫，问她怎么了。小玉突然道："妈，姐，

181

你们就想想办法帮帮我，让我从白鹭河回来吧？我一个人在那里好孤独。"

然而，妈妈一听，当即就对着她吼起来："要能帮，我早把你哥弄回来了。你不是一直都很信那个姓苏的吗？怎么突然转回头让老娘和你姐给你帮起忙来了？你找姓苏的去呀？怎么巴高没巴上，终于被人甩了？"

妈妈说到这缓了口气，又愤愤道："你又不是不知道，咱家亲戚里，也就付桥他爸能帮上点忙，可他如今正遇事，连自己的事都顾不过来，你让我找谁？"

"你以为你回来，就能好到哪里？现在城里好一点的工作都要通过考试。你初中都没毕业，又在农场待这么多年，你怎么考？凭关系？咱家是有钱，还是有后门？就算顶工作，你也没得顶。当初，为了你姐顶工作，我提前退了。现在我又去哪里退第二回？你就让人省点心吧！"

那时，妈妈的冷嘲热讽像利剑，剑剑刺在小玉心口，剜心刮骨的疼痛让她终于看破了一切。因此，后来姐姐说："妹，你赶紧暖和暖和，别生妈妈的气，妈是明知帮不上你，才说那样的狠话。你先别急，等姨夫的事处理完，咱妈估计立即就会去找他给你还有咱哥帮忙了。"

小玉却不愿再等了。那时的小玉已经彻底绝望，那时的她早已没有了生的欲望。

3

小玉是第二天天擦黑以后回到白鹭河的。有人看到她神色不对，就告诉了秀。秀一直担心小玉，听说她回来，就赶紧追到小江南。秀来到小江南时，小玉正在菜园整理菜地，她还以为小玉在弄菜做饭，便下到菜地掰了一把菜叶子。

"今晚我在这里吃，多炒一个菜。"她说，"小玉你坐车累了，我来做。"

走到小玉跟前，见小玉脸色苍白，秀就敏感地问："怎么？回省城和家里人生气了？还是……"

"没有。"小玉小声说，却没抬头看她。

"那你脸色怎么这么难看？"

"我是晕车。"

"晕车？"秀这时才发现小玉拿个菜铲子，在给菜地翻土整老叶子，就说，"晕车还跑这儿整菜地，怎么不躺床上休息？"

"我是想通过干活活动身体，减缓头晕。"小玉依然小声说，"原来我晕车，都是通过慢慢干点活缓解的。"

小玉说着，手下忙着，依然没抬头看秀。

"那我做饭去了。"秀估摸小玉回省城不顺，便识趣地往厨房这边来做饭。做好饭见小玉干活累得一头汗，洗洗手坐下来饭却吃得很少，当时她没说什么，吃过饭收拾停当，便嘻嘻哈哈钻进小玉被窝没走。

"俺爸说了，让你别想不开。他说既然杨树林都想办法帮于芳办病返了，你也可以办。"

"哦。"小玉嘴上应着，心却早已被妈妈那句"像你这种情况，回来又能怎样"系成死结。

"你以为你回来，就能好到哪里？现在城里好一点的工作都要通过考试。你初中都没毕业，又在农场待这么多年，你怎么考？凭关系？咱家是有钱，还是有后门？就算顶工作，你也没得顶。当初，为了你姐顶工作，我提前退了。现在我又去哪里退第二回？你就让人省点心吧！"这些话始终回响在小玉的大脑里。

让人省点心吧？死了就什么心都省了，就不让妈妈和姐姐操心了。她想。

后来秀问小玉："你该不是回去见苏世雄去了吧？"

小玉听了，心不由一阵刺痛。苏世雄曾是她的幸福和温暖，是她的精神支柱和寄托，如今却是伤她最惨的人。她连听一下他的姓，都会心如刀绞。

小玉说："提他做什么。我回去见他做什么？"小玉说着怕秀再问什么，又说，"赶紧睡吧！我困死了。"

然后就用被子盖住头不再作声。

第二天早上，她掀开被子见秀正穿衣服，就说："今天我精神都恢复过来了，你就不用再过来了！"

然后又解释："这几天，我想把小江南的菜地、池塘、厨房、房前屋后，每间房子都收拾一遍。等我收拾完，你再来找我玩。"

"需要我帮忙吗？"秀问。

"不用。我想静静。我自己这样清理一遍，心里也就干净了，也就没阴影了。"小玉说着，觉得对秀太冷淡了，脸上便努力地现出一丝惨淡的笑。

秀从小玉的话里既揣测不出她回城发生了什么，也揣测不透她的心思。她虽知道小玉有心事，可从小玉这话里，她并没感觉出什么不妥，倒是觉得她在努力振作，便说："好吧！反正现在农活也少，我跟我爸说声，你就不用上工了。"

然后就起床回家去了。

4

秀走后，小玉随便弄点东西吃了，然后给鸡和花花准备了足够的饲料，把昨天没清理完的菜地清理了一遍，就开始打扫房屋前面的场地。她先用铁锹铲除房前的杂草，再用扫帚清理干净，又把地面整理平展。整理到水塘边，她看水塘边的台阶由于常年踩踏，早已变得凹凸不平，又开始整台阶，顺着一个一个台阶整理下去；她看见平时洗衣的石板已踩得倾斜到一边，又忙着垫石板。垫完石板已是中午时分，她走进厨房原是给自己做饭吃的。可一眼看过去，顿时便觉得脏乱得忍无可忍，就顾不得吃饭，又疯狂地收拾起厨房来。

那时，她并不知道自己为什么要这样疯狂地收拾、打扫、清洗。她只感觉一切都归置停当，打扫清洗干净，心也就干净停当了。晚上，躺在床上她才渐渐地明白，她是不想脏脏地死，她想死得干干净净。于是，第二天一大早她又开始收拾房子。

如今和她一个房间的徐燕子和刘慧的床都空着，她看着碍眼，就使出吃奶的劲儿，把两张床摞在一起，给上面盖上了单子。接着她便马不停蹄地开始拆洗自己的被子、褥子、床单和一切衣物。她要把一切都清洗干净，她希望自己不带一丝世俗的灰尘离去。因此，当她把东西一样一样洗干净，晒干缝好折叠好，摆放在一边后；当一切都归置清洗完毕，她便特意挑了两桶水烧了，痛痛快快洗了个澡。然后认认真真地梳理了头发，编了辫子，穿上才洗过的干净衣服和回城新买的鞋子，又挑了担子往水塘边来。

到了水塘边，她并没当即挑水回去，她把水桶放下，就沿着水塘边的柳荫小路走起来。那时，天早已黑透，月儿已爬上树梢。她沿着水塘熟悉的小路一步一步向前走着，昔日里和苏世雄在一起的情景便一幕幕浮现在眼前。曾几何时，水塘边是她和苏世雄最爱来的地方，也是留下他们最多幸福记忆的地方。她已经记不清，哪一棵垂柳下没有他们歇脚的记忆，哪一片树荫里没留下他们恩爱缠绵的影子。那时，苏世雄总喜欢在树荫的浓密处，悄悄地牵起她的手，傻傻地望着她笑，然后出其不意地塞给她这样那样的小东西。那时，每当苏世雄塞给她东西，不管有用没用，她的脸上总会荡漾起难以隐藏的幸福和笑意。苏世雄看到了，便会忍不住亲她吻她，或者紧紧地把她搂在怀里。

那时，苏世雄确实爱她。

他爱她，总想和她在一起。他爱她，总是娇她惯她宠她。

那时，原本该她一个女孩对苏世雄说的话，结果，总是苏世雄说："明天休息，把你的被子、单子这些大件，都拿到河边，到时和我的一块儿洗。"

她说："我的还不脏呢！"

他总是说："不行！拿过来，我趁着一块洗！"

那时，原本该她一个女孩催苏世雄换衣服的。结果总是苏世雄催她："身上的衣服都有味了，要不你换下来，明天我洗衣服一块洗？"

她说："到时你拿来我洗就是。我们女孩子洗衣服在行。"

苏世雄千恩万谢地把衣服拿来，却从来没闲着过。

那时，当她和苏世雄相伴走在这条路上时，她总是幸福满怀，总是觉得这条路他们会一直走下去，一辈子也走不完。可如今……原来苏世雄早已不在这条路上；原来这条路几年前就是她一个人在走。

多少个夜晚都是她一个人走在这条路上啊！那时，她总是傻傻地以为，苏世雄人虽远在他乡，心却一直在她这里，在她身上，却原来他早已另有所爱。

不然，她怎么可能看到那一幕？

不然，她的心也不会如此悲凉绝望。

小玉想着，绕着水塘小路走着。直到夜深她冻得牙齿打战，浑身发抖，才转回到水桶边，拾起扁担打了两满桶水挑着转回来。

她并没把水挑进厨房，而是挑到了宿舍门口，拎进了宿舍里，然后就紧紧地插上了门。

插上门后，小玉就开始一件一件地往下脱衣服。当她脱得只剩一层单薄的内衣，身体在寒冬的深夜禁不住地瑟瑟发抖时，她便拿起水瓢从水桶里舀起满满一瓢水朝着自己的头顶浇下来。接着是第二瓢，第三瓢，第四瓢，第五瓢……当她浇得自己冷得浑身发抖站不住时，便直挺挺地躺在了掀了被子，揭去了被褥的光木板上。

二十七

1

发现小玉出事是一天以后。

那天吃过早饭，妇女主任王春花和隔壁杨三嫂闲聊。她瞅瞅小江南方向说："今早咋不见那边烟筒冒烟呢？"

杨三嫂说："你这一说，我倒是想起来了，昨天你见那边的烟筒冒烟了吗？"

"我没在意。"王春花说。

"昨天我一天在院子里喂鸡喂狗，给孩子整冬季的棉衣，低头抬头的都像是没见那边烟筒冒烟。刚才倒是听到那边一阵狗叫声。"说着，杨三嫂支起耳朵看着王春花说，"你听！你听！是那边狼狗花花叫呢！"

王春花和杨三嫂家都住白鹭河大队最东头，是离小江南最近的两家。门又朝着小江南那边，低头抬头的，不光小江南的房舍和炊烟都能尽收眼底，那边有个啥大动静，也是可以听到的。因此，杨三嫂话刚说完，一阵激烈的狗吠声就传进王春花耳朵里。

"这花花平时是不叫的，难道那边进贼了？不对，花花的叫声咋恁撕心扯肺呢？"王春花听着狗叫嘀咕着，猛然看到花花站在小江南外的路口，正扬着脖子朝她们这边叫，心一下便收紧起来，不由变色道，"你看花花，像是朝咱这边叫人呢！！"

"是呢，声音咋这样？"

"我看咱还是过去看看吧？别让那傻闺女出啥事了。"两人说着商量着走出家门，又急忙叫上了杨树春、杨树林，便朝小江南奔来。后来，一群人被站在路口焦急狂吠的花花领着走进小江南，发现了湿漉漉的床板上已经烧得不省人事的小玉。

那天，罗小凡走到秦牧家门口，听到远处花花的隐隐狂吠时，王春花带着杨三嫂、杨树春、杨树林已经提前来到小江南。王春花见小江南到处都收拾得整齐干净，原本放慢了脚步，花花却急得又大声狂吠起来，罗小凡正是这时听到的花花的叫声的。花花狂叫一阵，便冲到小玉门前哼唧着咬门，王春花几人这才觉出不对劲。

当时，王春花推推门，发现门从里边反插着，喊小玉也没人应，便赶紧喊："树春、树林快卸门！"

罗小凡冲到小江南时，小玉宿舍的门已经被杨树春和杨树林卸掉。

罗小凡一眼瞅见卸掉的门，顿时便意识到情况不妙。

"小玉！"他大叫一声冲进去，一眼就瞅见不省人事的小玉衣衫单薄地躺在湿漉漉的木板上。

那时，王春花和杨三嫂正一边快速地往小玉身上套棉衣棉裤，一边朝门外的杨树春、杨树林大喊："赶紧找找，看小江南的板车在哪里？"

可罗小凡见小玉这个样子，又哪还能等？他见王春花和杨三嫂给小玉套上棉衣棉裤，当即便一甩胳膊脱掉身上的大衣，上去一把裹住小玉的身体，抱起来便朝小江南外奔去。

王春花和杨三嫂一见便喊起来："罗小凡，大队到分场医院二十多里路呢！你哪能一口气把小玉抱到地方呢？你等等！"

"不碍事，我能行！"罗小凡一边说，一边抱着小玉就冲出了小江南。

王春花见一会儿工夫罗小凡就跑远了，就赶紧催在场的杨树春和杨树林："你俩赶紧追上去，到时也好换换手。我马上就来。"

可这天，罗小凡抱着小玉一口气跑到分场医院，却一次也没让杨树春、杨树林换手。关键是杨树春、杨树林虽然一直在后面紧赶慢赶地追，却始终没追上罗小凡。当时，罗小凡就像疯了一样，他跑得太快，从小江南到分场医院二十多里，抱着小玉的他还不到一个小时就跑到了地方。那时的罗小凡一直处于一种高度紧张的状态，抱着小玉从小江南跑到分场医院，接着又在病床前守了两天，都没感觉到自己累。

直到小玉昏昏迷迷醒过来见他在床边，问："你为什么要救我？"

他才惊喜道："你终于醒了？"

小玉又问："你为什么要救我？"

他说："难道你看到我自杀，不救吗？"

"可你救了我，就相当于让我独自一人在这里受煎熬。"

"不会的，小玉，你放心，不是还有我吗？"

"你——？"小玉道，"你回来不是办招工手续的吗？"

"不是。"

小玉一下就糊涂了。

"为什么？听说大伯的问题不是快解决了吗？大伯怎么可能不想办法把你调离这地方呢？"

"快，不是还没有吗？"

小玉则说："可我知道，就算大伯问题没解决，也是可以想办法让你回城的。"

"可……"罗小凡不知说什么好，迟疑了半天就干脆说，"你不是还在这儿吗？我怎么好先离开呢？"

小玉听罗小凡这么说，便垂下头流起泪来。

罗小凡见此，想起在省城苏世雄的表现，觉得不管怎么说他还是真爱小玉的，就谨慎地说："我来时见苏世雄了，其实他还是很……"

可他话还没说完，就被小玉愤怒咆哮着给打断了："不要给我提那个畜生！我永远不要再听到他的名字！！"

"可是……"

"没有可是。"小玉几乎是断喝："无论发生什么，都不要再给我提他。"

罗小凡见小玉咆哮完，竟气得浑身不住地发抖，心里又震惊又过意不去，站在那里犹豫半天，勉强笑了笑，才说："你看这样吧？你几天没吃东西了，我中午还没吃饭，我现在去街上吃点东西。回来时顺便把吃的给你带回来。"

罗小凡说着便走出了病房。

他来到街上，简单地吃了点东西，便用保温饭盒给小玉买了一饭盒羊肉烩面提着回来。他走回病房，见小玉睡着了，便把饭盒和筷子放在小玉枕边不远的床头柜上。然后走过来轻轻摸了摸小玉的额头，发现她的烧已经全退了，浑身一松坐在凳子上，顿时感觉浑身像散了架一般，只觉得整个人都乏透了，往床边一趴，不一会儿就打起呼噜来。

华灯初照，小玉被羊肉的香味诱醒，一眼看到离枕边不远的保温饭盒和筷子，顿时便觉饥肠辘辘，见罗小凡趴在床边睡得正沉，便坐起来端过饭盒吃起来。待她吃饱放下饭盒，坐在那里端详趴在床边的罗小凡时，悔恨的泪水顿时便涌出眼眶来。

她真悔恨啊！她恨自己为什么突然就爱上了苏世雄？

为什么呢？为什么会这样呢？

她觉得，当初，罗小凡对她有情，她也对罗小凡有意。只因为她太自卑，太多疑，以为罗小凡拒绝了她。当听说苏世雄当着那么多人的面，宣布对她的爱；当苏世雄如父亲和哥哥般自然地抓住她的脚踝为她洗脚；当苏世雄拉她入怀给予她无限柔情，她就彻底迷失了，就彻底被苏世雄征服了，心就全被苏世雄装满，就再也放不下别的。

正因为这样，那时她明知道罗小凡时时刻刻都牵挂着她；明知道罗小凡是为担忧她才放弃的回城；明知道即使后来人走得越来越多，罗小凡依然没走也是为了她；明知道每当她因想苏世雄而郁闷的时候，罗小凡就像个影子一样陪在她身边，她却从来没把他放在心上。

"小玉，谁爱不爱你，等时间久了，到关键时刻，你就知道了！"小玉又想起付桥说过的这句话。

关键时刻？！当小江南就剩她一个女孩时，苏世雄却和她分手了。因为他第一次见那漂亮女孩便决定要和人家结婚，因此他上学走，连声招呼都没跟她打。可她还……她多傻呀！

关键时刻？！在苏世雄的突然离去，杳无音信，她忧心如焚，吃不下睡不着的时候，是罗小凡放弃回城陪在她身边；现在，在她生死攸关的紧要关头，依然是罗小凡冲上前来救了她。

可是，如今她又能拿什么报答他呢？

　　小玉这样想着，听到外面有脚步声，刚拭去眼角的泪，值夜班的小王护士就推门进来了。

　　"哇，周小玉你终于醒啦！我听同事说你下午就醒了，可为你高兴了！"性格爽朗快人快语的小王一走进来，便像小家雀一样，一眼看小玉，一眼看趴在那里的罗小凡，嘴里不停地说着，"你知道吗？你这两天昏迷不醒，你男朋友就那样一直虎灵灵地睁着眼守着你。白天不睡夜里也不合眼。我们劝他很多遍他都说他睡不着。可刚听说他见到你醒了，给你买了吃的东西回来，却趴在这里睡成这样。"

　　小玉原本才止住泪，听小王护士这样一说，便又垂头抹起泪来。

　　"不要再哭啦！大家都说你男朋友实在是个很难得的人，都不知你为什么想不开呢！"小王护士温和地说着，拿出体温表说，"来！量个体温，不烧的话，明天就可以出院了，还哭什么呢？"

　　说着小心地给小玉夹上体温表，顿了一会儿，又心疼地一眼一眼地看向趴在床边的罗小凡。后来，她犹豫了一会儿，忍不住又看一眼趴在那里的罗小凡，终于说："你男友这样趴着睡，到深夜可是会冻着的。你看你现在也不输水了……"

　　"要不你帮我找俩人，把他抬床上吧？"小玉说。

　　小王护士沉默了一会儿，扭头看了小玉几眼，又心疼地看看趴在那里的罗小凡，便说："我看也只有这样了，你看这房间也没其他床。"

　　说到这，便不再作声。

　　过了一会儿，小王护士对小玉说体温表到时间了。小玉从腋窝拿出体温表递过去。小王护士看了看说："三十六度八，已经不烧了。那我这就去帮你找俩人去。"

　　小王护士说着就走了出去。

　　这晚，罗小凡做了一个梦。梦到自己非常困乏，走着走着就躺倒在白鹭河河坡上睡着了。那时，大概是中午或者刚午后吧。太阳明丽而灿烂，他躺在河滩厚厚的草地上，感觉舒适又温暖，睡得正香甜，却被调皮的香草看见。香草在地上揪了一根毛毛草，便拿着它在他鼻子脸上还有身上到处搔痒痒。他喊香草："疯丫头，别拿这毛毛草逗哥了，让哥好好睡会儿，哥好累。"喊了半天，香草却像根本没听见。他只得用胳膊肘去挡，可香草原本就是个小疯子，他又怎么挡得住？他挡住这边，她却在那边搔他胳肢窝；他挡住那边，她又扑到这边抓挠他的胸部。他想抬起手臂去抓她，手臂是那样酸沉，他还没抬起，她就刺溜一下跑远了。他想起身去追，可浑身好沉好沉，就像吸在了河坡上。他使了好大劲，急了一头汗，却没能让自己动一下。香草回头往后看时发现这个秘密，便幸灾乐祸地折返回来，扑在他身上和他疯乱起来。

　　"嘻嘻，小凡哥，这会儿我可以好好欺负你了吧？"她说着便用手指头，在他脸上身上这里那里地点起来。点着点着觉得不够刺激，又动手把他衣服解开，手指便调皮地在他胸脯上滑起来。

罗小凡感觉有些淡淡的痒，有些酥麻，只想身体动一动，却丝毫动弹不得，只得眼睁睁地看着小香草在他身上画山河，或者把他当他们家狗似的捏着玩。可是他看着看着只一眨眼，小香草竟变成了一个大姑娘。

他不由一惊，便赶紧喊："香草，你已经是一个大女孩了，你不能这样扑在哥身上了。你不能，你不能了。"

可是，他的声音根本就没法传送进香草的耳朵。他急得直冒汗，后来便想起了用口型。

而当香草猛然发现自己变成了一个大姑娘时，不由便愣在那里。她没从他身上下来，而是那样一直和他对视着，对视着——他感受到了香草眼中流溢的羞涩，也感受到了她的柔情似水，同时他也感受到了自己的迷乱无措和心似山岚——可香草根本就是他的小妹妹，她其实还小，他怎么能对她动情呢？他不能！何况，像香草这么大，还不懂得什么是爱呢！香草毕竟还是个学生呀！他明白即便自己打心里喜欢她，也不能和她这样。他不能，他绝对不能！可就在他这样想时，香草却看着他笑起来，笑得是那样调皮，又那样诡异，还带着一股撩人的柔媚，让他的心无法控制地晃荡起来、迷离起来、恍惚起来。

"小凡哥，其实你应该可以感觉到，我是爱你的，很早很早就爱上你了。你为什么这么久都不来看我一次？"香草说着说着眼里就涌出泪来。

我不能！我不能！他感觉他这样想时胸口有些痛。说他一点儿也没感觉到是假的。可是，当他隐隐约约感觉到时，香草已经在总场，而他已经跌入自卑和阴暗的低谷了。

然而，他正不知如何回答时，香草却温柔地俯下身吻住了他。

那时，他曾极力想逃避，极力想推开香草，可香草却一边深情地吸吮着他的唇，一边在他身上微微地扭动起来。于是，他便又想起送付桥走的那个傍晚，那个傍晚在河坡上做的那个梦，梦里那轻灵柔软的身体，那饱满而幼滑的嘴唇，那如痴如醉的感觉，那来自双方身体的颤抖和痉挛。想着这些，他身体里一下便膨胀起一股穿透的力量……

第二天，罗小凡醒来时感觉浑身湿湿黏黏的，胳膊像是被一个什么东西压着，睁开眼却见自己躺在床上，而小玉则枕在他臂弯里。他想起夜里的梦，一下便什么都明白了。

那时，他感觉小玉其实醒着；或者早就醒了；或者正在悄悄地凝视他。

于是，他有些不自然地问："我……我怎么就躺在这床上了？"

"是我让护士找人把你抬到床上的。"小玉小声回答他。

"可，可是我……"他看着小玉裸着的肩膀，就像亲眼看到了梦里发生的一切一样，心里一阵焦虑，不由便抽开手臂，赶紧坐起来往身上套起衣服来。他想说：我只是想帮你而已，并没想和你那样。又明知道事情已经发生，便转移话题侧起身道，"可是你，你的身体……"

罗小凡想说你身体还很弱，又何必干那事？却又怎么说得出口。

"我的身体好了。"小玉不等罗小凡说完，"哗"地一下坐起，便羞涩地低垂着头快速地穿起衣服来。

"你起来干吗？"罗小凡惊诧道，"就算不烧了，也得再打两天针巩固一下啊！"

"不打了。"小玉说着，快速地扣好扣子，就跳下床来，"咱们现在就可以出院回去了。"

罗小凡看着站在地上的小玉，不禁有些眩晕。如今的小玉已不再是七年前的少女。如今的小玉臀翘腰细胸丰挺，脸上和眼里已有了成熟女子才有的妩媚表情。如今的小玉在白鹭河待了七年，从十五岁已到二十二岁，正是最丰美的时刻。

二十八

1

那天，罗小凡同小玉一走到医院大门口，便被眼前银白的世界给震惊了。

上苍像是有意为两个年轻人掩去过去的不堪记忆，就在罗小凡做梦的这个夜晚，老天爷悄无声息地下了一场大雪，把一切狼藉都覆盖在厚厚的积雪下面，把一个如梦如幻、如诗如画、炊烟袅袅、洁白靓丽的世界展示给他们，就像在为两个年轻的生命重新翻开新的一页，就像是在昭示他们这段情感的重新开始。

当时，罗小凡和小玉看到外面被厚厚的积雪覆盖，都愣在了那里。

罗小凡犹豫了一下，探腿正准备朝前走，小玉却羞涩道："咱们……咱们总得买些东西再回去吧？"

"哦。"罗小凡看着小玉想了想说，"我带你吃点早点，然后你说买什么，就买什么吧？"

"好吧！"

这天，罗小凡带小玉在街边吃了油条喝了咸汤，就来到供销社。罗小凡想着小玉身子还虚，原本要带她喝羊肉汤，小玉却嫌贵执意不肯，说吃根油条喝点咸汤就算改善生活了。罗小凡便由了她。在供销社转了一圈，小玉先要了两个酒杯、一瓶酒和一对蜡烛，后来又看上一件大红的罩衫和一条大红的围裙。罗小凡掏钱买了，想给小玉再买条裤子买双鞋，小玉却坚持不要。当时罗小凡摸摸口袋，知道自己身上的钱也确实有限，想着以后小玉走还需要路费也就算了。

说来也巧，两人买过东西走出来，便看见一辆往白鹭河大队方向去的拖拉机，便趁车回白鹭河来。

一进白鹭河，罗小凡想着回城半年，回来还没见秦叔秦婶，尤其是秦牧，就不由放慢了脚步。半年前他有病，秦牧把他送上车才离开，秦叔秦婶也一直待他像自家人，他回来又怎么能不和他们见见面，打声招呼呢？

罗小凡一放慢脚步，小玉就明白了怎么回事。

"你回来还没见秦叔秦婶和秦牧哥吧？赶紧去见见吧。"小玉说。

罗小凡看着秦牧的学校，再转头看小玉，就和她商量："要不咱们先一块去见见秦牧哥？"

"我不了。你自己去吧？"小玉说着便低下头去。

这时的小玉自然不想见人。

"要不你在这儿等着，我进去跟秦牧哥说两句话就出来。"罗小凡说。

"你和秦牧哥一家都半年不见了，就好好和他们说说话吧！我正好先回去看看小江南的鸡和狗。它们都几天没喂了。"小玉说着，就踩着厚雪咯吱咯吱响地往小江南跑去。

"汪！汪汪！"小玉没跑多远就遇到花花。

花花就像一个丢在家里的孩子见到了亲人，看到小玉便跑着迎过来围着小玉一边抓挠，一边哼哼唧唧地蹦着转着叫着，似乎在说几天不见你还好吧？回来给我带好吃的没有啊？

小玉俯下身抚摸了几下花花，便喊："花花，走，回去！我给你弄吃的。"

喊着就朝小江南跑起来。

"汪！汪！汪！"花花就像听懂了小玉的话，便跟在小玉身后，撒欢似的往回跑去。

"这一切都像宿命，无法逃脱的宿命。"罗小凡见了秦牧苦涩地笑着道，"那天，我回到白鹭河，刚刚站在你家门口，就听到花花异样的叫声，不早不晚，我来不及思索就冲回了小江南，看到昏迷中的小玉躺在湿湿的木板上，我就……"

秦牧不等罗小凡说完，就非常理解地道："嗯。我听说了，你做得没错。"

"可实际上，我早把她放下。现在却又……又……"说到这，罗小凡一下就红了脸。

秦牧却说："又开始了难道不是件好事吗？应该祝贺才对！"

秦牧说罗小凡："当初你为追小玉才到这里，现在一直到整个小江南就剩小玉一个，你依然守候着小玉不愿离去，如今重归于好应该是精诚所至，就不要再顾虑什么了。"

"可……"

秦牧似乎知道罗小凡要说什么，便接口道："你放心！你和小玉的事，不仅我、俺爸俺妈非常理解，白鹭河大队的父老乡亲，也都非常理解。"

那时，罗小凡心里很复杂，和小玉走到一起并不是他想要的，可他已经和小玉睡到一起，又无法再说什么。

他迟疑了半天才说："我总得见见秦叔秦婶吧！"

秦牧就催他："别再磨叽了，现在就小玉一人在小江南，快赶紧回去吧！"

罗小凡走回小江南时，小玉已喂过花花，正端着半碗瘪玉米从饭堂走出来。几只瑟缩着头站在雪地里的鸡一见便纷纷冲过来。那时，小玉腰上围着早上才买的大红围裙，低头"咕咕""咕咕"地叫着为几只鸡撒食，宛若一个新婚的家庭主妇。

罗小凡看着不知为什么，心里一下就温软了许多，看看四周便拿起扫帚扫起雪来。

两人忙了一阵子，小玉看离做中午饭还早，想着罗小凡这几天为了她才睡一个囫囵觉，便让罗小凡回宿舍睡会儿。

罗小凡那时确实困乏得紧，他四处转转见小玉这边宿舍的门已被队里的人安装好，其他地方也不见丢失什么东西，便回宿舍铺开程强帮他洗后包裹起来的被子，躺下就睡了。

这天，罗小凡确实睡得很沉很沉，等他听到花花的叫声，醒过来时外面的天已经擦黑，他睁开眼朝外看看，便赶紧起来往食堂来。

罗小凡来到食堂，恰好小玉从灶房里走出来，双手端着一盆冒着热气的鸡肉，顿时一股鲜香的鸡肉味便在饭堂弥散开来。

"正说去叫你，来得正巧！"小玉说。

"杀鸡咋不叫醒我呢！"

"我见你睡得正香，没舍得叫！"

罗小凡听小玉这样说，看到小玉身上的大红罩衫，心不知为什么竟扑通扑通地跳起来。小玉见罗小凡看她身上的大红罩衫，也腼腆起来。罗小凡看着小玉，小玉看着罗小凡，互相看着呆愣了半天，哗地一下两人都闹了个大红脸。

突然罗小凡想起什么，便说："哦，我去盛饭拿筷子！"

说着便赶紧往灶房内来。

等拿了筷子端了饭走出来，看见饭桌上烛光里摆着的酒和杯子，罗小凡又看着小玉发起愣来。两人就那样对视着，似乎都在回忆着这一路走来的过程，似乎千言万语都在其中，似乎在交流着千言万语。

"就算是咱俩举行的一个仪式吧！"后来小玉让罗小凡打开酒瓶，斟上酒说，"干杯！"

"干杯！"罗小凡也说。不过，大概是才睡醒，一时之间他却找不出更多的话说，便笑着拿起筷子，一筷子一筷子地往小玉碗里夹鸡肉。

"来，你身子虚，正需要补，你多吃点。"

"来，这块鸡大腿肉多，给你！"

"来，鸡胗给你，吃了对胃好！"

罗小凡一边说一边不停地笑着给小玉夹。

小玉则不停地给两人杯子里斟着酒。

"这杯酒，感谢你这些年来对我做出的牺牲和照顾。"

"这杯酒，感谢你这次对我的相救！"

"这杯酒，祝贺你我的重新相聚，希望我们能和睦相处，白头偕老！"

这晚，小玉不但认认真真地梳理了头发，编了两条长辫子，洗了脸，搽上了点儿香脂，轻轻地描了描眉，还特意穿了回城新买的鞋子和在镇上买的大红的罩衫。

她坐在罗小凡对面，面带春桃眼含羞，俨然一位新婚妻子，让罗小凡有些恍惚又局促不安。

这是我曾经的梦想吗？罗小凡想，曾几何时他对小玉动心时，曾想过和她并肩散步，就如她和苏世雄在柳树下的水塘边每晚散步一样；曾想过带她一起荡舟荷花深处的芦苇荡中，就如她随苏世雄一起荡舟那样，却不曾想到与她红烛下如此相对，如此对坐。

的确，后来的一切都变了，罗小凡对小玉爱的想象也断了。他并没想和小玉走到这一步。

在紧张不安中，罗小凡一直想逃避和挣脱什么，一吃完饭就抢着收拾碗碟端进灶房洗刷起来，一边对小玉说："你的新罩衫，别弄脏了，我来。"

却躲在灶房刷这洗那，一直不肯出来。

后来，他伸头朝外看看，发现小玉走了，便佯装着忙完了擦擦手就往自己宿舍来。

"你……"罗小凡走到宿舍门口却发现小玉抱着被褥站在那里，不由就怔在当地。

这正是他最怕面对的问题。

可小玉说："我想着你的被褥半年不用了，一定很潮，就把我的抱了过来。"

罗小凡抬起眼看了一眼小玉——那时，小玉那长睫毛下的一对明眸万般柔情，有些娇羞，又有些担忧，还混合着一种期盼和乞求——便无可抗拒地软成了一摊水。他犹豫了一瞬，便接过她怀里的被褥，率先走进屋来。

这便是小玉，即便她看上去如猫般的柔顺，也让他胆怯震撼，让他顿时就软下来，就低垂下头，不敢再仰望蓝天。很多年后，罗小凡回忆往事，曾这样下结论。

而事实上，小玉对罗小凡来说确实如此。

就如他们这时的一段对话。

"那晚……在医院，我睡着的时候，你怎么就想起那样了？"当时罗小凡拘谨地问。

"我已经对省城绝望，我已经不愿再回省城。我知道你是为我才来到这里的，你这些年为我付出那么多，我用什么来报答你呢？我又有什么能报答你的呢？"小玉幽幽地说，"而在我眼下这种狼狈的时刻，只有你愿意留下来陪我！"

小玉说着便柔情似水地揽住罗小凡的脖子。

那时，罗小凡曾悲哀地想，是啊！就算他早已经放下了小玉，就算他并不希望在这穷乡僻壤度过余生，就算小玉不和他那样，如果小玉请求他留下的话，他会拒绝吗？

他不知道。

况且之前，小玉已经和他发生了那样的事情。况且之后的几天，小玉那娇甜的呻唤，就像具有魔力的曼妙歌声，总是激起他一波接一波的激情。他有反抗否定的余地吗？

最初，小玉的手抚上他的面颊，他感受到柔软光滑的手指在脸上游走，有些不自然，然后听见一声柔柔的叹息。接着，他感到小玉睡下躺在了他身边，他感到她的手划过他胸前，轻轻抱住，空气中顿时便弥漫起一种说不出的暧昧。

他感觉她柔软的身子又向自己靠近了一些，斜侧着紧贴着自己，都可以清晰感受到她的温润香软和凹凸有致来。

他想最初他只是想帮她，把自己回城的机会让给她，并没想这样。因此，突然感觉她的手在解自己的衣服，他浑身一紧就握住了她。

她不动了，任凭双手在他的掌心里。他们这样僵持着。后来他想起早上在医院起来时的那一幕，却又松开了她。

她的手便迅速褪去了他的衣服。

她温顺地俯下身子，一边在他身上扭动，一边抚摸探索着。

他想克制，他一直想克制。

他一直对自己说："不能这样！不能这样！她是失去理智，她是发泄对苏世雄的愤，她是觉得回城没希望了，破罐子破摔。"他越是这样想，越是不能自已。当小玉的手轻轻触碰到那里，他终于还是没有克制住。

早上醒来，罗小凡想着夜里发生的一幕幕，总是觉得非常的恍惚，总是觉得像幻觉，望着外面一片银白的雪，望着被阳光晒化的银白世界，也总是有种如梦如幻的感觉。

说来也怪，自从罗小凡和小玉一起回到小江南，一连好几天都不见一个人过来。连最关心小玉的秀都一直没露面，就别说打听和观风的了，连路过这里的都没有，就像是大队支书开了会似的，大家都在有意回避，也可以说是在有意成全他们这两个可怜的人。这样无风无浪无人造访的日子，就像与世隔绝了一样，两个情意缱绻的人，悠然漫步在其中，漫步在被暖阳融化了的一片银光里，自然时常有如梦亦如幻的感觉！

2

早上两人起床，便一起来到菜地扒被厚雪埋住的大白菜和萝卜。小玉看着不远处还没收的红薯地说："大家呼啦一下都走了，地里还有好多红薯呢？"

这话便勾起了罗小凡的童趣。

"嘿嘿，今儿早上烧红薯吃！"他说着，就孩子一样在地上扒拉起来。

"这么冷，你用手啊？"小玉问。

"过去我在外面逛荡时就这样啊！"罗小凡一边刨，一边吭哧着说，"有时怕人发现，手比铲子还快，一会儿就能刨好几块儿。"

小玉便笑："在哪儿烧呢？"

"当然要在这雪地里，这样吃着才香甜啊！"罗小凡兴致勃勃地道。

"那我拿火柴去！"小玉说着便如一朵红花似的朝饭堂飘去。

当小玉再如一朵红花似的飘回来，罗小凡已经用手刨出五六块馒头大的红薯了。

"水塘那边靠岸有片干泥塘，应该还有很多藕。"后来，在水塘边烧好红薯，两人坐在边上的石墩上分享时，罗小凡又想起了水塘那边靠岸干泥塘里的藕。

"是啊！夏天都是在深水里挖的。后来天冷了，我整天忙着秋收，他们私下里都忙着回省城的事，大家几乎都没想起来挖。"小玉说。

"那我明天就开挖！"罗小凡两眼发光兴奋道。

当然，罗小凡和小玉独处的这几天，并不仅仅是刨红薯挖藕，后来两人还忙起了钓鱼。

当时，罗小凡把组友原来弄的钓鱼竿全找出来，一个一个地全拴上鱼饵插在水塘边。小玉则从几个宿舍搜出过去大家装糖的大玻璃瓶子，装了剩饭做诱饵，用绳子绑了，抛入水塘引诱小鱼入瓮。

两个人忙得不亦乐乎，罗小凡的钓竿虽是三竿不见一条鱼，小玉的几个大玻璃瓶却多多少少总有收获。这样，两人的生活又有了改善，每天餐桌上又多了一盘小鱼。

勾起两人钓鱼的兴趣，则是因为小玉邀请罗小凡划船。

那天吃了红薯，小玉望着荧光闪闪的残荷，和水塘边的那条小木船，想起往事，便对罗小凡说："反正也没事，要不咱俩划划船吧！"

小玉这样说，自然有补偿罗小凡的意思。

当初，付桥费了千辛万苦弄回这条船，就是希望有朝一日罗小凡能带她行驶于碧荷红花之间，感受那"青荷盖绿水，芙蓉披红鲜。下有并根藕，上有并头莲"的诗情画意。

而如今，虽是残荷，有白雪相衬，且在阳光下莹光闪闪，却也另有一番诗意。

诗意，的确是诗意。虽然那一片莹光有些像人含泪看世界，有些凄美，却是绝世的诗意！

当小舟滑过水面，当幽幽的笛声在水面飘荡，水塘里的风景顿时便不同起来。

冬日的水塘，原是枯茎满目，残荷惊心，杈杈丫丫，一片肃杀，苍凉而荒芜。残荷被白雪一盖，皑皑白雪映残荷，原就显示着一种离世的孤寂和高雅，或者叫清逸、恬淡。而当残荷顶着闪着莹光的白雪，便灵性四射，诗彩照人起来。

也或者是一种绝世的凄美。没有夺人之姿，却有惊魂之态！

正是这残荷，才承载了那么多记忆。栉风沐雨的记忆，碧绿青翠的记忆，映红采荷的记忆，芬芳凋零的记忆，铅华渐退的记忆，它们全经历过。

这倒让罗小凡想起了曾看过的宋朝晁端礼的《踏莎行·衰柳残荷》：

衰柳残荷，长山远水。扁舟荡漾烟波里。离杯莫厌百分斟，船头转便三千里。

红日初斜，西风渐起。琵琶休洒青衫泪。区区游宦亦何为，林泉早作归来计。

早作归来计？顿时一切最美的回忆，清晰重现在罗小凡眼前……后来罗小凡就用竖笛吹起了《昨日重现》。

那时，罗小凡的意识又重新回到了那年，又重新回到了油菜花开的季节。他看到了听到他的大胆表白后，小玉羞涩而喜悦的表情；他看到那个有双凤的发卡戴在了小玉头上；他看到付桥弄回船后，他在众目睽睽之下牵着小玉的手，走上这条船的情景；他看到了他和小玉在那年的碧荷里醉成了两朵盛开的红莲……

不过小玉是不知道这支曲子的。

那时，罗小凡真的有些惋惜，不该把回城的指标让给小玉。他感觉，或许他和小玉生活在这里，才是最好的结果。

可是一切早成定局，小玉的离去已在所难免。

那个中午，他和小玉对坐，吃着米饭，就着大白菜和干煎的小鱼，小玉吃着吃着就畅谈起来。

"其实，像这样住在小江南，养一条狗，十来只鸡，旁边还有个水塘，又产鱼，又产藕，夏天还有水菜、苇子菜，还有这么多房子，咱俩生活在这里，也很不错。"

小玉之所以这样说，自然是因为省城已经让她失望，也伤透了她的心，她已不愿再回去，更不愿再见苏世雄。她希望就这样和罗小凡在这里生活下去。

"哦。你都规划好了？"罗小凡问。

"嗯。到时再养头猪。"

"咱们可不比陶渊明，不愁吃，不愁喝，归乡故里，屋后种种树，房前种种菜和花，再买几亩地自己种。咱可是要整天跟着大队下大田，风刮日晒的。而且队里也不让咱喂那么多鸡。"罗小凡说。

"虽说下大田干活要苦要熬，可这小江南毕竟是咱俩的天地。他们不让养那么多鸡，咱就按计划养六只。喂得好，也够咱吃鸡蛋的了。那水塘也属于咱们吧？有鸡蛋，有鱼，有藕，我看回城找个差劲的工作，还不定胜这儿呢！"小玉说到最后，终于说出了她心中的实情。

她想了想，又望着罗小凡双眼闪光地说："到时，咱们还可以想法子在房后种几棵果树，在房前种些花。"

罗小凡也觉得，如果他和小玉这样留在小江南，也不会过得比别人差到哪里去。就如后来白鹭河大队的父老乡亲私下里议论的：罗小凡原就是当教师的料，小玉又那么能干，他们就是回不了城，也不会过得差到哪儿去的。

因此，听小玉那样说，他几乎动了心，他不得不承认："嗯。这样的生活，也不错。"

可就在这时，只听外面一个陌生的声音喊："周小玉，你的招工通知下来啦！"

二十九

1

"小凡哥，你一定也要回城，你一定要回来，我在这边等你！我等你！！"

小玉走很多天后，罗小凡耳畔依然轰鸣着她那撕心裂肺的哭喊。

记得当时，小玉接了通知书愣怔了半天，对罗小凡说："要不，我不要这招工了吧？咱俩就住这一辈子算了。"

可是，罗小凡了解小玉，他知道她有多想有份工作，有多想回城，有多想逃离这个地方。不然，当初她又何必移情苏世雄？因此，他当即就劝小玉："你还是先回吧！你回了我才好想办法回去！你不走，我就永远走不了。"

小玉听罗小凡这么说，抹一把泪，当天下午便去队里办了相应的手续。罗小凡要陪她，她没让。她说她来这里这么多年，秀和杨支书对她照顾太多，她要单独和秀见见面。秀这次和小玉见面后，也不知为什么，火速地就和一个大她很多岁的男人结婚了。那男人是隔壁县里的工人，秀嫁给这工人后，从此便很少回白鹭河了。第二天早上，小玉早早起来给罗小凡做了一大锅饭，吃了饭罗小凡要去送她，她却不让。

她说："队里派的有牛车，还是我一个人从小江南离开吧！不然等我在分场上车，咱们再分手，你却要孤单单一个人走那么远回来。"

可是，罗小凡又怎么可能不送呢？

他送了，小玉的哭喊就烙在了他心上。

而当时，当罗小凡送走小玉，当整个小江南就剩下他孤零零一个人时，那种心理上的空荡和荒凉，便成了一种无法描述的痛。影射到心里，便成了无边的悲怆、辛酸和寂寥。

那时，罗小凡面对空荡荡的小江南，面对那风中的芦苇，想着曾经的美好愿望，不知为什么眼中就流出泪来。

而流过泪再看整个小江南，看那池塘，看池塘边的油菜，看破旧的厨房，看一间间空出来的房子，心上又添了更多悲凉和惆怅……那时，罗小凡的心曾在一种悲凉无奈和孤寂怆然中瑟瑟发抖。

而当他听到门前回窝的鸡"叽叽"的叫声，听到花花的狂吠声，就像母亲听到了嗷嗷待哺的孩子的呼唤，突然就意识到自己成了小江南唯一的主人。

那时，罗小凡想起了责任和承担。于是，作为这个家庭仅剩的主人，他便开始赶鸡进窝，抱柴做饭……准备开始他一个人的生活。

可罗小凡吃了晚饭刚走进宿舍，秦牧就匆匆地赶了过来。

"现在小江南就剩下你自己了，就干脆搬去和我住学校算了，也不用自己开火了，到时就在我家吃饭。俺妈俺爸也这个意思。"秦牧说。

离开吗？罗小凡当时想，这里的鸡和狗都需要他照顾，还有组友临走还没顾上拿走完的物品都需要他照看。虽然都不值几个钱，却都是组友的财产。何况，这里才留下他和小玉的幸福回忆，他实在不愿离开。

"不了，我就想守在这里！"罗小凡说。

秦牧似乎懂罗小凡的心事，他见罗小凡这样，什么也没说，转身出去就抱了被子和铺盖进来。

"秦牧哥，你，你这又何必？"罗小凡惊道。

秦牧说："咱俩都多少年朋友了，你还说这见外话？"

这晚，秦牧刚在罗小凡宿舍铺好床归置好东西，杨树春、杨树林、杨树华几个人就一人背着个铺盖卷子过来了。说是杨支书说的，现在小江南就剩罗小凡一个人了，让他们几个轮番过来值班陪罗小凡。他们一商量，这里有房又有床的，还轮番干吗？大家凑一块儿又可打牌又可侃大山岂不快哉，就兴冲冲一起过来了。

几个人说完，秦牧笑了，说："我已经把家伙搬小凡宿舍了，那边房子还多着呢！你们就看着办吧！"

杨树春、杨树林、杨树华几个人一听就挤眼笑了。他们是了解秦牧的脾气的，他们一向都尊敬他，又何必和他过不去。

"你俩对脾气，你俩住一起就是。"

"我们可不敢打扰你俩，我们住对面女生宿舍去！"

"到时我们约人来打牌、约会什么的，也正好有个合适的地方。"

三个人用眼睛扫着床边秦牧带来的一摞子书，诡秘又有些自卑地眨着眼，说着便嘻嘻哈哈背起行李往对面去了。

罗小凡和秦牧见状，都无声地笑了起来。

而这样一来，小江南就意外地成了白鹭河大队年轻人聚会的大本营。

那时，从城市到乡下一律提倡晚婚。小江南便成了白鹭河杨树春、杨树林、杨树华几个前卫青年的伊甸园。

一天，罗小凡问秦牧："秦牧哥，你今年都二十七了，就算不结婚，怎么着也得给秦叔秦婶领回一个吧？"

秦牧看着罗小凡调皮地笑道："生命诚可贵，爱情价更高，若为未来故，婚姻暂可抛。"

罗小凡听着听着就会意地笑起来，这倒很像之前他们这帮想回城的青年的心态。

然而，当时大家虽然都这心态，却并没耽误谈对象。而秦牧，自罗小凡到白鹭河至今都七个年头了，却从没见他与哪个女孩有接触或恋爱的迹象。

罗小凡说："不结婚，也一直没见你有女友呀！"

秦牧回答得倒简单："第一没遇到放不下的。第二也不想耽误人家女孩。既然自己没一点结婚的意思，和人家姑娘谈，不耽误了人家吗？"

罗小凡觉得，秦牧倒比他们这些城里来的头脑冷静得多。

而当时，秦牧和杨树春几个住过来的第二天，杨支书就找罗小凡谈话了。

他对罗小凡说："现在小江南就剩你一个人了，大队里不得不考虑一下。你来白鹭河那么多年，没少受苦，也没少受屈；还有你的为人，你为什么留下，大家大致也猜到了一些。因此，我们考虑，过去那么多年，你都没怎么下过大田，也就不安排你下大田了。过去，拖拉机、机电房这些好些的技术活，都是青年组在操作。现在他们走了，才换的大队青年接手也没多久，你要想干也可以干，要不想干，也可以去学校和秦牧做伴。你秦叔该退了，你跟秦牧学习那么多年，教孩子你也不在话下。不过，这得等到孩子们开学。"

罗小凡当然愿意和秦牧待在一起了。教书可是当时大队里所有年轻人，包括他们这些城里来的年轻人，都梦寐以求的。

罗小凡这才意识到白鹭河人的善意和厚道。在那个时代，他们这群年轻人不来白鹭河，分场照样会按计划分给白鹭河拖拉机等机械；他们这群年轻人不来白鹭河，白鹭河也会有同样的推荐优秀年轻人去上学去当兵的指标。可他们在白鹭河的这些年，大队里基本把掌握先进技术、操作拖拉机的机会，把当兵、上学的机会全给了他们。这，难道是城里的年轻人比白鹭河年轻人更优秀？当然不是。杨支书说："一群十几、二十来岁的娃，离开爹娘千里迢迢到这里不容易。当初建农场不久，我们这一代很多人就是这样来这里的。如果我们的孩子千里迢迢到别处去，我们心里会怎样想呢？何况你们都是省城里长大的娃。"

罗小凡当时听了半天无语。他不知说什么好。

最后，杨支书对罗小凡说："那这段时间，你就先跟着队里干吧！这样热闹热闹，对你有好处！"

2

的确，和队里的一大帮人一起干活，罗小凡确实感觉到了不少好处。

最初来白鹭河，队里只安排他们跟着两个农代一起下地干活，原本和队里人打交道的机会就不多。后来，他们这群人迁移到小江南，他就抽出来下厨房了，就更没机会和队里人打交道了。他来到白鹭河那么多年，也就是这个时候，才真正和队里人深入接触，深入交流。

那时，正是年末岁尾，一天并没太多活干，大家总是一边干活，一边空中喊话，不是哪个捣蛋的后生和小媳妇们打情骂俏，就是哪个贫嘴的讲笑话，大家在笑闹中抖落着、数落着、夸赞着、埋怨着，干一上午活，大田里净是笑骂声了。这个时候，罗小凡已熟悉这里特有的方言，也有了不少熟悉的人，这样不几天，谁家儿子该说媒了，谁家女儿该出嫁了，谁和谁有什么故事了，谁又和谁有什么瓜葛了，以及谁家是哪一年、从哪到白鹭河的，罗小凡也就知道了个七七八八。

而半天活干下来，过去略有些面熟的，便和罗小凡打招呼说东说西起来；过去认识的，便和罗小凡亲热得跟老相识一般，一到收工便争相拉他回家吃饭。杨树春、杨树林、杨树华三人，原就和罗小凡最熟，不但收工拉他吃饭最黏缠，到了晚上他们来到小江南，也总要黏罗小凡屋里聊会，有时秦牧忘了赶他们，几个人坐在那里海阔天空聊到半夜，随后便钻罗小凡或秦牧被窝不走了。那时，他们身上早已没了虱子，罗小凡也早就不在意他们身上有没有虱子了，很自然就和他们挤作一团睡了。

这样一天一天的，白天干活，有队里男男女女说话；晚上回到小江南，又有秦牧陪着，有杨树春、杨树林、杨树华三人闹腾，罗小凡倒很少有静下来的时候。

不过，即使这样，罗小凡到底还是有感到孤独的时候。

每当他独处，或在笑闹中猛然静下来，心里便会泛起这种感觉，这种孤雁般落魄的感觉。尤其是大家亲热地凑过来，和他说话时，或路上相遇，用那种怜惜和心疼的眼光打量他时，这种感觉便格外的浓烈，似乎注满了他的胸腔，仿佛自己又成了流落街头的孩子。这像极了那年全家下放，猛然留他一人在省城时的那种感觉，却又是那样的不同。那时，他流落街头四顾茫然，无论他多么饥饿，多么孤独，除了付桥和小玉偶尔陪陪他，除了病床上的姥姥，便没人理他。而现在在白鹭河，只要是稍微和他面熟的，哪怕收工了，见了他也要站在路边和他说会话。赶到饭时，一个个更是豁达得非拉他回家吃饭不行。可以说罗小凡在这时跟老乡们接触的次数要比之前的好几年都多。只是每当有同龄人看到他，笑盈盈地跟他打招呼，他也笑盈盈的，也感到亲热；但每当有长辈看到他，犹如看到晚辈似的心疼地跟他打招呼，问这问那说长说短，他也亲切地回应，也感到温暖，心里却依然有丝抹不去的孤独和落魄。

人都摆脱不了世俗的情结。毕竟一起到这里的十几个人都走了，就剩他一个外乡人，孤单单地留在这里。

不过，这时的罗小凡已经相对成熟了许多，他已经懂得了如何去控制这种心理和情绪。

这时，也不知是不是怕再出现自杀事件，杨支书见了罗小凡总是鼓励："小罗，明年有推荐上大学的指标，就是你的了，别沮丧啊！"

或是："没人和你竞争了，好好干哈，明年有推荐上大学的指标，我让全队人都推荐你！"

不过，有一次他却给罗小凡说了这样一段话："唉，我原想你、苏世雄、付桥，你们三个，能留下一个也好。你们有文化、有思想、有见识，也能干，我心里明白，这大队支书只有你们干，白鹭河才更有发展啊！还有秦牧，他干这支书也满打满的行，可他走出去的心比你们还坚定。唉——"

老支书说这段话时，眼神里所表达出的惋惜、忧郁、失落、茫然、无可奈何，似乎比当时罗小凡的心情还要复杂。

那时，罗小凡曾想，难道这也是当初白鹭河人厚待他们这群外来年轻人的原因之一？可是一同来的人都离开了白鹭河，小玉也离开了白鹭河，小玉临走的话还在耳边："小凡哥，你一定也要回城，你一定要回来，我在这边等你！我等你！！"罗小凡那时不光是向往外面的世界，还渴望着同爱团聚。

老支书自然明白罗小凡的心思和打算。

过年，罗小凡想回省城看看，杨支书当即就说："回去代我向你爸妈问好！向其他人问好！"

根本就没提他回来的话。

罗小凡和小玉在一起，毕竟度过了一个星期不是夫妻却胜似夫妻的恩爱生活。

自小玉走后，他几乎每天都沉浸在对那几天幸福生活的回味里。从心理上，他早已把小玉当成了妻子。小玉走后，他就把和小玉的事情写信告诉了省城里的妈妈。关于小玉，妈妈是知道的。包括他对小玉的情感，也多多少少知道一些。

妈妈收到他的信，便来信说："不知小玉身体有啥反应没有？要是有啥反应，就让她先住到咱家来。妈妈会细心照顾她的。最好过年你回来一趟，领小玉来家见个面。"

罗小凡把妈妈的来信告诉小玉，小玉来信却只写了简短的几句："身体没事，不用操心。我现在太忙，关于过年到你家见面的事，你回来再联系我。"

罗小凡过年请假回家，自然是为了领小玉来家见面。

过年回省城，他首先就买了些东西到小玉家来。

小玉妈自然知道了罗小凡帮小玉的事，见了罗小凡格外亲热，不停地夸罗小凡是个好孩子，一个劲儿夸罗小凡用情专注、心地善良。

"孩子啊，因为我这当妈的没本事，啥忙也没给小玉帮上，小玉她打心里埋怨我啊。这不，自去洛城上班就没往家来过信。要不你去洛城见见她，把她领回来过个年吧？"后来，老人和罗小凡商量。

于是，罗小凡第二天便去了洛城。那时小玉已分配在洛城的汽车制造厂，可那天罗小凡来到汽车制造厂并没见到小玉。

开始，他向一个职工打听这批新工人的工作地点，人家说不在厂里，到外地培训去了。后来他又到厂办公室打听，也说是到外地参加培训和学习去了。罗小凡想，难怪后来他给小玉写的信都没回，看来小玉才参加工作，确实比较紧张比较忙，便只好打道回府。

而过完年回到白鹭河，罗小凡也就到学校开始教几个班的语文，熟悉了工作，再给小玉去信，等小玉培训结束接到信，把信给他回过来已是四五月份了。

小玉在回信中说："你不是说我先离开了，你才好想办法回城吗？你就赶紧想办法回城吧！有话见面再说吧！现在我确实太紧张，以后咱们就先别通信了。"

罗小凡看完小玉的信，觉得她是在激他赶紧回城，便心急火燎地等招工的消息。

而等到七月，没等来推荐的消息，没等来招工的消息，却等来了恢复高考的小道消息。

3

小道消息是秦牧从总场场部带回来的。

当时，秦牧冲到小江南，兴奋无比地挥着手朝罗小凡喊："小凡，我这些年的努力，还有你这些年的努力，我们的努力，我们的学习终于没有白费！小凡，我们的出头之日就要到了。"

喊着喊着眼里就滚出泪来。

和秦牧交往这么多年以来，罗小凡这还是第一次看到秦牧流泪，第一次看到他真正的激动，第一次看到他真正的兴奋。

那时，一向沉着淡定，一向风轻云淡，一向一脸恬淡微笑的秦牧冲过来，双手颤抖地抓住他的双肩摇啊摇，激动得就像个大孩子，又充满了悲壮和辛酸，实在让他心颤魂惊。

当他跟着也双眼模糊，他想到了小时妈妈给他讲的范进中举的故事。那真是一种无言的辛酸啊！

这时，罗小凡才意识到，当他为争取推荐上学和招工回城苦恼时，秦牧总是帮他想办法安慰他，其实秦牧也是有苦恼的。而他却从来都没想过秦牧的感受。那时，他们这些来自城里的青年，总觉得自己来自城市，原就属于城里的人，就应该回到城市；总觉得像秦牧这些生在这里长在这里的青年，这就是他们的家，他们原本就应该生活在这里。

可是，秦牧，他这么的优秀，就因为他出生在乡村，连争取的机会都没有。这公平吗？

这时，罗小凡才发现，在他感觉前途渺茫时，从来就没想到过秦牧也承受着岁月的煎熬；在他哀伤很可能会老死乡下的时候，从来就没有想过秦牧也悲哀着比他更悲哀的悲哀，正在期盼和等待着这唯一的跃龙门的机会。

那时，罗小凡看着秦牧满脸的兴奋和辛酸，想着老支书曾说过的话，才真正感受到，真正不幸，真正受苦受难的，不是他，也不是他们这帮从城市来的青年，而是祖祖辈辈都在泥土里刨生活的父老乡亲。他们这帮青年才在这穷乡僻壤熬了几年呢？白鹭河不欠他们的，而他们则欠白鹭河太多太多。

那时，他曾想，谁又能说他就一定应该回城，而秦牧就应该生活在这穷乡僻壤呢？从意志和品质上，秦牧许多方面都比他强；从文化教养和见识上，秦牧虽生长在农村却更不比他差。

而要离开这穷乡僻壤，他除了考学，还有招工等其他机会，秦牧却只有考学这一条路。

就这一条路，也曾关闭很多年。

那一刻，罗小凡似乎一下就读懂了秦牧，读懂了许多他的从不向人道的苦衷。虽然他说不出那是什么，可他坚信那一刻他的心和秦牧是相通的。

于是，罗小凡喊："秦牧哥，太好啦！太好啦！我们终于可以一起走出去了。"

罗小凡喊的自然是实话。这样，他和秦牧便可不分城市农村，同时进入一个大学，将来毕业同时分一个单位了。

当时，罗小凡和秦牧就像喝了兴奋剂，他们想尽办法找资料，然后便开始夜以继日地学习和复习起来。

恢复高考的正式通知是十月中旬以后下来的。那时，麦子刚种上不久，也就是在这样的时候，罗小凡才第一次注意并细致观察了麦苗的发芽和成长。

那时，因为心中有了希望，有了奔头，尽管每天晚上都会学到很晚，第二天早上罗小凡依然会早早起来，坐在凉风里读背课文。大概是意识到很可能就要离开这片土地了，心里有了某种眷恋之情，罗小凡每天早上起来，总要到组友种过的地里转一圈，然后才随便找个田埂坐下读书。

那天早上，他坐在才种过麦子的那块地边，一低头便看见几个出土的麦苗尖尖，如戳穿土地才扎出地面的针尖似的，浅浅的韭黄色，嫩得骄人，不禁感叹："一粒小小的种子，竟有这样的穿透力量！"

秦牧在不远处听到则说："每一个健康的种子，都有一颗奋发向上的心。只要埋得不是太深，能感受到阳光的温暖，这些种子在潮湿的土地里四五天就会膨胀起来，七八天就纷纷钻出地面了。"

果然，第二天罗小凡再看，那韭黄的麦苗尖尖已成形，也都长到大针那么长，依然是韭黄色，不过颜色深了一些。而转天再看就又成了"草色遥看近却无"。站远处看，是朦朦胧胧的一片青翠，走到跟前却不打眼。似这般几天，一个不在意，再看就多出了一两片叶子。就如和人捉迷藏似的，你盯着它看，似乎一天一天也没什么变化，可你一恍惚，几天不在意，它就又发墩了。而到了十二月上旬该考试的时候，原本嫩芽的麦苗早就覆盖了地面，也有了尺把高。

考试是在总场场部进行的。

那时，香草已高中毕业了几个月，她也同时参加了这场考试。

不过，当时大家的精力都在紧张的考试上，罗小凡也不曾多问。

考试自然顺利。记得第一天上午考政治，下午考数学；第二天上午考语文，下午考物理和化学，下来对答案罗小凡基本都没大错。这自然得归功于和秦牧的认识，以及秦牧这些年来的善意督促和激励。

这些年，罗小凡在秦牧的督促下，早已把高中的书本以及秦牧从他叔叔那里弄回来的学习资料温习得滚瓜烂熟，考前又进行了仔细的温习，应付才恢复的高考，自然绰绰有余。

考试分数大致是在考后一个月左右的时间出来的。那时，秦牧他叔学校有个老师正好参加了改卷。他看到罗小凡、秦牧、香草的分数，回到家饭都顾不上吃，就冲到秦牧叔叔家来。

"老秦，你的三个娃，可是为咱家乡争光啦！"后来罗小凡听秦牧说，这老师当时激动地搓着手说，"分数都名列前茅啊！"

等分数线下来，秦牧、香草和罗小凡果然都名列前茅。

体检是在总场医院进行的，三个人也都没有问题。

于是，罗小凡便把狼狗花花托付给秦家，欢欣鼓舞地赶回省城，给爸妈报喜，也给小玉报喜来。

三十

1

罗小凡回到省城，程强和余国庆见了他却极力反对他去见小玉。

"你这分数，必定进名牌大学。"程强说，"何况你大学四年，谁敢保证你不谈恋爱啊？到时可不就坑了小玉？"

"何况，小玉在洛城，你毕业最起码也得回省城吧？到那时再分手，小玉可岁数大了，不好找了。"余国庆说。

程强说："小凡，你在白鹭河，是不知我们进城的情况的，环境变了，一切都变了，许多在白鹭河山盟海誓的一对对，回城后都形同陌路了。"

接着，两个人便开始你一句我一句地给罗小凡举例，说邵美华和李爱国在白鹭河如何恩爱，回城因没分一个城市，就分手了；说赵保国后来和王青云没谈成，和另一个队的女孩在那里谈了几年，因为赵保国一直没找到工作也散了；说钟舒义他们大队有两个人都住在了一起，可因为回城后两人工作和环境悬殊，也分手了。

举了例子，程强又说罗小凡："你虽然把进城指标让给了小玉，可当初你又没许小玉什么，小玉也没许你什么。只怕小玉早就对你疏远冷淡了，因为她心里明白，你很难和她走到一个城市。你是知道的，小玉一向现实。"

余国庆也说："我想也是，小玉进城都一年多了。要知道一年三百六十五天呢！在这三百六十五天里，一个王朝都可改变，还有啥不会发生啊！只怕孩子都有了，也未可知！"

最后，程强总结道："小凡，该放下的就放下吧！如今你考了好成绩，那是老天没瞎眼，那是上苍对你的弥补，让你这个笑脸人改天换地重新开始呢！你说，你把这事写信告诉付桥，还有我们在省城的知道就是了。小玉在那么远的洛城，她回来我们说给她就是，你又何必为这事专程跑一趟？"

然而，罗小凡又怎能不去见小玉呢？

至今，小玉那撕心裂肺的哭喊还萦绕在他耳畔："小凡哥，你一定也要回城，你一定要回来，我在这边等你！我等你！！"

还有那一个星期如梦如幻的温馨浪漫，又岂是轻易能忘记的？

他又如何放得下？

虽然当时送别，还没有条件的他是没许小玉什么，当然因为前途未卜，他也没让小玉许他什么。可他们毕竟在一起度过了一个星期的夫妻生活。何况，他现在考学以后便可以回城了，便可与小玉团聚了。他又为何要放下？

2

罗小凡来到洛城，却意外地看到了这样一幕：在小玉单位附近，一个抱着幼儿的男子和小玉并列走在林荫道上。当时，男子怀里的幼儿一个劲儿哭闹，小玉说着："来，妈妈抱！妈妈抱！"熟练地接过幼儿，晃了几下，幼儿便不哭了。

幼儿用一个小被子裹着，应该还很小。当时，青年男子说："看来儿子还是和妈妈更亲。"

"那是！"小玉还是那么强势，她说着锐利地扫一眼那男子，便得胜将军似的笑起来。

这时，罗小凡才明白，程强和余国庆缠着他说这说那不让他来的用意。原来小玉回城很快就和人结婚了。不然，怎么可能有孩子了呢？

可想而知，罗小凡当时有多么震惊，多么意外，真可谓眼前黑成一线，心里黑成一片。

一个女人，不但主动和他发生了关系，私下里还主动和他举行了结婚的仪式，并和他在一起度过了一个星期幸福的夫妻生活，可回城后却这样不声不响地和人结婚生子了？！罗小凡怎么能想到会有这样的事发生呢？

可一切就在眼前。这哪里还是他认识的那个小玉呀！他认识的那个小玉一向说话算数，光明磊落，虽然事事好强霸道，却对谁都直言而坦率。或许正因为这些，他才一直放不下她，不忍放下她。可如今——罗小凡觉得，他认识的小玉即便进城又意外有了新的情缘，也是会坦诚地告诉他的。毕竟是他把指标让给了她，并救了她的命，她才得以回城的。她回城后不可能一点也不知道吧？人起码得讲点良心吧？可如今，她回城时虽撕心裂肺地哭喊："小凡哥，你一定也要回城，你一定要回来，我在这边等你！我等你！！"可一进城，就和人结婚了？而且过后就像把他忘了，连声招呼都不打？

罗小凡想，幸亏当时自己隐藏在树荫下面；幸亏自己到洛城后，没进她单位直接去找她。不然，他真不知小玉该如何面对他，该如何跟他说！他又该如何面对仅仅一年就变得不认识的小玉和她如今的一切。

当时，许多许多的事，许多许多的记忆蜂拥似的都朝罗小凡涌来，它们纵横交错，横七竖八地塞满罗小凡的大脑。罗小凡只觉得头一下就剧烈地痛起来，他想厘清楚，他想弄明白，到底发生了什么，这一切到底是怎么回事，却怎么也想不清楚，弄不明白。于是，他就沿着遇见小玉的那条路走起来。他试图一边走，一边把这些问题想明白。结果他一直走，一直走，从中午走到下午，从下午走到晚上，腿都走软了，纠缠在心头的疑团依然没法解开。后来他就糊里糊涂跳上了一辆归程的车。

同样让他没想到的是，他半夜在省城下车，程强和余国庆两人却同时冲了上来。

当时，他们一边一个架住他，他感觉自己并没那么糟糕，也没那么脆弱，结果一使劲儿却"哇"地一下喷出一口鲜血来。

"我都说了，坚持一段错误的情感，是自寻苦吃。我都说了，你去见她是自讨没趣，自讨苦吃。你不信。你看你，老是牵挂着人家放不下，结果人家呢？"后来在路边公园坐着，程强终于给罗小凡说出了实情。他说，小玉一回城就交大运了，工作安排得好就不说了，到食堂吃饭正好坐在了单位刚离婚不久的运输队队长对面。当时，那运输队队长喝得晕晕乎乎，一眼就看中了她，就一个月的光景，两人就结婚了。

他对罗小凡说："小玉的事，去年过年你回来之前，我就听说了。只是考虑当时就剩你一人在小江南，就没忍心告诉你。"

接着他便劝罗小凡："已经八个年头了，你对她也算仁至义尽了。该受的不该受的罪和屈辱都为她受了；该放弃不该放弃的也都为她放弃了。她这已不是第一次变卦了，她这已经是第二次背叛你了。第一次就算是她向你示爱你没理解，她才移情别恋，情有可原。那么这次呢？你不但把回城的指标让给了她，还救了她的命，她却丝毫不顾及你是为她才留在小江南的，上班一个月就和人结婚了，现在孩子都多大了，你还留恋她什么？她那样又有什么值得你留恋的？"

余国庆也劝罗小凡："小凡，是时候了。该放下的就放下吧！人生的路长着呢，过去的一切，就一笔勾销吧！和过去来个了断吧！也许正有美好在前方等着你！"

放下？其实，罗小凡在把一口鲜血喷出来的时候，已经放下了。

不放下，难道他还有坚持的余地吗？

然而，命运之神似乎依然不愿放过罗小凡，磨难也并没有就此离开罗小凡。

自从去洛城看到小玉和人结婚生子后，罗小凡便急切盼望早一天离开省城，离开这个总唤起他痛苦记忆的地方。然而，时间一天天过去，认识的人中，凡是参加考试分数到线的，全都接到了通知书，唯独他一直都没消息。他心里不由就打起鼓来。后来他让妈妈先到单位打听，又到街道委员会打听，都没有打听到消息。妈妈当时说："也许因为你爸的问题还没解决彻底吧？"罗小凡听了一下就崩溃了。

妈妈劝他："要不再等等？等过完年还没消息的话，你就先回白鹭河，到时妈妈再给你想办法。"

罗小凡哪里听得进去？当时再过几天就要过年了，他却拎上自己的包就冲出了家门。

三十一

1

罗小凡回到白鹭河大队时，天已经灰蒙蒙的了。当他看到那熟悉的炊烟，那烟雾笼罩中的房舍，那蜿蜒的白鹭河，那在河面低飞正欲归巢的白鹭，以及那默然矗立在大队食堂前的古槐树，一下便想起了来到这里第一天的情景，想起了与秦牧和香草的初次相见。

那时，他多想去见见秦牧和香草啊！尤其是秦牧，这么多年，一直都是秦牧在帮助他，照顾他。而这么多年来，不管他是好还是坏，秦牧都一直拿他当知己，当最好的朋友。可是他到现在都没接到通知书，又有何脸去见秦牧呢？当时，心已伤透的罗小凡觉得没脸见人，也怕秦牧他们见了他尴尬，路过秦牧家旁边的河坡时，连头都没抬，就匆匆走了过去。

他一直硬撑着走进小江南，整个人一下便垮了下来。他望着夜色迷蒙中的小江南，望着它逐渐荒芜，逐渐寥落的容颜，从去年小玉走一直压抑了一年多的情绪，一下便爆发出来。那时，正是白鹭河人做饭吃饭的时候，秦牧、杨树春几个人过来也还早，罗小凡几步迈到池塘边，一屁股坐下，泪水便扑簌簌滚下来。

那时，罗小凡曾想，不是说一直不放弃命运的人，命运终究会回报他的吗？

八年来，他一直放不下那年的温暖记忆，也放不下对小玉的这份情感。可当时为了救小玉他受尽了屈辱，后来为了小玉的安危他放弃回城，再后来他把自己回城的指标都让给了小玉，并救了她的性命，到最后换来的是什么呢？他换来的永远都是打击和伤害。他为什么总是这么不幸呢？不光是感情上太不幸，考学也一样。

八年来，他从来都没有放弃过努力和争取，可是他一次次努力，一次次失败；一次次争取，一次次感受到现实的残酷。现在即便考学，他似乎也不能得到平等待遇。他考再高的分数，也接不到通知书！接不到！！

那时，罗小凡又想起了小江南还是芦苇荡时，他和付桥初见它的情景，又想起了他曾对它的美好愿望，又想起了大家一起垦荒改造它的情景；也想起了曾想和小玉在这里建立家园的美好愿望。

他想，看来小江南将真的要成为我的家园了，不过是我自己的，而不是我与小玉的或其他人的；看来我当真要老死在这穷乡僻壤了；看来，这一切都是宿命……正当罗小凡越想越悲伤哭到心碎处时，却猛然听到身边有窸窸窣窣的声音。他擤了把鼻子抹了把泪，扭转头来，却见香草正坐在那里悄悄抹泪。

"香草？！你……你怎么坐在这儿？"罗小凡齉着鼻子问。

"有人见你无精打采地往小江南这边来，给我哥说了，我没让我哥来，就……就自己赶了过来。"香草一边羞涩地说，一边抹眼泪。

"那你哭个啥呢？"罗小凡为了掩饰自己的窘态，就赶紧四处寻找手绢，后来终于在挎包里找到一块手绢，便赶紧递给香草。

香草接过手绢，一边擦眼泪，一边解释："我……我见你难过就忍不住流起泪来。"

罗小凡就故作镇定地埋怨她："怎么都出去上了几年学了，回来还和小时候一样呢？看看两个眼又成红樱桃了。"

"你还好意思说我，你也不拿镜子照照自己？"香草说。

"我？我一定很狼狈！"

"不知道！"

两人对视一阵，便都无声地笑起来。

每次和香草在一起，罗小凡总是这样，即便遇到再伤心再难过的事情，也会不知不觉地忘掉，不知不觉地轻松起来。

后来，香草见罗小凡眼角还挂着泪痕，便抬起手绢朝他脸上擦过来。

"别——"罗小凡一下便臊得趔趄着身子往后仰去。

香草便笑罗小凡："看把你吓得那样！"

罗小凡红着脸，咧嘴笑着问香草："刚才你知道我为什么难过，就跟着哭成那样？"

香草却心疼地望着罗小凡，小声问："又是因为小玉姐吧？"

"是。"罗小凡不由低下头来。

不过几年不见，香草对他的事还是看得这么准，实在让他有些震惊。他告诉香草，当初他把回城的指标让给小玉，小玉说等他，他心里拿她当未婚妻，结果他最近得知小玉回城就和人结婚了，而且如今孩子都生了，还一直隐瞒着他。

后来罗小凡感叹："我是为人性难测、人心易变而心痛心寒心碎啊！"

香草却幽幽道："小凡哥，我不是说了，就算全世界的人都背叛了你，都不要你，不是还有我与你相伴吗？"

然后和小时候一样，小心地拽住罗小凡的胳膊，轻叹般地喊了一声："小凡哥！"

罗小凡一听，心顿时就柔软下来，不由问："你？"

"是呀！就让我来疼你爱你，和你相伴，好吗？"

"啊？"罗小凡这才回过神来，看到香草两只如凝脂、若柔荑的手握在自己胳膊上，惊得当即就抽回了胳膊。此时坐在他身边的香草，早已不是那个双手拽着他，在他身上乱蹭，他也不会觉得有什么不合适的调皮小丫头了；此时坐在他身边的香草，就如这池塘里夏季隐隐约约初开的白莲花，圣洁而美丽；此时坐在他身边的香草，已经是一个胸脯丰挺，身形圆润的妙龄少女。而他不但早已落进尘埃，且前途无望，又哪里能配得上她？罗小凡这样想着，便摆出一副老大哥的姿态教训香草："不是大哥我说你，你如今已是十七八岁的大姑娘了，可不能像原来小孩子那样不管不顾胡乱说话了。幸亏这会儿没人，不然……"

可香草却向罗小凡靠得更近了，她笑着问他："我怎么胡乱说话了？"

"怎么胡乱说话了？今儿个哥可没喝酒？"为避开香草，罗小凡只得把身体往后挪了一些，用胳膊支撑着身子道，"人说十八岁姑娘一朵花。你如今出脱得不说万里挑一，在咱这白鹭河十里八村也是千里挑一。你是要家庭有家庭，要人品有人品，而且又马上要进大学学府了，可以说前程似锦。而我，不过是一个打架斗殴的社会无赖，一个将在白鹭河，将在这小江南干一辈子苦力的农民。你怎么能把自己往我身上乱扯？我……我怎么能玷污你……"

可没等罗小凡说完，香草就惊讶道："小凡哥，你今天是怎么了？怎么胡话连篇呢？"

罗小凡悲哀地道："我这又哪里是胡话，没事没情的，我跟你说胡话干什么？我说的都是实情。参加高考过分数线的，人人都接到录取通知书了，唯独我没收到。我不在这当一辈子农民，又能怎样？"

罗小凡说着心里难受正想找根烟吸，香草却无声无息地从口袋里掏出个东西慢慢展开，举到他眼前。

"这是什么？"香草举着一张纸说，"这回不是老天和你过不去。这回怪你自己。你在这里考的，通知书怎么可能寄到省城呢？通知书早到了。我哥刚听人说你没精打采低着头往小江南来，就猜是你还没听到消息。可你走得太急，也不知是不是你家又搬了新地址，我哥按原来你留的地址给你去信，信又打了回来，你又没留个临时可以打的电话。我们想反正你要回来，就在家等你！"

等香草说完，罗小凡早已看完通知书。这时，泪水又从他眼里滚滚流出，这一次是意外惊喜的泪，是无比兴奋的泪，是幸福激动的泪！

他顾不上擦泪，只顾兴奋地拽着香草问："我们都考上 Q 大了吗？"

"是！是！是！小凡哥。"香草声音发颤地说。

"我终于见到通知书了！"罗小凡兴奋地说着，一股一股的泪又从他双眼涌出来。

香草心疼地看着、看着，便又忍不住抬起手绢朝罗小凡脸上擦过去。她一边擦一边流泪，当手绢擦到罗小凡嘴角，她手一颤便扑过去吻了上去。

"小凡哥，就让我和你相伴好吗？"

当香草的唇战栗着，身体蜷曲着，像醉了般朝罗小凡摩挲过来时，罗小凡感受着她那嘴唇的幼滑，感受着她身体特有的那种轻灵和柔软，内心不由得便激荡起来。他一下又想起了送付桥当兵走的那个夜晚，在白鹭河坡，在那块大石头边，栽倒后做的那个美妙绝伦的梦；想起了梦中那轻灵柔软的身体，那饱满而幼滑的嘴唇，那如痴如醉的感觉，那来自双方身体的颤抖和痉挛，他曾希望把整个自己都献出去。那给他留下了太深太美的记忆。因此，尽管他后来被人诬陷耍流氓，而挨了不堪的批斗，并从此受人唾弃，却依然无法忘记那个梦，无法忘记那种美妙，并一直迷恋着。罗小凡想着想着，便一把把香草推开。

"那年我送付桥当兵，喝醉酒回来，真的是你……"他惊讶地问。

香草不等他问出口，就娇羞地道："人家不是告诉过你吗？是我，是我不好……是我喜欢你，想趁你醉酒偷偷亲亲你，结果就被柳姊看到了。你别怪我！"

香草羞涩地看着罗小凡，似乎犯了什么不可饶恕的罪，说话声越来越小，说着说着便娇羞地低下头去。

罗小凡看着香草，夜幕中她低头的姿态是那样楚楚动人，就如白鹭河的白鹭，轻轻垂下长颈等待着人来抚慰。一时，那年香草离开白鹭河去总场时说的话，在总场见面时说的话，便又重新来到罗小凡脑海耳畔。

"爸，妈，小凡哥没错，是我……"

原来，香草果然……即便这么多年，罗小凡一直迷恋那个梦，却也不敢深想。出事那年，香草才十三岁，而事发后他便一直处于浑浑噩噩风雨飘摇的状态。这样的状态，这样状态下的心情，他也不能想什么。

罗小凡看着夜幕里的香草，看着如今已经长得楚楚动人的香草，心里真是又震撼又百感交集。

"不，是哥我伤到你了，让你离开家乡……"

"是我，是我不好，是我喜欢你……"香草又说。

听着香草诚实的坦白，罗小凡那在心里隐藏压抑了太久，一直都不敢承认不敢面对的情感，突然就火山一样爆发了，他浑身猛然就迸发出一种力量，他一下就勇敢起来，一把把香草搂在怀里便疯狂地吻起来。

泪水再次汹涌地奔出他的眼眶，他顿时泪流满面。

他想起了香草刚才说的话："小凡哥，我不是说了，就算全世界的人都背叛了你，都不要你，不是还有我与你相伴吗？"

就算全世界的人都背叛了你，都不要你，不是还有我与你相伴吗？这是怎样深情又长情的一种爱啊！

其实，香草在更早更早就对他说过类似的话。

记得那年小玉移情苏世雄，香草就曾心疼地拽住他的胳膊说："小凡哥，就算全世界的人都不喜欢你，不是还有我与你相伴吗？"

他当时曾苦笑："你？"

"是呀！"

"你个小不点能做什么呢？"

"我也可以做你女朋友呀！"

他那时曾说香草："你还没个芝麻大，就想着做人家女朋友了？"

那时香草曾天真地说："我也会长大啊！小玉姐不是不愿做你女朋友了吗？那就等我长大，让我来做你女朋友呀！"

当时，他"噗嗤"就笑了。因为那时香草还太小太小，他根本就没当回事。可是在他来白鹭河第一年无法向小玉表达爱时，是香草千方百计帮他；后来小玉移情苏世雄，在他最痛苦难过的时候，也是香草一直陪伴在他身边；再后来……即便她不得不去总场上学，也依然牵挂着他，并一直期待着，努力着，也朝着他将来要回的那个城市靠近着。

这该是多么纯多么真，又多么深沉坚韧的一种爱啊！

一个人，没有无法向人道之痛，又怎能倾诉如源源不断之泉？没有遭遇过落魄和冷眼，又怎能读懂人间的冷暖？没有刻骨的重创和挫败，又怎能深刻体会得到的喜悦和温暖？

罗小凡这才发现，命运并没有薄待他，也没有忘记他，当他爱情失意，事与愿违时，原来命运另有安排。

当一个人拥有了真正的爱和幸福，又有什么是不能原谅的呢？那时，罗小凡把香草拥在怀里，就像拥住了所有的成功和幸福。

过后，罗小凡也曾反思：也许只是他一味地追求，小玉从来都没有接纳过他，或真爱过他，因此他面对她，才总是胆怯、自卑，才做什么都感觉不对不够好，才总是感觉局促、压抑。

而和香草在一起，总是自在的，无拘无束的，自由放松的，没有任何压力的，因此他和香草在一起，再难过也会不知不觉笑起来；心情再阴暗也会不知不觉明朗起来。而且，香草那仰视和欣赏的目光，总是让他不自觉地就受到鼓舞，就振奋起来，总是能激发他的潜能，唤起他的梦想，让他总有一种想展翅高飞的欲望。

这让罗小凡终于明白了什么是真爱。

因此几年后，他和香草大学毕业在那家饭店结婚，看到小玉走进来，也没了任何怨恨。

2

而当时，在小江南水塘边，当罗小凡热泪滚滚地拥抱住香草，两人深情缱绻一番后，香草小心翼翼掏出当年罗小凡送给她的那个双凤发卡，让罗小凡帮她别在头上。

罗小凡问香草："你说，咱俩这样，你爸你妈会愿意吗？"

却猛然听到有个声音说："都这样了，还说什么愿意不愿意？赶紧吧，家里准备的饭菜只怕早凉了。"

竟是秦牧的声音！？

香草当即就跳起来叫道："哥，你怎么来了？偷听人家，真是！"

秦牧却反驳："你以为我愿意啊？你一出门，咱爸就催我，赶紧，这疯丫头准打罗小凡主意去了。你赶紧过去看看，别大学没上，再叫她惹出什么篓子来。我跟来了，果不其然，你说要不是小玉已经结婚生子，你岂不是……"

"我怎么了？我对小凡哥才是真心的，我才是真爱他！"香草说着，一把就拐住了窘在那里的罗小凡的胳膊。

罗小凡面对秦牧好不尴尬，要是看得见，只怕那脸红得跟猴子屁股也没什么差别了。他只能在心里嘀咕：这个疯丫头也真是，当着自己哥的面，连个缓冲都没！

结果，回到家秦叔却说罗小凡："像你这种斯斯文文的男孩，也就配香草这疯丫头合适！"

那天，罗小凡随秦牧、香草回到秦家，秦叔秦婶知道了罗小凡和香草的事，都高兴得合不拢嘴。原本秦家两个孩子同时考上名牌大学，已经轰动了整个白鹭河，如今同时考上的罗小凡又成了秦家未来的女婿，秦家一下出了三个 Q 大大学生，自然是喜上加喜！

第二天，杨支书听说也高兴得合不拢嘴，白鹭河大队这么多年都没出过大学生，这一出就出了三个 Q 大，他自然也感觉光荣。因此他听说罗小凡回到了白鹭河，第二天就让人把自己家的大肥猪杀了扛到秦家来，说是为他们这个农场出了三个名牌大学生而庆祝，为白鹭河大队出了三个名牌大学生而庆祝，为秦校长家出了三个名牌大学生而庆祝！队里的各家各户听说也都纷纷送来鸡鸭鱼肉和各种菜蔬。这时，县里和分场也敲锣打鼓接踵而至，给秦家送来贺礼和年货。秦叔见这情形，为表庆祝，便急忙请来做宴席的厨子和放电影的师傅，过年就在大队食堂前古槐树下连摆了三天大宴席，连放了三天电影。

这种温馨幸福和盛大的喜庆，对罗小凡来说自然都太意外了。当时，他按捺不住心中的喜悦和幸福，赶紧给省城里的妈妈打去电话，又立即给付桥去了信，告诉了他这一喜讯。

付桥听说自然为罗小凡高兴。罗小凡一到大学，他的电话就打了过来，在电话里一个劲儿说恨不能一步跨到罗小凡身边，大碗喝酒大口吃肉，为罗小凡庆贺一番；又后悔当了兵，没能和罗小凡一块考学。说原来学习比他差很多的同学，平时都没咋看书，听说恢复高考的消息，不过跟着人补习了一个来月，都考上中专了。他要一直跟着罗小凡，平时本来就能看点，关键时刻再有罗小凡和秦牧的指导，怎么也考个大专。可他在部队听说恢复高考的事没法考，只有干着急，一点儿办法也没有！罗小凡说："当兵努力成为将军，可是我一辈子都想实现的美好愿望啊！"付桥当时说："你放心，我会努力帮你实现这一美梦。"

结果，罗小凡大学四年毕业一回省城城建局报到，付桥就坐不住了。他总是想起和罗小凡在一起的点点滴滴，尤其是在白鹭河同甘苦共患难的生活，便不断地写信来电话跟罗小凡唠叨，总是说还是觉得回来和罗小凡在一起，和大家在一起，大家相伴着生活干事情有意思。罗小凡一说年底准备和香草结婚，他就更急了，也不知怎么活动的，当时已经提了排长的他，到了年底硬是办了提前转业的手续，并对罗小凡说："有理想在哪都可干出一番事业，我回去干了让你看！"

罗小凡听了灵机一动，便问付桥："先问下你哪天到家，要是日子差不多，我就找个饭店弄上一大桌，把婚事办了算了。这样，我把原来在白鹭河相处了那么多年的组友，能请来的都请来，为你接风也热闹些！"

付桥自然赞成，说："这样大家多年不见，也正好可以聚聚！"

后来付桥确定了日期，罗小凡便在家对面那家大饭店定了桌。

那天，一听说罗小凡要结婚，付桥也提前转业回来了，曾经在白鹭河一起生活过的一帮人，男的除了苏世雄和还在当兵的江诚，程强、余国庆、赵保国、李爱国都来了；女的刘慧、徐燕子、王青云、于芳、邵美华也来了。大家好不热闹。

那时，小玉和那个运输队长离婚后，已辞了洛城的工作回省城做小生意。大家都觉得这样的场合，罗小凡不会通知小玉，小玉也不会露面。可后来她还是来了。

那天付桥来到饭店，和大家打过招呼，看着紧挨罗小凡身边站着的香草就笑起来："怎么小小的疯丫头，长着长着就长成了我的嫂嫂呢？"

香草说付桥："那么多年不见，还是那么贫嘴？"

付桥便看着她和罗小凡笑，一边摸着下巴说："嗯，真好真好！"

说着说着便问大家："谁知道林梅住哪，去帮我把林梅找来？"

"怎么你回来没提前通知她？"

"你咋不跟她提前商量好，让她来这里呢？"

大家围过来问，付桥还没来得及回答，程强便接上茬说："前天我在路上碰见小玉，问她干啥去了？她说到林梅那去了。她知道林梅住哪，我去找她去！"

"她……"在这样的时候，付桥自然不愿见小玉。可他正犹疑着还没把话说完，程强已冲出去了。

"反正时间还早，你们先说话！"只听程强喊。

等程强跑远了，大家又围着付桥问："你不是和林梅谈吗？你去部队这么多年，难不成没和她通信啊？"

"我当兵走那年只让她等我，没通信。"付桥傻笑。

"你也是！你为啥不通信呢？"

"当兵不自由，又不知哪年回来。我怕连累人家，就干脆不写信。"付桥还是傻笑。

"你当兵走那年？这都多少年了？你也没打听她嫁人没有？"

"这个，这个……我想恐怕不会嫁人吧？"付桥依然傻笑。

后来，程强领着林梅来到饭店，付桥一望见林梅脸就涨得通红，憋了半天，却问出了这样一句："这么多年，我都没联系你。你……你……你没成家吧？"

"没有，既然认定了你，我又何必再找别人？"林梅说话还是那样简单肯定，不过脸也羞得通红。

于是便有人吆喝："付桥，趁着今天大家都在，干脆你和林梅，小凡和香草，你们一块举行婚礼算了。"

罗小凡也和付桥开玩笑："是呀！你一听说我和香草要结婚了，就猴急着要回来，是不是等不及，想和林梅结婚了？"

付桥一听脸更红了，他一把把林梅揽入怀里，便朝大家"嘿嘿"笑起来："嗯，确实想和林梅结婚了，确实等不及了。嘿嘿！嘿嘿！"

"哟，今天可是热闹了。有道是择时不如撞日，来！来！来！你们干脆即兴拜天地哈！"也不知谁这么吆喝了一嗓子，大家便一同起哄把两对新人往一块挤。

就在这时，小玉却悄无声息地走进饭店来。

那时，付桥一看到小玉，就像是条件反射，一边搂紧林梅，一边就朝大家大声说："我都说了，真爱一个人，是不可能那么轻易就变，轻易就分手的。"

说着就揽住林梅走到别处去了。

而这时罗小凡看到小玉，则是另一种心境。这时的他，已经不在意小玉为什么要一次又一次背叛他，更不在意他曾救过她的命，曾把回城指标让给她这些事。这时的他面对小玉，也不再局促、压抑，更没有了胆怯和自卑，甚至还生出了些感激之情。当初毕竟是小玉引领他来到的白鹭河，也正是这个原因，他才认识了香草和秦牧。

因此，他带着香草落落大方地走上前，热情地迎住小玉说："小玉妹妹来了，非常感谢！赶紧里面请！"

这时，经过岁月一再的锻磨，罗小凡早已蜕变成了一个成熟、稳健、大度而自信宽容的真正的男人。

这时，罗小凡已逐渐明白，在漫长的人生里，与生命相伴的，绝不仅仅是爱情和友谊，美好与成功。在抵达它们之前，遭遇挫败、打击、屈辱、伤痛，正是逼人成长的催化剂。若是有所收获，唯有感恩！

（完）

　　当代的中国文坛，有两位汪老、历久弥新，常常为人津津乐道。究其原因，一是他们淡雅亲和，大气包容的个人魅力，二是在当代文学史上，他们的典故和逸事也特别多。前一位汪老是作家汪曾祺，后一位汪老是编辑家汪兆骞。当然，曾祺老同时也是编辑家，兆骞老同时也是作家，同居京华和文坛的要塞，不过工作和侧重点不同而已。

　　曾祺老以编剧《沙家浜》名闻天下。他的小说和散文，寓奇崛于平淡，休机巧于南山，更是短篇小说圣手和文体家。他的《受戒》《大淖记事》《蒲桥集》，当年不少的著名青年作家都能背诵其片段，影响力至今不衰，醇厚绵长如陈年老酒，愈加回味悠长。兆骞老呢，他长期任要职的人民文学出版社、《当代》杂志，曾推出过全国一半以上获茅盾文学奖的作家作品，于中国文学史上独一无二。同时，王蒙、冯骥才、张贤亮、莫言、陈忠实、王朔、阿来、张抗抗、铁凝等著名作家皆为其师友。两位汪老的身上，可以说浓缩了半部中国当代文学史。而兆骞老"英雄不问出处"的推介新人的方式，我以为，远有 1988 年以长文《侃爷王朔》向社会力荐王朔，近有两度力荐晴月的长篇小说《相伴》最有代表性。他们的故事，向我们彰显了编辑和写作都是眼光的艺术，同时也是情怀和人格的艺术。

·20世纪六七十年代的中国文学，整体上说，小说、诗歌、散文等同京剧的样板戏一样，充满了革命浪漫主义的同时，也充斥着假大空、模式化的羁绊。而80年代王朔于小说界的出现，与北岛于诗歌界的出现，贾平凹于散文界的出现一样，于兆骞老眼中，是一股股冲破固有的落后的文学观的清流，有拨乱反正，回归真情之效。当然，这也是他当时置许多疑惑的眼光于不顾，向文学界、向社会力荐王朔的原因。其实，历史地看，这也是改革开放于文学界的一种正常反映。只是，这种非凡的眼光和勇气，以及支撑它们的胆识、情怀和人格，对不少人来说，只会在大风大浪过后，才来得及细细品味和感悟。

进入21世纪，随着社会形态的变化和不断成熟，中国的文学担当，在注重了心灵史和人性的书写之后，又回到了家国担当。这个时候，兆骞老以敏锐独到的眼光，从朋友举荐的作品中看中了晴月的长篇小说《相伴》。

《相伴》的故事并不复杂，但却能于简单之中寓丰富，使人想起托尔斯泰《复活》的结构法。罗小凡的成长，虽与聂赫留朵夫的成长不同，但精神上的成长与成熟的历程，却是同样苦难坎坷的。而这些苦难坎坷，于弱者是灾难，于强者却是财富。可以说，罗氏与聂氏的成长，也是一代人成长的缩影，而作品作为作家灵魂的自传，实际上也是作家成长成熟的过程。我想，在潜意识之中，这也是兆骞老看重和一再推荐《相伴》的核心价值所在。因为《相伴》同《复活》一样，明线是爱情，暗线却是写时代和社会。因此，兆骞老作为名编，不唯名家而厚新人，所以才有拒凌力、严歌苓这样的名家的平凡之作，而力推晴月这样的新人新作的魄力和眼光。何也？良知也，人格也。

晴月，小说的长中短小四体皆备，最擅长的是长篇小说和小小说。中国有两个著名的作家群，都在河南，一个是南阳作家群，一个是周口作家群。南阳作家群，当代出了姚雪垠、张一弓、二月河这样引领中国文坛风骚的大家；周口作家群，也出了刘庆邦、孙方友、墨白这样的中国短篇小说之王，世界小小说之王，有中国最后一位先锋派作家之誉的名震文坛的大师和名家。因此，生活和成长在这样的作家群环境之中，有兆骞老这样的名编名家等力推，我们有理由相信在不久的将来，晴月也一定会成为周口作家群的骄傲，周口人的骄傲。

相信兆骞老的眼光，也相信出资出版《相伴》的郑州文友们的眼光，更相信晴月在这些温暖的眼光的照耀下，一定会走得更快更高更强！

后记
我为什么写作

晴 月

　　后记，是一部书的小结。这部书，也算是我半生的一次小结。之前，虽也出版过三部长篇小说，但回望，皆属小我。写作，就是写自己，写他人，写社会，亦即小我、大我、无我三种境界。《相伴》，可以说是我走向大我和无我的一个开端。

　　我为什么写作？从古至今，这是无数写作者思考过，或被问及的问题。

　　第一次，上小学的儿子歪着头问我："妈妈，你为啥老是写呀？"我抚摸着他的头说："宝贝，我爱你呀，我爱这个世界呀！"

　　第二次，有好友问："你写了那么多年，乐趣在哪？"我说："写作对我是一种修行，是打磨提升我灵魂的绝佳途径。"

　　第三次，为我出资出版《相伴》的文友们问我："你不知疲倦地写，图个啥？"我反问："你们为我义务捐款出书，图个啥？他们哭了，我也哭了。"

　　我知道，我已不仅仅是为自己写作了，也不再是一个人在孤独地写作。我们哭的，是在处于物质时代对理想的坚守，是穷且益坚而不坠的青云之志，是穷则独善其身，达则兼济天下的家国情怀。

《相伴》在出版的路上，实在是走了太久，经历了太多。可以说，是在我彻底放弃的时候，事情才突然有了转机。

如今，这部书能问世，一则有幸得亦师亦友、像慈父一样关心我的汪兆骞先生作序；严格要求，如兄长一样鞭策我鼓励我的卧虎校长作跋。二则仰赖郑州文友、《中原知青》联谊会会长冯笑冬等人发起的义捐，河南慈善总会代言人康恩达药业有限公司董事长李进军的大力支持，以及多位作家朋友的响应援助。为牢牢记住这些帮助过我的人，现特将义捐者姓名敬录如下（共132人）：

冯笑冬	李进军	赵立冬	汪小斑	党 栋	邵树廉	傅兴文	吴庆林
王保祥	郑玉梅	赵 志	邓予霞	韩朝怀	韩凤兰	傲雪寒梅	李燕
解卫东	段京宪	常雪琴	王珉瑛	袁春敏	代玉明	杨 健	张 丽
王荣花	郝广建	猴凤莉	猴冯凡一	于国利	魏美娟	王梅芳	孙朝平
张有来	熊金云	郭巧瑞	天山雪莲	邱从华	曹 红	张勤德	王郑梅
吴建芳	黑鹏慧	胡云霞	贺转建	张保磊	王爱秋	陈 佩	范国锦
万荣建	徐 峰	付柏学	申爱云	赵玉琴	悦玲菊	李梅英	宋克平
李春梅	赵秀霞	汤 莉	曹桂兰	沙慧君	李金娥	牛新民	樊 震
余加鸣	贾永安	宋传宾	吕秀芳	张国渠	杨秋萍	崔 萍	曹素红
宗文秀	张 军	杨永跃	彭继生	康莲荣	马坤秋	王红英	崔照波
杨新芳	贾长岭	李正华	游金娥	罗 靓	袁贵云	李国胜	刘 健
张亚丽	王全梅	赵继华	王天喜	刘 戈	李小新	洪选民	景淑香
张建国	游丽娥	马仲宇	陆金田	张 华	丁惠英	郑凤娣	张瑞玲
王萌芳	朱毛妹	刘金凤	程树义	王珉英	田惠霞	于忠乡	鸿 鸣
刘 平	马中骏	熊柏生	刘建生	张永福	白玉敏	张怡红	刘景瑛
章建武	李明宝	李福囤	李福俊	姜存欣	宋桂香	崔宝琴	马晓丽
徐美娟	王红伟	彭 宇	王 蕾				